LEE CHILD

Der Ermittler

AF642174

Buch

Im Jahr 1996 belauscht ein Undercover-Agent der CIA ein Gespräch zwischen islamistischen Terroristen in Hamburg. »Der Amerikaner will hundert Millionen Dollar.« Doch er kann nicht herausfinden, wer diese Summe verlangt und wofür. Fest steht nur, dass es um einen Terroranschlag in ungeahntem Ausmaß geht. Die CIA stellt sofort eine Spezialeinheit auf, um in Deutschland zu ermitteln, und zieht dafür auch den besten Militärpolizisten hinzu, den die U.S. Army zu bieten hat: Jack Reacher.

Autor

Lee Child wurde in den englischen Midlands geboren, studierte Jura und arbeitete dann zwanzig Jahre lang beim Fernsehen. 1995 kehrte er der TV-Welt und England den Rücken, zog in die USA und landete bereits mit seinem ersten Jack-Reacher-Thriller einen internationalen Bestseller. Er wurde mit mehreren hoch dotierten Preisen ausgezeichnet, u. a. mit dem »Anthony Award«, dem renommiertesten Preis für Spannungsliteratur.

Dies ist der 21. in sich abgeschlossene Roman der Jack-Reacher-Serie. Wenn er Sie begeistert, verpassen Sie nicht die anderen Fälle des härtesten Ermittlers des 21. Jahrhunderts:

Größenwahn · Ausgeliefert · Sein wahres Gesicht · Zeit der Rache · In letzter Sekunde · Tödliche Absicht · Der Janusmann · Die Abschussliste · Sniper · Way Out · Trouble · Outlaw · Underground · 61 Stunden · Wespennest · Der letzte Befehl · Der Anhalter · Die Gejagten · Im Visier · Keine Kompromisse · Der Ermittler · Der Bluthund · Der Spezialist · Die Hyänen · Der Sündenbock · Der Kojote

Weitere Bände in Vorbereitung

Lee Child

Der Ermittler

Ein Jack-Reacher-Roman

Deutsch von Wulf Bergner

blanvalet

Die Originalausgabe erschien 2016 unter dem Titel
»Night School (21 Reacher)« bei Bantam Press, London.

Der Verlag behält sich die Verwertung des urheberrechtlich
geschützten Inhalts dieses Werkes für Zwecke des Text- und
Data-Minings nach § 44 b UrhG ausdrücklich vor.
Jegliche unbefugte Nutzung ist hiermit ausgeschlossen.

MIX
Papier | Fördert
gute Waldnutzung
FSC® C014496

Penguin Random House Verlagsgruppe FSC® N001967

5. Auflage
Copyright der Originalausgabe © 2016 by Lee Child
Published by Agreement with Lee Child
Dieses Werk wurde vermittelt durch die Literarische Agentur
Thomas Schlück GmbH, 30161 Hannover
Copyright der deutschsprachigen Ausgabe © 2019 by Blanvalet
in der Penguin Random House Verlagsgruppe GmbH,
Neumarkter Straße 28, 81673 München
Copyright dieser Ausgabe © 2021 by Blanvalet
in der Penguin Random House Verlagsgruppe GmbH, München
Umschlaggestaltung: www.buerosued.de
Umschlagmotive: mauritius images/Ingo Boelter;
Arcangel Images (Stephen Mulcahey; Richard Nixon)
HK · Herstellung: er
Satz: Uhl + Massopust, Aalen
Druck und Bindung: GGP Media GmbH, Pößneck
Printed in Germany
ISBN 978-3-7341-1029-0

www.blanvalet.de

Den Männern und Frauen in aller Welt,
die dieses Zeug beruflich machen,
mit hoher Wertschätzung gewidmet

1

Morgens verliehen sie Reacher einen Orden, und nachmittags schickten sie ihn wieder auf die Schule. Die Auszeichnung war eine weitere Legion of Merit. Seine zweite. Ein attraktiver weiß emaillierter Orden an einem Band zwischen Rot und Purpurrot. Laut Heeresdienstvorschrift 600-8-22 konnte er für außergewöhnlich verdienstvolles Verhalten zum Vorteil der Vereinigten Staaten in wichtiger, verantwortlicher Position verliehen werden. Das war eine Latte, die Reacher seiner Überzeugung nach zumindest theoretisch übersprungen hatte. Aber der wahre Grund für die Auszeichnung war derselbe wie beim ersten Mal, nämlich ein Tauschhandel. Eine Belohnung für Vertragstreue. *Nimm den Klunker und red nicht darüber, was du dafür tun musstest.* Was Reacher ohnehin nicht getan hätte. Sein Auftrag war nicht der Rede wert gewesen. Polizeiarbeit auf dem Balkan, eine Fahndung nach zwei Männern, die militärische Geheimnisse hätten verraten können, beide rasch identifiziert, aufgespürt, aufgesucht und in den Kopf geschossen. Als ein Teil des Friedensprozesses. Der gewünschte Zweck wurde erreicht, die Region kam etwas zur Ruhe. Zwei Wochen seines Lebens. Vier Schüsse abgegeben. Keine große Sache.

Die Dienstvorschrift 600-8-22 drückte sich überraschend vage darüber aus, wie Orden überreicht werden sollten. Sie sprach nur von dem Anlass entsprechender Feierlichkeit und einer würdigen Zeremonie. Im Allgemeinen bedeutete das einen großen Raum mit vergoldeten Möbeln und mehreren Fahnen als Hintergrund. Und einen höheren Offizier, als es der Auszuzeichnende war. Reacher war ein Major mit zwölf

Dienstjahren, aber an diesem Morgen wurden weitere Orden verliehen, drei an ein Trio aus Colonels und zwei an Einsternegenerale; deshalb war ein Dreisternegeneral aus dem Pentagon gekommen, den Reacher von früher kannte, als der Mann in Fort Myer ein Bataillon der Militärpolizei kommandierte. Ein Denker. Jedenfalls clever genug, um sich auszurechnen, wofür ein MP-Major eine Legion of Merit erhielt. Das hatte sein Blick gezeigt. Halb ironisch, halb die Einhaltung des Deals fordernd. *Nimm den Klunker und halt die Klappe.* Vielleicht hatte der Kerl einschlägige eigene Erfahrungen gemacht. Vielleicht mehr als nur einmal. Auf der linken Brust seines Dienstanzugs trug er einen veritablen Obstsalat aus Orden. Darunter zweimal die Legion of Merit.

Der angemessen feierliche Raum lag tief im Inneren von Fort Belvoir, Virginia. Nicht allzu weit vom Pentagon entfernt, was günstig für den Dreisternegeneral war. Auch günstig für Reacher, der sich seit seiner Rückkehr im ebenfalls nahen Rock Creek herumgetrieben hatte. Weniger günstig für die anderen Offiziere, die aus Deutschland eingeflogen worden waren.

Die Eingeladenen schüttelten sich die Hände, bildeten kleine Gruppen, machten Konversation, und dann verstummten alle, traten in einer Reihe an, nahmen Haltung an und salutierten. Auszeichnungen wurden angesteckt, und danach entstanden wieder kleine Gruppen, die Konversation machten, bevor alle sich nochmals die Hände schüttelten. Reacher strebte unauffällig zur Tür, um zu verschwinden, aber der Dreisternegeneral fing ihn ab, bevor er sie erreichte. Der Mann schüttelte ihm die Hand, fasste ihn am Ellbogen und sagte: »Wie ich höre, gibt es eine neue Verwendung für Sie.«

Reacher entgegnete: »Mir hat keiner was gesagt. Noch nicht. Wo haben Sie das gehört?«

»Von meinem ersten Sergeant. Die reden alle miteinander.

Die Unteroffiziere der U.S. Army haben den effizientesten Flurfunk der Welt. Der verblüfft mich immer wieder.«

»Wohin soll ich ihrer Ansicht nach?«

»Das wissen sie nicht bestimmt. Aber nicht weit weg. Jedenfalls mit dem Auto erreichbar. Die Fahrbereitschaft hat eine Anforderung bekommen.«

»Wann soll ich davon erfahren?«

»Irgendwann im Lauf des Tages.«

»Danke«, sagte Reacher. »Gut zu wissen.«

Der Dreisternegeneral ließ seinen Ellbogen los. Reacher schob sich in Richtung Tür weiter und trat auf den Gang hinaus, wo ein Sergeant First Class sich vor ihm aufbaute und salutierte. Er war außer Atem, als wäre er weit gerannt. Vielleicht kam er aus dem entfernten Teil des Forts, in dem wirklich gearbeitet wurde.

Der Kerl sagte: »Sir, eine Bitte von General Garber, Sie möchten ihn möglichst bald in seinem Dienstzimmer aufsuchen.«

Reacher fragte: »Und wo ist es, Soldat?«

»Mit dem Auto erreichbar«, sagte der Mann. »Aber das kann hier alles Mögliche bedeuten.«

Garbers Dienstzimmer lag im Pentagon, deshalb ließ Reacher sich von zwei Captains mitnehmen, die in Fort Belvoir wohnten, aber nachmittags Dienst im Ring B hatten. Das Dienstzimmer des Generals im ersten Stock von Ring D wurde von einem Sergeant im Vorzimmer bewacht, der aufstand, Reacher hineinführte und wie ein Butler in einem alten Film laut seinen Namen nannte. Danach wollte der Kerl wieder gehen, aber Garber hielt ihn zurück und sagte: »Sergeant, ich möchte, dass Sie bleiben.«

Ein Zeuge.

Garber sagte: »Setzen Sie sich, Reacher.«

Reacher nahm in einem Stahlrohrsessel Platz, der unter seinem Gewicht nachgab und ihn nach hinten kippte, als wehte ein stürmischer Wind.

Garber sagte: »Für Sie gibt es eine neue Verwendung.«

Reacher fragte: »Was und wo?«

»Sie gehen wieder zur Schule.«

Reacher schwieg.

Garber fragte: »Enttäuscht?«

Deshalb der Zeuge, vermutete Reacher. Dies war kein Privatgespräch, also musste er sich benehmen. Er sagte: »Ich gehe immer überall gerne hin, General, wohin die Army mich schickt.«

»Das klingt nicht glücklich. Aber Sie sollten's sein. Karriereförderung ist eine wunderbare Sache.«

»Welche Schule?«

»Die Einzelheiten finden Sie bei Ihrer Rückkehr auf Ihrem Schreibtisch vor.«

»Wie lange bin ich weg?«

»Das hängt davon ab, wie gut Sie arbeiten. So lange wie nötig, denke ich.«

Reacher stieg auf dem Parkplatz des Pentagon in einen Bus und fuhr zwei Haltestellen weit zum Fuß des Hügels mit dem Rock Creek HQ. Er ging den Hügel hinauf und geradewegs in sein Dienstzimmer. Mitten auf seinem Schreibtisch lag ein dünner Schnellhefter mit seinem Namen, ein paar Zahlen und der Bezeichnung des Lehrgangs: *Auswirkungen innovativer Ermittlungsmethoden auf die Zusammenarbeit von Bundesbehörden.* Zu den Unterlagen in dem Ordner gehörte seine Abkommandierung an einen Ort, der eine gemietete Immobilie in einem Gewerbepark in McLean, Virginia, zu sein schien. Dort sollte er sich bis spätestens siebzehn Uhr in Zivilkleidung melden. Auch wohnen würde er dort. Einen Wagen ohne Fahrer würde ihm die Fahrbereitschaft stellen.

Reacher klemmte sich den Ordner unter den Arm und verließ das Gebäude. Niemand beachtete ihn. Er interessierte nicht mehr. Die Unteroffiziere hatten den Atem angehalten, aber nur einen komischen Lehrgang mit einem erfundenen Namen bekommen. Nichts Aufregendes. Deshalb war er jetzt eine Unperson. Aus dem Verkehr gezogen. Aus den Augen, aus dem Sinn. Wie ein Baseballspieler im Krankenstand. In einem Monat würde irgendjemand sich vielleicht kurz an ihn erinnern und sich fragen, wann – und ob überhaupt – er zurückkommen würde, um ihn dann ebenso schnell wieder zu vergessen.

Der Sergeant vom Dienst am Ausgang hob den Kopf und sah dann gelangweilt weg.

Reacher besaß kaum Zivilkleidung, die noch dazu teilweise nicht wirklich zivil war. Seine Zivilhose war eine fast dreißig Jahre alte Khakihose des Marine Corps. Er kannte einen Kerl, der einen Kerl kannte, der in einem Lagerhaus arbeitete, in dem wegen einer Fehlbuchung eine alte Lieferung aus der Zeit lagerte, als Lyndon B. Johnson noch Präsident war. Und die Pointe war offenbar, dass alte MC-Hosen genau wie neue Khakihosen von Ralph Lauren aussahen. Allerdings war es Reacher ziemlich egal, wie seine Hose aussah. Aber fünf Bucks waren ein attraktiver Preis. Und die Hose war klasse. Ungetragen, nie ausgegeben, steif gefaltet, ein bisschen muffig, aber mindestens dreißig weitere Jahre haltbar.

Auch seine T-Shirts konnte man nicht gerade als zivil bezeichnen, denn er trug alte T-Shirts der Army, die durch vieles Waschen dünn und ausgebleicht waren. Nur seine Jacke wirkte eindeutig zivil: eine beige Jeansjacke von Levi's mit Originaletikett, von der Mutter einer alten Freundin in Seoul genäht.

Er zog sich um, packte sein restliches Zeug in eine Sporttasche und einen Kleidersack und trug beides zum Bordstein, wo ein schwarzer Chevy Caprice parkte. Vermutlich ein alter MP-Streifenwagen, jetzt mit abgezogenen weißen Aufklebern und Gummistöpseln in den Bohrungen für Blinklichter und Antennen. Der Zündschlüssel steckte. Der Fahrersitz war durchgesessen. Aber der Motor sprang an, die Schaltung funktionierte und die Bremsen waren in Ordnung. Reacher wendete schwerfällig und nahm mit offenen Fenstern und eingeschaltem Radio Kurs auf McLean, Virginia.

Der Gewerbepark war einer von vielen, die alle gleich aussahen: braun und beige, diskrete Firmenschilder, gepflegte Rasenflächen, niedrige Gebäude in Zweier- und Dreiergruppen für Leute, die sich hinter nüchternen, nichtssagenden Firmennamen und den getönten Scheiben ihrer Bürofenster verbargen. Reacher fand die richtige Adresse in einer nummerierten Straße und bog hinter einem in Kniehöhe angebrachten Schild mit der fast kindlich schlichten Aufschrift *Educational Solutions Incorporated* ab.

Vor dem Eingang standen zwei weitere Caprices. Einer war schwarz, der andere dunkelblau. Beide waren neuer als Reachers Wagen und richtige Zivilfahrzeuge ohne Gummistopfen oder überstrichene Türen. Eindeutig Dienstwagen, sauber und glänzend poliert, jeder mit zwei Antennen mehr, als der Fahrer brauchte, um Sportsendungen hören zu können. Aber die zusätzlichen Antennen waren nicht gleich. Der schwarze Wagen hatte kurze Nadeln, der blaue dagegen anders angeordnete lange Peitschen. Für unterschiedliche Frequenzen.

Zusammenarbeit von Bundesbehörden.

Reacher parkte daneben und ließ seine Sachen im Auto. Er betrat einen menschenleeren Eingangsbereich mit haltbarer grauer Auslegeware und grünen Farnen in großen Töpfen zwischen bodentiefen Fenstern. Hier gab es eine Tür mit der Aufschrift *Büro*. Und eine weitere, auf der *Lehrsaal* stand. Reacher öffnete sie. An der Rückwand des Raums hing eine grüne Wandtafel, vor der in vier Fünferreihen zwanzig Collegestühle standen, jeder rechts mit einer kleinen Ablage für Papier und Schreibzeug ausgestattet.

Auf zwei Stühlen saßen zwei Kerle, beide in Anzügen. Einer der Anzüge war schwarz, der andere dunkelblau. Genau wie die Autos. Beide Männer sahen geradeaus, als hätten sie miteinander geredet, wüssten aber kein neues Thema mehr. Sie waren ungefähr in Reachers Alter. Der Mann in dem schwarzen Anzug war blass und trug sein dunkles Haar gefährlich lang für jemanden, der einen staatlichen Dienstwagen fuhr. Der Mann in dem blauen Anzug war blass und hatte einen aschblonden Bürstenhaarschnitt. Wie ein Astronaut. Auch wie ein Astronaut gebaut – oder ein noch bis vor Kurzem in Wettkämpfen aktiver Turner.

Reacher trat ein, und die beiden drehten sich zu ihm um.

Der Dunkelhaarige fragte: »Wer sind Sie?«

Reacher antwortete: »Das kommt darauf an, wer Sie sind.«

»Ihre Identität hängt von meiner ab?«

»Ob ich's Ihnen sage oder nicht. Sind das dort draußen Ihre Autos?«

»Ist das wichtig?«

»Aufschlussreich.«

»Wieso?«

»Weil sie unterschiedlich sind.«

»Ja«, sagte der Kerl, »das sind unsere Wagen. Und ja, Sie befinden sich in einem Lehrsaal mit Vertretern zweier verschiedener Behörden. In einer Schule für Zusammenarbeit. In der wir lernen sollen, mit anderen Organisationen zu kooperieren. Bitte erzählen Sie mir nicht, dass Sie aus einer davon kommen.«

»Militärpolizei«, erklärte Reacher. »Aber keine Angst, bis siebzehn Uhr sind bestimmt viele zivilisierte Leute hier. Dann können Sie mit denen reden und mich links liegen lassen.«

Der Kerl mit dem Bürstenhaarschnitt sah auf und sagte: »Nein, außer uns kommt niemand, glaube ich. Hier sind nur drei Zimmer vorbereitet. Ich hab mich umgesehen.«

Reacher fragte: »Welche staatliche Schule hat nur drei Schüler? Das habe ich noch nie gehört.«

»Vielleicht sind wir Lehrer. Vielleicht wohnen die Schüler anderswo.«

Der Dunkelhaarige sagte: »Ja, das klingt vernünftiger.«

Reacher dachte an das Gespräch in Garbers Dienstzimmer und meinte: »Mein Mann hat von Karriereförderung gesprochen. Ich hatte den starken Eindruck, ich sollte etwas bekommen, statt etwas zu geben. Außerdem hat er angedeutet, dass ich mit harter Arbeit schneller fertig werden könnte. Insgesamt halte ich mich nicht für einen Lehrer. Hat Ihr Auftrag sehr viel anders geklungen?«

Der Kerl mit Bürstenhaarschnitt entgegnete: »Eigentlich nicht.«

Der Langhaarige äußerte sich nicht dazu, aber sein spekulatives Schulterzucken schien anzudeuten, jemand mit viel Fantasie könnte auch seinen Auftrag für wenig eindrucksvoll halten.

Der Typ mit Bürstenhaarschnitt sagte: »Ich bin Casey Waterman, FBI.«

»Jack Reacher, United States Army.«

Der Langhaarige sagte: »John White, CIA.«

Sie schüttelten sich die Hand und versanken wieder in das Schweigen, das Reacher bei seiner Ankunft vorgefunden hatte. Es gab kein gemeinsames Thema mehr. Er setzte sich so, dass er Waterman links vor sich und White rechts vor sich hatte.

Waterman war sehr ruhig, aber wachsam. Er wartete geduldig, sparte vorerst Energie. Nicht zum ersten Mal. Er war ein erfahrener Agent. Bestimmt kein Neuling. Auch White war keiner, aber ein völlig anderer Typ. Er konnte keinen Augenblick stillhalten. Er zuckte, wand sich und wrang die Hände, er starrte ins Leere, fixierte abwechselnd nahe und ferne Dinge, kniff manchmal die Augen zusammen und schnitt Grimassen, schaute nach links, schaute nach rechts und wirkte wie jemand, der, in quälenden Gedanken gefangen, keinen Ausweg sieht. Ein Analyst, vermutete Reacher, der seit vielen Jahren in einer Welt aus zweifelhaften Informationen und Doppel-, Dreifach- und Vierfachbluffs lebte. Der Mann hatte ein Recht darauf, einen leicht verstörten Eindruck zu vermitteln.

Keiner sprach.

Nach fünf Minuten brach Reacher das Schweigen und fragte: »Verstehen wir uns wirklich nicht? Das FBI, meine ich, die CIA und die MPs. Ich weiß eigentlich nichts von großem Zoff. Ihr vielleicht?«

Waterman antwortete: »Sie ziehen die falsche Schlussfolgerung, fürchte ich. Hier geht's nicht um Geschichte, sondern um die Zukunft. Die da oben wissen bereits, dass wir kooperieren. Diese Tatsache können sie nutzen. Denken Sie an die erste Hälfte der Bezeichnung dieses ›Lehrgangs‹. Hier geht's ebenso um Innovation wie um Zusammenarbeit. Und Innovation bedeutet, dass sie Geld sparen wollen. Wir alle werden in Zukunft noch mehr zusammenarbeiten müssen. Indem wir uns Labors teilen. Vielleicht bauen sie einen neuen Komplex, den wir dann gemeinsam nutzen. Das ist meine Vermutung. Wir sind hier, um zu erfahren, wie das funktionieren soll.«

»Unsinn«, sagte Reacher. »Ich verstehe nichts von Labors oder Organisationsfragen. Ich wäre der Letzte, der dazu etwas beitragen könnte.«

»Ich auch«, meinte Waterman. »Ehrlich gesagt nicht meine Stärke.«

»Das ist nicht nur Unsinn«, erklärte White, zuckend und sich windend und die Hände wringend, »sondern ungeheure Zeitverschwendung. Im Augenblick laufen viel zu viele weit wichtigere Dinge.«

Reacher fragte: »Sind Sie von einer Aufgabe abgezogen und hergeschickt worden? Haben Sie etwas unerledigt zurückgelassen?«

»Nein. Ich sollte auf einen neuen Posten versetzt werden. Ich hatte gerade eine Sache abgeschlossen. Erfolgreich, denke ich – und *dies* ist der Lohn dafür.«

»Sie müssen das Positive daran sehen. Sie können relaxen. Eine Auszeit nehmen. Golf spielen. Sie brauchen nicht zu lernen, wie das funktionieren kann. Der CIA sind Labore scheißegal. Sie benutzt kaum welche.«

»Die hier vertane Zeit fehlt mir bei dem neuen Job, mit dem ich sofort anfangen müsste.«

»Bei welchem Job?«

»Das darf ich nicht sagen.«

»Wer übernimmt ihn an Ihrer Stelle?«

»Auch das darf ich nicht sagen.«

»Ein guter Analyst?«

»Nicht gut genug. Er wird Dinge übersehen. Die könnten entscheidend wichtig sein. Dieses Zeug lässt sich unmöglich vorhersagen.«

»Welches Zeug?«

»Das darf ich nicht sagen.«

»Aber wichtiges Zeug, richtig?«

»Viel wichtiger als dies hier.«

»Welche Sache hatten Sie abgeschlossen?«

»Das darf ich nicht sagen.«

»Haben Sie zum Vorteil der Vereinigten Staaten in verantwortlicher Position außergewöhnlich verdienstvoll gehandelt?

»Was?«

»Oder so ähnlich.«

»Ja, das würde ich sagen.«

»Aber dies war Ihr Lohn dafür.«

Waterman sagte: »Meiner auch. Ich sitze im selben Boot. Er hat praktisch meine Geschichte erzählt. Ich hatte eine Beförderung erwartet. Nicht *das* hier.«

»Ein Beförderung wofür? Oder wonach?«

»Wir haben einen großen Fall abgeschlossen.«

»Was für einen Fall?«

»Eine Verbrecherjagd. Die Fährte war viele Jahre alt und schon sehr kalt. Aber wir haben's geschafft.«

»Zum Vorteil der Vereinigten Staaten?«

»Worauf wollen Sie hinaus?«

»Ich vergleiche White und Sie. Und ich sehe keine großen Unterschiede. Sie sind beide sehr gute Agenten, relativ hochrangig, die als loyal, verlässlich und vertrauenswürdig gelten. Sie waren in letzter Zeit erfolgreich – und dies ist ihr Lohn. Dafür kann es zwei Erklärungen geben.«

»Nämlich?«, fragte White.

»Vielleicht hat Ihr Erfolg bestimmte Kreise in Verlegenheit gebracht. Vielleicht muss man ihn jetzt dementieren. Vielleicht muss man sie deswegen verstecken. Aus den Augen, aus dem Sinn.«

White schüttelte den Kopf und erklärte: »Nein, er ist gut angekommen. Ganz außer Zweifel. Ich habe eine geheime Auszeichnung bekommen. Und ein persönliches Schreiben des Außenministers. Die Sache muss auch nicht dementiert werden, weil sie streng geheim war. Außer ein paar Leuten hat niemand davon gewusst.«

Reacher sah zu Waterman hinüber. »War an Ihrer Verbrecherjagd irgendwas peinlich?«

Waterman schüttelte den Kopf, dann fragte er: »Und die zweite Möglichkeit?«

»Dies ist keine Schule.«

»Was denn sonst?«

»Ein Ort, an den gute Agenten geschickt werden, die gerade einen großen Erfolg erzielt haben.«

Waterman hielt einen Moment inne. Ein neuer Gedanke. Er fragte: »Sind Sie wie wir? Das wäre nur logisch, denke ich. Nicht zwei, sondern drei Leute mit gleichen Voraussetzungen.«

Reacher nickte. »Ich bin wie Sie. Nach einem großen Erfolg habe ich erst heute Morgen einen Orden bekommen. An einem Band um den Hals gehängt. Für einen gut ausgeführten Auftrag. Alles sauber und ordentlich. Nichts, was jemanden in Verlegenheit bringen könnte.«

»Was für ein Auftrag war das?«

»Das ist bestimmt geheim. Aber ich weiß aus verlässlicher Quelle, dass jemand in ein Haus eingedrungen ist und den Bewohner in den Kopf geschossen hat.«

»Wo?«

»Einmal in die Stirn, einmal hinter dem Ohr. Todsichere Methode.«

»Nein, wo hat das Haus gestanden?«

»Das ist bestimmt auch geheim. Aber in Übersee, denke ich. Wie ich höre an einem Ort mit vielen Konsonanten im Namen. Nur sehr wenige Vokale. Und der Attentäter hat in der folgenden Nacht erneut zugeschlagen. In einem anderen Haus. Ebenfalls aus guten Gründen. Daher hätte ich erwartet, dass er bei seiner nächsten Verwendung würde mitreden dürfen. Dass er vielleicht sogar die Wahl zwischen mehreren gehabt hätte.«

»Genau«, sagte White. »Und ich hätte mir *dies* hier niemals ausgesucht. Ich wäre jetzt dort, wo ich dringend gebraucht werde.«

»Das klingt anspruchsvoll.«

»Sehr.«

»Was typisch ist. Als Belohnung wollen wir eine Herausforderung und keine leichten Aufgaben. Wir drei wollen nach oben.«

»Genau.«

»Vielleicht sind wir schon dort«, meinte Reacher. »Dazu eine Frage: Wie habt ihr eure Anweisungen bekommen? Mündlich oder schriftlich?«

»Mündlich. Das ging gar nicht anders.«

»War dabei eine dritte Person anwesend?«

White sagte: »Seltsamerweise ja. Das fand ich demütigend. Eine Assistentin, die einen Stapel Akten gebracht hatte. Er hat sie zum Bleiben aufgefordert, und sie stand einfach nur da.«

Reacher sah zu Waterman hinüber, der jetzt nickte. »Bei mir war's ähnlich. Er hat seine Sekretärin gebeten dazubleiben. Das ist sonst nicht üblich. Woher wussten Sie das?«

»Weil es mir ähnlich ergangen ist. Sein Sergeant. Als Zeuge. Aber auch als Klatschmaul. Das war die eigentliche Absicht. Alle reden miteinander. Binnen Minuten wussten alle, dass es für mich keinen tollen Auftrag geben würde. Nur einen bedeutungslosen Lehrgang mit einem großspurigen Namen. Ich war sofort unwichtig. Vom Radar verschwunden. Die Nachricht hat bestimmt längst die Runde gemacht. Ich bin eine Unperson. In den Nebeln der Bürokratie verloren gegangen. Vielleicht war das bei Ihnen auch so. Vielleicht haben Assistentinnen und FBI-Sekretärinnen eigene Nachrichtennetze. Trifft das zu, sind wir drei jetzt die unsichtbarsten Personen der Welt. Niemand fragt nach uns. Keiner interessiert sich für uns. Niemand kann sich auch nur an uns erinnern. Es gibt nichts Langweiligeres als unseren jetzigen Aufenthaltsort.«

»Sie meinen, jemand hat drei voneinander unabhängige Topleute ganz unters Radar gebracht. Wozu?«

»›Unters Radar‹ ist zu wenig. Wir bilden hier einen Lehrgang. Wir sind völlig unsichtbar.«

»Wozu? Und wieso wir drei? Was verbindet uns?«

»Das weiß ich nicht. Aber es geht bestimmt um ein spannendes Projekt. Vielleicht um etwas, das drei Topleute als zufriedenstellende Belohnung für geleistete Dienste betrachten könnten.«

»Wo sind wir hier?«

»Das weiß ich nicht«, wiederholte Reacher. »Aber dies ist keine Schule. Das steht verdammt fest.«

Punkt siebzehn Uhr bogen zwei schwarze Vans von der Straße ab, fuhren an dem kniehohen Firmenschild vorbei und parkten hinter den drei Caprices, die sie damit blockierten. Aus beiden Wagen stiegen je zwei Männer. Secret Service oder U.S. Marshals. Die beiden Paare sahen sich kurz um, nickten einander zu und wandten sich wieder den Vans zu, um ihre Bosse aussteigen zu lassen.

Aus dem zweiten Van stieg eine Frau. Sie hielt einen Aktenkoffer in einer Hand und einen Stapel Papier in der anderen. Sie trug ein elegantes schwarzes Kleid. Knielang, doppelt verwendbar: tagsüber mit Perlen in hohen, stillen Bürosuiten, abends mit Brillanten auf Cocktailpartys und bei Empfängen. Sie war älter als Reacher, ungefähr zehn Jahre. Mitte vierzig, aber jünger aussehend. Sehr attraktiv. Ihr mittelblondes Haar wirkte sorgfältig gestylt, sodass es aussah, als wäre sie nur mit den Fingern hindurchgefahren. Sie war überdurchschnittlich groß und schlank.

Dann stieg aus dem ersten Van ein Mann, den Reacher sofort erkannte. Sein Gesicht war einmal pro Woche in der Zeitung zu sehen – und im Fernsehen weit öfter, weil er nicht nur in seiner Funktion Nachrichtenwert besaß, sondern auch auf vielen Fotos und Archivmaterial mit Besuchern und von Diskussionen in Hemdsärmeln im Oval Office des Weißen Hauses auftauchte. Es handelte sich um Alfred Ratcliffe, den Nationalen Sicherheitsberater. Der engste Mitarbeiter des Präsidenten, wenn es um Dinge ging, die vielleicht nicht gut ausgehen würden. Der Mann für alle Fälle. Die rechte Hand des Präsidenten. Angeblich war er fast siebzig, aber das sah man ihm nicht an – ein alter Überlebenskünstler aus dem Außenministerium, der schon mehrmals in Ungnade gefallen war, wenn der Wind sich drehte, aber so lange durchgehalten hatte, bis sein immer bewiesenes Rückgrat ihm den besten aller Jobs einbrachte.

Die Frau schloss sich ihm an, und die beiden liefen von den Anzugträgern begleitet auf die Eingangstür zu. Reacher hörte, wie sie sich öffnete. Dann waren Schritte im Eingangsbereich zu vernehmen. Anschließend betraten alle den Lehrsaal. Zwei Anzüge bildeten die Vorhut und gingen zur Wandtafel. Radcliffe und die Frau folgten ihnen, machten vor der Tafel halt und wandten sich genau wie Lehrer bei Unterrichtsbeginn dem Raum zu.

Ratcliffe musterte erst White, dann Waterman und zuletzt Reacher, der ganz hinten saß.

Er sagte: »Dies ist keine Schule.«

2

Die Frau beugte leicht die Knie und legte ihren Aktenkoffer und den Stapel Papiere auf den Fußboden. Ratcliffe trat einen halben Schritt vor und sagte: »Sie wissen, dass Sie unter Vortäuschung falscher Tatsachen hergebracht worden sind. Aber wir wollten kein Aufsehen erregen. Eine kleine Irreführung war besser. Wir wollen unbemerkt bleiben. Wenigstens zu Anfang.«

Dann legte er eine leicht dramatische Pause ein, als würde er zu Fragen einladen, aber niemand fragte etwas. Nicht einmal: Der Anfang von was? Es war besser, den Mann ausreden zu lassen. Das schien immer sicherer zu sein, wenn Befehle von ganz oben kamen.

Ratcliffe fragte: »Wer von Ihnen kann die nationale Sicherheitspolitik dieser Regierung in einfachen Worten darstellen?«

Niemand sprach.

Ratcliffe fragte: »Wieso antwortet keiner?«

Waterman begnügte sich damit, ins Leere zu starren. White zuckte mit den Schultern, als wollte er sagen, ein so komplexer Sachverhalt lasse sich nicht einfach ausdrücken; außerdem seien Begriffe wie Einfachheit und Schlichtheit völlig subjektiv, was als Erstes eine Diskussionsrunde erfordere, um sie zu definieren.

Reacher sagte: »Das ist eine trickreiche Frage.«

Ratcliffe fragte: »Sie glauben, dass unsere Politik sich nicht einfach erklären lässt?«

»Ich glaube, dass keine existiert.«

»Sie halten uns für unfähig?«

»Nein, ich glaube, dass die Welt sich ständig wandelt. Da bleibt man besser flexibel.«

»Sind Sie der Militärpolizist?«

»Ja, Sir.«

Ratcliffe machte erneut eine Pause, dann sagte er: »Vor etwas über drei Jahren ist in der Tiefgarage eines Wolkenkratzers in New York City eine Bombe detoniert. Für die Toten und Verletzten natürlich eine persönliche Tragödie, aber aus globaler Sicht kein sehr bedeutendes Ereignis. Nur ist die Welt in dieser Sekunde ausgerastet. Je mehr wir uns damit beschäftigt haben, desto weniger haben wir gesehen und verstanden. Wir hatten offenbar überall Feinde, aber wir wussten nicht bestimmt, wer sie waren, wo sie waren, weshalb sie Feinde waren, welche Verbindungen zwischen ihnen bestanden, was sie von uns wollten und was sie als Nächstes tun würden. Wir waren ahnungslos. Aber immerhin haben wir uns das eingestanden, weshalb wir keine Zeit damit vergeudeten, Strategien gegen bis dahin unbekannte Gefahren zu entwickeln. Wir waren der Meinung, dadurch könnte ein falsches Sicherheitsgefühl entstehen. Deshalb besteht unser Standardverfahren jetzt daraus, wie mit Feuer unterm Hintern herumzulaufen und zehn Dinge gleichzeitig zu erledigen, sobald sie auftauchen. Wir kümmern uns um alles, weil wir müssen. In etwas über drei Jahren beginnt das neue Jahrtausend, das in allen Hauptstädten rund um den Globus gefeiert wird, was diesen speziellen Tag zum größten Propagandaziel der Weltgeschichte macht. Wir müssen frühzeitig ermitteln, wer diese Kerle sind. *Alle* diese Kerle. Deshalb dürfen wir nichts ignorieren.«

Keiner sprach.

Ratcliffe sagte: »Übrigens brauche ich mich Ihnen gegenüber nicht zu rechtfertigen. Aber Sie müssen die Theorie kennen. Wir setzen nichts voraus und lassen nichts unversucht.«

Niemand fragte irgendetwas. Nicht einmal, in welche Richtung ihre Ermittlungen gehen sollten. Immer sicherer, nur zu reden, wenn man angesprochen wurde. Besser, einfach abzuwarten.

Ratcliffe wandte sich der Frau zu und sagte: »Dies ist Dr. Marian Sinclair, meine Stellvertreterin. Sie übernimmt die restliche Einsatzbesprechung. Hinter jedem einzelnen Wort, das sie sagt, stehe ich – und folglich auch der Präsident. Ohne Wenn und Aber. Vielleicht sind Ihre Ermittlungen Zeitvergeudung und führen zu nichts, aber bis wir das wissen, haben sie allerhöchste Priorität. Wir lassen nichts unversucht. Und Sie bekommen alles, was Sie brauchen.«

Und dann hastete der Mann von zwei Anzügen eskortiert hinaus. Reacher hörte sie das Gebäude verlassen und wie der Motor ihres Vans ansprang, bevor sie wegfuhren. Dr. Marian Sinclair zog einen Stuhl aus der ersten Reihe heraus, drehte ihn um und setzte sich: eine attraktive Frau mit gebräunten Armen, blickdichten Nylons und teuren Schuhen. Sie schlug die Beine übereinander und sagte: »Rückt zusammen.«

Reacher setzte sich so in die dritte Reihe, dass er mit Waterman und White einen präzisen Halbkreis bildete. Sinclairs Miene war offen und aufrichtig, aber von Stress und Sorgen verkrampft. Hier ging es um echt schlimmen Scheiß. Das war klar. Vielleicht hatte Garber einen Hinweis geben wollen. *Das klingt nicht glücklich. Aber Sie sollten's sein.* Vielleicht war noch nicht alles verloren. Reacher vermutete, dass White ähnlich dachte. Er beugte sich nach vorn, beobachtete Sinclair gespannt. Waterman blieb unbeweglich sitzen. Sparte wieder mal Energie.

Sinclair erklärte: »In der deutschen Großstadt Hamburg gibt es ein Apartment. In einer guten Wohngegend, einigermaßen zentral, ziemlich teuer, aber vielleicht ein bisschen unsolide, aus dem Rahmen fallend. Seit gut einem Jahr ist es an vier junge Männer Anfang zwanzig vermietet. Keine Deutschen. Drei sind Saudis, der vierte Mann ist Iraner. Alle vier wirken sehr westlich. Bartlos, Kurzhaarschnitt, gut angezogen. Am liebsten tragen sie Poloshirts mit dem Krokodil auf der linken Brustseite. Dazu Rolex-Uhren und italienische Slipper. Sie fahren BMWs und verkehren viel in Nachtklubs. Aber keiner von ihnen arbeitet.«

Reacher sah, dass White stumm nickte, als würde er solche Szenarien kennen. Von Waterman kam keine Reaktion.

Sinclair fuhr fort: »Vor Ort gelten die vier als kleine Playboys. Vielleicht entfernte Verwandte reicher und prominenter Familien, die sich die Hörner abstoßen sollen, bevor sie heimkehren, um im Ölministerium zu arbeiten. Kurz gesagt: sogenannter Eurotrash. Aber wir wissen, dass sie das nicht sind. Wir wissen, dass sie von einer neuen, bisher wenig bekannten Organisation in ihren Heimatländern angeworben und über Afghanistan und den Jemen nach Deutschland geschickt worden sind. Diese Organisation scheint über reichlich Geld zu verfügen, propagiert den Dschihad, bildet paramilitärisch aus und kümmert sich wenig um die Herkunft ihrer Mitglieder. Dass Saudis und Iraner zusammenarbeiten, kommt selten vor, aber sie tun's in diesem Fall. In den Ausbildungslagern sind sie gut beurteilt worden, bevor man sie letztes Jahr nach Hamburg schickte. Mit dem Auftrag, sich im Westen zu assimilieren, unauffällig zu leben und weitere Befehle abzuwarten. Die aber bisher ausgeblieben sind. Mit anderen Worten: Sie sind eine Schläferzelle.«

Waterman hob eine Hand und fragte: »Woher wissen wir das alles?«

»Der Iraner gehört uns«, antwortete Sinclair. »Er ist ein Doppelagent. Die CIA führt ihn aus unserem Generalkonsulat in Hamburg.«

»Tapferer Junge.«

Sinclair nickte. »Und tapfere Jungs sind schwer zu finden. Auch in dieser Beziehung hat sich viel geändert. Früher sind potenzielle Informanten von selbst in die Botschaft gekommen. Sie haben Bettelbriefe geschrieben. Manche mussten wir abweisen. Aber das waren alte Kommunisten. Heute brauchen wir junge Araber – und kennen keine.«

»Wofür brauchen Sie *uns?*«, fragte Waterman. »Die Situation ist stabil. Die vier bleiben dort. Werden sie aktiviert, erfahren Sie eine Minute später davon. Vorausgesetzt, dass unser Konsulat Tag und Nacht erreichbar ist.«

Immer besser, erst mal zuzuhören.

Sinclair erwiderte: »Richtig, die Situation ist stabil. Dort passiert nie etwas. Aber vor ein paar Tagen hat sich doch etwas ereignet. Die vier hatten Besuch.«

Auf Sinclairs Vorschlag hin zogen Sie aus dem Lehrsaal ins Büro um. Sie sagte, der Lehrsaal sei wegen der Collegestühle unbequem, was vor allem für Reacher zutraf. Mit einem Meter fünfundneunzig und hundertzehn Kilo hatte er kaum Platz darauf. Zum Büro gehörte dagegen ein Besprechungsraum mit vier bequemen Ledersesseln. Dieses Mehr an Komfort gefiel Sinclair offenbar, was nur verständlich war. Schließlich hatte sie das Gebäude – vermutlich erst gestern – selbst gemietet oder von einem Assistenten mieten lassen. Drei Schlafzimmer und vier Ledersessel für Besprechungen.

Während die Anzugträger draußen warteten, sagte Sinclair: »Wir haben unseren Mann gründlich ausgequetscht und halten seine Schlussfolgerungen für korrekt. Der Besucher war ein weiterer Saudi-Araber. In ihrem Alter. Wie sie angezogen. Gelfrisur, Goldkettchen, Krokodil auf dem Hemd. Sie hatten ihn nicht erwartet. Sein Besuch war eine völlige Überraschung.

Aber in ihrer Organisation kann man wie bei der Mafia zur Unterstützung verpflichtet werden. Darauf hat der Besucher angespielt. Wie sich zeigte, war er ein Kurier, der überhaupt nichts mit ihnen zu tun hatte. Er war dienstlich in Deutschland und brauchte ein sicheres Haus. Kuriere bevorzugen diese Art Unterbringung, weil man in Hotels leicht Spuren hinterlässt. Sie sind ausgesprochen paranoid, weil die weitgespannten neuen Netzwerke sichere Nachrichtenverbindungen sehr schwierig machen. Sie glauben, dass wir ihre Handys abhören, was vermutlich stimmt, ihre E-Mails mitlesen, was wir bald können werden, und ihre Post öffnen. Deshalb setzen sie Kuriere ein, die in Wirklichkeit Boten sind. Sie sind nicht mit Aktenkoffern unterwegs, die an ihr Handgelenk gekettet sind, sondern haben Fragen und die dazugehörigen Antworten im Kopf. So reisen sie hin und her, von Kontinent zu Kontinent, Frage, Antwort, Frage, Antwort. Sehr langsam, aber absolut sicher. Nirgends ein elektronischer Fingerabdruck, keine schriftlichen Aufzeichnungen und nichts zu sehen außer einem Kerl mit Goldkettchen, der wie Millionen andere durch ein Flughafenterminal geht.«

White fragte: »Wissen wir, ob Hamburg sein Bestimmungsort war? Oder hat er dort nur Station gemacht, bevor er weitergereist ist?«

Sinclair antwortete: »Er hatte in Hamburg zu tun.«

»Aber nicht bei den Jungs in dem Haus.«

»Nein, bei jemand anders.«

»Wissen wir, wer ihn geschickt hat? Gehen wir davon aus, dass es dieselben Kerle im Jemen und in Afghanistan waren?«

»Wir vermuten stark, dass es dieselben Leute waren. Auch wegen eines weiteren Umstands.«

Waterman fragte: »Und der wäre?«

»Durch einen statistisch nicht sehr verwunderlichen Zufall

hat der Kurier einen der Saudis in dem Haus gekannt. Sie waren ein Vierteljahr im selben Ausbildungslager im Jemen, haben Häuserkampf geübt und mit Kalaschnikows geschossen. Die Welt ist eben klein. Die beiden haben sich mehrmals kurz unterhalten, und der Iraner hat einiges davon mitbekommen.«

»Was hat er gehört?«

»Der Kerl hat auf einen Treff gewartet, der in zwei Tagen stattfinden sollte. Der Treffpunkt ist nie erwähnt oder zumindest nicht verstanden worden, hat aber anscheinend in der Nähe des sicheren Hauses gelegen. Der Kurier hatte keine Nachricht zu überbringen. Ihm sollte etwas mitgeteilt werden. Ein Eröffnungsstatement, sagt der Iraner. Eine Art Positionsbestimmung. Das war aus dem Kontext herauszulesen. Der Kurier sollte sich diese Mitteilung merken und mit zurücknehmen.«

»Das klingt, als hätten Verhandlungen begonnen. Mit einem Eröffnungsgebot.«

Sinclair nickte. »Wir erwarten, dass der Kurier zurückkommt. Mindestens einmal. Mit einem Ja oder Nein.«

»Haben wir eine Ahnung, worum es dabei geht?«

Sinclair schüttelte den Kopf. »Aber die Sache ist wichtig. Davon ist der Iraner überzeugt, denn der Kurier war ein Elitekrieger – genau wie er selbst. Er muss innerhalb der Organisation gut angeschrieben sein, denn wieso hätte er sonst eine Rolex und italienische Slipper und vier Reisepässe bekommen? Er war keiner aus dem Fußvolk, sondern jemand, der wichtige Mitteilungen wichtiger Leute überbringt.«

»Ist's zu dem Treff gekommen?«

»Am Spätnachmittag des zweiten Tages. Der Kerl war fünfzig Minuten außer Haus.«

»Und was dann?«

»Am Morgen danach ist er sehr früh abgereist.«

»Keine weiteren Gespräche?«

»Nur eines, das aber sehr lohnend war. Der Kerl hat alles ausgeplaudert. Er hat seinem Freund erzählt, welche Informationen er mit nach Hause nehmen würde. Einfach so. Er konnte nicht anders. Weil er davon beeindruckt war, glauben wir. Allein vom Umfang. Nach Aussage des Iraners hat er sehr aufgeregt gewirkt. Diese Leute sind junge Männer Anfang zwanzig.«

»Woraus hat die Information bestanden?«

»Sie war ein Eröffnungsstatement. Eine Ausgangsposition. Genau wie der Iraner vermutet hatte. Kurz und knapp.«

»Die Aussage?«

»›Der Amerikaner will hundert Millionen Dollar.‹«

3

Sinclair setzte sich auf, rückte etwas näher an den Tisch heran, als wollte sie ihre Punkte betonen, und sagte: »Der Iraner ist allen Berichten zufolge sehr clever, kann sich gut ausdrücken und versteht auch Nuancen. Der Stationsleiter hat lange mit ihm darüber gesprochen, und wir sind der Überzeugung, dass das eine schlichte Tatsachenbehauptung war. In den bewussten fünfzig Minuten hat der Kurier sich mit einem Amerikaner getroffen. Bei diesem Treff hat der Amerikaner ihm mitgeteilt, er wolle hundert Millionen Dollar. Als Preis für irgendetwas. Dieser Kontext war klar. Aber mehr ist vorläufig nicht bekannt. Welcher Amerikaner das war, wissen wir nicht. Wofür er hundert Millionen will, wissen wir nicht. Wer sie zahlen soll, wissen wir nicht.«

White sagte: »Aber hundert Millionen engen das Feld ziemlich ein. Selbst wenn er sich auf fünfzig runterhandeln lässt, ist das noch ein Haufen Geld. Wer verfügt über solche Mittel? Massenhaft Leute, könnte man sagen, aber die hätten alle in einer einzigen Rolldatei Platz.«

»Falscher Ansatz«, warf Reacher ein. »Der Verkäufer ist in jedem Fall wichtiger, als es die Käufer sind. Wofür würden Leute, die im Jemen den Dschihad planen, hundert Millionen Dollar ausspucken? Und welcher Amerikaner in Hamburg hat so etwas zu verkaufen?«

Waterman sagte: »Hundert Millionen sind eine Menge Geld. Ein Preis dieser Art würde mir ein bisschen Sorgen machen.«

Sinclair nickte, dann sagte sie: »Dieser Preis macht uns große Sorgen. Er scheint ernst gemeint zu sein. Und er ist höher als alle bisherigen. Schon deshalb ziehen wir alle Register. Wir haben weltweit alle unsere Agenten alarmiert. Hunderte von Leuten arbeiten schon angestrengt. Aber wir brauchen mehr. *Ihr* Job wird es sein, diesen Amerikaner aufzuspüren. Befindet er sich noch im Ausland, ist die CIA zuständig, und Mr. White hat das Kommando. Hält er sich wieder in den Staaten auf, ist das FBI zuständig, und Special Agent Waterman löst ihn ab. Und weil die weitaus meisten Amerikaner, die zu irgendeinem Zeitpunkt in Deutschland leben, beim Militär sind, brauchen wir Major Reacher, der mit einem oder beiden von Ihnen zusammenarbeiten wird.«

Reacher sah erst Waterman, dann White an. In ihren Augen standen Fragen, wie vermutlich auch in seinen.

Sinclair sagte: »Personal und Material treffen morgen früh ein. Sie können jederzeit alles haben. Aber Sie sprechen nur mit mir, Mr. Ratcliffe oder dem Präsidenten. Diese Einheit steht unter Quarantäne. Selbst wenn Sie nur eine Schachtel Bleistifte wollen, wenden Sie sich an mich, Mr. Ratcliffe oder den Präsidenten. In der Praxis natürlich an mich. Koordiniert werden Ihre Ermittlungen im West Wing. Keiner von Ihnen darf persönlich identifizierbar sein. Weil hundert Millionen Dollar eine Menge Geld sind, könnten Ministerien in den Fall verwickelt sein. Der Amerikaner kann im Außenministerium, im Justizministerium oder im Pentagon arbeiten. Sie könnten versehentlich mit dem Falschen sprechen. Also dürfen Sie mit niemandem reden. Das ist Regel Nummer zwei.«

Waterman fragte: »Was war Regel Nummer eins?«

»Regel Nummer eins lautet: Der Iraner darf nicht verbrannt werden. Wir dürfen nichts tun, was zu ihm zurückverfolgt werden könnte. Wir haben viel in ihn investiert und werden ihn zukünftig brauchen, weil wir nicht wissen, was als Nächstes passieren wird.«

Dann schob sie ihren Sessel zurück, stand auf und ging zur Tür. Bevor sie verschwand, sagte sie noch: »Denken Sie daran: wie mit Feuer unterm Hintern.«

Reacher lehnte sich in seinen Sessel zurück. White sah ihn an und sagte: »Es muss um Panzer und Flugzeuge gehen.«

Reacher erklärte: »Unsere nächsten Panzer stehen tausend Meilen vom Jemen oder Afghanistan entfernt. Tausende von Soldaten würden Wochen und Wochen brauchen, um sie zu verlegen. Da wär's einfacher, den Jemen oder Afghanistan zu ihnen zu bringen. Auch schneller und unauffälliger.«

»Dann also Flugzeuge.«

»Wahrscheinlich könnte man mit hundert Millionen ein paar Piloten zum Überlaufen motivieren. Vielleicht drei oder vier. Ich bezweifle, dass es in Afghanistan genügend lange Landebahnen gibt. Aber vielleicht im Jemen. Das wäre also theoretisch möglich. Nur würden Flugzeuge ihnen nichts nützen. Sie bräuchten außerdem Hunderte Tonnen Ersatzteile und Hunderte von Ingenieuren und Technikern. Und viele hundert Flugstunden. Und wir würden sie binnen fünf Minuten aufspüren und mit Lenkwaffen am Boden zerstören. Oder vielleicht geht das jetzt schon ferngesteuert.«

»Gut, dann eben andere militärische Hardware.«

»Aber welche? Eine Million Gewehre zum Stückpreis von hundert Dollar? So viele haben wir nicht.«

Waterman sagte: »Es könnte ein Geheimnis, ein Codewort, ein Passwort, eine Formel, eine Landkarte, ein Plan, ein Diagramm, eine Liste, eine Blaupause der Sicherungssysteme der Fed, eine kommerzielle Rezeptur oder die Summe aller Bestechungsgelder sein, die nötig wären, um ein Gesetz in allen fünfzig US-Bundesstaaten durchzubringen.«

White fragte: »Sie denken an Datenmaterial?«

»Was lässt sich sonst unauffällig kaufen und verkaufen und ist so viel wert? Vielleicht Diamanten, aber die gibt's in Antwerpen, nicht in Hamburg. Vielleicht auch Drogen, aber kein Amerikaner besitzt solche Vorräte, die er gleich verschiffen könnte. Das ist etwas für Mittel- und Südamerika. Und Afghanistan baut selbst Mohn an.«

»Wie sieht das Worst-case-Szenario aus?«

»Das geht über meine Besoldungsgruppe hinaus. Fragen Sie Ratcliffe. Oder den Präsidenten.«

»Und Ihre persönliche Einschätzung?«

»Wie sieht Ihre aus?«

»Ich bin Nahostexperte. Für mich gibt's nur Worst-case-Szenarios.«

»Pockenerreger«, meinte Waterman. »Das wäre mein schlimmster Fall. Oder irgendwas in dieser Art. Ein Pestausbruch. Eine biologische Waffe. Oder Ebola. Oder ein Gegenmittel. Oder ein Impfstoff. Was bedeuten würde, dass sie den Erreger schon haben.«

Reacher starrte die Decke an.

Diese Sache würde vielleicht nicht gut enden.

Das klingt nicht glücklich, aber Sie solltens sein.

So lange wie nötig, denke ich.

Garber hatte in Rätseln gesprochen.

White sah ihn an und fragte: »Worüber denken Sie nach?«

Reacher antwortete: »Über den Widerspruch zwischen Regel Nummer eins und dem Rest. Wir dürfen den Iraner nicht verbrennen. Was bedeutet, dass wir die Hände von dem Kurier lassen müssen. Wir dürfen einen Ort, zu dem er uns führt, nicht mal observieren. Weil wir offiziell nicht wissen, dass es den Kurier gibt. Außer durch einen Insidertipp.«

»Das ist hinderlich«, sagte Waterman, »aber kein Widerspruch. Wir müssen eine Möglichkeit finden, darum herumzukommen. Sie brauchen diesen Mann.«

»Hier geht's in erster Linie um Effizienz. Sie müssen frühzeitig wissen, wer diese Männer sind. Sie müssen Netzwerke aufspüren und Datenbanken anlegen. Deshalb sollten sie sich ganz auf die Kuriere konzentrieren. Mündliche Fragen und Antworten im Kopf, Reisen von einem Kontinent zum anderen, Frage, Antwort, Frage, Antwort. Sie wissen *alles*. Sie sind hundert Insider wert. Weil sie das Gesamtbild vor Augen haben. Was hat der Iraner vorzuweisen? Nichts als vier Wände in Hamburg und erzwungene Untätigkeit.«

»Trotzdem darf er nicht geopfert werden.«

»Sie könnten ihn in dem Augenblick abziehen, in dem sie sich den Kurier schnappen. Sie könnten ihm ein Haus in Florida schenken.«

White sagte: »Der Kurier würde nicht reden. Das sind Stammessachen, die tausend Jahre zurückreichen. Sie verraten einander nicht. Mit unseren zahmen Methoden ist nichts aus ihnen rauszukriegen. Also ist's clever, den Insider zu belassen, wo er ist. Sie wissen echt nicht, was uns bevorsteht. Ein frühzeitiger Hinweis wäre nett. Selbst ein paar Andeutungen.«

Reacher fragte: »Wissen Sie, was uns bevorsteht?«

»Irgendwas ist aus dem Ruder gelaufen. Nichts ist mehr wie früher.«

»Haben Sie schon mal mit Ratcliffe zusammengearbeitet? Oder mit Sinclair?«

»Niemals. Und Sie?«

Waterman sagte: »Sie haben uns nicht ausgewählt, weil sie uns kennen, sondern weil wir uns zum fraglichen Zeitpunkt nicht in Hamburg aufhielten. Wir waren anderswo im Einsatz. Folglich können wir nicht die falschen Leute sein, mit denen man keinesfalls reden sollte.«

Eine Einheit in Quarantäne, hatte Sinclair gesagt, und so fühlte es sich auch an. Drei Kerle in einem Raum, von der restlichen Welt abgeschottet, weil sie alle infiziert waren – mit einem Alibi.

Kurz nach neunzehn Uhr holte Reacher seine Sachen aus dem Auto und trug sie nach oben in sein Zimmer, das am Ende eines Korridors mit drei Räumen lag, die wie große Büros aussahen und vielleicht gestern noch welche gewesen waren. Zu seinem geräumigen Zimmer gehörte auch ein Bad. Dies war die Suite einer Führungskraft. Nicht für ein Bett, sondern für einen Schreibtisch ausgelegt, aber trotzdem gut geeignet.

Um ein Abendessen zu bekommen, setzte er sich in den alten Caprice, fuhr durch McLean und bog instinktiv auf die Art Straßen ab, die in die Art Stadtteile führten, in denen es die Art Restaurants geben würde, die er suchte. Nicht jedermanns Wahl, aber durch seinen Metabolismus bedingt. Er entdeckte eine Leuchtreklame und glänzendes Aluminium neben einer Tankstelle an einer Zufahrt zur Interstate. Ein Diner, alt genug, um sogar authentisch zu sein. Ein paar Dellen und blinde Flecken. Ziemlich viele Meilen auf dem Tacho.

Er bog von der Straße ab, parkte, zog die verchromte Tür auf und trat ein. Auch die Luft unter dem kalten Neonlicht war kalt. Als Erstes sah er eine Frau, die er kannte. Ganz allein in einer Sitznische. Aus der vorletzten von ihm kommandierten Einheit. Die beste Soldatin, mit der er je zusammengearbeitet hatte. Auf zurückhaltende Art vielleicht sogar seine beste Freundin, wenn Freundschaft bedeutete, dass man Dinge ungesagt lassen durfte.

Im ersten Augenblick hielt er das für einen nicht besonders erstaunlichen Zufall. Die Welt war klein, und im näheren Umkreis des Pentagon wurde sie noch kleiner. Dann korrigierte er sich jedoch selbst. In der großen Zeit der 110th MP war sie jahrelang seine erste Sergeantin gewesen. Sie hatte eine wichtigere Rolle als die meisten gespielt. Vielleicht wichtiger als seine.

Weil sie ausgesprochen clever war.

Viel zu clever, um zufällig hier zu sitzen.

Er trat an ihren Tisch. Sie bewegte sich nicht. Sie beobachtete sein Spiegelbild auf der gewölbten Rückseite eines Löffels. Er glitt auf die Sitzbank ihr gegenüber und sagte: »Hallo, Neagley.«

4

Sergeant Frances Neagley sah von ihrem Löffel auf und sagte: »Von allen Diners dieser Welt… Wie wahrscheinlich ist das denn?«

Reacher sagte: »Sorgfältig ausgerechnet, möchte ich wetten.«

»Ich habe vermutet, dass du aus dem unbewussten Drang, D.C. hinter dir zu lassen, nach Westen fahren würdest. Ich konnte mir denken, wo du abbiegen würdest, sodass du hier landen müsstest. Ich habe angenommen, dass die Besprechung zwei Stunden lang dauern würde und du anschließend zum Essen fahren würdest.«

»Ich bin in einer Schule.«

»Nein, das ist keine. Der Lehrgang hat einen unsinnigen Namen.«

»Die Namen sind immer unsinnig.«

»Dieser ist schlimmer als die meisten.«

»Ich bin in einer Schule.«

»Das täten sie dir nicht an. Nicht solange Garber lebt und atmet.«

»Ich kann nicht darüber reden. Es ist zu langweilig.«

»Lass mich einfach raten. Diese sogenannte Schule dient als Tarnung für irgendetwas. Bedenkt man, wie erfolgreich du in letzter Zeit warst, muss die Sache sehr wichtig sein. Was bedeutet, dass du alles bekommst, was du verlangst. Vor allem Personal. Also hättest du mich morgen früh sowieso angerufen. Warum willst du's mir nicht zwölf Stunden früher erzählen?«

Neagley trug einen Flecktarn-Kampfanzug mit ordentlich aufgekrempelten Ärmeln, hielt die Ellbogen aufgestützt. Sie hatte eine schwarze Kurzhaarfrisur, dunkle Augen und einen sonnengebräunten Teint. Ihre glatte Haut wirkte weich, aber dieser Eindruck trog. Reacher hatte sie in Aktion erlebt. Sie war schnell und außergewöhnlich stark und würde sich hart und sehnig anfühlen. Aber das wusste er nicht. Er hatte sie noch nie berührt. Ihr noch nicht mal die Hand geschüttelt.

Er sagte: »Ich weiß nicht genau, was wir brauchen werden. Wahrscheinlich sollten wir damit anfangen, Listen zu erstellen. Anhand von Versetzungen und Abkommandierungen. US-Soldaten, die sich an einem bestimmten Tag in Deutschland aufhielten. Und Zivilamerikaner, die bei der Einreise registriert worden sind.«

»Warum?«

»Wir müssen einen bestimmten Amerikaner finden, der zu einem bestimmten Zeitpunkt in Hamburg war.«

»Warum?«

»Er will einer Gruppe böser Kerle neuen Stils aus dem Jemen und Afghanistan etwas verkaufen, das hundert Millionen Dollar wert ist.«

»Wissen wir, was er verkauft?«

»Keine Ahnung.«

»Binnengrenzen könnten problematisch sein. Die werden in der Europäischen Union praktisch nicht kontrolliert. Also dürften die Registrierungen unvollständig sein.«

»Genau. Hier geht's um mathematische Wahrscheinlichkeiten. Aber wir könnten die Chancen etwas verbessern. Wir könnten uns ansehen, wer ungefähr eine Woche vorher in die Schweiz ein- und ausgereist ist. Als der Kerl seine endgültige Entscheidung getroffen hat. Er wollte verkaufen. Er wollte den Bieterprozess eröffnen. Der natürlich nicht beliebig lange dauern kann. Also musste er vorbereitet sein – und dazu brauchte er ein Bankkonto in der Schweiz. Vermutlich in Zürich. Um für alle Fälle gewappnet zu sein. Dann ist er nach Hamburg zurückgekehrt und hat seinen Preis genannt.«

»Was ebenfalls nur wahrscheinlich ist. Daher kann es kein ausschließender Faktor sein. Vielleicht geht's um ein altes, schon vor Jahren eingerichtetes Konto. Dies braucht nicht sein erster Auftritt als böser Bube zu sein. Oder er hat sein Geheimkonto woanders, beispielsweise in Luxemburg.«

»Deshalb habe ich gesagt, dass ich nicht genau weiß, was wir brauchen.«

»Glaubst du, dass er beim Militär ist?«

»Dafür spricht einiges. Auch Amerikaner in Korea oder auf Okinawa kämen infrage. Das ist eine weitere Liste, die wir für alle Fälle brauchen. Was könnte ein Soldat verkaufen? Militärische Geheimnisse? Oder geht's um Hardware? Dann müssen wir an etwas Unauffälliges wie einen Container, einen Lastwagen oder einen Van denken und eine Liste von Dingen aufstellen, die reinpassen würden und hundert Millionen wert wären.«

»Es müsste etwas sein, das im Betrieb zuverlässig und wartungsarm ist. Technisches Personal wird jedenfalls nicht mitgeliefert.«

»Okay, das solltest du berücksichtigen. Stell eine Hauptliste mit allen übrigen Listen zusammen. Mehr können wir im Augenblick nicht tun. Richte dich darauf ein, morgen gegen neun Uhr angefordert zu werden. Früher schaffen sie's wahrscheinlich nicht. Alles läuft dann über den Nationalen Sicherheitsrat, über eine Frau namens Marian Sinclair.«

»Von der habe ich schon gehört«, sagte Neagley. »Sie ist Ratcliffes Stellvertreterin.«

»Überleg dir schon mal, was sie alles für uns erledigen soll. Wir dürfen keine Zeit verlieren.«

»Ist diese Sache ein großes Problem?«

»Es könnte eines sein. Wenn unsere Vermutungen zutreffen. Das müssen sie aber nicht. Hier geht's um einen einzigen mitgehörten Satz. Der kann ein Scherz gewesen sein. Oder irgendein Insidersarkasmus. Vielleicht ist das jemenitischer Slang für sehr wenig. Aber falls auf dem Preisschild wirklich hundert Millionen stehen, ist das natürlich ein Problem.«

Die Bedienung kam an ihren Tisch, und sie bestellten. Dann sagte Neagley: »Glückwunsch zu dem Orden.«

Reacher nickte dankend.

»Alles in Ordnung mit dir?«

»Alles bestens.«

»Ehrlich?«

»Bist du meine Mom oder was?«

»Was hältst du von Sinclair?«

»Ich mag sie.«

»Wer spielt sonst noch mit?«

»Ein Mann namens Waterman vom FBI. Ein cleverer Ermittler der alten Schule. Und ein Typ namens White von der CIA, der ständig unter Strom steht. Vermutlich aus gutem Grund. Bisher haben sie sich in mehrfacher Hinsicht als kompetent erwiesen, haben vernünftige Ansichten geäußert. Wahrscheinlich fordern sie morgen eigene Mitarbeiter an. Und ich vermute, dass uns jemand vom Sicherheitsrat vor die Nase gesetzt wird, der uns beaufsichtigt und unsere Mitteilungen an Sinclair weiterleitet.«

»Wieso magst du sie?«

»Sie war ehrlich. Ratcliffe auch. Sie laufen echt wie mit Feuer unterm Hintern herum.«

»Du solltest deinen Bruder im Finanzministerium anrufen. Er könnte auf telegrafische Überweisungen achten. Hundert Millionen Dollar müssten selbst auf staatlicher Ebene auffallen.«

»Die Anfrage müsste über Sinclair laufen.«

»Willst du dich wirklich daran halten?«

Reacher sagte: »Sie denkt, es könnte irgendwer sein. Sie will nicht, dass wir dem Falschen einen Hinweis geben, der uns verrät. Aber sie versteht den springenden Punkt nicht. Hier geht's nicht um jemanden, sondern um alle. Mehr oder weniger. Diese Fahndung ist breit angelegt. Unser Kerl ist zweifellos einer von vielen. Wir werden alle möglichen Leute fassen, die zu Geheimtreffen in die Schweiz fahren oder mit Koffern voller Geld von dort zurückkommen. Mit dubiosen Absichten unterwegs, um alle möglichen Dinge zu kaufen, zu verkaufen oder einzutauschen. Damit werden wir uns eine Menge zivile und militärische Feinde machen. Aber wir dürfen nicht allzu viel Hintergrundrauschen erzeugen. Zumindest nicht anfangs. Dafür ist Geheimhaltung nützlich. Deshalb finde ich, wir sollten vorerst bei Sinclair bleiben. Ob wir davon abweichen wollen, können wir bei Bedarf später entscheiden.«

»Verstanden«, meinte Neagley.

Die Bedienung brachte ihre Teller, und sie begannen zu essen. Acht Uhr abends in McLean, Virginia.

Acht Uhr abends in McLean, Virginia, war in Hamburg zwei Uhr am nächsten Morgen. Spät, aber der Amerikaner war noch wach. Er lag im Bett auf dem Rücken und starrte eine Zimmerdecke an, die er noch nie gesehen hatte. Eine nackte Nutte kuschelte sich in seiner Armbeuge an ihn. Dies war ihr Apartment. Es war sauber und aufgeräumt, roch gut und zeugte von vagem Besitzerstolz. Nicht billig, aber das war auch sie nicht. Was in Ordnung war. Schließlich würde er bald sehr reich sein. Deshalb war eine kleine Feier angezeigt gewesen. Und er mochte teure Frauen. Mit ihnen machte es mehr Spaß. Er hatte keine speziellen Wünsche, aber der Grad des Enthusiasmus zählte. Damit hatte sie nicht gegeizt. Und dann hatten sie miteinander geredet. Buchstäblich Bettgeflüster. Sie hatten gekuschelt. Sie hatte sich für ihn interessiert. Sie war eine gute Zuhörerin.

Er hatte zu viel erzählt.

Seiner Einschätzung nach waren Nutten bessere Psychologen als studierte Psychologen, weil sie den Unterschied zwischen Imponiergehabe und Angeberei, Bullshit und manischen Träumen erkannten. Dazwischen existierte noch ein kleiner Sektor Wahrheit. Kein Bekenntnis wie in der Beichte. Eher eine glückliche Wahrheit, die man einfach jemandem erzählen musste. Sie war auf einer Woge freudiger Erwartung einfach herausgeplatzt. Er fühlte sich großartig. Sie war ihr Geld wert.

Er schwebte auf Wolke sieben. Er hatte sein Vorhaben erwähnt, sich eine Ranch in Argentinien zu kaufen. Etwas größer als Rhode Island, hatte er gesagt.

Was nicht viel bedeutete, aber sie würde sich daran erinnern. Und in Deutschland hatten Frauen wie sie keine Angst vor der Polizei. Hier herrschten Recht und Gesetz. Alles wurde toleriert, solange es reguliert war. Wenn die Jagd begann, würde sie bereitwillig zur Polizei gehen und von dem amerikanischen Freier erzählen, der sich in der Pampa eine Ranch größer als Rhode Island kaufen wollte. Das sei eine Art Kompensation gewesen, würde sie sagen. Etwas, mit dem er sich hatte beweisen wollen. Weil er nie richtig steif gewesen war. Und die Polizisten würden pflichtbewusst alles zu Protokoll nehmen und dann jemanden anrufen, der sich mit solchen Sachen auskannte, und so entdecken, dass eine Ranch größer als Rhode Island auch in der Pampa verdammt teuer war.

Eine einfache Überprüfung aller großen Immobilienkäufe in einem einzigen Land der Welt würde die Cops geradewegs zu seiner neuen Haustür führen.

Dumm.

Seine eigene Schuld.

Er bewegte sich in Gedanken durchs Zimmer, verfolgte seine Schritte zurück, machte sich bewusst, was er angefasst hatte. Außer ihr nicht viel. Waren seine Fingerabdrücke auf ihrer Haut? Das bezweifelte er. Außerdem würden sie verwischt sein. Seine DNA war in ihrem Magen, aber dort wurde sie von starken Säuren und Verdauungsenzymen angegriffen. Und Untersuchungsmethoden wurden erst entwickelt. Sie befanden sich noch in der PR-Phase. Die Wissenschaft würde den Fall ablehnen, weil sie fürchtete, öffentlich zu scheitern.

Also ungefährlich.

Was verrückt war.

Aber auch wieder logisch. Wenn schon, denn schon. Alles oder nichts. Er war festgelegt. Er hatte sich gefragt, wie es sich anfühlen würde. Wie sich zeigte, hatte es Ähnlichkeit mit einem Sturz. Vielleicht mit einem Fallschirmsprung. Mit dem langen freien Fall, bevor der Schirm sich öffnet. Fallen und fallen. Dagegen war er machtlos. Er konnte nur tief durchatmen, sich entspannen und es geschehen lassen.

Er hatte das Hotel ungesehen durch die Tiefgarage verlassen. Ohne bestimmten Grund, nur weil dies der kürzeste Weg zu einer Bar war, die er kannte. Sie hatte dort geparkt, um ihren abendlichen Raubzug zu beginnen. Später Abend, luxuriöse Umgebung, reiche Gäste. Eine andere Welt. Jetzt allerdings nicht mehr. Er konnte alles haben, was er wollte. Schon das Fragen machte Spaß. Gleich hier in der Tiefgarage. Und wenn er sich täuschte? Aber er hatte richtig getippt. Er hatte sie schon mehrere Male hier gesehen. Sie lächelte und nannte einen sehr hohen Betrag. Er hätte gern das Zehnfache gezahlt, nur weil ihm gefiel, wie sie vor ihm stand. Und sie kam gerade aus der Dusche. Keine Jungfrau, aber für den Alltag eine Art Ersatz.

Sie fuhr mit ihm in ihr Apartment zurück, das sie gerade erst verlassen hatte.

Gab es in der Tiefgarage Überwachungskameras?

Das glaubte er nicht. Er war jemand, der sehr genau auf Details achtete. Er war ein guter Beobachter. Ihm entging nicht leicht etwas. Das gehörte zu seinem Beruf. An der Garagendecke hatte er Brandschutzschaum, elektrische Leitungen, Abwasserrohre und die Sprühköpfe der Sprinkleranlage gesehen.

Keine Kameras.

Also ungefährlich.

Was verrückt war.

Aber auch wieder logisch.

Er legte sich den Ablauf in Gedanken zurecht, dann handelte er rasch und entschlossen. Sie hielt das Ganze anfangs für ein Rollenspiel. Als stellte er nach, was er auf dem VHS-Abspielgerät sah. Er drehte sie auf den Bauch und setzte sich auf sie, klemmte ihre Ellbogen mit den Knien fest und hockte wie ein Jockey zusammengekrümmt auf ihrem Gesäß, und sie stöhnte, wie sie's alle taten, und er beugte sich nach vorn und erwürgte sie von hinten, kraftvoll und schnell, um die Sache rasch hinter sich zu bringen. Sie versuchte zu strampeln und sich hochzustemmen, konnte sich aber unter seinem Gewicht kaum bewegen. Eigentlich blieben ihr nur ihre Füße, die mit den High Heels seinen Rücken zu treffen versuchten, was ihnen aber nicht ganz gelang, sodass sie hilflos zuckende Schwimmbewegungen zu machen schienen. Und dann hörten sie auf, und er drückte noch etwas fester zu, um ganz sicherzugehen, und dann machte er noch etwas länger weiter, bis er losließ und aus der Wohnung flüchtete.

Alles oder nichts.

5

Reacher schlief in seinem Schlafzimmer für Führungskräfte gut, wachte aber früh auf und war schon auf den Beinen, als der Lieferwagen eines Caterers um sieben Uhr mehrere große Pumpkannen Kaffee und ein riesiges Sandwichtablett von der Größe eines Mittelkreises brachte. Weit mehr, als drei Leute essen konnten. Also war Verstärkung unterwegs.

Ihre Babysitter trafen um sieben Uhr dreißig in Gestalt zweier Männer aus der mittleren NSC-Führungsebene ein. Beide Sinclair persönlich bekannt, wie sie am Telefon sagte, und offenbar vertrauenswürdig. Zwei Männer Anfang dreißig, beide leicht mürrisch, als setzten ihnen die Informationen zu, mit denen sie umgingen. Um acht Uhr waren ihre abhörsicheren Telefone freigeschaltet, und Reacher kam Waterman und White mit seiner Bedarfsmeldung zuvor, sodass Neagley um neun Uhr im Haus war und schon eine Flut von Informationen vom NSC anfordern konnte, bevor Watermans Assistent eintraf – immerhin zwanzig Minuten vor Whites. Diese Kerle sahen wie jüngere Versionen ihrer Bosse aus. Watermans Kerl hieß Landry; Whites Mann trug den berühmten Namen Vanderbilt, war aber nicht mit dem Multimillionär verwandt.

Sie stellten Möbel um, bis mitten im Lehrsaal ein dreiseitiges gemeinsames Kontrollzentrum entstand, das mit Neagley, Landry und Vanderbilt besetzt war. Die NSC-Babysitter bekamen das Büro, und Reacher, Waterman und White telefonierten aus den Ledersesseln am Konferenztisch. Um elf Uhr brummte der Laden. Um zwölf Uhr gab es erste Erkenntnisse. Sinclair rief nochmals an, um sich über alles berichten zu lassen.

Reacher sagte: »An dem bewussten Tag waren über zweihunderttausend Amerikaner in Deutschland. Etwa sechzigtausend Soldaten, dazu rund doppelt so viele Angehörige und ehemalige Soldaten, die noch nicht heimgereist waren. Außerdem ungefähr zwanzigtausend als Touristen und weitere fünftausend als Geschäftsreisende oder Kongressbesucher.«

»Das sind eine Menge Amerikaner.«

Reacher sagte: »Wir sollten nach Hamburg fliegen.«

»Wann?«

»Jetzt.«

»Wieso jetzt?«

»Irgendwann müssen wir hin. Nach Aktenlage ist dieser Fall nicht zu lösen.«

Sinclair fragte: »Agent Waterman, was denken Sie?«

Waterman sagte: »Das hängt davon ab, wie schnell solche Kuriere hin und her reisen. Das scheint ein ziemlich langwieriger Prozess zu sein. Wann erwartet unser Mann eine Antwort? Was wäre ein typisches Intervall?«

»In anderen Fällen sind's ungefähr zwei Wochen. Oft ein, zwei Tage weniger.«

»Wir wollen dort sein, wenn der Handel abgeschlossen wird. Das steht außer Zweifel. Aber bis dahin scheint noch Zeit zu sein. Ich würde erst nächste Woche nach Hamburg reisen. Mir wären weitere Hintergrundanalysen wichtig. Die könnten später Zeit und Mühe sparen.«

»Mr. White?«

White sagte: »Ich gehe davon aus, dass ich gar nicht nach Hamburg reise. Was sollte ich dort mit dem Fahnder und dem Auftragskiller? Fälle auf dem Papier zu lösen, ist meine Spezialität. Ich verlasse die Ostküste nur, wenn's unbedingt nötig ist.«

Sinclair fragte: »Major Reacher, weshalb wollen Sie jetzt nach Hamburg?«

Reacher antwortete: »Weil Mr. Ratcliffe versprochen hat, dass wir alles bekommen, was wir wollen.«

Sinclair fragte: »Hätten Agent Waterman oder Mr. White etwas dagegen, wenn Major Reacher jetzt allein nach Hamburg fliegt?«

White sagte: »Nein.«

Waterman erklärte: »Nicht, wenn er zusichert, nicht auf eigene Faust zu handeln.«

Ein Vorteil der Kommunikation durchs Weiße Haus war die Vorzugsbehandlung bei Flug- und Hotelbuchungen. Binnen einer halben Stunde waren Reacher und Neagley für den abendlichen Nonstopflug nach Hamburg mit Lufthansa gebucht und hatten Reservierungen in einem Mittelklassehotel in der Nähe des bewussten Apartments in der guten Wohngegend, die Sinclair geschildert hatte: einigermaßen zentral, ziemlich teuer.

Sie blieben nachmittags noch in McLean und arbeiteten daran, Militärpersonal auszuschließen, indem sie Namen mit Manöverberichten abglichen. Ein Soldat konnte nicht mit einem Panzer auf einem Truppenübungsplatz unterwegs sein und gleichzeitig durch Hamburg spazieren. Das verringerte die Zahl der möglichen Täter dramatisch. Immerhin ein gewisser Erfolg. Dann gingen die ersten Meldungen von Fluggesellschaften über Flüge nach Zürich ein. Whites Assistent Vanderbilt erkannte, dass dies eine Aufgabe für ihn war: Er erklärte sich bereit, diese Namen zu überprüfen, während sie im Flugzeug saßen, und sie nach der Landung anzurufen, falls sich etwas Auffälliges ergab.

Schulische Zusammenarbeit, dachte Reacher. Vielleicht mit Erfolg?

Neagley fuhr sie mit Reachers Caprice zum Flughafen und stellte ihn auf Kosten des Steuerzahlers im Kurzzeit-Parkhaus ab. Ihre Version von Zivilkleidung bestand aus einer verspiegelten Sonnenbrille, einer abgewetzten Lederjacke über einem T-Shirt und einer echten Hose von Ralph Lauren, die Reacher zunächst für eine alte Marine-Corps–Hose wie seine eigene hielt. Sie hatte einen Koffer, er keinen. Sie flogen Touristenklasse, aber die Sitze waren luxuriös im Vergleich zu den Segeltuchsitzen in Militärmaschinen. Sie aßen, was Lufthansa servierte, kippten ihre Sitzlehnen etwas nach hinten und schliefen.

Vierundzwanzig Stunden nach der Flucht des Amerikaners roch es in dem Apartment des Callgirls viel weniger gut als zuvor. Dieser stärkere Geruch machte sich im Treppenhaus und durch den Küchenabzug bemerkbar. Die ohnehin missgünstigen Nachbarn riefen mitten in der Nacht die Polizei. Der Dispatcher schickte einen Streifenwagen los, dessen Besatzung dort nachsehen sollte. Der Geruch war so unverkennbar, dass der Hausmeister geweckt wurde und mit seinem Generalschlüssel kommen musste. Dann folgten vier Stunden mit Kriminalbeamten und Befragungen, Absperrband und Spurensicherern und zuletzt einem Krankenwagen und einem Leichensack.

Aus Sicht der Polizei gute Nachrichten und schlechte Nachrichten. Obwohl Hamburg eine ruppige Hafenstadt mit einem weltberühmten Rotlichtbezirk, Drogen und Graffiti am Hauptbahnhof war, fanden Morde hier eher selten statt. Weniger als einer pro Woche. Gewaltopfer erregten noch immer Aufsehen. Darauf konnten sich Karrieren gründen. Und die Polizei war stolz auf ihre Aufklärungsquote von fast neunzig Prozent. Das war die gute Nachricht. Die schlechte war, dass die restlichen zehn Prozent fast ausschließlich aus erstochenen Junkies und erwürgten Prostituierten bestand. Berufsrisiko. Keine Fälle fürs Lehrbuch. Der Täter war vermutlich längst auf hoher See, schlief in seiner Koje an Bord und war schon hundertfünfzig Kilometer von Hamburg entfernt.

Reacher und Neagley, die vom West Wing mit reichlich Geld ausgestattet waren, nahmen bei fahlem Sonnenschein und morgendlichem Berufsverkehr ein Mercedes-Taxi vom Flughafen in die Stadt. Ihr Hotel lag in einer ruhigen Allee mit Gebäuden aus Glas und beigem Klinkermauerwerk, vor denen kleine, aber teure Autos parkten. Ihre Zimmer lagen im dritten Stock, nicht sonderlich hoch, mit Blick über die Dächer. Die alte Hansestadt Hamburg konnte auf eine über tausendjährige Geschichte zurückblicken, aber keines der Dächer, die Reacher sah, war älter als fünfzig Jahre. Deutschland hatte England bombardiert, aber die Briten hatten sich mit Luftangriffen revanchiert und waren auf diesem Gebiet ziemlich gut geworden. Im Juli 1943 hatten sie einen Feuersturm entfacht, der Hamburg fast vernichtete. Dreihundert Meter hohe Flammen, Temperaturen von tausend Grad, die Luft brennend, die Straßen in Brand, Flüsse und Kanäle kochend. Vierzigtausend Tote bei einem einzigen Bombenangriff. England hatte im gesamten Krieg sechzigtausend Ziviltote zu beklagen. *Denn sie säen Wind und werden Sturm ernten.* Damit hatte Hosea, einer der zwölf minderen Propheten, den Nagel auf den Kopf getroffen.

Das Telefon in Reachers Zimmer klingelte. Neagley mit der Frage, wann sie sich zum Frühstück treffen wollten. Dann klingelte es nochmals. Vanderbilt, der in McLean, Virginia, eine Nachtschicht einlegte, mit den Namen von sechsunddreißig Amerikanern, die in der bewussten Woche von Hamburg nach Zürich gereist waren. *Wir werden alle möglichen Leute fassen,* hatte Reacher gesagt.

Er ging nach unten zum Frühstück, das mit Räucherschinken, französischem Käse und einem halben Dutzend Brotsorten sehr europäisch war. Er saß mit Neagley an einem Fensterplatz. Neun Uhr morgens in Hamburg, Deutschland.

Neun Uhr morgens in Hamburg war zwölf Uhr dreißig in Dschalalabad, Afghanistan. In der Küche eines weißen Lehmhauses wurde das Mittagessen zubereitet. Draußen herrschte ein heißes Wüstenklima wie in Arizona. Der Kurier wartete. Nach vier Linienflügen und dreihundert anstrengenden Kilometern mit einem Toyota-Pick-up war er nachts angekommen. Er hatte ein Frühstück bekommen und war angewiesen worden, im Vorzimmer zu warten. Dort hatte er schon oft gesessen. Hin und zurück, hin und zurück, das war sein Leben. In diesem Haus war er der einzige Mann ohne Vollbart oder AK-47.

Schließlich wurde er in einen kleinen heißen Raum geführt, in dem es von trägen Fliegen summte. Hier saßen zwei Männer auf Kissen, einer klein und dick, der andere groß und hager. Beide trugen schlichte weiße Gewänder und weiße Turbane.

Der Kurier sagte: »Der Amerikaner will hundert Millionen Dollar.«

Die Weißgekleideten nickten. Der Große sagte: »Das besprechen wir heute Abend beim Essen. Komm morgen früh zurück und hol dir unsere Antwort.«

Neagley hatte sich an der Rezeption einen Stadtplan von Hamburg geben lassen. Sie entfaltete ihn und strich ihn auf der Tischdecke glatt. Sie sagte: »Fünfzig Minuten Abwesenheit lässt auf einen Radius von ungefähr eineinhalb Kilometern schließen, denke ich. Zwanzig Minuten Hinweg, zehn Minuten Diskussion, zwanzig Minuten Rückweg. Wo haben sie sich vermutlich getroffen?«

Reacher sagte: »In einer Bar, in einem Coffeeshop oder auf einer Parkbank.«

Sie suchten und fanden das von den vier jungen Männern gemietete Apartment auf dem Stadtplan. Neagley beschrieb mit Daumen und Zeigefinger einen Kreis mit eineinhalb Kilometern Radius. Er umschloss ein Wohngebiet, in dem es nach Reachers Ansicht auch etwas gewerbliche Nutzung geben würde. Er kannte deutsche Großstädte und wusste, wie sie funktionierten. In diesem Teil der Welt, in diesem Teil der Stadt würden halbhohe Wohngebäude mit Büros oder kleinen Läden im Erdgeschoss vorherrschen. Natürlich Lebensmittelgeschäfte, aber vielleicht auch Juweliere, Reinigungen und Versicherungsagenturen. Und Bäckereien, Obstläden und Cafés, Restaurants und Bars. Eben ein Wohnviertel. Außerdem gab es dort vier handtuchgroße Parks mit jeweils einem halben Dutzend Bänken und Tauben, die man füttern konnte, was Filmspione immer taten.

Neagley sagte: »Schönes Wetter für einen Spaziergang.«

Ein Kreis mit eineinhalb Kilometern Radius oder drei Kilometern Durchmesser umschloss eine Fläche von sieben Quadratkilometern. Sie fanden das Apartmentgebäude in seinem Mittelpunkt, gingen daran vorbei, ohne es sich genau anzusehen, und standen dann mit ihrem Stadtplan wie Touristen an verschiedenen Straßenecken herum. Touristen gab es hier einige, sodass sie nicht auffielen.

Unterwegs registrierten sie eine Möglichkeit nach der anderen, darunter schon in den ersten fünf Straßen eine sogenannte Backboutique mit zwei goldenen Tischchen, drei Cafés und zwei Bars. Aber Reacher erklärte: »Der Treff war am Spätnachmittag. Also kommen Bäckereien nicht infrage. Bäckereien sind etwas für Vormittage. Ich denke, dass sie sich in einer Bar getroffen haben.«

»Oder in einem Park.«

»Wo würde der Amerikaner sich überlegen fühlen? Bei dem Gespräch ist verhandelt worden, stimmt's? Also würde er einen psychologischen Vorteil wollen. Eine Umgebung, in der er sich wohlfühlt, während dem anderen Kerl unwohl ist.«

»Vermuten wir, dass er ein Weißer ist?«

»Die Wahrscheinlichkeit spricht dafür.«

»Dann eine Skinhead-Bar.«

»Glaubst du, dass es in diesem Viertel so was gibt?«

»So was steht auf keinem Aushängeschild. Das ist eine Frage der Einstellung.«

Reacher sah auf den Stadtplan, suchte die richtigen Voraussetzungen: eine Kreuzung breiter Straßen, wo der Verkehr dichter und die Mieten niedriger sein würden, während es in den

Seitenstraßen Parkplätze gab. Er fand einen möglichen Ort. Auf dem Weg dorthin konnten sie sich noch zwei Parks ansehen.

Er sagte: »Schönes Wetter für einen Spaziergang.«

Aus gärtnerischer Sicht waren die Parks enttäuschend. Sie waren meist gepflastert und mit Pflanzkübeln voller grellbunter Blumenarrangements bestückt. Aber es gab dort Bänke, jeweils ein halbes Dutzend, und eine gewisse Abgeschiedenheit. Zwei Männer hätten auf zwei Bänken sitzen können. Der erste Mann hätte unbelauscht sprechen und dann gehen können, ohne dass jemand auf ihn achtete. Nur ein Mann auf einer Bank, dann ein zweiter. Einer kommt, einer geht.

Die Anlagen kamen für Treffs infrage.

Die verkehrsreiche Kreuzung unterschied sich nicht erheblich von anderen, aber dort herrschte etwas mehr Betrieb und mehr Straßenlärm. Zu den Läden, Cafés und Kneipen, die sich bis in die Seitenstraßen erstreckten, gehörte eine Bar, vor der vier Kerle mit Flaschen in der Hand auf dem Gehsteig standen und Bier tranken. Um zehn Uhr morgens. Alle vier hatten rasierte Schädel. Nicht sehr glatt und mit ein paar Schmissen, als hätten sie's selbst gemacht und seien stolz darauf. Sie waren jung, nicht älter als achtzehn bis zwanzig, aber bullig. Wie vier Rinderhälften. Nicht aus diesem Viertel, dachte Reacher. Oder versuchten sie, ihr Revier auszuweiten?

Neagley sagte: »Komm, wir trinken eine Tasse Kaffee.«

»Hier?«

»Diese Jungs haben uns etwas zu sagen.«

»Woher weißt du das?«

»Nur so ein Gefühl. Sie beobachten uns.«

Reacher drehte sich um und stellte fest, dass sie jetzt ihn anstarrten. In typischer Manier von Einheimischen: leicht herausfordernd und zugleich etwas ängstlich. Irgendwie auch animalisch, als schwankten sie plötzlich zwischen Kampf und Flucht. Als könnten sie jeden Augenblick erschreckt davongaloppieren.

Er fragte: »Was ist ihr Problem?«

Neagley sagte: »Das lässt sich feststellen.«

Also ging er voraus und hielt direkt auf den Eingang zu.

Die vier Jungs schlossen sich zusammen, vertraten ihm den Weg.

Der Vorderste fragte: »Bist du Amerikaner?«

Reacher antwortete: »Wie hast du das gemerkt?«

Der Junge sagte: »Wir wollen in dieser Bar keine Amis.«

6

Später gestand Reacher ein, dass er sofort zugeschlagen hätte, *peng!*, schon bevor das letzte Wort verhallt war, wenn der Kerl in seinem Alter gewesen wäre, denn warum sollte man einem Typen, der Streit suchte, seinen eigenen Zeitplan zubilligen? Aber dies hier war ein Junge, der aus Mitleid eine weitere Chance bekommen musste. Daher fragte Reacher sehr langsam: »Sprichst du Englisch?«

Der Junge sagte: »Ja, ich *spreche* Englisch.«

»Aber du drückst dich nicht deutlich aus. Was du gesagt hast, war missverständlich. Als ob du dächtest, in Deutschland gäbe es Bars, die für Amerikaner *off limits* sind. Aber das kannst du nicht gemeint haben. Wenn du willst, gebe ich dir gern Nachhilfe.«

»Deutschland ist für Deutsche.«

»Unbedingt«, sagte Reacher. »Aber ich bin trotzdem hier. Nur auf der Durchreise. Ich will bloß eine Tasse Kaffee trinken. Und ich versuche, dir die Chance zu geben, das Gesicht zu wahren und uns Platz zu machen, statt in den Hintern getreten zu werden.«

»Wir sind zu viert.«

»Wie lange hast du gebraucht, um alle abzuzählen? Nein, im Ernst, das interessiert mich.«

In einem Fenster der Bar war kurz ein Gesicht zu erkennen. Es verschwand gleich wieder.

Neagley sagte: »Komm wir gehen weiter. Die können wir ausschließen. Unser Mann wäre nicht reingekommen.«

Reacher fragte: »Was ist mit unserer Tasse Kaffee?«

»Bestimmt scheußlich.«

Der Junge sagte: »Er ist nicht scheußlich. Hier gibt's guten Kaffee.«

Reacher meinte: »Okay, du hast mich überzeugt. Jetzt geh mir aus dem Weg.«

Der Junge bewegte sich nicht.

Stattdessen erklärte er: »Hier sagen *wir*, was läuft. Nicht du. Die amerikanische Besetzung ist vorbei. Deutschland ist für Deutsche.«

»Das klingt, als wolltest du deswegen Streit mit mir anfangen.«

Der Junge trat einen Schritt vor.

Er sagte: »Wir haben keine Angst.«

Er redete wie der böse Kerl in einem alten Schwarz-Weiß-Film.

Reacher fragte ihn: »Glaubst du, dass die Zukunft euch gehört?«

»Ja, das glaube ich.«

»Immer wieder das Gleiche zu tun und auf ein anderes Ende zu hoffen, ist verrückt, weißt du das? Darüber sind die Ärzte sich heutzutage einig. Übrigens stammt diese Aussage von Einstein, glaube ich. Und der war Deutscher, richtig? Denk mal darüber nach.«

»Ihr solltet gehen.«

»Ich zähle bis drei, Kid. Geh mir aus dem Weg!«

Keine Antwort.

»Eins.«

Keine Reaktion.

Reacher schlug bei zwei zu. Das war natürlich unfair, aber warum, zum Teufel, nicht? Die Schmuseperiode war längst abgelaufen. Willkommen in der Realität, Kid. Eine Gerade ans Sonnengeflecht. Eine humanitäre Geste. Als betäubte man ein Stück Schlachtvieh. Der zweite Kerl kam weniger gut weg. Der eigene Schwung wurde ihm zum Verhängnis. Er stolperte gegen Reachers Ellbogen, bekam ihn genau zwischen die Augen und behinderte beim Zusammenbrechen den vierten Kerl gerade lange genug, dass Reacher den dritten mit einem weiteren Ellbogenstoß flachlegen konnte. Damit war der vierte Kerl fast wehrlos allen möglichen Angriffsmethoden ausgeliefert. Reacher entschied sich für einen Tritt zwischen die Beine – für maximale Wirkung bei minimaler Anstrengung.

Er stieg über das Gewirr von Beinen hinweg und betrat die Bar. Hinter der Theke stand ein alter Mann. Gäste hatte er keine. Der Alte war ungefähr siebzig. So alt wie Ratcliffe. Aber in weit schlechterer Verfassung. Er sah blass und runzlig, grau und bucklig aus.

Reacher fragte: »Sprechen Sie Englisch?«

Der alte Mann sagte: »Ja.«

»Ich habe beobachtet, wie Sie aus dem Fenster gesehen haben.«

»Tatsächlich?«

»Sie kennen diese Jungs dort draußen.«

»Was ist mit denen?«

»Sie wollen hier nur deutsche Gäste reinlassen. Sind Sie damit einverstanden?«

»Ich kann mir aussuchen, wen ich bedienen will. Das ist mein gutes Recht.«

»Wollen Sie mich bedienen?«

»Nein, aber ich tu's, wenn ich muss.«

»Taugt Ihr Kaffee etwas?«

»Er ist gut, sehr gut.«

»Danke, ich will keinen. Ich möchte nur eine Antwort auf eine Frage, die mich schon immer interessiert hat.«

»Welche ist das?«

»Wie fühlt es sich an, einen Krieg zu verlieren?«

Sie gingen weiter, gaben jedoch in der vierten oder fünften Straße auf. Es existierten einfach zu viele plausible Orte. Vermutungen über persönliche Vorlieben engten das Feld etwas ein, aber trotzdem blieben zu viele Optionen für alle möglichen Szenarien. Wo die beiden Männer sich getroffen haben mochten, ließ sich auf diese Weise nicht feststellen.

Reacher sagte: »Wir müssen die Sache andersherum aufziehen. Wir igeln uns hier ein, warten auf die Rückkehr des Kuriers und folgen ihm zu seinem Treff. Und beobachten, mit wem er sich trifft. Was unter den hiesigen Umständen sehr schwierig sein dürfte. Auf diesen Straßen erfordert das viel Geschick. Und eine Menge Leute. Wir brauchen ein spezialisiertes Überwachungsteam.«

Neagley sagte: »Nein, das geht nicht. Wir dürfen den Iraner nicht verbrennen.«

»Wir würden die Finger von ihm lassen. Und wir würden warten, bis es so weit ist. Wir wollen nur sehen, mit wem er sich trifft. Sobald wir das wissen, können wir später aus anderer Richtung gegen ihn vorgehen. Wir können Ermittlungen vortäuschen, die uns zu ihm führen. Oder echte Ermittlungen anders dokumentieren. In beiden Fällen käme der Kurier gar nicht ins Spiel. Und der Status des Iraners bliebe unverändert.«

»Hat überhaupt noch jemand Überwachungsteams aus Spezialisten?«

»Die CIA bestimmt.«

»In jedem Konsulat? Noch heute? Das bezweifle ich. Wir sind bestimmt nur zu zweit. Was verdammt schwierig wird, wie du schon gesagt hast. Vor allem weil das Apartmentgebäude vermutlich einen Hintereingang hat. Dann sind wir von Anfang an getrennt.«

Reacher sagte: »Vielleicht hat Waterman Leute.«

»Aber vielleicht nicht genug.«

»Wir können haben, was wir wollen. Das hat der Mann gesagt.«

»Ich weiß nicht recht, ob er's so gemeint hat. Er wird sagen, schon die Überwachung des Apartments sei für den Iraner riskant. Was natürlich stimmt. Diese Sache könnte zwei Wochen lang dauern. Beim geringsten Fehler, etwa wenn sie einen Kerl zweimal sehen, fliegt das sichere Haus auf, und sie wissen, weshalb. Uns sind die Hände gebunden.«

Reacher schwieg.

Bevor sie ihr Hotel zu Fuß erreichten, sahen sie schon von Weitem vier Streifenwagen, die am Randstein parkten, und acht Polizeibeamte in Uniform, die von einem Haus zum anderen zogen, an Türen klingelten und mit Leuten sprachen, bevor sie zum übernächsten Haus weitereilten. Eine Haus-zu-Haus-Befragung. Irgendwas Schlimmes.

Sie wären weitergegangen, aber ein Polizeibeamter hielt sie auf und fragte auf Deutsch: »Wohnen Sie in dieser Straße?«

Reacher entgegnete: »Sprechen Sie Englisch?«

Der Mann fragte auf Englisch: »Wohnen Sie in dieser Straße?«

Reacher deutete nach vorn. »Wir sind Hotelgäste.«

»Seit wann?«

»Wir sind heute Morgen angekommen.«

»Direkt vom Flughafen?«

»Ja.«

»Aus den USA?«

»Woran merken Sie das?«

»An Ihrer Kleidung und Ihrem Englisch. Der Zweck Ihrer Reise?«

»Tourismus.«

Der Mann sagte: »Ihre Ausweise, bitte.«

Reacher fragte: »Im Ernst?«

»Nach deutschem Recht müssen Sie sich bei Polizeikontrollen ausweisen.«

Reacher angelte schulterzuckend seinen Dienstausweis aus der Tasche. Der war leicht zu finden. Sonst stand nicht viel darin. Er reichte ihn dem Uniformierten. Neagley folgte seinem Beispiel. Der Beamte notierte sich ihre Namen und gab die Ausweise höflich zurück.

»Danke«, sagte er.

Reacher fragte: »Was ist passiert?«

»Ein Callgirl ist ermordet worden, bevor Sie hier angekommen sind. Schönen Tag noch.«

Der Kerl ging weiter, ließ sie allein auf dem Gehsteig stehen.

In diesem Augenblick war der Amerikaner keine fünfhundert Meter entfernt dabei, bei einem kleinen Autoverleih, dessen Büro in einer Parallelstraße lag, einen Wagen zu mieten. Er wollte aus der Stadt heraus. Nur für ein paar Tage. Sogar nur für ein paar Stunden. Eine unreife Reaktion, das wusste er. Kindisch. *Ich kann euch nicht sehen, also könnt ihr mich nicht sehen.* Dabei machte er sich keine Sorgen. Überhaupt keine. Keine Fingerabdrücke, keine DNA, keine Kameras. Sie war nur eine Nutte gewesen. Die Ermittlungen würden bald eingestellt werden. Davon war er überzeugt. Aber bis dahin hatte es keinen Zweck, hier herumzuhängen. Er würde vielleicht nach Amsterdam fahren. Und natürlich wieder zurückkommen. Er befand sich gewissermaßen in freiem Fall. Was er einmal angefangen hatte, ließ sich nicht mehr aufhalten.

Als Reacher und Neagley ins Hotel zurückkamen, teilte die junge Rezeptionistin ihnen mit, ein Gentleman aus Amerika, ein Mr. Waterman, habe zweimal versucht, sie telefonisch zu erreichen. Zwölf Uhr mittags in Hamburg. Sechs Uhr morgens an der Ostküste. Also musste die Sache dringend sein. Sie fuhren in Neagleys Zimmer hinauf, das näher war, und riefen von dort aus zurück. Watermans Assistent Landry meldete sich. Alle arbeiteten schon wieder. Dann war Waterman dran und sagte: »Ihr werdet hier gebraucht. Sie haben ein weiteres Telefongespräch mitgehört. Sie glauben, dass es alles verändert.«

7

Sie nahmen den Lufthansaflug am frühen Abend und saßen nebeneinander zwischen meist jungen Leuten, die überwiegend allein reisten: manche im Gammlerlook, andere wie schräge Vögel aussehend, wieder andere vielleicht Postgraduierte auf einer Exkursion. So kamen sie zwei Stunden nach dem Start in Hamburg wieder in den Staaten an – acht Stunden Flugzeit minus sechs Zeitzonen –, holten den alten Caprice aus dem Parkhaus, fuhren durch die Dunkelheit nach McLean und parkten neben den beiden neuen Caprices, die anscheinend nicht bewegt worden waren. Daneben standen zwei schwarze Vans. Sie gingen hinein und trafen alle, auch Ratcliffe und Sinclair, in dem engen Büro versammelt an. Aber die beiden hatten nicht lange gewartet. Ihre Position brachte Vorteile. Ratcliffe sagte: »Sie kommen pünktlich. Die FAA hat uns über Lufthansa informiert, die Polizei über den Verkehr.«

Reacher fragte: »Was haben wir verpasst?«

Ratcliffe sagte: »Ein Teilchen des Puzzles. Was wissen Sie über Computer?«

»Ich habe schon mal einen gesehen.«

»In jedem steckt ein Bauteil, das Uhrzeit und Datum anzeigt. Ein kleiner Chip. Sehr primitiv, sehr billig und vor vielen Jahren entwickelt, als Lochkarten noch Standard waren und für Daten nur achtzig Spalten zur Verfügung standen. Um Platz zu sparen, wurde das Jahr nur mit zwei Ziffern geschrieben – also 1960 als 60, 1961 als 61 und so weiter. Alles schön und gut, aber das war damals, und nun erleben wir, wie aus 1999 das Jahr 2000 werden soll, und niemand weiß, ob die zweistelligen Jahreszahlen richtig wechseln werden. Vielleicht denkt der Chip, es sei wieder 1900. Oder 19100. Oder null. Oder der Kalender könnte einfrieren. Es könnte in aller Welt zu katastrophalen Pannen kommen. Öffentliche Einrichtungen und Teile unserer Infrastruktur könnten ausfallen. Großstädte im Dunkel versinken, Banken pleitegehen. Ihr gesamtes Geldvermögen könnte in Rauch aufgehen. Oder sich einfach auflösen.«

Reacher sagte: »Ich habe kein Geld.«

»Aber Sie wissen, was ich meine.«

»Wer hat den Chip entwickelt? Was sagen die Leute?«

»Die sind entweder pensioniert oder längst tot. Und sie haben nicht damit gerechnet, dass die Anwendung sich länger als ein paar Jahre halten würde. Deshalb ist die Dokumentation äußerst lückenhaft. Damals haben ein paar Freaks zusammengearbeitet, um eine Lösung zu finden. Niemand ist clever genug, um diesen Prozess rückwärts zu verfolgen. Und keiner weiß, ob sie den Gregorianischen Kalender richtig verstanden haben. Vielleicht haben sie vergessen, dass 2000 ein Schaltjahr ist. Was sich durch hundert teilen lässt, ist normalerweise keines. Was sich durch vierhundert teilen lässt, dagegen schon. Das Ganze ist ein ziemliches Chaos.«

»Was hat das mit unserem Fall zu tun?«

»Die Welt ist zunehmend von Computern abhängig. Im Jahr 2000 könnte das Internet eine große Sache sein. Das würde alles noch schlimmer machen, weil alles mit allem verknüpft wäre. Das erhöht den Einsatz. Deshalb fangen die Leute an, sich Sorgen zu machen. Sie merken allmählich, welche Gefahren drohen. Als Reaktion darauf versuchen clevere Unternehmer, Softwarepatches zu schreiben.«

»Die was sind?«

»Wundermittel. Man installiert sie, und sie beheben das vorhandene Problem. Damit lässt sich eine Menge Geld verdienen. Der Markt ist riesig. Millionen von Menschen in aller Welt müssen dringend etwas unternehmen. So dringend, dass wir voraussehen, dass die Leute irgendetwas installieren und dann erst nachdenken werden. Was sie verwundbar macht.«

»Wofür?«

»Das sagt uns ein weiteres Gesprächsfragment. Wir haben das Gerücht mitgehört, dass ein fertiges Patch zu verkaufen ist. Es sieht gut aus, aber dieser Eindruck täuscht. In Wirklichkeit ist es ein Trojaner. Es handelt sich um einen Kalender mit vierstelligen Jahreszahlen, der ferngesteuert angehalten werden kann. Durchs Internet, das mit jedem Tag wächst. Computer in aller Welt würden abstürzen. Behörden, Versorgungsunternehmen, Konzerne, Privatleute … alle wären betroffen. Stellen Sie sich vor, welche Macht das jemandem verleihen würde. Stellen Sie sich das Chaos vor. Stellen Sie sich das Erpressungspotenzial vor. Dafür würde bestimmt jemand hundert Millionen zahlen.«

»Vielleicht mit viel Fantasie«, meinte Reacher. »Hundert Millionen würden die Leute für viele Dinge zahlen. Warum gerade für diese Sache?«

Immer besser, sich ein Argument ganz bis zum Ende anzuhören.

Ratcliffe sagte: »Für ein Programm dieser Art braucht man ein bestimmtes Talent. Auch eine bestimmte Denkweise. Eine Art Freibeutermentalität. Das sehen diese Leute natürlich anders. Sie fühlen sich lieber als Hipster. Unter Programmierern kein ungewöhnlicher Typ, habe ich mir sagen lassen. Und etwa vierhundert von ihnen waren gerade auf einem Kongress in Übersee versammelt. Vierhundert der hippsten Computerfreaks der Welt – ungefähr die Hälfte davon Amerikaner.«

»Wo?«

»Stattgefunden hat der Kongress in Hamburg. In der Zeit, in der Sie drüben waren. Schluss der Veranstaltung war gestern Abend. Heute sind alle abgereist.«

Reacher nickte. »Ein paar von ihnen haben wir an Bord unserer Maschine gesehen, glaube ich. Jung und etwas ungepflegt.«

»Aber am Tag des Treffs mit dem Kurier war die Veranstaltung noch in vollem Gange. Zu diesem Zeitpunkt hielten sich zweihundert amerikanische Programmierer in Hamburg auf. Vielleicht ist einer von ihnen für knapp eine Stunde unauffällig verschwunden.«

Reacher schwieg.

Ratcliffe sagte: »Von meinen Leuten höre ich, dass solche Kongresse in Westeuropa ein anderes Publikum haben. Sie ziehen eher Spinner und Radikale an.«

Danach fuhr Ratcliffe mit seinen Leibwächtern in seinem schwarzen Van davon. Sinclair führte die Besprechung fort. Sie sagte, der Fokus verlagere sich jetzt auf Programmierer. Sie sagte, beim FBI gebe es eine darauf spezialisierte neue Einheit. Waterman würde mit ihr Verbindung halten, aber wiederum nicht direkt, sondern nur durch sie, Mr. Ratcliffe oder den Präsidenten. White würde die zweihundert Amerikaner identifizieren und mit ihrer Überprüfung beginnen. Reacher würde vorerst keine bestimmte Aufgabe haben, sollte aber trotzdem anwesend bleiben. Für alle Fälle. Das Justizministerium hatte Computer und Programmierer, von denen der erste Hinweis auf die Datumsproblematik gekommen war. Vielleicht hatte der böse Kerl erst einmal Nachfrage erzeugt, bevor er seine Lösung anbot.

Waterman und White machten sich an die Arbeit, während Reacher im Büro blieb. Allein mit Sinclair. Sie musterte ihn von oben bis unten, dann sagte sie: »Möchten Sie mich irgendetwas fragen?«

Er dachte: *Gehen wir zusammen essen?* Sie trug wieder ein knielanges schwarzes Kleid, ziemlich figurbetont, dazu blickdichte Nylons und teure Schuhe. Eine sehr attraktive Frau mit einer Windstoßfrisur, die aussah wie mit den Fingern durchgekämmt. Und sie trug keinen Ehering.

Aber er fragte: »Glauben Sie wirklich, dass das etwas ist, was Islamisten im Jemen kaufen wollen würden?«

»Warum denn nicht? Sie sind nicht ungebildet. In gewisser Beziehung beweist das der geforderte Preis. Der setzt Unterstützung durch einen uns feindlich gesinnten Konzern oder Staat oder Zugang zum Vermögen einer sehr reichen Familie voraus. Das lässt wiederum auf Vertrautheit mit der Moderne – auch mit Computersystemen – schließen.«

»Das ist eine sich selbst erfüllende Prophezeiung. Sie reden sich das alles selbst ein.«

»Worauf wollen Sie hinaus?«

»Improvisation ist gut, Panik aber schlecht. Sie klammern sich an Strohhalme. Vielleicht haben Sie unrecht. Was ist aus dem Vorsatz geworden, in alle Richtungen zu ermitteln?«

»Können Sie andere sinnvolle Ermittlungen vorschlagen?«

»Noch nicht.«

Sinclair fragte: »Was ist in Hamburg passiert?«

»Nicht viel«, entgegnete Reacher. »Wir haben das Apartment gesehen. Wie geht's dem Iraner?«

»Offenbar gut. Er hat sich heute Morgen gemeldet. Keine besonderen Vorkommnisse. Etwas Trubel in einer Parallelstraße. Dort ist ein Callgirl ermordet worden.«

»Das haben wir mitbekommen«, sagte Reacher. »Überhaupt haben wir viel gesehen. Auch zu viele mögliche Treffs. Wir dürfen das Pferd nicht vom Schwanz her aufzäumen. Letztlich bleibt uns nichts anderes übrig, als dem Kurier vom Apartment zu dem Treff zu folgen.«

»Zu riskant.«

»Aber die einzige Methode.«

»Sie könnten den Amerikaner aufspüren, bevor es zu dem nächsten Treffen kommt. Das wäre eine weitere Möglichkeit. Und vermutlich die beste überhaupt.«

»Sie bekommen Druck von oben.«

»Die Regierung wäre sehr befriedigt, wenn es bald eine Lösung gäbe, ja.«

»Deshalb fühlt es sich gut an, das Feld einzuengen. Es fühlt sich wie Fortschritt an. Zweihundert klingt besser als zweihunderttausend. Das verstehe ich. Aber was sich gut anfühlt, ist nicht immer die cleverste Taktik.«

Sinclair schwieg einige Sekunden lang nachdenklich. Dann sagte sie: »Okay, wenn die anderen Sie nicht brauchen, können Sie selbstständig arbeiten.«

Was eine Einschränkung anderer Art war. Das Gewichtige schränkte die Freiheit ein. Als wäre man nach dem ersten Fehler draußen. Nur ein einziger Versuch, um eine andere Theorie zu beweisen.

Neagley sagte: »Jeder neue Ansatz führt wieder zur selben Frage: Was will der Kerl verkaufen?«

Reacher sagte: »Genau.«

»Was also?«

»Du hast die Liste gemacht.«

»Nein, die Liste ist leer. Welche Geheiminformationen über uns könnten sie wollen? Was wäre ihnen hundert Millionen Dollar wert? Was sie wissen müssen, wissen sie bereits. Das können sie in jeder Zeitung nachlesen. Unsere Streitkräfte sind größer als die ihren. Ende der Story. Notfalls können wir sie gewaltig in den Hintern treten. Wozu hundert Millionen Dollar ausgeben, um präzise Einzelheiten zu erfahren? Was hätten sie davon?«

»Gut, dann Hardware.«

»Aber welche? Waffen sind entweder zu billig und zu leicht erhältlich oder so kompliziert, dass man zu ihrer Bedienung ein Regiment Techniker braucht. Dazwischen gibt es nichts. Hundert Millionen sind ein verrückter Preis.«

Reacher nickte. »Das habe ich White auch erklärt. Er hat an Panzer und Flugzeuge gedacht.«

»Welche Hardware könnten sie von uns wollen? Nenn mir ein einziges gutes Beispiel. Aber bitte etwas, das ein gewöhnlicher Infanterist auch in der Hitze des Gefechts richtig bedienen kann. Darauf müssen sie abzielen. Etwas, das einfach, robust und zuverlässig ist. Etwas mit einem großen roten Schalter. Und mit einem großen gelben Pfeil, der nach vorn zeigt. Weil sie keine ausgebildeten Spezialisten oder ein Bataillon Ingenieure haben.«

»Da kommt vieles infrage.«

»Richtig! Nützlich wären zum Beispiel schultergestützte Boden-Luft-Lenkwaffen. Damit könnte man Verkehrsflugzeuge abschießen. Über Großstädten. Nur haben sie schon Tausende solcher Waffen. Wir haben den Aufständischen Tausende geliefert, und die Sowjets haben bei ihrem Abzug Tausende zurückgelassen. Und das neue Russland ist jetzt dabei, Tausende zurückgebrachter Lenkwaffen zu verkaufen. Und wem das nicht reicht, kann sich billige Imitate aus China besorgen. Oder aus Nordkorea. Es wäre so gut wie unmöglich, hundert Millionen Dollar für schultergestützte Lenkwaffen auszugeben. Sie sind zu primitiv. Billige Massenware.«

»Was also sonst?«

»Mir fällt nichts ein. Wir haben keine Theorie.«

Zehn Uhr abends in McLean, Virginia.

Beziehungsweise halb acht am folgenden Morgen im afghanischen Dschalalabad. Der Kurier wartete wieder in dem Vorraum. Die Morgensonne schien durch ein hohes Fenster, machte Staub in der Luft sichtbar und belebte frisch geschlüpfte Fliegen. In der Küche nebenan wurde Tee zubereitet.

Nach längerem Warten wurde der Kurier in denselben kleinen, heißen Raum geführt. Auch hier gab es ein hohes Fenster, durch das die Morgensonne schien, Staub in der Luft sichtbar machte und frisch geschlüpfte Fliegen belebte. Dieselben Männer saßen auf denselben Kissen. Beide bärtig, einer klein und dick, der andere groß und hager, beide in schlichten weißen Gewändern und weißen Turbanen.

Der Große sagte: »Du wirst heute zurückreisen und unsere Antwort überbringen.«

Der Kurier neigte respektvoll den Kopf.

Der Große sagte: »Alle Welt feilscht um Kaufpreise. Aber wir kaufen hier keine Kamele. Daher ist unsere Antwort kurz.«

Der Kurier nickte erwartungsvoll und kehrte ihm ein Ohr zu.

Der Große sagte: »Bestell dem Amerikaner, dass wir seinen Preis zahlen.«

8

Vier Stunden später, um acht Uhr morgens in Hamburg, betrat der Chef der Gerichtsmediziner den Obduktionsraum des Leichenschauhauses. Er hatte die Autopsie spät am Abend zuvor abgeschlossen. Unbezahlte Überstunden, aber Morde waren nicht allzu häufig, und Mithilfe bei ihrer Aufklärung war immer karrierefördernd. Jetzt wollte er seine Notizen noch einmal durchgehen, bevor er das Obduktionsergebnis zusammenfasste.

Das Mordopfer war eine große Weiße mit hellem Teint. Ihrem Reisepass nach war sie zum Zeitpunkt ihres Todes sechsunddreißig Jahre und acht Monate alt gewesen. Was mit dem physischen Eindruck übereinstimmte. Die Frau war gut in Form gewesen. Sie hatte sich bewusst ernährt, wie ihr geringer Anteil an Körperfett bewies. Und sie war regelmäßig im Fitnessstudio gewesen, wie ihr Muskeltonus zeigte. Sie hatte etwa sechs Stunden vor ihrem Tod einen Couscous-Salat gegessen und ungefähr eine Stunde davor Samen geschluckt. Dann war sie von einem Rechtshänder von hinten erwürgt worden. Die Gewebeschäden waren rechts etwas stärker, was auf kräftigere rechte Finger schließen ließ.

Die helle Haut der Ermordeten hatte perimortale Blutungen an anderen Orten begünstigt. Nicht dramatisch, aber klar definiert. Vor allem gab es beginnende Blutergüsse von den Knien des Täters an den Außenseiten ihrer Ellbogen. Er hatte sie mit seinem Gewicht festgenagelt, auf ihr gesessen, sie wie ein Pony geritten. Und ihr Gesäß wies schwache blaue Flecken von seinem Gesäß auf. Nach Ansicht des Gerichtsmediziners war er hager gewesen. Kräftig, aber drahtig. Mit grobknochigen Händen und Knien. Vermutlich energiegeladen, vielleicht etwas nervös und zu Gewaltausbrüchen neigend.

So entstand allmählich ein Bild.

Vor allem entsprach die Entfernung zwischen den blauen Flecken auf dem Gesäß der Ermordeten und denen an ihren Ellbogen natürlich genau der zwischen dem Beckenknochen des Täters und seinen Kniescheiben. Zog man davon die Standardwerte für die Gelenke ab, erhielt man die Länge des Oberschenkelknochens. Und daraus ließ sich die Größe eines Menschen sehr genau berechnen.

Der Täter war einen Meter dreiundsiebzig groß. Oder fünf Fuß acht Zoll, wenn er Amerikaner war. Und diese Möglichkeit bestand, weil die Ermordete eine Nutte gewesen war. GIs hatten noch immer Geld. Aber jedenfalls weder ein Riese noch ein Zwerg.

Der Gerichtsmediziner ergänzte die Akte durch eine Haftnotiz mit persönlichen Anmerkungen. Nicht gerade üblich, aber in diesem Fall vielleicht hilfreich. Er hielt fest, der Täter sei seiner Überzeugung nach ein knapp durchschnittlich großer Rechtshänder, hager und grobknochig, aber eher drahtig als muskulös. Vermutlich wie ein Marathonläufer.

Dann steckte der Gerichtsmediziner die Akte in einen festen braunen Umschlag und bat seine Sekretärin, sie sofort per Radkurier dem Leiter der Kriminalpolizei im Polizeipräsidium zu schicken.

Der Kripochef nahm sie gleichmütig entgegen. Zumindest anfangs. Aufgeregt wurde er später. Er hieß Griesmann. Er galt als sehr erfolgreich. Die neunzigprozentige Aufklärungsquote der Kriminalpolizei war beeindruckend. Bei diesem Anlass wollte Kriminaldirektor Griesmann jedoch nicht imponieren. Er wollte im Gegenteil kurze, oberflächliche Ermittlungen, nach denen der Fall möglichst rasch zu den zehn Prozent längst kalter und vergessener Misserfolge abgeschoben werden sollte.

Griesmann hatte die Notizen seiner Kriminalbeamten gelesen. Einer schrieb, die Ermordete sei gewöhnlich spätabends ins Hotel gefahren, habe in der Tiefgarage geparkt und sei dann in der Bar auf Kundenfang gegangen. Aber an diesem Abend hatte sie niemand ankommen gesehen. Normalerweise hätte ein Freier sie in sein Hotelzimmer mitgenommen. Normalerweise wäre sie nachts oder am frühen Morgen weggefahren. Die Barkeeper und das Servicepersonal würden vielleicht eine Liste von Männern erstellen können, mit denen sie gesehen worden war.

Ein anderer berichtete, dass sie einen Freier zu sich mitgenommen habe, sei ungewöhnlich gewesen. Callgirls täten das sehr selten. Vielleicht sei dieser Freier ein Stammkunde gewesen. Bekannt und vertrauenswürdig. In diesem Fall sei eine Überprüfung ihrer Stammkunden aus den letzten ein bis zwei Jahren aussichtsreich. Anzunehmen war, dass die Beziehung an der Hotelbar begonnen hatte. Vielleicht konnte jemand vom Personal sich an die erste Begegnung erinnern. Es arbeitete größtenteils schon seit Jahren in diesem Haus.

In einer dritten Notiz stand, sie sei extrem teuer gewesen.

Griesmann schloss die Augen.

Das wusste er bereits. Und er wusste, dass sie in der Bar auf Kundenfang gegangen war. Die Berichte waren nicht in allen Punkten korrekt. Für sie war es nicht ungewöhnlich gewesen, die eigene Wohnung zu benutzen. Durchaus nicht. Schließlich lernte sie manchmal Leute kennen, die keine Hotelgäste waren. Hamburger Herren, die vielleicht nach einem anstrengenden

Tag im Büro etwas Entspannung suchten. Die vielleicht in der Nähe wohnten, aber natürlich niemanden mitnehmen konnten. Wegen Ehefrauen, Angehörigen und dergleichen.

Hamburger Herren wie er selbst.

Er war ihr Kunde gewesen. Vor fast einem Jahr. Dreimal. Okay, viermal. Immer in ihrem Apartment. Kennengelernt hatten sie sich an der Bar. *Welche Zimmernummer hast du? Ich bin kein Hotelgast. Ich bin nur auf einen Drink hier.* Sie waren mit zwei Autos weggefahren. Damals hatte er eine Versicherung ausbezahlt bekommen. Mit einem Bonus. Die Summe sollte auf ein Sparkonto gehen. Fürs Studium der Kinder. Und nun war sie tot. Ermordet. Er würde auf der Liste der Männer stehen, mit denen sie gesehen worden war. Genauere Ermittlungen würden katastrophal enden. Irgendjemand würde sich an ihn erinnern. Er würde natürlich seinen Job los sein. Seine Frau würde sich scheiden lassen. Er würde sein Ansehen verlieren.

Griesmann riss den festen braunen Umschlag mit dem Obduktionsbericht auf. Er las die kalten, nüchternen Tatsachen. Er kannte diesen langen, schlanken Schwanenhals. Er wusste, dass sie Couscous liebte. Und er wusste, dass sie schluckte.

An der letzten Seite klebte die Haftnotiz des Gerichtsmediziners. Rechtshänder, durchschnittlich groß, hager, grobknochig, eher drahtig als muskulös.

Wie ein Marathonläufer.

Kriminaldirektor Griesmann lächelte.

Er war fast zwei Meter groß und wog über hundertdreißig Kilo. Das meiste davon war Fett. Er aß Bratwürste mit Kartoffelbrei zum Frühstück. Seinen letzten Knochen hatte er auf einer Röntgenaufnahme gesehen.

Keinerlei Ähnlichkeit mit einem Marathonläufer.

Er wies seine Sekretärin an, eine Besprechung einzuberufen. Sein Team kam herein. Seine Mordermittler. Er sagte: »Es wird

Zeit für einen neuen Ermittlungsansatz. Nehmen wir mal an, die Frau sei ins Hotel gefahren, aber schon vorher abgefangen worden. Vielleicht hat es ein zufälliges Treffen in der Tiefgarage gegeben. Vielleicht mit einem Stammkunden. Vielleicht mit jemandem, den sie lange nicht gesehen hatte. Das sagt uns, dass er reich genug für sie war, aber nicht im Hotel gewohnt hat, weil sie sonst sein Zimmer vorgeschlagen hätte. Also war er von hier oder Gast in einem anderen Hotel. Die Frage ist: Hatte er ein Auto? Vermutlich, denn er war in der Tiefgarage. Aber vielleicht auch nicht, weil der Weg durch die Garage auch als Abkürzung zur nächsten Straße dient. Also kann die Frau ihn in ihrem Auto zu sich mitgenommen haben. Deshalb müssen die Spurensicherer sich ihren Wagen vornehmen. Vor allem die Türgriffe und Gurtschlösser.«

Seine Leute machten sich Notizen.

Dann fuhr Griesmann fort: »Erfreulich ist, dass wir solide Hinweise von dem Pathologen haben. Der Täter ist hager und durchschnittlich groß. Das sind wissenschaftliche Fakten. Und genau danach fahnden wir. Vergesst frühere Kunden, wenn sie nicht durchschnittlich groß und hager sind. Andere Kerle interessieren uns nicht. Dies alles ist Zeitverschwendung, weil der Täter längst wieder auf See ist, aber es muss so aussehen, als täten wir etwas. Aber vergeudet keine Zeit. Durchschnittlich groß, hager, Fingerabdrücke in ihrem Auto. Hakt diese Punkte ab. Sonst nichts. Jagt keinem Phantom nach. Hebt euch eure Energie für den nächsten Fall auf.«

Die Kriminalbeamten verließen den Raum. Griesmann atmete tief durch und lehnte sich in seinen Chefsessel zurück.

In diesem Moment befand sich der Amerikaner in Amsterdam, stand unter der Dusche. Er war spät aufgestanden. Übernachtet hatte er in einem kleinen, sauberen Hotel, das etwas versteckt hinter den großen Luxushotels lag und mehrere Piloten als Gäste beherbergte. Ein Haus für Leute auf der Durchreise. Er war vorhin unten gewesen, um einen Kaffee zu trinken, und hatte im Frühstücksraum zwei deutsche Zeitungen gesehen. Keine Schlagzeilen, die ihn betrafen. Die Polizei tappte im Dunkeln. Er war sicher.

Im selben Augenblick saß der Kurier in einem Toyota-Pick-up und hatte die ersten fünf von dreihundert Straßenkilometern zurückgelegt. Vier Flughäfen und drei sichere Häuser würden noch folgen. Alles anstrengend, aber das Schlimmste kam diesmal zuerst. Die Straße war mit Schlaglöchern übersät. Strapaziös für den Truck, strapaziös für den Beifahrer. Ermüdend. An manchen Stellen konnte man sie fast keine Straße mehr nennen. An manchen Stellen glich sie eher einem ausgetrockneten Flussbett. Aber das war der Preis der Abgeschiedenheit.

Die Hell-Dunkel-Grenze rückte weiter nach Westen vor, erreichte erst die Küste von Delaware, dann die Ostküste von Maryland und schließlich D.C. selbst, sodass die Großstadt in der Morgensonne vorübergehend prächtig leuchtete, als wäre sie speziell für diesen flüchtigen Augenblick erbaut worden. Dann erreichte die Tageshelle McLean, und der Lieferwagen des Caterers brachte Kaffee und Frühstück. Alle waren längst wach und warteten auf die Lieferung. Landry und Vanderbilt, die im zweiten der drei Gebäude von Educational Solutions untergebracht waren, hatten dort ebenfalls umfunktionierte Büros. Die NSC-Kerle, denen das dritte Gebäude gehörte, wechselten sich ab, sodass immer einer Dienst hatte, während der andere schlief.

White sagte: »Bis auf zehn sind alle Programmierer wieder in den Staaten oder auf dem Rückflug. Die fehlenden zehn sind

Auslandsamerikaner, die in Europa oder Asien leben – einer von ihnen sogar in Hamburg.«

»Glückwunsch«, sagte Reacher. »Sie haben den Fall gelöst.«

»Jetzt geht's um Prioritäten. Ist ein im Ausland lebender Amerikaner eher ein böser Kerl oder nicht? Sollen wir sie uns zuerst oder nach den anderen ansehen?«

»Wer ist der Kerl in Hamburg?«

»Wir haben ein Foto von ihm. Er sieht sich als Aussteiger, als Vertreter einer Art Gegenkultur. Hat frühzeitig angefangen, sich mit Computern zu beschäftigen. Früher oder später werden sie die Welt demokratischer machen, sagt er. In der Praxis stiehlt oder zerstört er Dinge und nennt das Politik, nicht Verbrechen. Oder eine künstlerische Performance.«

Vanderbilt suchte das Foto heraus. Ein aus einer Zeitschrift, vielleicht einem Untergrund-Journal, herausgerissenes Brustbild. Das Foto zeigte einen hageren Mann mit wirr abstehenden Haaren. Als hätte er einen Finger in einer Steckdose. Teils verrückter Professor, teils ironischer Spaßvogel. Er war vierzig.

White sagte: »Unser Hamburger Stationsleiter hat bei ihm vorbeigeschaut. Der Typ ist jetzt nicht zu Hause.«

Reacher fragte: »Wieso hat er sich während des Kongresses an die Frau rangemacht? In dieser Woche war er sicher sehr beschäftigt. Und es gab Leute, die ihn kannten. Vorher oder nachher wäre besser gewesen.«

»Ihrer Meinung nach beweist das Timing also, dass der Täter ein Kongressteilnehmer war?«

»Meiner Meinung nach erinnert die ganze Story an *Alice im Wunderland.*«

»Vorerst ist das alles, was wir haben.«

Reacher fragte: »Wie weit reisen diese Kuriere?«

»Nicht bis hierher. Noch nicht. Unseres Wissens nicht. Aber

sie bereisen ganz Westeuropa, Skandinavien und Nordafrika. Und natürlich den Nahen Osten.«

»Sie können also nichts Besseres tun, als die heimgekehrten Programmierer zu überwachen und darauf zu warten, dass einer von ihnen zum zweiten Treff zurückfliegt. Um sich seine Antwort zu holen. Aber nicht unbedingt in Hamburg. Ihrer Theorie nach war Hamburg wegen des Kongresses ein günstiger Treffpunkt. Folglich kann nächstes Mal ein anderer Ort besser geeignet sein. Paris oder London, oder Marrakesch. Ihre Theorie sagt keinen Ort voraus.«

»Wir erfahren, welchen Flug der Mann bucht. Wir erfahren, wohin er will.«

»Er kauft ein Last-Minute-Ticket.«

»Wir erfahren trotzdem, an Bord welcher Maschine er geht.«

»Aber zu spät. Was wollen Sie dann tun? Mit der nächsten Maschine hinterherfliegen und vier Stunden nach Vertragsabschluss ankommen?«

»Sie machen einem echt Mut, wissen Sie das?«

»Ihrer Theorie nach ist der Kurier gleichzeitig unterwegs, mit demselben Ziel.«

»Wir wissen nicht, unter welchem Namen er reist oder woher er kommt. Oder welchen Pass er in der Tasche hat. Vielleicht einen pakistanischen. Oder einen britischen oder französischen. Es gibt einfach zu viele Möglichkeiten. Wir haben uns die zwei Tage vor dem ersten Treff angesehen und allein auf dem Flughafen Hamburg über fünfhundert potenziell Verdächtige gefunden. Auf dem Papier sind sie nicht voneinander zu unterscheiden. Wir wüssten nicht, wen wir überwachen sollen.«

»Mehr Kaffee trinken«, sagte Reacher. »Das ist oft die Lösung.«

In Hamburg war es Mittagszeit, und Kripochef Griesmann würde bald in sein Stammlokal gehen, in dem ihn ein reichliches Mahl erwartete. Aber vorher musste er seine Arbeit tun. Als Chef war er dafür zuständig, dass Ermittlungsergebnisse zu denen gelangten, die sie brauchten. Wie ein Redakteur oder Kurator. Irgendjemand musste verantwortlich sein. Irgendjemand musste den Kopf hinhalten, wenn die Ermittler versagten. Dafür bezog er sein gutes Gehalt, über das die Medien gelegentlich spekulierten.

Natürlich neigte er zur Vorsicht. Lieber auf Nummer sicher gehen. Jeden Tag vor dem Mittagessen wurde praktisch alles irgendwohin geschickt. Er überflog Durchschläge und Fotokopien und machte kleine Stapel für verschiedene Empfänger. Seine Sekretärin ließ sie durch Boten überbringen, während er beim Essen war.

Fast obenauf lag ein weiterer Bericht seiner Leute, die wegen des ermordeten Callgirls ermittelten. Zu den Personen, deren Namen bei der Haus-zu-Haus-Befragung in ihrer Straße notiert worden waren, gehörten ein Major und eine Sergeantin der U.S. Army, die als Touristen in Hamburg zu sein behaupteten. Eine Überprüfung hatte ergeben, dass sie tatsächlich erst an diesem Morgen eingereist und daher unverdächtig waren. Doch der Kriminalbeamte machte darauf aufmerksam, dass sie nicht wie Touristen gewirkt hatten.

Lieber auf Nummer sicher gehen. Griesmann warf diesen Bericht in den Drahtkorb mit dem Schild *U.S. Army Command HQ Stuttgart,* in dem bisher noch nichts lag.

Als Nächstes las er eine rein vorsorglich erstattete Routinemeldung der uniformierten Kollegen, die vor einigen Tagen einen Anruf erhalten hatten. Der Anrufer hatte gemeldet, er habe in einer Bar am Rand der Innenstadt das Gespräch eines Amerikaners mit einem südländischen Typ, vermutlich aus dem Nahen Osten, beobachtet. Weiterhin behauptete er, der Dunkelhäutige habe aufgeregt gewirkt – zweifellos wegen wichtiger Geheiminformationen, die sich auf lokale Unruhen als Folge historischer Ungerechtigkeiten bezogen. Der Meldende fügte jedoch an, der Anrufer sei als paranoider Fanatiker polizeibekannt und rufe häufig mit ähnlichen Weltuntergangsszenarien an. Außerdem hatte der Mann aus dem Nahen Osten allen Grund gehabt, aufgeregt zu wirken, denn die Bar war ein Treffpunkt von Rechtsradikalen, die seine Anwesenheit bestimmt nicht lange toleriert hatten. Um nichts zu versäumen, hatte die Dienststelle trotzdem Meldung erstattet.

Folglich lohnte es sich, sie weiterzuleiten, entschied Griesmann. Auch er wusste, wie man sich rückversicherte. Aber an wen weiterleiten? Natürlich an das US-Generalkonsulat. Auch als kleinen Hinweis auf höchst dubioses Verhalten. Wie konnte ein Amerikaner jemanden aus dem Nahen Osten in diese Art Bar einladen? Die Einladung musste von ihm ausgegangen sein. Ein Araber hätte sicher einen anderen Treffpunkt gewählt. Welchen Zweck hatte der Amerikaner damit verfolgt?

Vor allem leitete er die Meldung deshalb weiter, weil der Amerikaner mit einem Araber gesprochen hatte. In letzter Zeit interessierten sie sich sehr für solche Dinge. Damit konnte man Pluspunkte sammeln. Seine Karriere fördern.

Griesmann warf die Meldung in den mit *US-Generalkonsulat Hamburg* bezeichneten Drahtkorb, in dem bisher auch noch nichts lag.

9

Reacher und Neagley arbeiteten in dem Kontrollzentrum im Lehrsaal. Sie werteten die Manöverberichte aus, strichen jeweils hundert, zweihundert, fünfhundert Namen auf einmal. Das Militär verfolgte die Bewegungen seiner Soldaten ziemlich genau. Die einzige Ausnahme waren Urlauber. Familienferien in deutschen Kleinstädten. Oder billige Flüge nach Hause. Oder Bildungs- und Abenteuerreisen. Leute in aller Welt. Tagtäglich mindestens ein paar Tausend.

Keine Informationen.

Neagley sagte: »Außerdem haben wir's mit drei Fällen von unerlaubter Entfernung von der Truppe zu tun. Und mit einem O-5, der nicht sagen will, wo er an dem bewussten Tag war.«

Ein Oberstleutnant.

Reacher fragte: »Wer sind die anderen drei?«

»Lauter PFCs. Infanterie, Panzertruppe, Sanitäter.«

Obergefreite.

Reacher sagte: »Brennen jetzt auch Sanitäter durch? Wann hat das angefangen? Wie lange sind sie schon weg?«

»Der Sanitäter eine Woche, der Infanterist zehn Tage, der Panzerfahrer vier Monate.«

»Vier Monate ist verdammt lange.«

»Er ist untergetaucht. Hat seinen Pass seither nicht mehr benützt. Also befindet er sich vermutlich noch in Deutschland. Das ziemlich groß geworden ist.«

»Wer ist der O-5, der nicht sagen will, wo er war?«

»Infanteriekommandeur.«

»Hast du mal rumgefragt?«

Die effektivste Nachrichtenbörse der Welt.

»Er ist in Ordnung«, sagte Neagley. »Er hat am Golf nicht viel erlebt, und jetzt starrt er durch den Nebel nach Osten – nur sind die Sowjets längst fort. Also ist er frustriert. Und er redet manchmal laut darüber.«

»Ein Unzufriedener.«

»Aber nicht der Schlimmste aller Zeiten.«

»Wieso wissen sie nicht, wo er war?«

»Er hat sich einen Auftrag besorgt, bei dem er viel reisen muss. Recherchen zu neuen Waffen und Taktiken. Dafür ist er viel unterwegs. Normalerweise braucht er nicht zu sagen, wohin. Aber diesmal haben sie ihn gefragt und nichts aus ihm rausgekriegt.«

»Wo ist er jetzt?«

»Sie haben ihn heimgeholt. Weil die Frage aus dem West Wing gekommen war. Also hat sie der Oberbefehlshaber gestellt. Keiner weiß, wie's weitergehen soll. Keiner weiß, ob die Sache wichtig oder harmlos ist.«

»Dieser Satz wäre ein guter Wahlspruch für unsere Einheit. Auf einer Schriftrolle unter gekreuzten Fragezeichen.«

»Der Mann ist bestimmt in der Nähe des Pentagon einquartiert. Weil es hochrangige Diskussionen über seine Zukunft gibt. Das dürfte klar sein. Wir können ihn finden, wenn wir wollen.«

Dann sagte Neagley: »Augenblick mal.«

Sie blätterte in ihren Listen.

Sie wiederholte: »Augenblick, verdammt noch mal!«

Sie fand die richtige Liste, suchte einen Eintrag und kontrollierte ihn nochmals.

Sie erklärte: »Ich weiß, wo er in der Vorwoche war.«

Reacher las ihre auf dem Kopf stehende Liste. Namen und Flugnummern. Sechsunddreißig Amerikaner. Von Vanderbilt zusammengestellt.

»Zürich«, sagte er.

Neagley nickte. »Genau sieben Tage vor dem Treff, gegen Mittag dort, Rückkehr spätabends. Aber er kann nicht unser Mann sein. Unser Mann hätte für diesen Tag ein Alibi, stimmt's? Er würde lügen. Er würde nicht einfach die Aussage verweigern. Wie stellt er sich unsere Reaktion vor? Dass wir sein Wort als Offizier und Gentleman akzeptieren?«

Reacher sagte: »Stell fest, wo er ist. Sorg dafür, dass sie wissen, dass hier der Oberbefehlshaber die Fragen stellt. Sag ihnen, dass wir vorbeikommen und den Kerl abholen. Sag ihnen, dass wir mit ihm um den Block fahren wollen.«

Der Kerl war in Fort Myer, in der Unterkunft für Offiziere auf Besuch. Reacher rechnete sich aus, dass der Befehl, zu ihnen ins Auto zu steigen, vor etwa zwanzig Minuten eingetroffen sein würde – vermutlich aus dem Amt der Vereinten Stabschefs. Was seine Wichtigkeit unterstrichen hatte. Der Kerl würde sich abgesetzt oder vorbereitet haben. Wie sich herausstellte, hatte er sich vorbereitet. Er trat aus der Tür, als der schwarze Caprice vorfuhr.

Neagley saß am Steuer, Reacher hinten rechts. Der Mann stieg links ein und saß mit beiden Händen auf den Knien steif hinter Neagley, als säße er in der ersten Kirchenbank und würde von allen beobachtet. Er hieß Bartley. Anfang vierzig, mittelgroß, sportlich schlank. Ein Marathonläufer, kein Kraftsportler. Nicht mehr ganz taufrisch. Ein Truppenführer, aber als Infanterist nicht mehr so überzeugend, wie er früher gewesen war. Er trug einen Kampfanzug, frisch gebügelt, und roch nach Seife.

Reacher fragte: »Sagen Sie mir bitte, welchen Befehl Sie haben, Colonel?«

Bartley antwortete: »Ich soll in einen mit zwei Militärpolizisten besetzten Wagen steigen. Um Zweifel zu vermeiden, soll ich davon ausgehen, jederzeit unter ihrer Jurisdiktion zu stehen, und ihre Fragen nach bestem Wissen und Gewissen wahrheitsgemäß beantworten. Und um weitere Zweifel zu vermeiden, soll ich davon ausgehen, dass dieser Befehl vom Oberbefehlshaber persönlich kommt.«

»Er drückt sich gut aus, nicht wahr?«

»Er hat Anwälte.«

»Er ist selbst Jurist.«

»Welche Fragen haben Sie?«

Reacher sagte: »Sie haben sich den falschen Tag für Ihr Verschwinden ausgesucht, Colonel.«

»Dazu habe ich nichts zu sagen.«

»Nicht mal, wenn der Oberbefehlshaber fragt?«

»Hier geht's um mein Privatleben. Dieser Tag hat nichts mit meinen dienstlichen Leistungen zu tun. Nichts mit meinen Dienstpflichten.«

»Freut mich, das zu hören. Aber das ist der springende Punkt, denke ich. Wir wollen wissen, was Sie in Ihrer Freizeit tun. Sie sind ein hoher Offizier. Ihr Handeln kann Folgen haben. Die Auswirkungen können gut oder schlecht sein, Sie sollten uns davon erzählen. Sie riskieren, dass unsere Fantasie mit uns durchgeht.«

»Ich habe nichts zu sagen.«

»Das ist ein taktischer Fehler. Sie erregen Aufmerksamkeit. Wo Rauch ist, ist auch Feuer. Dies ist ein Ereignishorizont, Colonel. Ab hier geht alles schief. Vielleicht wegen irgendeiner Kleinigkeit, mit der andere Kerle davongekommen sind. Aber *Sie* werden brennend abstürzen. Bestenfalls schmieren Sie nur ab. Oder hinter Ihrem Namen steht in Zukunft ein Sternchen, das Sie als zweifelhaften Kandidaten ausweist.«

Bartley rieb seine Hände an den Oberschenkeln und schwieg.

Reacher sagte: »Was Sie gemacht haben, ist mir egal. Außer es wäre eine bestimmte Sache, was ich nicht glaube. Ich meine, wie hoch sind die Chancen dafür? Ich weiß, dass es das nicht war.«

»Sehen Sie! Sie haben absolut keinen Grund, sich für mich zu interessieren.«

»Das mag richtig sein, aber wir müssen Leuten in die Augen schauen und ihnen unsere ehrliche Meinung sagen. War's nicht diese Sache, bin ich gern bereit, nur das zu sagen. Ich bin gern bereit, Fragen abzuwehren, weil es etwas ganz anderes war. Ihr Geheimnis ist bei uns sicher. Aber erst muss ich wissen, was Sie sonst gemacht haben. Weil ich überzeugend argumentieren können muss. Ich muss mit der Autorität und dem Selbstvertrauen sprechen, die auf soliden Fakten basieren.«

»Es war nichts Wichtiges.«

»Hier geht's um alles oder nichts, Colonel. Was Sie gemacht haben, ist mir wirklich egal. Ich melde es nicht mal weiter. Sex, Drogen oder Rock 'n' Roll, das ist mir alles scheißegal, solange es nicht um diese eine Sache geht. Was ohnehin unwahrscheinlich ist. Ich möchte Sie jetzt etwas ganz anderes fragen.«

»Ja?«

»Dies ist nicht die Hauptfrage, okay? Nur eine kleine Nebenfrage vorweg. Eine Fingerübung. Fliegen Sie jeden Monat nach Zürich?«

Der Kerl schwieg.

Reacher sagte: »Das ist leicht zu beantworten, Colonel. Die Wahrheit kann Sie befreien. Ein kleines Wort, und Sie können rehabilitiert weiter Karriere machen. Oder eben nicht.«

»Ich fliege fast jeden Monat hin«, erklärte Bartley.

»Auch an dem bewussten Tag?«

»Ja.«

»Sie haben das Flugticket noch?«

»Ja.«

»Hinflug gegen Mittag, Rückflug vor dem Abendessen?«

»Ja.«

»Sie gehen zu einer Bank?«

»Ja.«

»Womit?«

»Natürlich mit Geld. Aber es gehört mir. Völlig legal.«

»Möchten Sie das näher erläutern?«

»Was passiert, wenn ich's tue?«

»Kommt ganz darauf an, was es ist. Ob es ihre Uniform entehrt.«

»Und wenn's so wäre?«

»Das ist Ihr Risiko.«

Bartley schwieg.

Reacher sagte: »Überlegen Sie selbst, Colonel. Sie sind ein kluger Kopf. Ich wette, dass Sie einen akademischen Abschluss haben. Der Sachverhalt liegt auf der Hand. Der Befehl, bei uns einzusteigen, ist aus dem Weißen Haus gekommen und von den Vereinten Stabschefs übermittelt worden. Wen vertreten wir also?«

»Den Nationalen Sicherheitsrat.«

»Was kann der Ihnen tun?«

»Sehr viel.«

»Weit mehr, als Sie sich vorstellen können. Tausendmal schlimmer als ein Skandal wegen Geldschmuggels in die Schweiz. Falls es einen gibt. Was nicht unbedingt der Fall sein muss. Wenn das Geld Ihnen gehört und alles legal abgelaufen ist, wie Sie behauptet haben.«

»Ich verstecke es vor meiner Frau. Ich will mich von ihr scheiden lassen.«

»Hat sie Ihnen unrecht getan?«

»Nein.«

»Aber Sie wollen das Geld trotzdem sicherstellen.«

»Ich hab's schließlich verdient.«

»Was verdient? Sie sind ein 0-5. Ich weiß, was Sie bekommen. Bei allem Respekt glaube ich nicht, dass Ihre lebenslänglichen Ersparnisse Schweizer Bankiers nicht ruhig schlafen lassen. Und erzählen Sie mir nicht, dass jedes bisschen hilft. Es wäre sinnlos, jeden Monat zwei Bucks nach Zürich zu schaffen. Dafür sind die Flüge viel zu teuer.«

»Der Ticketpreis ist ein Faktor. Und die Bankgebühren. Aber ich habe alles durchgerechnet.«

»Woher stammt das Geld?«

»Von unserem Haus. Hier in der Heimat. Vor allem über Hypotheken. Ich ziehe das Eigenkapital nach und nach ab. Ich hebe jeweils den Höchstbetrag ab und schaffe das Geld aus Deutschland in die Schweiz. Dort liegt es in einem Bankschließfach.«

»Echt raffiniert gemacht, Colonel. Das steht verdammt fest. Aber was ich wirklich brauche, sind Informationen über Leute, die Sie in Zürich gesehen haben. Vielleicht Hin- und Herfliegende wie Sie. Oder neue Leute, die Ihnen nur einmal über den Weg gelaufen sind. Haben Sie dort irgendwen kennengelernt?«

»Wen zum Beispiel?«

»Andere Amerikaner.«

»In der Bank wird alles sehr diskret abgewickelt. Man bekommt nicht viele Leute zu Gesicht.«

»Wie steht's mit dem Flughafen? Oder der Straße?«

Bartley gab keine Antwort.

Reacher sagte: »Ich brauche eine Liste, Colonel. Daten und Personenbeschreibungen. Soldaten und Zivilisten. Nach bestem Wissen und Gewissen.«

»Was machen Sie jetzt? Wem melden Sie etwas? Was sagen Sie über mich?«

»Der Präsident teilt den Vereinten Stabschefs mit, dass Sie den NSC nicht interessieren. Nicht in dieser Sache. Was danach passiert, ist schwer vorherzusagen. Hängt davon ab, mit wem sie reden müssen, vermute ich. Und wie viel Stunk Ihre Frau macht.«

Sie ließen ihn vor seiner Unterkunft aussteigen, dann fuhren sie nach McLean zurück.

Alle möglichen Feinde.

Sie protokollierten das Gespräch mit Bartley und speicherten es in der Zentralakte. Dann nahm Neagley einen Anruf entgegen und teilte Reacher mit, der seit vier Monaten verschwundene Obergefreite sei ein Mann namens Wiley. Aus Texas. Einer aus einem Fünferteam, das eine Chaparral-Flugabwehrbatterie bemannte. Zwölf Lenkwaffen auf einem Kettenfahrzeug. Vier auf Führungsschienen startbereit, weitere acht zum Nachladen bestimmt. Zum Schutz von Panzerverbänden vor im Tiefflug angreifenden Jagdbombern und Kampfhubschraubern. Und dann: *»fire and forget«*. Mit einem IR-Suchkopf wie die alte Sidewinder, aber verbessert. Speziell für die Abwehr von Tieffliegern ausgelegt. Wenn der Gegner aufs Ziel herabstieß.

Reacher sagte: »Ideal für den Abschuss von Verkehrsmaschinen über Großstädten. Beim Start oder im Landeanflug. Wenn sie ziemlich tief sind.«

Neagley sagte: »Viel zu groß. Schon die Lenkwaffen sind drei Meter lang. Die Lafette ist riesig. Außerdem hat sie Gleisketten und einen Tarnanstrich. Sie würde auf einem Flughafenparkplatz auffallen. Und die Infrarotsensoren sind knifflig. Es hat ein Upgrade gegeben, aber das Problem ist geblieben. Dafür braucht man Spezialisten. Nichts gegen Ausbildungslager im Jemen, aber mit Ford Aerospace können sie nicht mithalten. Und dieser Kerl ist schon vor vier Monaten desertiert. Er kann nicht einfach zurückkommen, um die Sache zu organisieren. Er würde sofort verhaftet.«

»Behalt ihn trotzdem im Auge«, sagte Reacher. »Die vier

Monate gefallen mir nicht. Die sind eine Schande. Irgendjemand braucht einen Tritt in den Hintern. Was, zum Teufel, geht dort drüben vor?«

In Hamburg nieselte es. Der Iraner ging spazieren. Mit einer Zeitung unter dem Arm machte er einen Abendrundgang. In den Büros und Geschäften, in Schnellimbissen, Obstläden und bei Juwelieren, in Reinigungen, Lebensmittelgeschäften und Versicherungsagenturen brannte Licht. Helles, sauberes, frisches weißes Licht, das aber nicht grell war. Sanfteres, mehr europäisches Licht. Die Bäckereien und Konditoreien hatten schon geschlossen. Ihr Tagewerk war getan. Aus Restaurants und Bars fiel einladendes bernsteingelbes Licht, als wären sie alle gemütlich beleuchtet und mit Holz getäfelt. Auf der Straße floss der Verkehr gleichmäßig. Im glänzend polierten Lack der Autos spiegelten sich die Gehsteige, und ihre unnatürlich bläulichen neuen Xenonscheinwerfer schienen die Fahrbahn rastlos abzusuchen.

Der Iraner erreichte eine kleine Anlage und setzte sich im Nieselregen auf eine Bank. Er lehnte sich zurück, legte einen Arm auf die Seitenlehne. Auf der Straße fuhren Autos vorbei. Er starrte geradeaus. Fußgänger gab es keine.

Er wartete einige Minuten lang.

Dann stand er ohne Eile wieder auf, warf seine Zeitung als gewissenhafter Bürger in einen Papierkorb, verließ den Park und schlenderte nach Hause.

Dreißig Sekunden später trat der Leiter der CIA-Station aus dem Schatten und überquerte die Straße. Er ging geradewegs zu dem Papierkorb, zog die Zeitung heraus, klemmte sie sich unter den Arm und schlenderte davon.

Wieder eine halbe Stunde später telefonierte er aus dem Generalkonsulat mit McLean, Virginia.

10

Vanderbilt nahm den Anruf entgegen und holte White ans Telefon. Während White zuhörte, absolvierten seine Augen ihr gesamtes Repertoire: Sie blieben lange zusammengekniffen, fixierten kurzzeitig Gegenstände in seiner Nähe, blickten nach links und rechts. Dabei machte er sich Notizen auf einem Blatt Papier. Zu zwei Themen, vermutete Reacher. Zwei separate Überschriften. Darunter zwei Textblöcke in gut lesbarer Handschrift.

Zuletzt legte White auf und verkündete: »Es gibt zwei Neuigkeiten. Der Iraner hat angekündigt, einen toten Briefkasten zu benutzen. Vor gut einer halben Stunde. Er hat in einer Zeitung einen Bericht versteckt. Den könnte man teilweise als spekulativ bezeichnen. Zu großen Teilen besteht er aus einer kulturellen Analyse. Fast ein Essay. Er sagt, dass der Saudi-Araber, der den Kurier kennt, sehr aufgeregt ist. Als stünde etwas ganz Großes bevor. Weit größer, als sie zu hoffen gewagt haben. Es hängt natürlich mit den hundert Millionen Dollar zusammen. Als hätten sie ein nie erhofftes Ziel vor Augen. Der Iraner betont, dass er keine spezifischen Informationen hat – der junge Saudi allerdings auch nicht. Offenbar ist das Ganze eine Glaubenssache. Alle scheinen zu glauben, die Karten würden neu gemischt. Er berichtet, der Saudi lächle, als blickte er ins Gelobte Land.«

Reacher fragte: »Was war die zweite Neuigkeit?«

»Unser Konsulat hat einen Alibibericht der Hamburger Polizei über einen Amerikaner bekommen, der in einer Bar mit einem Araber gesprochen hat. Irgendein Anrufer fand das verdächtig. Interessant ist, dass Tag und Uhrzeit exakt richtig wären. Vielleicht ist der erste Treff also beobachtet worden.«

White rief das Generalkonsulat zurück und bekam die Telefonnummern, die er brauchen würde, darunter zwei des Bosses, offenbar ein großer dicker Mann namens Griesmann, Leiter der Kriminalpolizei. Das Konsulat kannte ihn gut. In Hamburg war es längst nach Büroschluss, aber der Mann saß noch an seinem Schreitisch. Er hob sofort ab. White schaltete den Lautsprecher ein und fragte ihn nach dem Polizeibericht. Reacher hörte, wie der Kerl in einem Stapel Papiere blätterte. Er wusste nicht sofort, wovon White sprach, doch dann fiel es ihm wieder ein. Die komische Sache mit dem Araber in einer Bar.

Die er ans US-Generalkonsulat weitergeleitet hatte.

Was wiederum bedeutete, dass es hier Pluspunkte zu holen gab.

»Was kann ich für Sie tun?«, fragte der Mann sehr höflich auf Englisch.

Wie ein Hotelportier.

White sagte: »Wir brauchen den Namen und die Adresse dieses Zeugen. Das gilt auch für die Bar. Dazu Hintergrundinformationen über beide. Vielleicht sollten auch beide überwacht werden.«

»Ich weiß nicht …«

»Ich könnte dafür sorgen, dass der Bundeskanzler Sie anruft. Vielleicht wüssten Sie's dann.«

»Nein, ich weiß nichts darüber, meine ich. Keine Einzelheiten. Ich leite die Mordkommission. Solche Berichte landen nur zufällig auf meinem Schreibtisch. Außerdem steht hier, dass der Zeuge ein Spinner ist.«

»Kennt er die Uhr?«

»Okay, ich erkundige mich nach den Details. Klar doch. Bis morgen Abend?«

»Soll das ein Witz sein? Sie haben eine Stunde Zeit. Und erzählen Sie niemandem, was Sie machen und für wen Sie diese Erkundigungen einziehen. Betrachten Sie diese Sache als streng geheim. Ich rufe Sie wieder an.«

In Hamburg atmete Griesmann tief durch und starrte in die Abenddämmerung hinaus. Dann machte er sich an die Arbeit, die nicht anstrengend war. Sie erforderte nur ein paar Anrufe. Eine Nummer führte zur nächsten. Wie auf einer Nervenbahn. Eine Organisation in Aktion. Etwas, worauf man stolz sein konnte. Die Bestätigung einer Theorie. So detailliert, wie er wollte. Er konnte die Meldung bis zu dem kleinen Beamten zurückverfolgen, der sie aufgenommen hatte. Wenn er wollte. Was diesmal der Fall war. Zum Glück waren alle Fragen simpel. Namen und Adressen eines Mannes und einer Bar.

In Virginia sagte Watermans Assistent Landry: »Größer, als sie zu hoffen gewagt haben, klingt nicht gut, finde ich. Bestimmt geht's um mehr als irgendeinen kleinen Anschlag. Das klingt viel schlimmer.«

Reacher sagte: »Wir kennen alles nur vom Hörensagen. Den O-Ton können wir nicht beurteilen.«

»Aber?«

»Angeblich beginnt ein ganz neues Spiel. Als wäre das ein großer Schritt vorwärts. Als wäre die neue Entwicklung fast zufällig. Als hätten sie einen Nickel verloren und einen Quarter gefunden. Eine Sache, die junge Kerle, die italienische Schuhe tragen und in Nachtklubs gehen, ausflippen lässt. Nicht unbedingt sexy, finde ich. Sind Computer denn so wichtig?«

Landry sagte: »Unserer Meinung nach ja. Und sie werden

in Zukunft noch wichtiger. Schon jetzt könnten die Schäden katastrophal sein. Viele Menschen könnten sterben. Aber Sie haben recht, sexy ist das nicht.«

Vanderbilt meinte: »Es ist auch nicht nur eine große Geste. Dafür sind sie immer zu begeistern. Hier geht's nicht darum, lediglich ein Gebäude in die Luft zu jagen. Nicht um einen einzelnen Höhepunkt. Dafür ist die Sache etwas zu technisch.«

Reacher sagte: »Dann sind wir uns also einig, dass wir mit Computern unsere Zeit vergeuden.«

»Wo sollten wir sonst anfangen?«

»Was will der Kerl verkaufen?«

»Darüber haben wir schon diskutiert.«

»Die Stunde ist vorbei«, stellte Waterman fest.

White wählte erneut die Hamburger Nummer. Der Typ namens Griesmann meldete sich. Er nannte Namen und Adresse des Zeugen und der Bar. Der Zeuge arbeitete bei der Stadt, hatte jeden Tag ab vierzehn Uhr frei und konnte deshalb nachmittags in der bewussten Bar sein. Er war ein Mann starker Überzeugungen. Manche waren anstößig – alle waren irrig. Die Bar lag nur fünf Straßen von dem sicheren Haus entfernt. Sie galt als Treffpunkt für Rechtsradikale. Aber nicht ostentativ, wirkte durchaus zivilisiert. Männer in Anzügen, die meisten mit normalem Haarschnitt. Und nicht amerikafeindlich, solange der Amerikaner ein Weißer war.

Nach dem Telefongespräch fand Neagley die Bar auf dem Stadtplan, den sie mitgenommen hatte. Sie sagte: »Nicht die Bar, die uns so gut gefallen hat. In einer besseren Gegend. Und von dem Apartment aus sehr leicht zu erreichen. In gut einer Viertelstunde. Der zeitliche Ablauf könnte stimmen. Glaubst du, dass der Kerl den Treff beobachtet hat?«

Reacher sagte: »Zeit und Ort waren richtig. Und die Sache fühlt sich richtig an.«

»Wir brauchen eine detaillierte Zeugenaussage. Am besten auch ein Phantombild.«

»Können wir den Hamburger Cops trauen? Oder sollten wir den Zeugen selbst befragen?«

»Wir haben keinen Zeichner für ein Phantombild. Und der Zeuge spricht vielleicht kein Englisch. Also müssen wir uns auf sie verlassen. Darauf würde das Außenministerium ohnehin bestehen. Sonst wird daraus ein diplomatischer Zwischenfall.«

Reacher nickte. Er hatte schon mit der deutschen Polizei zusammengearbeitet. Mit militärischen und zivilen Dienststellen. Nicht immer einfach. Eine Folge unterschiedlicher Auffassungen. Die Deutschen glaubten, sie hätten ein Land zurückbekommen; die Amerikaner glaubten, sie hätten einen riesigen Militärstützpunkt mit Servicepersonal gekauft.

Von draußen war Motorengeräusch zu hören. Ein Wagen fuhr vor, dann ein zweiter. Bestimmt zwei Vans. Beide schwarz. Eine Minute später betraten zwei Männer in Anzügen den Raum. Ihnen folgten Ratcliffe und Sinclair vor zwei Männern in Anzügen, die die Nachhut bildeten. Ratcliffe war außer Atem. Sinclairs Teint wirkte rosig angehaucht. Sie trug wieder ein schwarzes Kleid, in dem sie so gut wie immer aussah. Vielleicht sogar besser. Vielleicht stand ihr das leichte Erröten gut.

Ratcliffe sagte: »Wie ich höre, haben wir einen Augenzeugen.«

Reacher sagte: »Das ist unsere gegenwärtige operative Annahme.«

»Wir gehen jetzt aufs Ganze. Sergeant Neagley und Sie fliegen heute Abend nach Deutschland zurück. Das Außenministerium gibt Ihnen die Passfotos aller zweihundert Programmierer mit – auch der im Ausland lebenden. Morgen früh befragen Sie als Erstes den Zeugen. Die Hamburger Polizei bekommt Druck, damit sie kooperiert. Sobald der Zeuge ein Foto rausgesucht hat, rufen Sie hier an, damit wir den Kerl zu Hause verhaften können. Was ein glatter, befriedigender Abschluss ist.«

Reacher schwieg.

Sie erreichten den gleichen Lufthansaflug. Start am frühen Abend, durch sechs Zeitzonen, Ankunft morgens zu Beginn des Geschäftstags. Neagley hatte wieder ihren Rollkoffer dabei, Reacher diesmal Handgepäck: eine rote Leinentasche aus dem Air and Space Museum. Vermutlich der Lunchbeutel eines Beamten des Außenministeriums, der beschlagnahmt und mit zweihundert Passfotos vollgepackt worden war. Jedes Foto klebte auf einer Karteikarte mit Namen und Passnummer. Reacher und Neagley sahen sich ein paar davon an. Sie tauschten sie wie Spielkarten. Dabei entdeckten sie den in Hamburg lebenden Amerikaner. Den Aussteiger mit der üppigen Haarpracht. Sein offizielles Foto sah viel besser aus als das in der Untergrundzeitschrift. Hochglanz, Normgröße, weißer Hintergrund. Der Mann starrte mit herausforderndem Blick in die Kamera. Ein großer Kopf auf einem dünnen Hals.

»Der ist's nicht«, meinte Reacher.

»Warum nicht?«, fragte Neagley.

»Wegen seiner Haare. Er muss einiges tun, damit sie so aussehen. Selbst wenn er nichts tun müsste, wäre das eine bewusste Entscheidung. Ein klares Statement. Er sagt: Seht mich an, ich habe eine originelle Frisur. Wie Kerle mit Hut. Die sagen: Seht mich an, ich trage einen interessanten Hut. Alles leicht verzweifelt, findest du nicht auch? Unsicherheit, nehme ich an. Als wären sie sich innerer Defizite bewusst. Und solche Leute schreiben keine Programme, die das Universum sprengen könnten. Wer clever genug ist, um so was heimlich zu schreiben und für hundert Millionen zu verkaufen, ist nicht unsicher. Kein bisschen! Man weiß, dass man der Beste ist. Man ist der König der Welt!«

Sie packten die Karteikarten wieder ein und aßen, was serviert wurde. Neagley, die am Fenster saß, schlief mit dem Kopf an die Wand gelehnt ein. Das verminderte die Gefahr eines versehentlichen Körperkontakts. Reacher blieb wach. Er dachte über den Augenzeugen nach. Den städtischen Angestellten mit teils anstößigen Ansichten. Vielleicht vergeudeten sie ihre Zeit mit ihm. Vielleicht war er der Mann, der das Universum retten konnte. Reacher war auf ihn gespannt. Er fühlte sich wie das Flugzeug, in dem sie saßen und das der Morgendämmerung entgegen nach Osten raste.

Der Amerikaner bürstete sich im Bad seines Amsterdamer Hotelzimmers das Haar. Er war früh aufgewacht. Ohne bestimmten Grund. Er hatte geschlafen. Er war ruhig und entspannt. Aber es wurde Zeit zurückzufahren. Er würde duschen und packen und abfahren, bevor der morgendliche Berufsverkehr einsetzte. Unterwegs rechnete er mit keinen Staus.

Als Erstes wollte er jedoch einen Kaffee, deshalb zog er seine Sachen von gestern noch mal an und bürstete sich das Haar. Es stand am Hinterkopf ab, wo er auf dem Kopfkissen gelegen hatte. Er ließ Wasser laufen und glättete es damit. Dann begutachtete er seine Erscheinung im Spiegel. Akzeptabel. Schließlich würde er nur zweimal kurz mit dem Aufzug fahren. In der Hotelhalle füllte er sich einen Styroporbecher aus der Pumpkanne, die auf einem Tisch vor dem Frühstücksraum stand. Auf einem weiteren Tisch lagen dort Zeitungen aus. Natürlich holländische Blätter, aber auch englische, französische, belgische und deutsche Zeitungen sowie die *Herald Tribune* aus der Heimat. Alle sauber und ordentlich ausgerichtet.

In der Berliner Zeitung stand nichts. Keine Schlagzeile, keine

Story. Auf der Titelseite der Hamburger Zeitung stand ebenfalls nichts. Auch nicht auf den Seiten zwei und drei.

Auf Seite vier fiel ihm eine Überschrift ins Auge.

Ziemlich weit unten und nicht sehr groß, darunter zwei Absätze mit zehn oder zwölf Zeilen Standardtext. Die Polizei gab bekannt, sie ermittle mit Hochdruck und habe erste Fortschritte gemacht. Im Augenblick sei sie dabei, das Auto der Ermordeten auf Fingerabdrücke zu untersuchen.

Der Amerikaner legte die Zeitung wieder auf den Tisch. Er schloss kurz die Augen. Sie waren sich gleich in der Tiefgarage einig geworden. Die Frau war enthusiastisch, mit gespielter Begeisterung umgekehrt und hatte ihm verschwörerisch lächelnd bedeutet, bei ihr einzusteigen, als könnte sie's kaum erwarten. Dann hatte sie ihn zu sich mitgenommen. In einem zweitürigen Coupé, nicht sehr groß, aber massiv wie ein Banktresor.

In Gedanken stieg er nochmals ein: Der äußere Türgriff, mattschwarz, leicht geriffelt. Sportiv. Vermutlich kein Problem. Die Armstütze, in die man griff, um die Tür zu schließen, war mit dem Leder der Türverkleidung überzogen. Innen aus Kostengründen vermutlich mit Vinyl. Aber auch dieses Material würde gekörnt sein. An sich keine ideale Oberfläche für Fingerabdrücke. Also vermutlich ungefährlich.

Die Zunge des Gurtschlosses war T-förmig ausgebildet, das Gegenstück aus schwarzem Kunststoff rau wie feines Sandpapier gewesen. Um griffiger zu sein, vermutete er. Bestimmt wegen irgendeiner Bauvorschrift. Ungefährlich. Später dann die Öffnungstaste des Schlosses. Sein linker Daumen. Er erinnerte sich daran, wie er die Taste gedrückt hatte. Den Ellbogen weggestreckt, mit dem Daumen fummelnd. Eine rote Kunststofftaste, stabil und griffig.

Schlimmstenfalls ein Teilabdruck. Vielleicht vom Saum seines Sakkos verwischt. Er glaubte wieder zu spüren, wie sein

Daumen die Taste hineindrückte. Ohne Hast. Ohne Eile. Sogar langsam. Ein präzises leises Klicken, das zu diesem Luxuscoupé passte.

Nein, das Gurtschloss war ungefährlich.

Ganz anders dagegen der innere Türgriff. Ein anatomisch geformter verchromter Stahlbügel vor einer Aussparung für die Finger des Beifahrers. In diesem Fall für den Mittelfinger seiner rechten Hand. Einzeln dahintergesteckt, elegant, sogar suggestiv, und eine höfliche Wollen-wir-aussteigen-Sekunde lang dort verharrend, die ganze Fingerbeere fest an den Chrom gedrückt, dann noch fester, um das Schloss zu öffnen, ein weiteres präzises, respektvolles Klicken, bevor er den Finger wieder herausgezogen hatte – seiner Ansicht nach ebenso elegant.

Kein Verwischen.

Glatter, kühler Chrom.

Dumm.

Seine eigene Schuld.

11

Die Passkontrolle auf dem Flughafen war allem Anschein nach vorgewarnt, denn sobald Neagley ihren Reisepass zeigte, nickte der Uniformierte in seinem Glaskasten zu einem Nebenraum hinüber, in dem ein großer Dickwanst auf einem Stuhl hockte. Der Kerl stand auf, um sie zu begrüßen. Er stellte sich als Kriminaldirektor Griesmann vor. Er sagte, er kenne die Namen Reacher und Neagley aus dem Bericht eines Polizeibeamten, der sie als Touristen bezeichnet habe. Was sie aber offenbar nicht seien. Er sagte, er freue sich, sie auf jede nur mögliche Weise unterstützen zu können. Er sagte, der Zeuge warte bereits auf einem Polizeirevier. Sehr eifrig und aussagewillig. Man habe ihm erklärt, seine Aussage sei für die Sicherheit der Bundesrepublik wichtig. Damit er seine Bürgerpflicht tun konnte, war er für heute vom Dienst befreit. Griesmann sagte, weil der Kerl kein Englisch spreche, habe man einen Dolmetscher hinzugezogen. Und ja, auch in Deutschland sei es üblich, Zeugen Fotos von Verdächtigen vorzulegen.

Griesmann hatte seinen Mercedes im Halteverbot stehen. Sie stiegen ein, und er fuhr. Der Fahrersitz ächzte unter seinem Gewicht. Der Kerl war riesig. Zwei, drei Zentimeter größer als Reacher, fünfundzwanzig Kilo schwerer. Doppelt so schwer wie Neagley. Aber er war vor allem fett. Keine Gefahr für jemanden außer ihm selbst.

Reacher sagte: »Gestern am Telefon haben Sie ihn als Spinner bezeichnet.«

Griesmann erwiderte: »Natürlich nicht im Ernst. Er hat ein paar verrückte Ideen, das ist alles. Bestimmt aufgrund von rassistischen und fremdenfeindlichen Vorstellungen, die durch irrationale Ängste verstärkt werden. Aber ansonsten ist er ganz normal.«

»Würden Sie seiner Aussage vor Gericht glauben?«

»Gewiss.«

»Der Richter und die Geschworenen auch?«

»Gewiss«, wiederholte Griesmann. »Im Alltag funktioniert der Mann recht gut. Schließlich arbeitet er bei der Stadt. Genau wie ich.«

Die Polizeistation erwies sich als Hamburgs Vorzeigerevier: groß und neu und mit integriertem Labor technisch auf dem neuesten Stand. An den Wegen durch das weitläufige Gelände standen überall Wegweiser zu diesen oder jenen Abteilungen. Drinnen ging es ähnlich weiter. Ein komplexes Gebilde, das an ein städtisches Krankenhaus erinnerte. Oder an ein Hörsaalgebäude. Griesmann stellte seinen Mercedes auf einem reservierten Platz ab, und sie stiegen aus. Neagley mit ihrem Rollkoffer, Reacher mit seiner bedruckten Tragetasche. Sie folgten Griesmann in das Gebäude, bogen in seinem Kielwasser links und rechts ab und gelangten auf breiten, sauberen Korridoren zu einem Vernehmungsraum mit einem Fenster aus Drahtglas in den Türen.

Drinnen saß ein Mann an einem Tisch, auf dem eine Thermoskanne Kaffee und eine Schale mit Keksen standen, von denen er schon einige zerkrümelt hatte. Der Mann war ungefähr vierzig. Er trug einen billigen grauen Anzug, der aus Polyester zu sein schien. Graue Haare klebten mit Brillantine an seinem Schädel. Die Augen hinter der Nickelbrille waren blass. Sein Teint war blass. Das einzig Farbige an ihm schien seine Krawatte in Gelb und Orange zu sein. Sie war kurz und breit, hing wie ein Fisch unter seinem Kinn.

Bevor sie hineingingen, sagte Griesmann: »Er heißt Helmut Klopp. Kommt aus dem Osten. Ist nach der Wende wie so viele rübergekommen. Auf der Suche nach einem Job, wissen Sie.«

Reacher betrachtete den Mann nachdenklich. Vielleicht reine Zeitverschwendung, vielleicht der Retter des Universums. Griesmann betrat noch immer nicht den Raum. Stattdessen schob er seine Manschette zurück und sah auf die Uhr. Im nächsten Augenblick kam eine Frau um die Ecke und ging auf sie zu. Griesmann nickte zufrieden. Auf die Minute pünktlich.

»Unsere Dolmetscherin«, erklärte er.

Sie war eine untersetzte, stämmige Frau unbestimmbaren Alters, die so viel Haarspray benutzte, dass ihr blond gefärbtes Haar ihren Kopf wie ein Motorradhelm umgab. Sie trug ein steifes graues Kleid aus einer Art Gabardine, dicke Wollstrümpfe und klobige Schuhe, die schwer aussahen.

»Guten Morgen«, sagte sie mit melodischer Stimme, die einem Filmstar hätte gehören können.

Griesmann sagte: »Gehen wir rein?«

Reacher fragte: »In welcher Funktion ist Herr Klopp bei der Stadt angestellt?«

»Sein Job? Er ist Bereichsleiter. Im Augenblick bei der Stadtentwässerung.«

»Gefällt ihm die Arbeit?«

»Er sitzt in einem Büro, muss also nicht manuell arbeiten. Er wirkt ganz zufrieden. Seine Beurteilungen sind gut. Er gilt als sehr gewissenhaft.«

»Wieso ist seine Arbeitszeit so komisch?«

»Ist sie das?«

»Sie haben gesagt, dass er früh nachmittags Dienstschluss hat. Das klingt nach manueller Arbeit, finde ich.«

Griesmann sagte ein kompliziert klingendes deutsches Fachwort, und die Dolmetscherin erläuterte: »Zur Verbesserung der Luftqualität ist vorgeschlagen worden, den Berufsverkehr zu entzerren. Die Stadtverwaltung musste natürlich mit gutem Beispiel vorangehen. Offenbar hat die Stadtentwässerung dafür gestimmt, früh anzufangen und früh Schluss zu machen. Oder sie ist dazu verdonnert worden. Jedenfalls hat die Stadt bereits erste Erfolge gemeldet. Nach neuesten Messungen ist die Feinstaubbelastung um siebzehn Prozent gesunken.«

Aus ihrem Mund klang das wie der größte Erfolg aller Zeiten. Wie in einem Schwarz-Weiß-Film aus den Vierzigerjahren, in dem der gute Kerl sich bereit erklärt, ein Verbrechen zu begehen, nur weil sie ihn mit leicht atemloser Stimme darum bittet.

»Können wir?«, fragte Griesmann.

Helmut Klopp sah auf, als sie hereinkamen. Wie Griesmann gesagt hatte, wirkte er ganz zufrieden. Endlich stand er einmal im Mittelpunkt. Und er wollte das genießen. Vermutlich war er frustriert. Ein Ostdeutscher, der sich im Westen mit allen Ressentiments eines Zuwanderers als Underdog fühlte. Griesmann stellte ihm die Besucher vor. Klopp antwortete etwas, und die Dolmetscherin sagte: »Sie sind als Topermittler vorgestellt worden, die extra seinetwegen aus den USA angereist sind.«

Reacher fragte: »Was hat Herr Klopp geantwortet?«

»Er hat gesagt, er sei bereit, Ihnen nach Kräften zu helfen.«

»Das glaube ich nicht.«

»Sprechen Sie Deutsch?«

»Vielleicht habe ich ein bisschen aufgeschnappt. Ich war schon früher hier. Ich verstehe, dass Sie nur höflich sein wollen, aber meine Sergeantin und ich haben schon schlimmere Dinge gehört, als dieser Mann sagen kann. Und Genauigkeit ist wichtiger als unsere Gefühle. Dies könnte eine sehr ernste Situation sein.«

Die Dolmetscherin sah zu Griesmann hinüber, der wortlos nickte.

Sie sagte: »Der Zeuge hat erklärt, er sei froh, dass man Weiße geschickt habe.«

»Okay«, meinte Reacher. »Sagen Sie Herrn Klopp, dass er bei laufenden Ermittlungen eine wichtige Rolle spielt. Sagen Sie ihm, dass wir ihn zu allen Aspekten gründlich befragen möchten. Sagen Sie ihm, dass uns seine Ansichten und Schlussfolgerungen wichtig sind. Aber weil wir irgendwo anfangen müssen, wollen wir uns zunächst auf Erscheinung und Verhalten der beiden Männer konzentrieren. Als Erstes möchten wir seine Personenbeschreibung mit eigenen Worten hören und ihn dann bitten, sich einige Fotos anzusehen.«

An Klopp gewandt übersetzte die Dolmetscherin das alles engagiert und präzise ins Deutsche. Klopp hörte aufmerksam zu und nickte zwischendurch ernst, als sähe er eine lange, schwierige Aufgabe vor sich, sei aber bereit, sein Bestes zu geben.

Reacher fragte: »Geht Herr Klopp oft in diese Bar?«

Die Dolmetscherin übersetzte, und Klopp antwortete ziemlich ausführlich. Die Dolmetscherin sagte: »Er geht zwei- bis dreimal pro Woche hin. Er hat zwei Stammlokale, zwischen denen er im Verlauf seiner Fünftagewoche wechselt.«

»Wie lange ist er schon Stammgast in dieser Bar?«

»Seit fast zwei Jahren.«

»Hat er den Amerikaner schon früher dort gesehen?«

Darauf entstand eine Pause. Bedenkzeit. Dann wieder die Übersetzung. »Ja, er glaubt, ihn dort vor zwei bis drei Monaten gesehen zu haben.«

»Glaubt?«

»Er ist sich ziemlich sicher. Der Gentleman, den er damals gesehen hat, hat eine Mütze getragen. Das macht es schwierig, sich hundertprozentig sicher zu sein. Er gibt zu, dass er sich irren könnte.«

»Was für eine Mütze?«

»Eine Baseballmütze.«

»Mit irgendeinem Emblem?«

»Er glaubt, dass es ein roter Stern war. Aber das war schwer zu erkennen.«

»Und es ist lange her.«

»Er erinnert sich wegen des Wetters daran.«

»Aber jedenfalls ist der Amerikaner kein Stammgast?«

»Nein, das ist er nicht.«

»Woher weiß Herr Klopp, dass er Amerikaner ist?«

Diesmal dauerte die Antwort länger. Dann übersetzte die Dolmetscherin: »Er hat Englisch gesprochen. Sein Akzent. Seine laute Stimme. Seine Kleidung. Sein Benehmen.«

»Okay«, sagte Reacher. »Nun brauchen wir eine Personenbeschreibung. Hat er den Amerikaner stehend oder sitzend gesehen.«

»Beides. Er ist reingekommen, hat allein dagesessen, hat mit dem Araber zusammengesessen, hat allein dagesessen und ist wieder gegangen.«

»Wie groß ist der Amerikaner?

»Ein Meter siebzig, fünfundsiebzig.«

»Fünf Fuß acht Zoll«, warf Griesmann ein. »Durchschnittlich groß.«

Reacher fragte: »Ist er dick oder dünn?«

Die Dolmetscherin sagte: »Weder noch.«

»Stämmig?«

»Nicht direkt.«

»Kräftig oder schwach?«

»Ziemlich kräftig.«

»Welchen Sport würde er ausüben, wenn er ein Sportler wäre?«

Klopp gab keine Antwort.

Reacher sagte: »Denken Sie dran, was das Fernsehen überträgt. Denken Sie an die Olympischen Spiele. Was wäre sein Sport?«

Klopp überlegte angestrengt, als ginge er den gesamten Sportkalender im Detail durch. Zuletzt sprach er lange auf Deutsch, wog Argumente gegeneinander ab und spekulierte über verschiedene Möglichkeiten. Die Dolmetscherin sagte: »Er tippt auf einen Mittelstreckenläufer. Vielleicht ab fünfzehnhundert Metern aufwärts. Vielleicht sogar Langstrecken bis zu zehntausend Meter. Aber er war keine unnatürlich dürre Heuschrecke wie ein Marathonläufer.«

»Eine afrikanische Heuschrecke, richtig?«

»Das hat er gesagt, ja.«

»Bitte nichts auslassen, okay?«

»Entschuldigung.«

»Der Amerikaner ist also durchschnittlich groß, eher drahtig, aber muskulös und voller Energie? Beschreibt ihn das?«

»Ja, ständig in Bewegung.«

»Wie lange war er in der Bar, bevor der Saudi-Araber aufgekreuzt ist?«

»Ungefähr fünf Minuten. Er war nur ein Mann in einer Bar. Niemand hat sich für ihn interessiert.«

»Was hat er getrunken?«

»Ein großes Bier, aber ziemlich langsam. Er hatte mehr als die Hälfte übrig, als das Treffen zu Ende war.«

»Wie lange ist er noch geblieben, als der Saudi gegangen war?«

»Ungefähr eine halbe Stunde.«

»Was hat der Saudi getrunken?«

»Nichts. Er wäre nicht bedient worden.«

»Was für Haar hat der Amerikaner?«

Als Klopp auf diese Frage nur mit den Schultern zuckte, tadelte ihn die Dolmetscherin und forderte ihn auf, sich anzustrengen. Er entschuldigte sich umständlich damit, dass er auf diesem Gebiet kein Fachmann sei. Aber dann versuchte er doch, sich an Einzelheiten zu erinnern, und holte zu längeren Ausführungen aus. Zuletzt sagte die Dolmetscherin: »Der Amerikaner ist blond, strohblond. Sein Haar ist an den Seiten normal lang, aber oben viel länger. Ein spezieller Stil. Als wollte er sie mit einer Kopfbewegung zurückwerfen können. Wie Elvis Presley.«

»Gepflegt?«

»Ja, es war sorgfältig gebürstet.«

»Haaröl oder Brillantine?«

»Nein, ganz natürlich.

»Augen?«

Das beschriebene Gesicht passte zu Haar und Körperbau des Amerikaners. Unter buschigen Augenbrauen tief in den Höhlen liegende blaue Augen, faltenfreie Stirn, hohe Wangenknochen, schmale Nase, weiße Zähne, zusammengepresste Lippen, die selten lächelten, energisches Kinn. Keine sichtbaren Narben, keine Tätowierungen. Alte Sonnenbräune, Falten um die Augen. Eher vom Zusammenkneifen als Lach- oder Sorgenfalten. Insgesamt ein stimmiges Bild mit waagrechten Akzenten: die Brauen, die Augen, die Wangenknochen, die humorlos zusammengepressten schmalen Lippen. Er war eher Anfang dreißig als Ende zwanzig.

Reacher sagte: »Bitte sagen Sie Herrn Klopp, dass wir möchten, dass er das alles dem Zeichner schildert, der ein Phantombild anfertigt.«

Die Dolmetscherin gab das weiter, und Klopp nickte.

Reacher fragte: »Was hatte der Amerikaner an?«

Klopp antwortete, und die Dolmetscherin sagte: »Tatsächlich eine Jeansjacke genau wie Ihre.«

»Exakt gleich?«

»Identisch.«

»Die Welt ist klein«, meinte Reacher. »Fragen Sie ihn jetzt bitte, wieso der Saudi erregt gewirkt hat. Aber nur eigene Beobachtungen, okay? Nur was er selbst gesehen und gehört hat. Die politischen Analysen möchte er sich für später aufheben.«

Darauf folgte eine lange Diskussion auf Deutsch, in die sich auch Griesmann einmischte, um alles genau zu klären, bevor die Dolmetscherin nach langem Hin und Her sagte: »Bei näherer Überlegung findet Herr Klopp, dass aufgeregt zutreffender wäre als erregt. Nervös und aufgeregt. Der Amerikaner hat dem Araber etwas mitgeteilt, auf das der Araber so reagiert hat.«

»Hat Herr Klopp gehört, was gesagt wurde?«

»Nein.«

»Wie lange hat dieser Teil des Gesprächs gedauert?«

»Etwa eine Minute.«

»Wie lange ist der Saudi geblieben?«

»Er ist gleich danach gegangen.«

»Und der Amerikaner ist noch eine halbe Stunde geblieben?«

»Ziemlich genau.«

»Okay«, sagte Reacher. »Jetzt soll Herr Klopp sich bitte die Fotos ansehen.«

Reacher stellte die rote Tragetasche auf den Tisch. Er erklärte: »Sagen Sie Herrn Klopp, dass wir viele Fotos mitgebracht haben. Er möchte Pausen machen, wenn er welche braucht. Bitten Sie ihn, alles zu berücksichtigen, was er uns über das Gesicht des Mannes erzählt hat, und die einzelnen Punkte jeweils in Gedanken abzuhaken. Sagen Sie ihm, dass Haar sich verändern lässt, Augen und Ohren dagegen nie. Und dass es in Ordnung ist, sich nicht immer sicher zu sein. Am besten macht er einen Stapel mit Kandidaten, die infrage kommen, und sieht ihn dann später nochmals durch. Genauigkeit geht vor Schnelligkeit.«

Neagley packte die Tasche aus. Zweihundert Karteikarten mit Passfotos. Um die Aufgabe leichter erscheinen zu lassen, formte sie daraus fünf Stapel zu vierzig Karten. Sie schob Klopp den ersten Stapel hin. Er machte sich ohne große Begeisterung, aber sichtbar effizient an die Arbeit. Wie ein typischer Bürokrat. Reacher beobachtete seine Augen. Er schien tatsächlich einen Punkt nach dem anderen abzuhaken: Augen, Nase, Wangenknochen, Mund. Bei jedem Schritt gab es ein klares Ja oder Nein. Die meisten Kandidaten schieden frühzeitig aus. Der Stapel mit Abgelehnten wuchs rasch. Breite Gesichter, runde Gesichter, dunkle Augen, breite Nase, volle Lippen … Aus dem ersten Stapel kam niemand in die engere Wahl. Nicht einmal als möglicher Kandidat.

Neagley schob Klopp den zweiten Stapel hin. Dabei blinzelte sie Reacher zu. Er nickte kaum merklich. Obenauf lag der in Hamburg lebende amerikanische Programmierer. Der Aussteiger mit der wilden Mähne. Klopp sortierte ihn sofort aus. Reacher sah, weshalb. Nur wenig hervortretende Wangenknochen und ein voller Schmollmund statt schmal zusammengepresste Lippen.

Der Stapel mit Abgelehnten wuchs weiter.

Bisher gab es keine möglichen Kandidaten.

Neagley schob ihm den dritten Stapel hin. Klopp machte sich an die Arbeit. Die Dolmetscherin saß schweigend da. Griesmann ging hinaus und kam gleich wieder zurück. Wenige Minuten später brachte ein Mann auf einem Tablett eine Thermoskanne Kaffee, fünf Tassen sowie Milch und Zucker. Klopp legte eine Pause ein. Mit Daumen und Zeigefinger nahm er eine Karte nach der anderen von Neagleys Stapel, begutachtete das Foto und legte eine Karte nach der anderen ab.

Der Stapel mit Abgelehnten wurde höher.

Es gab noch immer keinen möglichen Kandidaten.

Klopp äußerte etwas, das entschuldigend klang, und die Dolmetscherin sagte: »Es tut ihm leid, dass er nicht mehr für Sie tun kann.«

Reacher fragte: »Wie sicher ist er sich in Bezug auf die Abgelehnten?«

Sie gab die Frage weiter, dann fasste sie seine ausführliche Antwort zusammen: »Hundertprozentig.«

»Das ist eindrucksvoll.«

»Er sagt, dass er analytisch denken gelernt hat.« Sie machte eine Pause, sah Reacher an, der sie aufgefordert hatte, nichts auszulassen, und dann Griesmann, als wollte sie seine Erlaubnis einholen. Sie sagte: »Herr Klopp hat eine Ausbildung als Wirtschaftsprüfer. In Ostdeutschland war er stellvertretender Leiter eines großen Werks an der polnischen Grenze. Er möchte, dass wir wissen, dass er für seine jetzige Stellung überqualifiziert ist. Aber hier im Westen gehen alle besseren Positionen nicht an Deutsche, sondern an Leute aus der Türkei.«

»Möchte er eine Pause einlegen? Er hat noch etwa achtzig vor sich.«

Sie fragte, er antwortete, und sie übersetzte: »Danke, er macht gern weiter. Er hat sich das Gesicht des Amerikaners genau eingeprägt. Der Mann befindet sich in diesen Stapeln ... oder eben nicht. Er lädt Sie ein, die Fotos mit dem Phantombild zu vergleichen, das nach seinen Angaben entstehen wird. Dann werden Sie sehen, dass er recht hat.«

»Okay, er möchte die Sache zu Ende bringen.«

Auch aus dem vierten Stapel kam niemand infrage. Nicht mal entfernt. Neagley schob ihm die letzten vierzig Karten hin. Reacher beobachtete Klopp. Eine Karte nach der anderen, linker Daumen und Zeigefinger, locker gehalten, nicht weit weg, nicht nahe. Mit seiner Brille sah er offenbar gut. Echte Konzentration. Kein gelangweilter Blick, keine verächtliche Ablehnung. Ruhige Aufmerksamkeit. Er begutachtete ein Foto nach dem anderen Punkt für Punkt. Augen, Wangenknochen, Mund. Ja oder nein.

Ein Nein nach dem anderen. Immer wieder nein. Die Karten klatschten auf den Stapel. Unterdessen hatte Reacher über hundertsiebzig Versionen davon gesehen, was der Gesuchte nicht war. So entstand allmählich ein Bild, das genau Klopps Schilderung entsprach. Tief in ihren Höhlen liegende blaue Augen, hohe Wangenknochen, schmale Nase, zusammengekniffene Lippen, energisches Kinn. Alle sonst möglichen Varianten schieden aus. Das Ganze unter strohblondem Haar, an den Seiten normal, oben auffällig lang. Ein spezieller Stil.

Reacher sah ihm zu.

Der Stapel mit Abgelehnten wurde höher.

Es gab noch immer keinen möglichen Kandidaten.

Dann griff Klopp nach der letzten Karte und betrachtete das Foto ebenso konzentriert wie alle vorigen, bevor er es auf den Stapel mit Abgelehnten legte.

Reacher telefonierte von Griesmanns Büro aus. Er erreichte Landry, der Vanderbilt verständigte, der White weckte, der verschlafen klang. In Virginia war es fünf Uhr morgens. Reacher sagte: »Der Mann hat den Treff beobachtet. Todsicher. Die Choreografie war genau richtig. Die Wahrscheinlichkeit, dass sich im selben Hamburger Stadtteil zur selben Zeit etwas Vergleichbares ereignet hat, ist verschwindend gering.«

»Hat er den Amerikaner identifiziert?«

»Nein«, sagte Reacher. »Ratcliffe hat unrecht. Hier geht's nicht um Computer. Er hat völlig grundlos zwei Gerüchte kombiniert. Es gibt keinen Zusammenhang. Die Ereignisse sind separat zu sehen. Reiner Zufall.«

»Okay, das melden wir ihm. Sie kommen am besten gleich zurück.«

»Nein«, sagte Reacher, »wir bleiben.«

12

Der Zeichner wollte mit Klopp allein arbeiten, daher machten Griesmann, Reacher und Neagley einen Rundgang durch die Station. Sie sahen weitere Vernehmungsräume, Dienstzimmer, die Bereitschaftsräume, den Einlieferungsbereich, die Haftzellen, die Asservatenkammer und die Kantine. Überall saßen ernsthafte Leute an der Arbeit. Griesmann war sichtlich stolz auf alles. Aus gutem Grund, fand Reacher. Was sie sahen, war eindrucksvoll.

Sie gingen durch eine Tür und über eine verglaste Fußgängerbrücke im ersten Stock zu einem neuen Flügel des Gebäudes. Die Forensik mit den angeschlossenen Labors. Als Erstes betraten sie einen langen weißen Raum mit Reihen von Computern auf weißen Tischen. Griesmann erklärte: »Damit werden sich die Leute in Zukunft bestehlen, glauben wir. Drei Prozent aller Deutschen sind schon im Internet unterwegs. In Ihrem Land sind es über fünfzehn Prozent. Und wir gehen von weiterem Wachstum aus.«

Sie liefen an Reinräumen mit Schleusentüren vorbei weiter. Wie Operationssäle eines Krankenhauses. Chemische Analysen, Ballistik, Blut, Gewebe, DNA. Labortische, ein Gewirr aus Glasröhren, alle möglichen geheimnisvollen Apparate. Das Budget musste riesig sein. Griesmann sagte: »Die Universität übernimmt einen Teil der Kosten. Ihre Wissenschaftler arbeiten hier. Was gut für alle Beteiligten ist. Und wir bekommen beträchtliche staatliche Zuschüsse. Unsere Einrichtungen werden mehrfach genutzt. Unter bestimmten Voraussetzungen auch von der Bundeswehr.«

Reacher nickte. Genau dieses Modell hatte Waterman in ihrer »Schule« in McLean propagiert.

Sie gingen die Treppe ins Erdgeschoss hinunter. Hier war die Luft frischer, als stünde irgendwo eine Tür ins Freie offen. Im Parterre warfen sie einen Blick in eine Autowerkstatt, die wie eine Tankstelle oder ein Reifendienst aussah, aber makellos sauber wirkte. Fast antiseptisch. Glatte weiß gestrichene Wände, weiß gefliester Boden, grellweiße Leuchtstoffröhren. Kein Schmutz, keine Ölflecken, keine Unordnung. In der Werkstatt standen nur zwei Fahrzeuge. Eines war eine schwere Limousine mit einem Blechschaden vorn rechts. Mehr als nur eine Delle. Griesmann sagte: »Ein Fall von Fahrerflucht. Ein Kind wurde schwer verletzt, aber der Fahrer hat nicht angehalten. Wir glauben, dass dies der Unfallwagen war. Der Besitzer leugnet standhaft. Wir versuchen, Blut- und Faserspuren zu finden. Aber das ist eine echte Herausforderung.«

Bei dem zweiten Fahrzeug in der Werkstatt handelte es sich um ein elegantes kleines Coupé mit offenen Türen. Ein Mann in einem weißen Kittel beugte sich hinein. »Wir suchen das Innere nach Fingerabdrücken ab. Hier geht's um einen Mord. Wir vermuten, dass die Ermordete den Täter in ihrem Auto mitgenommen hat. Sie war ein Callgirl. Dieser Beruf kann gefährlich sein.«

Reacher nahm das Coupé genauer in Augenschein. Ein elegantes Fahrzeug, vor allem im Vergleich mit seinem Recycling-Caprice. Und makellos. Sein Lack glänzte im Neonlicht. Das Auto passte genau in die antiseptische Atmosphäre. Er sagte: »Ein sehr gepflegter Wagen.«

Griesmann sagte: »Genau wie ihre Wohnung.«

»Hatte sie eine Putzfrau?«

»Einen Putzservice, glaube ich.«

»Dann hat sie vermutlich auch ihr Auto waschen lassen. Vielleicht regelmäßig. Waschen und Innenreinigung. Was gut wäre. Nicht viele alte Fingerabdrücke.«

Griesmann sprach mit dem Mann in dem weißen Laborkittel. Anscheinend fragte er nach dem Stand der Untersuchungen. Bei seiner Antwort zeigte der Mann auf verschiedene Stellen. Um besser sehen zu können, streckte Griesmann seinen Kopf in den Wagen. Dann richtete er sich schwerfällig auf und erklärte: »Am Gurtschloss haben wir einen teilweisen Daumenabdruck gefunden. Aber er ist schmal, weil die Taste geriffelt ist. Und irgendwie verwischt. Ähnlich sieht's mit der Schlosszunge aus. Die Oberfläche besteht aus genarbtem Hartplastik. Aussichtslos. Darüber müsste man mal mit den Herstellern reden. Die sabotieren unsere Arbeit geradezu.«

Reacher fragte: »Das ist ein Audi, richtig?«

Griesmann nickte.

»Dann hat Audi Ihnen bereits geholfen. Ein Freund von mir hatte das gleiche Problem. Letztes Jahr in Fort Hood, das ungefähr so groß wie Hamburg ist. Kein Audi, sondern ein Jaguar, aber beide gehören zur Oberklasse. Sie verchromen ihre inneren Türöffner. Das wirkt teuer, fühlt sich gut an und ist auch bei Dunkelheit leicht zu finden. Alles das steigert das sogenannte Nutzererlebnis. Der Beifahrer hakt seinen Mittelfinger dahinter und zieht. Nicht den kleinen Finger, den er für zu schwach hält, nicht den Ringfinger, mit dem er zu unbeholfen ist, und nicht den Zeigefinger, weil er dafür die Hand verdrehen müsste. Immer den Mittelfinger. Also sollten Sie die Tür zerlegen, um an die Rückseite des Innengriffs heranzukommen. Dazu würde Ihnen mein Freund raten.«

Der Mann im Laborkittel sagte etwas auf Deutsch, das indigniert klang. Er hatte Reachers Vorschlag offenbar verstanden. Griesmann sagte: »Das wäre ohnehin unser nächster Schritt gewesen. Hat Ihr Freund eine Verurteilung erreicht?«

»Nein«, sagte Reacher. »Die Beweiskette ist gerissen. Er konnte belegen, dass sich ein Fingerabdruck des Kerls an dem Griff befand – aber nicht, dass der Griff aus dem Wagen der Ermordeten stammte. Der Verteidiger hat argumentiert, er könne von überallher sein.«

»Was hätte er tun sollen?«

»Er hätte sein Monogramm in die Vorderseite des Griffs gravieren sollen, als er noch im Auto montiert war. Mit einem elektrischen Gravierstift. Und sich dabei natürlich fotografieren lassen. Erst Weitwinkelbilder, damit der Wagen zu sehen ist, dann Nahaufnahmen.«

Griesmann sprach nochmals auf Deutsch, erteilte genaue Anweisungen. Der Mann in dem weißen Kittel hörte aufmerksam zu, dann nickte er.

Sie kamen in den Vernehmungsraum zurück, als Klopp eben gehen wollte. Der Zeichner gab ihnen eine Farbkopie seines Buntstiftporträts. Griesmann sagte zu, das Phantombild nach McLean zu faxen und das Original zu seinen Akten zu legen.

Reacher und Neagley gingen mit ihrem Exemplar an die Tür, deren Drahtverglasung etwas Tageslicht hereinließ. Der Amerikaner sah genau so aus, wie Klopp ihn beschrieben hatte. Der Zeichner hatte seine Schilderung gut umgesetzt. Die blonde Haartolle. Straffe Gesichtshaut. Markante Augenbrauen und Wangenknochen, dazwischen tief in ihren Höhlen liegende Augen. Der Mund mit zusammengekniffenen Lippen. Dazu zwei senkrechte Linien: die schmale Nase und eine Falte neben dem rechten Mundwinkel, als bewegte er die Lippen höchstens zu einem sarkastischen schiefen Lächeln. Wie Reacher trug der Kerl eine ausgebleichte Jeansjacke, in jeder Beziehung authentisch. Dazu ein weißes T-Shirt, unter dem sich seine Schlüsselbeinknochen abzeichneten. An seinem mageren Hals traten Sehnen hervor. Ein harter Kerl, nicht mehr jung.

Neagley fragte: »Militär?«

Reacher antwortete: »Lässt sich so nicht sagen.«

»Warum bleiben wir dann?«

»Weiß ich nicht genau. Wir können haben, was wir wollen, hat Ratcliffe gesagt. Ich will mich nicht durch anderer Leute Fehler blockieren lassen, denke ich.«

»Der nächste Treff findet möglicherweise gar nicht in Hamburg statt.«

»Stimmt. Die Chancen stehen vielleicht eins zu zehn. Bleiben wir also, haben wir eine kleine Chance, zur rechten Zeit am rechten Ort zu sein. Fliegen wir dagegen nach Virginia zurück, haben wir null Chancen. Die Kerle verabreden sich nicht am Washington Monument. Das steht jedenfalls fest.«

Die Dolmetscherin kam auf sie zu und sagte: »Herr Klopp lässt fragen, wann Sie seine Befragung fortsetzen wollen.«

Reacher sagte: »Sagen Sie Herrn Klopp, dass wir mit ihm fertig sind. Sagen Sie ihm, dass ich ihm die Augäpfel einzeln rausdrücke, wenn ich ihn noch mal sehe.«

Dann kam Griesmann zu ihnen und fragte: »Darf ich Sie zum Mittagessen einladen?«

Zwölf Uhr Mittags in Hamburg.

Oder dreizehn Uhr in der ukrainischen Hauptstadt Kiew. Dort stieg der Kurier aus einem Flugzeug. Er war durch die Berge ins pakistanische Peschawar gefahren worden und von dort aus über Karatschi nach Kiew geflogen. Für beide Flüge hatte er verschiedene Pässe benutzt; außerdem hatte er sein rosa Hemd gegen ein schwarzes vertauscht und trug eine Sonnenbrille und eine Mütze mit dem Emblem des Fußballvereins Schachtar Donetzk. Er war unauffällig und anonym. Die ukrainische Passkontrolle passierte er problemlos. Er holte seinen Koffer vom Gepäckband und verließ das Ankunftsgebäude. Während er am Taxistand wartete, rauchte er eine Zigarette.

Sein Taxi war ein alter tschechischer Škoda. Als Fahrtziel nannte er einen Blumenmarkt, der fünf Straßen von seinem eigentlichen Ziel entfernt lag: einer kleinen Wohnung, die sich vier Gläubige aus Somalia und Turkmenistan teilten. Ein sicheres Haus. Immer besser, die letzte Etappe zu Fuß zurückzulegen. Genau wie andere Leute merkten Taxifahrer sich alles Mögliche. Manche machten sich sogar Notizen. Oder führten ein Fahrtenbuch mit Strecken, Benzinverbrauch und Adressen. Die vier Kerle kannte er nicht. Aber sie erwarteten ihn. Kiew war jedoch nicht Hamburg. Er konnte nicht einfach aufkreuzen. Stattdessen hatte er einen Boten vorausgeschickt, um sich ankündigen zu lassen. Eine notwendige Vorsichtsmaßnahme.

Vor dem Blumenmarkt stieg er aus dem Taxi. Er ging zwischen Ständen hindurch, die von Blumen überquollen, und betrat eine feuchtheiße Halle voller seltener Sorten. Als er sie am anderen Ende verließ, trug er wieder das rosa Hemd, aber keine Mütze und Sonnenbrille mehr.

Er zog seinen Rollkoffer hinter sich her und fand das richtige Gebäude. Es war ein quadratischer Betonklotz in einer Zeile zwischen älteren und eleganteren Bauten. Wie ein Stiftzahn. Als wäre dort vor Langem zufällig eine Bombe detoniert und hätte Platz geschaffen. Vielleicht stimmte diese Vermutung sogar. Im Eingangsbereich roch es nach Salmiak. Der Aufzug funktionierte, aber mit verdächtigen Geräuschen. Die Korridore in den oberen Stockwerken waren schmal.

Er klopfte an die Wohnungstür und wartete. Dabei zählte er die Sekunden. Er hatte schon an viele Türen geklopft und kannte den normalen Ablauf. Eins: Sie hören das Klopfen; zwei: Sie stehen von der Couch auf; drei: Sie schlängeln sich durch die Unordnung; vier: Sie kommen an die Tür; fünf: Sie machen auf.

Die Wohnungstür wurde geöffnet. Auf der Schwelle stand ein Mann. Allein, mit nichts als Stille hinter sich.

Der Kurier sagte: »Ihr erwartet mich.«

Der Mann sagte: »Wir müssen ausgehen.«

»Wann?«

»Jetzt.«

Der Mann war einer der Somalier. Erst Anfang zwanzig, aber schon auf schwarze Haut und Sehnen reduziert. Eine vorzeitlich archaische Erscheinung. Der Kurier sagte: »Ich will nicht ausgehen. Ich bin müde. Ich muss morgen sehr früh fort. Ich habe einen Anschlussflug.«

»Sorry, wir müssen ausgehen.«

»Ein sicheres Haus hat den Vorteil, dass man nicht ausgehen muss.«

»Heute Abend spielt Kiew im Fußball gegen Spartak Moskau. Das Spiel läuft in allen Bars im Fernsehen. Wegen der Zeitzonen ist bald Anpfiff. Nicht hinzugehen, wäre ungewöhnlich. Wir würden auffallen.«

»Du kannst hingehen.«

»Hier darf niemand zurückbleiben. Nicht heute Nachmittag. Das könnte auffallen. Hier geht's um eine alte Rivalität. Fernsehgucken ist patriotische Pflicht. Wir sollen uns anpassen.«

Der Kurier zuckte mit den Schultern. Notwendige Vorsichtsmaßnahmen. Und Fußball war in Ordnung. Er hatte einmal eine Partie gesehen, bei der mit einem Menschenschädel gespielt worden war. Er sagte: »Okay.«

Sie liefen zu Fuß nach unten, waren sich stillschweigend darüber einig, den klapprigen Aufzug zu meiden. Sie gingen vom Blumenmarkt weg in eine andere Richtung, an eleganten, aber verblassten Apartmentgebäuden mit bröckelndem Putz und rostigen schmiedeeisernen Balkonen vorbei und durch eine Passage, die der Somalier als Abkürzung bezeichnete. Ein fast unbehaglich schmaler Gang zwischen Ziegelmauern, von denen ihre Schritte widerhallten. Wenig später öffnete er sich zu einem kleinen Innenhof, der durch die Rückseiten anonymer dreistöckiger Gebäude begrenzt wurde. Hoch oben konnte man einen kleinen Himmelsausschnitt sehen. In die Mauern waren nur wenige zugemauerte oder mit weißer Farbe undurchsichtig gemachte Fenster eingelassen. Dazwischen befanden sich Regenrinnen und kreuz und quer verlaufende Antennenkabel.

Im Innenhof warteten drei Männer.

Einen von ihnen hielt der Kurier für einen Cousin des Somaliers. Auch die beiden anderen gehörten zusammen. Sie waren zweifellos aus Turkmenistan. Die Kerle aus dem sicheren Haus. Eine glückliche Sekunde lang glaubte der Kurier, sie hätten sich hier getroffen, um gemeinsam in die nächste Bar zu ziehen. Dann sah er, dass der Innenhof keinen zweiten Ausgang hatte.

Keine Abkürzung.

Dies war eine Falle.

Und dann begriff er. Sonnenklar. Vollkommen logisch. Er war ein Sicherheitsrisiko. Weil er den Preis kannte. Hundert Millionen Dollar. Was die gefährlichste Einzelkomponente des gesamten Unternehmens war. Dieser Riesenbetrag würde überall die Alarmglocken schrillen lassen. Wer ihn kannte, war automatisch ein potenzielles Leck. Eine klassische Theorie. Das hatten sie im Ausbildungslager gelernt und an hypothetischen Beispielen bis zum bitteren Ende durchexerziert. Bedauerlich, hatten sie gesagt. Aber notwendig. Ein großer Kampf erforderte große Opfer. Ein großer Kampf erforderte klares Denken und kalte Herzen. Der vorausgeschickte Kerl hatte nicht darum gebeten, das Gästezimmer zu lüften und das Bett frisch zu beziehen. Er hatte einen anderen Befehl überbracht.

Der Kurier stand still. Er hätte sein Geheimnis niemals verraten. Niemals! Das mussten sie wissen. Nach allem, was er für die gemeinsame Sache getan hatte. Er war anders. Er war vertrauenswürdig, nicht wahr?

Nein, dies waren Männer, die mit Menschenschädeln Fußball spielten. Gefühlsregungen kannten sie nicht.

Der Somalier sagte: »Sorry, Bruder.«

Der Kurier schloss die Augen. Keine Schusswaffen, dachte er. Nicht mitten in Kiew. Sie würden Messer benutzen.

Er irrte sich. Es war ein Hammer.

In Dschalalabad war es fünfzehn Uhr dreißig. In dem weißen Lehmhaus wurde Tee serviert. In dem kleinen heißen Raum wartete diesmal eine Kurierin. Vierundzwanzig Jahre, langes schwarzes Haar, dunkler Teint. Sie trug ein weißes Explorerhemd mit vielen Schlaufen und Taschen, eine Khakihose und Wüstenstiefel. Sie stand in strammer Haltung vor den beiden Männern auf ihren Sitzkissen.

Der Große sagte: »Die Sache ist nicht weiter wichtig, aber sie muss rasch erledigt werden. Also fliegst du von Karatschi aus direkt nach Hamburg. Dort kennt dich niemand. Du triffst mit einem Amerikaner zusammen und sagst ihm, dass wir seinen Preis akzeptieren. Ich wiederhole: Wir akzeptieren seinen Preis. Hast du verstanden?«

Die Frau sagte: »Ja, Herr.«

Der Dicke sagte: »Der Amerikaner wird den Preis nicht nennen, und du hütest dich, ihn danach zu fragen. Er muss geheim bleiben. Weil es ihm peinlich ist, dass er sich so weit hat runterhandeln lassen, und wir nicht wollen, dass andere glauben, wir seien pleite und könnten uns nicht mehr leisten.«

Die Frau nickte zustimmend.

Sie fragte: »Wann reise ich ab?«

»Sofort«, antwortete der Große. »Fahr die Nacht durch. Nimm die Morgenmaschine.«

13

Nach dem Lunch fuhr Griesmann Reacher und Neagley zu dem Hotel, in dem sie schon mal gewohnt hatten. Sie bedankten sich und winkten ihm nach, als er davonfuhr, checkten aber nicht ein. Reacher blieb nicht gern zweimal im selben Hotel.

Eine Angewohnheit. Überflüssig, fanden manche. Er sagte, er sei zweiunddreißig und lebe noch. Das müsse irgendwas bedeuten.

Sie sahen auf Neagleys Stadtplan. Sie tippte auf das sichere Haus und sagte. »Natürlich können sie mehr als eins haben.«

»Möglich«, meinte Reacher. »Bei der ganzen Sache geht's um Wahrscheinlichkeiten.«

Sie gingen zu Fuß los und fanden die Straße, auf der die vier Streifenwagen gestanden hatten. In der das Callgirl gewohnt hatte. Sie bogen nach links in Richtung sicheres Haus ab, nahe, aber nicht zu nahe, und kontrollierten unterwegs die Nebenstraßen. Das war nicht einfach. Nicht wie in manchen anderen Großstädten. Keine blinkenden Leuchtreklamen, keine im Wind schwingenden Schilder. Vermutlich aus Stilgründen verboten. So mussten sie sich alle Geschäfte einzeln vornehmen. Sie sahen eine Autovermietung, die das Erdgeschoss zweier Häuser beanspruchte. Meistens waren Erklärungen überflüssig, aber in einem Fall irrte Reacher sich, als er einen Empfangsbereich mit Sesseln und einer Rezeption betrat, der zu einem Hotel zu gehören schien. Tatsächlich standen sie in einem Sonnenstudio mit Kabinen im rückwärtigen Teil. Die Frau am Empfang lachte und empfahl ihnen ein Boutique-Hotel in der Nähe. Das sich als sehr attraktiv erwies. Ein livrierter Türsteher stand bereit, die Eingangstür für sie aufzureißen.

»Haben wir so viel Geld?«, fragte Neagley.

»Ratcliffe zahlt«, sagte Reacher.

»Er weiß nicht, dass wir hier sind.«

»Wir rufen ihn an. Das sollten wir ohnehin tun.«

»Von wo aus?«

»Aus deinem oder meinem Zimmer.«

»Wir bekommen keine Zimmer. Ohne Geld lassen sie uns nicht einchecken.«

Reacher zog seinen Packen Spesengeld aus der Tasche. In Empfang genommen, aber nie zurückgegeben. Ein bescheidener Betrag. Neagley hatte ebenso viel.

Reacher sagte: »Wir nehmen ein Doppelzimmer. Vorläufig. Bis der NSC hier anruft.«

Neagley zögerte kurz, dann sagte sie: »Okay.«

Sie gingen hinein.

In diesem Augenblick befand sich der Amerikaner drei Straßen von ihnen entfernt und parkte mit seinem Leihwagen vor der Autovermietung ein, die sie vorhin gesehen hatten. Er hatte in Groningen früh zu Mittag gegessen. Mit einem Glas Wein. Deshalb hatte er sich noch etwas Zeit gelassen, damit der Alkohol abgebaut werden konnte. Reine Vorsichtsmaßnahme. Die Strafen für Alkohol am Steuer waren hoch. Also machte er einen Spaziergang. Groningen besaß eine malerische Altstadt. Dann fuhr er weiter, überquerte die Grenze, an der nicht kontrolliert wurde, und erreichte die Autobahn nach Bremen. Er genoss jeden Kilometer, weil ihm vorzeitig nostalgisch zumute war. Es würde lange dauern, bis er Europa wiedersah. Wenn überhaupt.

Er gab den Leihwagen zurück und ging dann in Richtung Wasser davon. Zu seinem Apartment, dessen Mietvertrag keinen vollen Monat mehr lief. Spare in der Zeit, dann hast du in der Not. Gutes Timing.

Das Zimmer, das sie bekamen, hatte dunkelgrüne Tapeten mit schiefergrauen Akzenten. Und das Telefon funktionierte. Reacher erreichte den Wachhabenden vom NSC, der es übernahm, ihren Aufenthalt durch das US-Generalkonsulat finanzieren zu lassen. Dann meldete White sich und sagte: »Vanderbilt hat die Sache mit der Schweiz vier Jahre lang zurückverfolgt und anschließend alles noch einmal kontrolliert. An dem bewussten Tag gab es in Deutschland genau hundert Amerikaner, die früher schon einmal in Zürich waren.«

»Gute Informationen«, sagte Reacher. »Aber nicht eindeutig. Er kann ein Konto auf den Cayman Islands haben. Oder in Luxemburg. Oder in Monaco. Oder er hat Zürich als Tourist besucht. Ich war auch mal dort – und habe ganz bestimmt kein Konto eröffnet.«

White sagte: »Verstanden.«

»Aber richten Sie Vanderbilt meinen Dank aus.«

Dann war Waterman dran, der sagte: »Sie sind Ihretwegen nervös.«

Reacher fragte: »Wer?«

»Ratcliffe und Sinclair.«

»Er hat gesagt, dass wir in alle Richtungen ermitteln sollen. Das geht nicht von McLean aus.«

»Sind Sie schon weitergekommen?«

»Und Sie?«

»Keinen Schritt.«

»Wir auch nicht. Und es hat keinen Zweck, gemeinsam am selben Ort stillzustehen.«

»Sinclair wird mit Ihnen reden wollen.«

»Sagen Sie ihr, dass ich mich später melde. Wenn das Konsulat sich für uns zuständig erklärt hat. Vielleicht motiviert sie das.«

»Und für Sergeant Neagley ist ein Schreiben vom Heeresministerium gekommen.«

»Dringend?«

»Sieht nicht so aus.«

»Gut, dann lassen Sie's liegen, bis ich mit Sinclair gesprochen habe.«

»Können wir einen Zeitpunkt vereinbaren?«

»Richten Sie ihr aus, dass ich in zwei Stunden anrufe«, sagte Reacher.

Sie zogen los, um sich die Bar anzusehen, in der Helmut Klopp den Treff beobachtet hatte. Sie war zwanzig Minuten entfernt, genau wie von dem sicheren Haus, aber in anderer Richtung. Wie zwei Speichen eines Rades. Sie gingen daran vorbei, ohne langsamer oder schneller zu werden, blickten dabei geradeaus und begutachteten die Bar nur aus dem Augenwinkel heraus. Sie befand sich im Parterre eines alten Gebäudes, früher anscheinend eine Fabrik, die den Feuersturm überstanden hatte. Der Eingang lag in der Mitte des mit Holz verkleideten Erdgeschosses. Aber der Effekt war nicht rustikal, nicht wie von einer verwitterten alten Scheune irgendwo auf dem Land. Die passgenau gehobelten goldgelben Balken glänzten dick gefirnisst wie ein Ruderboot auf einem See in einem Park. Cremefarbene Spitzenvorhänge verdeckten die untere Hälfte der kleinen Fenster, während in der oberen an Schnüren aufgereihte Papierfähnchen hingen. Die Fähnchen waren alle schwarz-rot-gold. Hinter den Scheiben brannte gedämpftes bernsteingelbes Licht.

Neagley sagte: »Zwei Leute beschatten uns.«

Reacher fragte: »Wo?«

»An der Ecke, fünfzig Meter hinter uns.«

Er sah sich nicht um.

Er fragte: »Wer?«

»Zwei Männer zwischen dreißig und vierzig. Größer als ich, kleiner als du. Vermutlich keine Deutschen. Sie gehen wie Amerikaner.«

»Wie gehen Amerikaner?«

»Wie wir.«

»Wie lange folgen sie uns schon?«

»Weiß ich nicht genau.«

»Wangenknochen?«

»Nein. Außerdem zu groß.«

»Okay«, meinte Reacher. »Komm, wir gehen einen Kaffee trinken.«

Sie schlenderten entspannt weiter, bis sie zu einer Bäckerei mit Kuchen im Schaufenster, einer Espressomaschine und vier kleinen Tischen mit je zwei Stühlen kamen. Tische und Stühle waren silbern eloxiert und standen mit gutem Blick auf die Straße am Fenster. Neagley nahm Platz, und Reacher ging an die Verkaufstheke. Er bestellte zwei doppelte Espressi und rief zu Neagley hinüber: »Willst du Kuchen?«

»Klar«, antwortete Neagley. »Apfelstrudel.«

»Zweimal«, sagte Reacher zu der Verkäuferin. Die alte Soldatenregel: Iss, wenn du kannst. Die nächste Mahlzeit gibt's vielleicht erst in ein paar Tagen. Die Verkäuferin bedeutete Reacher, er solle Platz nehmen, sie werde mit einem Tablett kommen. Er bedeutete ihr, gleich zahlen zu wollen. Das hatte er sich zur Regel gemacht. Falls er ohne Vorwarnung aufbrechen musste, wollte er niemanden schädigen, der sein Geld mit ehrlicher Arbeit verdiente. Er steckte sein Wechselgeld ein, ging zum Tisch und setzte sich. Neagley machte unauffällig einen langen Hals und sagte: »Sie haben uns hier reingehen sehen und sind schneller geworden. Sie müssten gleich auftauchen.«

Reacher schaute nach draußen. Schräg gegenüber lag zwanzig Meter entfernt ein weiteres Café mit Tischen am Fenster. Jeder vernünftige Mensch würde dort drüben Stellung beziehen. Sie konnten beliebig lange bleiben, ohne Verdacht zu erwecken, und die Verfolgung fortführen, sobald die Zielpersonen sich wieder in Bewegung setzten.

»Da sind sie«, sagte Neagley.

Reacher sah wie angekündigt zwei Kerle Anfang dreißig, größer als Neagley und kleiner als er. Ungefähr einen Meter achtzig und neunzig Kilo. Bürstenhaarschnitt. Die beiden gingen wie Amerikaner. Waren wie Amerikaner angezogen. Wie US-Soldaten in Zivil, wie er mit geübtem Blick feststellte. Steckte man einen Zivilisten für eine Filmrolle oder als Partykostüm in Uniform, wirkte er irgendwie deplatziert, fühlte sich in dieser ungewohnten Aufmachung unbehaglich. Andererseits waren auch bei einem Kerl, der in den letzten zehn Jahren Uniform getragen hatte, Jeans und Sakko irgendwie fehl am Platz. Gleichermaßen ungewohnt. Falsche Haltung, die Sachen frisch gebügelt, alle Bewegungen etwas steif und verkrampft.

Sie gingen vorbei wie Reacher und Neagley an der Bar, wurden nicht langsamer oder schneller, blickten dabei geradeaus und begutachteten die Bäckerei nur aus dem Augenwinkel heraus. Breite Gesichter, kräftige Hände. Vermutlich Unteroffiziere, ihrem Aussehen nach Berufssoldaten. Sie liefen weiter, waren sich stillschweigend einig und verschwanden in dem Café schräg gegenüber. Autos fuhren in beiden Richtungen vorüber, Einkaufende und Büroangestellte hasteten auf dem Gehsteig vorbei. Die Kerle setzten sich an einen Fenstertisch und gaben vor, Reacher und Neagley nicht zu beobachten, genau wie die beiden vorgaben, *sie* keines Blickes zu würdigen.

»Wer sind sie?«, fragte Reacher.

»Lässt sich so nicht feststellen«, antwortete Neagley.

»Grob geschätzt?«

»Army, versteht sich. Höchstens Sergeanten. Nicht bei der kämpfenden Truppe. Deren Sergeanten treten anders auf. Diese Kerle machen irgendwas anderes.«

»Aber in keiner Schreibstube.«

»Nein. Sie können kräftig zupacken.«

»Genau. Sie kommen aus einer Versorgungseinheit. Vielleicht aus einem Transportbataillon. Vielleicht beladen sie Lastwagen. Oder entladen sie.«

»Was denkst du?«

»Ich frage mich, was sie hier machen«, sagte Reacher. »Wie haben sie uns gefunden?«

»Griesmann? Vielleicht hat er telefoniert, nachdem er uns im Hotel abgesetzt hatte.«

»Aber wir sind nicht dageblieben. Sie haben uns nicht ab dort beschattet. Weil wir nicht von dort weggegangen sind.«

»Was bedeutet, dass der Tipp vom NSC gekommen ist. Nur die wissen, in welchem Hotel wir sind. Aber diese Vorstellung ist lächerlich.«

»Richtig. Deshalb sind sie uns von keinem Hotel aus gefolgt. Wir sind auf sie zugekommen. Sie haben in der Nähe der Bar gewartet.«

»Weshalb?«

»Vielleicht ist die Bar mehr als nur ein Treffpunkt für Gleichgesinnte und es verkehren dort alle möglichen Leute. Vielleicht wird dort Geld gewaschen. Was passiert dann, wenn plötzlich zwei Militärpolizisten in der Stadt aufkreuzen? Man stellt für alle Fälle Wachen auf. Da hast du's! Ohne es zu ahnen, haben wir Alarm ausgelöst.«

»Sie wissen nicht, dass wir Militärpolizisten sind. Sie wissen nicht mal, wie wir heißen. Niemand weiß, dass wir uns überhaupt im Land befinden.«

»Wie haben wir von Helmut Klopp erfahren?«

»Griesmann hat irgendeinen doofen Polizeibericht weitergegeben. An unser Konsulat.«

»Weil er ein ehrenwerter Bürger ist?«

»Nein, um seinen fetten Arsch zu schützen.«

»Ein Kerl wie er würde auch eine Meldung weitergeben, dass zwei Militärpolizisten bei Ermittlungen wegen Mordes aufgefallen sind. Dass sie am Tatort vorbeigegangen sind und sich als Touristen ausgegeben haben. Unsere Namen stehen schwarz auf weiß in der Meldung. Also musste er sie weitergeben. Vermutlich direkt ans Oberkommando in Stuttgart. Dort hat jemand unsere Namen nachgeschlagen, die 110th in unserer Vergangenheit gesehen und heimlich Alarm gegeben. Wie bei einem Banküberfall. Niemand hat etwas gehört, aber in der ganzen Stadt herrscht helle Aufregung. Auf wen haben wir's abgesehen? Unser Netz ist weit ausgeworfen. Wir werden alle möglichen Leute gegen uns aufbringen.«

»Und wenn dies die richtigen Leute sind?«

»Das sind sie nicht. Ich bin ein Glückspilz, aber so viel Glück habe ich nicht.«

»Wer sind sie also?«

»Lässt sich rein optisch nicht feststellen«, meinte Reacher.

Sie aßen die letzten Krumen Apfelstrudel, tranken die doppelten Espressi aus. Dann standen sie auf und hasteten auf die Straße hinaus.

14

Reacher und Neagley wichen Passanten auf dem Gehsteig und Autos auf der Straße aus, hielten auf das Café schräg gegenüber zu. Durchs Fenster sahen sie, wie die beiden Kerle sich überrascht aufsetzten. Zu spät. Sie saßen sich an einem Vierertisch am Fenster gegenüber, wo die Aussicht am besten war. So blieben zwei Stühle zwischen ihnen und dem übrigen Raum frei. Neagley kam als Erste herein und ließ sich auf einem der Stühle nieder. Reacher folgte ihr, nahm den anderen. Was bedeutete, dass die beiden Männer in der Falle saßen. Ganz ruhig und zivilisiert, aber ihnen blieb kein Ausweg mehr. Außer Reacher und Neagley standen wieder auf, um sie vorbeizulassen. Was die beiden im Augenblick nicht vorhatten.

Reacher sagte: »Hört gut zu, Jungs, denn ich sage das nicht zweimal. Wir haben ein einmaliges Sonderangebot für euch. Wir helfen euch, wenn wir können. Nur Mindeststrafen, wenn ihr voll geständig seid. Außer ihr habt mit der Sache zu tun, die uns interessiert. Aber das glaube ich nicht. Dafür seid ihr nicht die richtigen Leute.«

Der linke Kerl sagte: »Verpisst euch.«

Er war eher vierzig als dreißig, mit grau melierten kurzen Haaren und breitem gerötetem Gesicht. Er hatte dunkle Augen und schwielige Hände. Seinem Akzent nach stammte er aus Arkansas oder Tennessee, vielleicht auch aus Mississippi.

Reacher sagte: »Sie kennen unsere Namen, weil jemand uns überprüft und Alarm geschlagen hat. Daher wissen Sie, dass wir Militärpolizisten sind. Sie stehen ab sofort unter Arrest.«

»Sie können uns nicht verhaften.«

»Ich bin mir ziemlich sicher, dass wir das können. Das Wehrstrafrecht gibt uns das Recht dazu. Wenn wir wollten, könnten wir den Vorsitzenden der Vereinten Stabschefs verhaften. Wir bräuchten einen guten Grund dafür, aber theoretisch könnten wir's. Sie stellen ein weit geringeres Problem dar.«

»Sie sind hier nicht zuständig.«

»Die Welt ist groß.«

»Wir sind keine Soldaten.«

»Das nehme ich Ihnen nicht ab.«

»Wir sind auch keine Amerikaner.«

»Das nehme ich Ihnen nicht ab.«

»Sie irren sich.«

»Beweisen Sie's. Zeigen Sie mir einen Ausweis.«

»Verpisst euch«, sagte der große Mann noch mal.

»In Deutschland sind Sie verpflichtet, sich der Polizei gegenüber auszuweisen.«

»Der deutschen Polizei, nicht Ihnen gegenüber.«

»Sie sind auf dem falschen Trip. Machen Sie so weiter, droht Ihnen die Höchststrafe.«

Der Kerl schwieg. Der andere Mann beobachtete das Gespräch und sah dabei wie beim Tennis von einem zum anderen.

Reacher sagte: »Zeigen Sie mir einen Ausweis.«

Der Kerl links sagte: »Wir möchten gehen. Bitte lassen Sie uns durch.«

»Kommt nicht infrage.«

»Wir könnten uns den Weg bahnen.«

»Sie könnten's versuchen«, entgegnete Reacher. »Aber das bekäme Ihnen schlecht. Dies ist nicht Ihre Liga. Sie haben's mit jemandem zu tun, der Ihnen überlegen ist.«

»Sie haben eine verdammt hohe Meinung von sich.«

Reacher nickte zu Neagley hinüber. »Ich rede von ihr. Ich bin nur hier, um aufzuwischen.«

Die Kerle musterten Neagley. Schwarzes Haar, dunkle Augen, Sonnenbräune. Sie lächelte die beiden an. Ihre Hände lagen auf dem Tisch. Reacher fiel wieder einmal auf, wie gepflegt ihre farblos lackierten Fingernägel waren. Dabei konnte sie in kein Nagelstudio gehen, weil sie's nicht ertrug, berührt zu werden. Sie lächelte erst den einen Kerl, dann den anderen an.

Der linke Typ zuckte mit den Schultern, stemmte sich leicht hoch und griff in seine Hüfttasche. Das tat auch der andere. Reacher sah ihnen dabei zu. Das war ungefährlich. Kein Mensch trug eine Waffe in seiner Hüfttasche. Zu unbequem. Umständlich zu ziehen.

Die Männer brachten je zwei Karten zum Vorschein. Kunststoff, im Scheckkartenformat. Keine Kreditkarten, sondern Personalausweise und Führerscheine mit dem Aufdruck *Bundesrepublik Deutschland.* Die Passbilder waren echt. Der linke Kerl hieß Bernd Dürnberger, der rechte Klaus Augenthaler.

Reacher fragte: »Sie sind Deutsche?«

Der linke Kerl nahm seine Karten wieder an sich und nickte.

»Eingebürgert?«

Der Kerl nickte wieder.

»Mussten Sie einen Einbürgerungstest bestehen?«

»Klar.«

»War er schwer?«

»Nicht sehr.«

»In welchem Land sind wir?«

»Deutschland.«

»Das ist der Staat. Deutschland besteht aus Bundesländern wie die USA aus Bundesstaaten. Nur sechzehn statt fünfzig, aber das Prinzip ist gleich.«

»Muss ich wohl vergessen haben.«

»Hamburg«, sagte Reacher.

»Das ist die Stadt.«

»Und zugleich das Bundesland – wie New York. Zwischen Schleswig-Holstein und Niedersachsen gelegen. Haben Sie Ihren Namen geändert?«

»Warum nicht?«

»Wieso Dürnberger?«

»Mir gefällt der Klang.«

»Haben Sie Ihre US-Staatsbürgerschaft behalten?«

»Nein, wir haben auf sie verzichtet. Wir sind keine Doppelstaatler. Also können Sie nichts machen.«

»Wir könnten unhöflich sein.«

»Was?«

»Das sind Amerikaner im Ausland oft. Ihr Europäer beschwert euch immer darüber. Wir könnten Ihnen weiter den Weg versperren.«

»Nein, wir gehen jetzt.«

»Warum?«

»Weil wir wollen.«

»Müssen Sie auf die Toilette?«

»Nein.«

»Haben Sie einen dringenden Termin?«

»Wir dürfen uns frei bewegen.«

»Klar doch. Wie jemand am Times Square, der rechtzeitig zur Arbeit zu kommen versucht. Das geht nur, wenn er den Touristen vor ihm über den Haufen rennt.«

Der Kerl schwieg.

Reacher sah den anderen Typen an und fragte: »Wie sind Sie auf Ihren Namen gekommen?«

»Genauso«, antwortete der. »Sein Klang hat mir gefallen.«

»Wirklich? Sagen Sie ihn mal.«

Der Typ gab keine Antwort.

»Sagen Sie ihn«, forderte Reacher ihn auf. »Lassen Sie hören, wie gut er klingt.«

Keine Reaktion.

»Na los, sagen Sie ihn!«

Nichts.

Reacher hakte seine Daumen unter die Tischplatte und hatte sie damit eisern im Griff. Er beugte sich nach vorn. »Nennen Sie mir Ihren Namen!«

Das konnte der Mann nicht.

Reacher sagte: »Wir haben hier also einen Kerl, der vergessen hat, dass Deutschland aus Bundesländern besteht, und einen weiteren Kerl, der seinen eigenen Namen nicht mehr weiß. Klingt alles nicht sehr überzeugend, finde ich.«

Dass er die Tischplatte umklammert hielt und sich nach vorn beugte, sollte nicht dramatisch wirken, sondern diente zur Vorbereitung auf das, was kommen würde. Und es kam sogleich. Der rechte Kerl stieß den Tisch von sich weg, um Reacher in der Magengrube zu treffen und ihn vielleicht sogar rückwärts umkippen zu lassen. Aber darauf war Reacher gefasst: Er stieß den Tisch dreimal kräftiger zurück, sodass seine Kante die Magengrube des Typs traf. Das war befriedigend, aber durch dieses Manöver hatte der linke Mann Platz aufzustehen und hinter Reacher vorbeizuschlüpfen, um in Richtung Tür zu hasten. Aber nun war auch Neagley auf den Beinen. Sie trat mit vorgereckter Schulter nach links auf den Kerl zu, warf sich blitzschnell herum und traf sein Sonnengeflecht mit einem gewaltigen Rundschlag, der ihn würgend und nach Luft schnappend stoppte. So hatte sie reichlich Zeit, alles Weitere zu planen: ihr linkes Knie in seinen Schritt, danach das rechte Knie ins Gesicht, als er vor ihr zusammenklappte.

Reacher hielt den anderen Typen hinter dem Tisch eingeklemmt und sagte: »Sehen Sie, was ich meine? Ich bin nur hier, um aufzuwischen.«

Er blickte sich um und stellte fest, dass die alte Lady hinter der Theke kurz davor war zu schreien, in Ohnmacht zu fallen oder nach dem Telefonhörer zu greifen. Er deutete auf sich und rief eines der wenigen deutschen Worte, das er kannte: »Militärpolizei!» Das beruhigte sie wieder. Recht und Ordnung wurden durchgesetzt. Tatsächlich war nichts zu Bruch gegangen. Der Kerl war zusammengeklappt, ohne etwas zu beschädigen. Neagley hatte Präzisionsarbeit geleistet. Und die paar Blutflecken auf dem Fußboden waren schnell aufgewischt.

Reacher wandte sich an Neagley. »Bitte sie, telefonieren zu dürfen. Ruf in Stuttgart an und frag, wer von denen, die wir kennen, noch heute herkommen kann.«

»Wegen dieser Kerle?«

»Die Nebengeräusche setzen ein. Wir brauchen die Müllabfuhr.«

»Nicht über Sinclair?«

»Diese Sache geht nur die Army etwas an. Wir sollten sie nicht mit Details belästigen.«

Neagley sprach so wenig Deutsch wie Reacher, also zog sie die Augenbrauen hoch und imitierte mit Daumen und kleinem Finger am Ohr stumm einen Telefonhörer. Die alte Lady nickte, griff unter die Theke und stellte ihr ein altes schwarzes Schnurtelefon hin. Neagley wählte, wartete kurz und begann zu reden.

Reacher wandte sich wieder dem hinter dem Tisch eingeklemmten Mann zu, der auffällig blass war. Unter dem Bürstenschnitt hatte er eine niedrige Stirn, dazu alte Pockennarben im Gesicht. Seine Augen wanderten zwischen Reacher und dem Kerl auf dem Fußboden hin und her. Wie ein Metronom. Panik in seinem Blick.

Reacher sagte: »Ich will mal raten und vermute, dass Sie nicht das Gehirn dieses Unternehmens sind. Also ist Ihre Position schlecht. Aber Sie haben heute Glück. Ich bin ein vernünftiger Mensch. Das einmalige Sonderangebot gilt weiter. Nur für Sie. Die Mindeststrafe für rückhaltlose Offenheit. Ich zähle jetzt bis drei. Dann ist die Chance vertan.«

Der Kerl geriet noch mehr in Panik. Er öffnete den Mund, brachte aber kein Wort heraus. Nicht sonderlich hell. Kein guter Redner.

Reacher fragte: »Wer hat Sie heute hergeschickt?«

Der Mann deutete wortlos auf seinen Kumpel auf dem Fußboden.

Reacher sagte: »Warum?«

»Wir verkaufen Sachen.«

»Wo?«

»In der Bar.«

»Was für Sachen?«

Keine Antwort.

Reacher fragte: »Große oder kleine?«

»Kleine.«

»Handfeuerwaffen?«

Der Mann nickte.

»Beretta M9?«

Der Mann nickte.

Reacher fragte: »Sonst noch was?«

»Nein.«

»Okay. Sie verkaufen Pistolen an Skinheads. Glückwunsch. Neu oder gebraucht?«

»Nur alte.«

»Wo kommen die her?«

»Wir holen sie von den Schrottlastern.«

Reacher nickte. Waffen der U.S. Army, die als abgenutzt, defekt oder vernichtet ausgebucht wurden, aber nie im Schmelzofen landeten. Nicht ungewöhnlich. Er fragte: »Auch Munition?«

Der Mann sagte: »Ja.«

»In derselben Bar?«

Der Mann sagte: »Ja.«

»Wo haben Sie die gefälschten Ausweise her?«

»Auch von dort. Aus dieser Bar. Die verkauft ein Deutscher.«

»Was passiert sonst noch dort?«

»Alle möglichen Deals.«

»Gehen Sie oft hin?«

Der Kerl betrachtete seinen Kumpel auf dem Fußboden. Er nickte und sagte: »Wir verkaufen dort unser Zeug.«

Reacher zog das Phantombild aus der Tasche: den Amerikaner mit den dichten Augenbrauen, den hohen Wangenknochen, den tief in ihren Höhlen liegenden Augen. Und mit der Haartolle. Er faltete das Blatt auseinander, drehte es um und schob es dem Mann hin. »Haben Sie diesen Typen schon mal in der Bar gesehen?«

Der Kerl sah sich die Zeichnung an.

Er sagte: »Ja, den hab ich dort gesehen.«

15

Neagley legte den Hörer auf, nickte der alten Lady dankend zu und kam an ihren Tisch zurück. Reacher sagte: »Dieser Mann hat unseren Kerl in der Bar gesehen.«

»Wie oft?«, fragte Neagley.

Der Mann sagte: »Dreimal, glaub ich.«

»In welchem Zeitraum?«

»In den letzten paar Monaten. Manchmal trägt er eine Mütze.«

»Was für eine?«

»Von irgendeinem Team, glaub ich. Vielleicht aus der NFL. Etwas mit einem roten Stern.«

»Wissen Sie, wie er heißt?«

»Nein.«

»Was macht er in der Bar?«

»Nichts Besonderes.«

»Ist er beim Militär?«

»Als ich ihn letztes Mal gesehen habe, war sein Haar zu lang.«

»Wann war das?«

»Vor ungefähr zwei Wochen.«

»Was hat er vor ungefähr zwei Wochen gemacht?«

»Er hat allein an einem Fenster gesessen und Bier getrunken.«

In diesem Augenblick wartete der Amerikaner auf einen Linienbus, um in die Innenstadt zu fahren. Er hatte einiges zu erledigen. Last-Minute-Besorgungen und Einkäufe nach einer Liste. Weil Hamburg eine internationale Hafenstadt war, gab es ein großes Angebot an Reisebedarf. Ebenso gab es geeignete Kleidung für die lange Reise zu kaufen. Alles in verschiedenen Geschäften zu erstehen und bar zu bezahlen. Etwas mühsam, aber notwendig. Die Uhr tickte.

Der Bus hielt, und der Amerikaner stieg ein.

Reacher zog den Kerl vom Boden hoch und schob ihn vor sich her auf den Gehsteig hinaus. Neagley übernahm seinen Partner. Nach einem Blick auf ihren Stadtplan machten sie sich auf den Weg zu dem kleinen Park. Der Typ, den Neagley von den Beinen geholt hatte, humpelte und schlurfte. Seine Nase war von ihrem zweiten Kniestoß gebrochen. Das machte ihn nicht hübscher. Oder hässlicher.

Sie erreichten die Anlage und ließen sich auf zwei Parkbänken nieder. Neagley und der dumme Kerl saßen auf einer, Reacher und der Verletzte auf der anderen. Der Dumme rührte sich kaum. Er schien Angst vor Neagley zu haben. Vielleicht war er doch nicht so dumm. Der Verletzte erholte sich allmählich. Reacher fiel auf, dass er unruhig wurde. Er sah sich um, spekulierte über seine Möglichkeiten, wog seine Chancen ab. Als dann ein Linienbus an ihnen vorbeiröhrte – langsam, riesig und laut, voller Fahrgäste in Richtung Innenstadt –, spürte Reacher, wie der Mann sich bewegte, als sähe er eine Fluchtmöglichkeit. Also legte er ihm mit einer scheinbar freundlichen Geste eine Hand in den Nacken und drückte leicht zu. Der Kerl zuckte schmerzlich zusammen, und die vermeintliche Chance war dahin.

Sie warteten. Es wurde Spätnachmittag. Dann hielt eine dunkelblaue Limousine am Randstein. Ein großer Opel, ein Produkt von General Motors. Am Steuer saß ein Mann im Kampfanzug der U.S. Army. Auch sein Beifahrer trug Uniform. Hinter ihnen teilte ein Metallgitter den Rücksitz ab. Ein Cop Car.

Der Beifahrer stieg aus. Untersetzt, muskulös, dunkler Teint. Manuel Orozco, ehemals beim 110th. *Leg dich nicht mit den Sonderermittlern an.* Das hatte er oft gesagt. Ein guter Freund. Er sagte: »Ich dachte, sie hätten dich in irgendeine gottverlassene Schule abgeschoben.«

Reacher fragte: »Hast du das gehört?«

»Alle haben darüber geredet, Mann. Als wärst du gestorben.«

»Das NSC hat uns für Geheimermittlungen geholt. Wir schütteln einen Baum, aus dem ein Haufen Extrascheiß fällt. Darum musst du dich kümmern. Ohne uns zu erwähnen, versteht sich. Wenn du willst, kannst du den Fahndungserfolg für dich beanspruchen. Einen weiteren Orden kriegen. Mit den beiden hier kannst du anfangen. Sie verkaufen in einer hiesigen Bar verschrottete Berettas M9 an Skinheads.«

»Dafür kriege ich keinen Orden.«

»Eigentlich geht's um die Bar. Könnte die Spitze eines Eisbergs sein.«

»Was ist mit seiner Nase passiert?«

»Neagley.«

»Klasse.«

»Wir brauchen Informationen über diese Bar. Dort werden anscheinend alle möglichen Geschäfte gemacht. Darüber schreibst du einen gesonderten Bericht, okay? Aber unternimm nichts, bevor wir die Bar freigeben. Uns interessiert ein bestimmter Gast, den wir nicht verschrecken wollen. Falls er überhaupt wiederkommt. Was keineswegs sicher ist.«

Orozco sagte: »Wird gemacht, Boss.«

»Ich bin nicht mehr dein Boss.«

»Aber bestimmt der Boss von irgendwas.«

Orozco ließ die beiden Kerle hinten einsteigen, sodass sie durch das Metallgitter von ihm getrennt waren, und setzte sich vorn neben seinen Fahrer. Reacher und Neagley beobachteten, wie sie davonfuhren. Dann gingen sie in ihr Boutique-Hotel zurück. An der Rezeption erfuhren sie, weil das Generalkonsulat ihre Buchung bestätigt habe, hätten sie nun zwei bessere Zimmer im obersten Stock. Sie gingen erst in das von Neagley, um in McLean, Virginia, anzurufen und mit Sinclair zu sprechen.

In diesem Augenblick telefonierte der Spurensicherer aus der Polizeiwerkstatt mit Kripochef Griesmann. Auf der Innenseite des Türgriffs habe er einen ausgezeichneten Fingerabdruck gefunden, meldete er. Alle Linien klar und deutlich. Ein rechter Mittelfinger, durchschnittlich groß für einen Mann oder groß für eine Frau. In keiner deutschen Polizeidatenbank gespeichert. Also sei der Täter fast sicher kein Deutscher.

In den besseren Zimmern gab es moderne Telefonkonsolen. Neagley schaltete bei ihrer den Lautsprecher ein und ließ sich aufs Bett nieder. Reacher saß in einem Sessel. Auch der Lautsprecher des Telefons in McLean war eingeschaltet. Reacher hörte ein hallendes Echo, dann sagte Sinclair Hallo, bevor Waterman und White sich ebenfalls meldeten. Er vermutete, dass sie alle in den Ledersesseln des Besprechungsraums saßen.

Sinclair fragte: »Sind Sie schon weitergekommen?«

Ihre Stimme klang müde.

Reacher antwortete: »Der deutsche Zeuge war ein Mann namens Klopp, und wir haben eine gute Personenbeschreibung und ein gutes Phantombild. Das Ihnen zugefaxt worden ist. Klopp will den Mann zweimal gesehen haben. Dann haben wir einen weiteren Zeugen gefunden, der ihn dreimal gesehen hat. Immer in derselben Bar. Die ein Stammlokal von Rechtsextremisten und zugleich ein Untergrund-Marktplatz zu sein scheint. Dort werden offenbar alle möglichen Geschäfte gemacht.«

»Findet der zweite Treff dort statt?«

»Eher nicht. Er könnte irgendwo zwischen Skandinavien und Nordafrika sein.«

White ergriff das Wort und sagte: »Wir sind dabei, mehrere Listen auf Querverweise zu überprüfen. Das Außenministerium setzt dafür mehrere Großrechner ein. Wir beobachten ungefähr vierhundert Amerikaner. Das sind zu viele, das nützt uns nichts. Diese Leute waren in letzter Zeit in etwa vierzig Staaten. Auch das sind zu viele, es nützt uns wieder nichts.«

Reacher sagte: »Also stellt sich wieder die ursprüngliche Frage: Was verkauft der Kerl?«

Keine Antwort.

»Wir haben eine seltsame Meldung bekommen«, erklärte Sinclair. »Von unseren Leuten in der Ukraine. An sich reine Routine aus dem Polizeibericht. Die dortige Polizei meldet, dass in einer Gasse der Innenstadt ein Araber ermordet aufgefunden worden ist. Todesursache: stumpfe Gewalteinwirkung gegen den Kopf. Anfang zwanzig und mit einem rosa Polohemd mit einem Krokodil auf der Brust bekleidet. Das ist uns aufgefallen. Aber vielleicht hat es nichts zu bedeuten. Die Polizei sagt, an diesem Abend habe Kiew im Fußball gegen Moskau verloren. Die Bars waren voller enttäuschter junger Männer. Möglicherweise hat nur jemand seine Wut an einem einzelnen Araber in einem rosa Hemd ausgelassen.«

»Oder?«

»Es wäre dumm, alles an einem Polohemd festzumachen. Aber vielleicht war er einer von ihnen. Vielleicht herrscht bei ihnen Bürgerkrieg.«

»Würde das unseren Plan ändern?«

»Nein, wir sollten davon ausgehen, dass der Kurier noch unterwegs ist. Als stünde ein zweiter Treff unmittelbar bevor. Aber wir müssen entscheiden, ob Sergeant Neagley und Sie in Hamburg bleiben oder hierher zurückkommen sollen.«

»In McLean, Virginia, treffen sie sich bestimmt nicht. Das steht fest. In Hamburg vielleicht schon. Das wäre immerhin möglich. Die Chancen dafür sind gering, aber eine kleine Chance ist besser als gar keine.«

Sinclair machte eine lange nachdenkliche Pause. Aus dem Lautsprecher kamen nur hallende Echos und atmosphärische Störungen. Dann sagte sie: »Okay, aber meiden Sie das sichere Haus.«

»Auch wenn wir dadurch den Treff verpassen?«

»Das entscheiden wir, wenn's so weit ist. Eins muss klar sein: Dies ist nicht Ihre Entscheidung.«

In Dschalalabad war das Abendessen eingenommen und das Geschirr abgetragen worden. Die Männer in den weißen Roben hielten sich wieder in ihrem kleinen heißen Raum auf. Ihr Gespräch drehte sich zur Hälfte um besorgte rituelle Ermahnungen, dass noch nichts erreicht sei. Nicht definitiv. Nicht sicher. Der Erfolg war greifbar nahe, aber keineswegs garantiert. Noch galt die zur Vorsicht mahnende alte Redensart: »Verteilt das Fell des Bären erst, wenn er erlegt ist.« Aber die andere Hälfte drehte sich um eben dieses Bärenfell. Es wurde wieder und wieder verteilt. Ruhmreiche, verträumte Spekulationen. Sie schrieben Listen und überarbeiteten sie mehrfach, während sie sich lächelnd auf ihren Kissen wiegten. Das hatte fast etwas Erotisches an sich.

Sie mussten zehn Großstädte auswählen. Washington, New York und London gehörten auf jeden Fall dazu. Sie waren nicht verhandelbar. Also blieben noch sieben übrig. Paris konnte die vierte Stadt sein. Dann Brüssel wegen des NATO-Hauptquartiers und des Europäischen Parlaments. Und Berlin, warum denn nicht? Damit waren vier übrig. Moskau konnte für ihre Brüder in Osteuropa wichtig sein. Und natürlich Tel Aviv, das eigentlich in eine andere Kategorie gehörte. Somit blieben zwei übrig. Amsterdam? Chicago? Los Angeles? Madrid?

Dann ermahnten sie sich wieder, das Fell des Bären nicht vorschnell zu verteilen. Eine Minute später war dieser Vorsatz vergessen. Sie wiegten sich eine Zeit lang schweigend, bevor sie nochmals über Platz vier diskutierten. San Francisco statt Paris? Die Golden Gate Bridge?

Der Amerikaner stieg mitten im Einkaufsviertel der Innenstadt aus. Auf seinem Gesicht lag ein kleines Lächeln. Als der Bus langsam an einem kleinen Park vorbeigefahren war, hatte er bei einem Blick aus dem Fenster zwei Männer erkannt, mit denen er in der Bar Geschäfte gemacht hatte. Sie saßen dort auf Bänken. Die Welt war klein. Sie waren mit Freunden zusammen gewesen, einem Mann und einer Frau. Der Mann hatte genau die gleiche Jacke getragen wie er. Ein noch größerer Zufall. Wie gering war die Wahrscheinlichkeit *dafür?*

Er überquerte einen gepflasterten Platz, um zu einer Wechselstube zu gelangen. Dort tauschte er einen kleinen Packen Mark und Dollar in argentinische Pesos um. Diesen Vorgang wiederholte er bei zwei verschiedenen Banken. Immer gebrauchte Scheine in unterschiedlichen Stückelungen. Immer bar gegen bar. Keine großen Beträge. Nichts Bemerkenswertes. Nichts Schriftliches.

Den letzten Packen wechselte er am Hauptbahnhof, der sich zum Schlechten verändert hatte. Hier lungerten Obdachlose und Verhaltensgestörte herum: verschlagene Gestalten mit unstetem Blick und tief in geräumigen Taschen vergrabenen Händen. Viele Graffiti an den Mauern. Nichts im Vergleich zur South Bronx, der Innenstadt von Detroit oder South-Central L.A. Aber für Deutschland ungewöhnlich. Die Wiedervereinigung war belastend gewesen. Wirtschaftlich und gesellschaftlich. Und mental. Er hatte sie beobachtet. Als lebte man mit seiner Familie in einem hübschen kleinen Haus. Und dann zieht auf einmal eine ganze Horde von Verwandten ein. Ignorante, derbe Leute – aber Deutsche wie man selbst. Als wäre ein Bruder bei der Geburt entführt und in eine Besenkammer gesperrt worden. Und käme nun als Mittvierziger heraus: blass und bucklig und blinzelnd. Eine schwer beherrschbare Situation.

Er maß den Stapel Pesos zwischen Daumen und Zeigefinger ab und war zufrieden. Dieses Geld brauchte er nur für kleine Ausgaben. Den Hauptbetrag würde der Banker wie vereinbart diskret überweisen – per Telegramm oder Fernschreiber oder einer anderen Geheimmethode. Dieses Bargeld war für Trinkgelder, Taxis und Erfrischungen auf Flughäfen bestimmt. Das war alles.

Als Nächstes brauchte er Kleidung. Danach eine Apotheke. Und dann einen Eisenwarenladen sowie ein Sport- und ein Spielwarengeschäft.

Reacher und Neagley gingen früh zum Abendessen. Im Vorbeilaufen hatten sie in der Nähe ihres Hotels mehrere brauchbare Restaurants entdeckt. Sie entschieden sich für ein gutbürgerliches Lokal, in das drei Stufen hinunterführten. Drinnen gab es holzgetäfelte Wände und Akkordeonklänge aus Deckenlautsprechern.

Neagley sagte: »Ich wette, dass Marian Sinclair herüberkommt.«

Reacher fragte: »Wozu sollte sie?«

»Dein Argument, dass eine kleine Chance besser ist als gar keine, hat sie überzeugt, glaub ich.«

»Es sollte nicht überzeugen müssen.«

»Und sie will dich im Auge behalten.«

»Sie wusste, was sie bekommt. Garber hat es ihr bestimmt erzählt.«

»Zehn Bucks darauf, dass sie morgen hier ist.«

»Hast du so viel?«

»Die muss ich nicht haben. Und gib mir kein Spesengeld. Ich will den Zehner aus *deiner* Tasche.«

»Sie kommt nicht«, sagte Reacher. »Damit würde sie auf nur ein Pferd setzen. Das tun solche Leute nicht.«

Dann schien die Beleuchtung trüber zu werden, als Kripochef Griesmann an ihren Tisch trat. Fast zwei Meter groß, über hundertdreißig Kilo schwer. In einem riesigen grauen Anzug von der Größe eines Kinderzelts. Der Fußboden knarrte unter seinem Gewicht. Griesmann sagte: »Entschuldigen Sie, dass ich störe.«

Reacher fragte: »Wollen Sie nicht mit uns essen?«

Griesmann zögerte kurz, dann erwiderte er: »Ja, gern.«

Erraten!, dachte Reacher.

Er sagte: »Nehmen Sie bitte Platz. Seien Sie Gast des Pentagon.«

»Nein, das kann ich nicht annehmen. Nicht in meiner eigenen Stadt. Sie müssen meine Gäste sein.«

»Okay«, meinte Reacher. »Sehr freundlich von Ihnen. Onkel Sam ist Ihnen dankbar.«

Griesmann setzte sich. Sofort brachte ein Ober ein drittes Gedeck, schenkte Wasser ein und stellte mehr Brot auf den Tisch.

Griesmann sagte: »Ich möchte Sie um einen Gefallen bitten.«

Reacher sagte: »Erzählen Sie uns erst, wie Sie uns hier gefunden haben.«

»Ihr Hotel hat uns Ihre Ankunft gemeldet. Dazu ist es verpflichtet. Jede Buchung über ein Konsulat oder Generalkonsulat kann potenziell Sicherheitsfragen aufwerfen. Deshalb haben wir jetzt ein System. Ich habe Männer mit Funkgeräten in geparkte Autos gesetzt. Die haben Sie weitergegeben, bis Sie hier eingekehrt sind. Zu Fuß wollte ich Sie lieber nicht beschatten lassen. Ich dachte, Sie würden sie entdecken.«

»Haben wir etwas Unrechtes getan?«

»Ich möchte Sie um einen großen Gefallen bitten. Persönlich, von Angesicht zu Angesicht.«

»Welchen großen Gefallen?«

»Wir haben im Wagen des toten Callgirls einen Fingerabdruck gefunden. Genau an der von Ihnen angegebenen Stelle. Auf der Rückseite des inneren Türgriffs. Ein rechter Mittelfinger.«

»Glückwunsch.«

»Er ist in keiner unserer Datenbanken gespeichert.«

»Ist das normal?«

»Nun, es könnte bedeuten, dass er von einem Ausländer stammt.«

Reacher schwieg.

Griesmann fragte: »Tun Sie mir den Gefallen, ihn mit Ihren Datenbanken abgleichen zu lassen?«

»Das ist sehr viel verlangt«, bemerkte Neagley.

Reacher nickte. »Das ist hochpolitisch, eine Büchse der Pandora. Vermutlich geht's um irgendwelchen NATO-Scheiß und den Vierten Verfassungszusatz. Wir stehen knietief in PR-Leuten und Anwälten. Die würden ein Jahr brauchen, um auch nur darüber nachzudenken.«

Griesmann seufzte, dann sagte er: »Das ist stets mein Problem. Ich denke nicht politisch. Ich bin nur ein kleiner Kriminaler, der auf einen Gefallen von einem Kollegen hofft.«

»Bullshit«, gab Reacher zurück. »Sie laden uns ein, weil ich vom Pentagon gesprochen habe. Vielleicht wollen Sie eines Tages als Oberbürgermeister kandidieren. In einer liberalen westeuropäischen Stadt. Die Wähler würden nicht hören wollen, dass Sie sich von den Kriegstreibern in D.C. haben einladen lassen. Sie zahlen das Essen lieber aus der eigenen Tasche, um nicht in fünf Jahren peinliche Fragen beantworten zu müssen. Auf einer Skala von eins bis zehn würde ich das als ziemlich politisch einstufen.«

»Ich versuche nur, einen Verbrecher zu fangen.«

»Wieso sollte er ein Amerikaner sein?«

»Statistische Wahrscheinlichkeit.«

»Und Sie glauben, dass wir das öffentlich zugeben würden? Sie haben einen Mord aufzuklären, und wir sollen sagen, dass es völlig in Ordnung ist, die Amerikaner zu überprüfen? Wir sollen bereitwillig eine Vorverurteilung akzeptieren? Das käme zu Hause verdammt schlecht an. Diese Sache geht weit über meine Besoldungsgruppe hinaus.«

»Persönlich bin ich Ihrer Meinung. Ich glaube, dass der Täter ein Seemann war. Aus einer von hundert Nationalitäten. Aber Amerikaner bilden hierzulande eine größere geschlossene Gruppe. Da ließen sich viele Möglichkeiten auf einmal eliminieren.«

»Jetzt glauben Sie, dass es kein Amerikaner war?«

»Das möchte ich beweisen, ja. Ich muss etwas unternehmen, bevor der Fall kalt wird. Das wäre mir ehrlich gesagt am liebsten.«

»Warum?«

»Nun, zum einen vergeuden wir damit zu viel Zeit.«

»Weil sie eine Nutte war?«

»Darauf läuft's letzten Endes leider hinaus. Aber nur aus bitterer Erfahrung. Die meisten solcher Morde werden von Ausländern verübt. Das ist eine traurige Tatsache. Der Kerl ist bestimmt schon weit draußen auf dem Atlantik und jubelt, weil er entkommen ist.«

Politisch. Reacher fühlte sich ausgenutzt. Er sagte: »Gut, ich denke darüber nach. Lassen Sie mir den Fingerabdruck für alle Fälle ins Hotel bringen.«

»Nicht nötig«, meinte Griesmann. Er zog einen Briefumschlag aus der Innentasche seines Jacketts. »Ich habe Ihnen einen Abzug der Aufnahme mitgebracht. Und meine Karte mit meiner Telefonnummer.«

Reacher nahm den Umschlag entgegen und steckte ihn ein.

Nach dem Abendessen wollten die beiden zu Fuß ins Hotel zurückgehen, deshalb fuhr Griesmann ohne sie mit seinem Dienst-Mercedes davon. Sie machten einen Umweg an dem sicheren Haus vorbei. Nur ein Abendspaziergang. Nur ein flüchtiger Blick im Vorbeigehen. Schließlich wussten sie nicht mal, um welche Wohnung es sich handelte. Die Straßenfront des Apartmenthauses wies fünfzehn Fenster auf. Einige davon waren dunkel. Hinter anderen flackerte der blaue Widerschein laufender Fernseher. Hinter den übrigen brannte warmes gelbliches Licht. Bewohner sah man keine. Auf der Straße fuhren Autos vorbei, auf den Gehsteigen waren einzelne Fußgänger unterwegs. Ein früher Abend in der Großstadt. Sie gingen weiter.

Am Randstein vor ihrem Hotel parkte ein dunkelblauer Wagen. Ein viertüriger Opel. Manuel Orozcos Cop Car. Er wartete in der Hotelhalle auf sie. Er sagte: »Es gibt etwas, das ihr wissen solltet.«

16

Sie gingen wieder ins Freie, lehnten sich an Orozcos Wagen. Der Abend war kühl und feucht. Man spürte das viele Wasser in der Nähe. Reacher sagte: »Du hättest anrufen können.«

»Nein«, entgegnete Orozco. »Dies besprechen wir besser unter sechs Augen als am Telefon.«

»Wieso?«

»Du hast mich auf die kleine Sache angesetzt. Die große hast du übersehen.«

»Verkaufen sie etwas Schlimmeres?«

»Nein, ungefähr vierzig schrottreife M9 in etwas über einem halben Jahr, das war's schon. Dazu tausend Schuss Munition. Nicht das Ende der Welt. Wir haben alle schon Schlimmeres gesehen.«

»Was ist also die große Sache?«

»Ihre Ausweise waren echt.«

»Sie sind tatsächlich Deutsche?«

»Nein, sie sind waschechte Amerikaner. Aus Arkansas und Kentucky. Sprechen kaum Englisch, von Deutsch ganz zu schweigen. Sie heißen Billy Bob und Jimmy Lee. Oder so ähnlich.«

»Also waren die Ausweise gefälscht.«

»In dieser Beziehung, ja. Aber sie sind auch echt, nämlich viel zu gut, um gefälscht zu sein. So gut, dass wir glauben, dass sie aus der Bundesdruckerei kommen müssen. Zusammen mit dem normalen Kraut-Zeug hergestellt.«

»Sie wollen sie von einem Kerl in der Bar gekauft haben.«

»Das haben sie mir auch erzählt.«

»Und?«

»Ich glaube ihnen.«

»Und?«

»Wo hat der Kerl in der Bar die Ausweise her?«

»Wie sicher bist du dir deiner Sache?«

»Ich hab rumgefragt. Wir haben darüber diskutiert. Manche sagen, dass die Lage kompliziert ist, weil nach dem Mauerfall eine ganze Horde kommunistischer Fälscher ihren Job verloren hat. Und diese Männer waren echt gut. Aus Ostdeutschland sind jede Menge gefälschter Dokumente gekommen. Vielleicht arbeiten diese Leute jetzt für neue Auftraggeber. Bestenfalls für das organisierte Verbrechen. Schlimmstenfalls für den deutschen Geheimdienst. In beiden Fällen ist's besser, Telefone zu meiden. Man weiß nie, wer mithört.«

»Der deutsche Geheimdienst kann sich neue Pistolen leisten. Er müsste keine neuen Ausweise für ein paar kleine Gauner drucken lassen.«

»Richtig. Aber nehmen wir mal an, auch ihr Geheimdienst würde eine Fälscherwerkstatt betreiben. Wie sie alle haben. In der die üblichen Exzentriker arbeiten. Wie stets in diesen Fällen. Was wäre, wenn einer von ihnen korrupt ist? Wenn er in dieser Bar Geschäfte machen würde? Billy Bob und Jimmy Lee schildern die Bar wie eine Börse. Kaufen, verkaufen, tauschen, was man will.«

Reacher sagte: »Der erste Zeuge, der unseren Mann gesehen hat, arbeitet im öffentlichen Dienst. Vielleicht trifft das auch auf weitere Gäste zu.«

Orozco nickte. »Nehmt euch also in Acht. Schüttelt ihr diesen Baum weiter, kann aller mögliche Scheiß von oben kommen. Vielleicht auch bleischweres Zeug.«

Orozco fuhr weg, und Reacher begleitete Neagley in ihr Zimmer, um White in Virginia anzurufen. Er sagte: »Wir wissen aus sicherer Quelle, dass in dieser Bar echte deutsche Ausweise verkauft werden. Bisher haben wir nur Personalausweise und Führerscheine gesehen, aber vielleicht gibt's dort auch Reisepässe zu erwerben. Vielleicht hat unser Mann sich dort einen besorgt. Also ist's Zeitverschwendung, vierhundert Amerikaner zu überwachen. Ich wette zehn gegen eins, dass der Kerl unter deutschem Namen reist.«

White schwieg lange nachdenklich. Dann sagte er: »Sie sind praktischerweise vor Ort. Sie könnten rauskriegen, wer ihm was verkauft hat – und welcher Name drinsteht. Geburtsdatum und Passnummer wären auch gut. Solche Verkäufer führen meistens Listen. Aus Sicherheitsgründen und um ihre Kunden später erpressen zu können.«

»Das wäre alles oder nichts«, erklärte Reacher. »Nehmen wir uns die Bar vor, geraten sie in Panik. Die Warnung verbreitet sich wie ein Lauffeuer. Unser Kerl taucht sofort ab. Und vielleicht verfügt er über mehr als einen Reisepass. Es gibt mehr als eine Bar. Unser Zeuge sitzt regelmäßig auch in einer anderen.«

»Trotzdem wäre das unsere beste Chance.«

»Reden Sie mit Ratcliffe. Ich möchte wissen, wer alles hinter mir steht.«

Reacher ging nach nebenan in sein Zimmer. Er war seit über dreißig Stunden auf den Beinen und müde. Er stellte seine Schuhe unters Fenster, drapierte die Socken quer darüber und legte seine Hose Falte auf Falte und so unter die Matratze, um sie zu glätten. Dann hängte er sein Jackett ordentlich über eine Stuhllehne. Dabei knisterte etwas leise. Griesmanns Umschlag. Der Fingerabdruck. Er hatte vergessen, ihn Orozco zu geben.

Vielleicht beim nächsten Mal.

Er duschte ausgiebig, schob ein halbes Dutzend grüner Brokatkissen vom Bett, kroch unter die Decke und schlief.

Das abendliche Ritual des Amerikaners war seit einigen Tagen gleich. Es begann mit zehn Minuten Vergnügen, auf die zwanzig Minuten Arbeit folgten. Vergnügen bereitete ihm eine argentinische Landkarte. Kleiner Maßstab, dünne Linien, viele Details. Die Ranch, die er kaufen würde, lag ziemlich genau in der Mitte: ein riesiges Quadrat mit fast fünfzig Kilometer Seitenlänge. Eine Stunde Fahrtzeit von Ecke zu Ecke. Fast zweieinhalbtausend Quadratkilometer. Garantiert aus dem Weltraum sichtbar. Nicht wirklich größer als Rhode Island mit seinen dreitausendeinhundert Quadratkilometern. Aber größer als die größte zusammenhängende texanische Ranch, die es nur auf gut zweitausend Quadratkilometer brachte. Beide verblassten natürlich gegenüber der reichlich dreiundzwanzigtausend Quadratkilometer großen australischen Schaffarm Anna Creek. Etwa so groß wie Massachusetts. Er hatte eine Story über ihren Besitzer gelesen. Der Mann war hunderttausend Meilen mit seinem Pick-up gefahren, ohne sein Anwesen ein einziges Mal zu verlassen. Trotzdem würde sein neuer Besitz in Argentinien zu den Top Ten der Welt gehören. Ein verdammt großes Stück Land. Das stand außer Zweifel. Sein Haus würde zwanzig Kilometer weit hinter seinem eigenen Zaun stehen. Aber in der neuen Welt, an deren Entstehung er jetzt mitwirkte, würde er diese Art Abgeschiedenheit brauchen.

Er faltete die Landkarte zusammen und begann die zwanzigminütige Arbeit, die daraus bestand, dass er Spanisch vom Tonband lernte. Er würde Landarbeiter einstellen müssen und konnte nicht erwarten, dass sie Englisch lernten. Also lag er mit aufgesetztem Kopfhörer im Bett, hörte zu und wiederholte, bis er einschlief, weil sein Gehirn müde war.

Am folgenden Morgen klopfte Neagley um acht Uhr an Reachers Tür. Er war längst wach. Er hatte geduscht und sich angezogen. Jetzt freute er sich auf einen Kaffee. Der Aufzug glich einem vergoldeten Vogelkäfig an einem Drahtseil in einem Schacht aus filigranem Schmiedeeisen. Sie hörten ihn kommen und traten in die Kabine. Auf dem Boden lag eine Kreditkarte. Oder ein Führerschein. Oder irgendwas. Mit dem Gesicht nach unten. Jemand musste diese Karte verloren haben. Kein deutscher Personalausweis. Falsche Farbe.

Neagley bückte sich, hob die Karte auf.

Sie drehte sie um.

Sie sagte: »Du schuldest mir zehn Dollar.«

Bei der Karte handelte es sich um einen in Virginia ausgestellten US-Führerschein. Das Foto war scharf. Eine Frau. Ein offenes, attraktives Gesicht. Blondes Haar, mittellang, gut geschnitten, zweifellos mit den Fingern gekämmt. Dr. Marian Sinclair. Sie war vierundvierzig und wohnte in Alexandria. Der Anschrift nach in einem Vorort.

Reacher holte eine Rolle Geldscheine aus der Tasche, zog zwei Fünfer davon ab und gab sie Neagley. Er sagte: »Sie muss gerade eingecheckt haben. Nach ihrem Nachtflug. Ich lasse nach, fürchte ich. Ich hätte nicht gedacht, dass sie kommen würde. Und ich hätte sie erst recht nicht für eine Frau gehalten, die ihren Führerschein im Aufzug verliert. Sie ist die Nummer zwei im NSC, verdammt noch mal. Die Zukunft der Welt hängt von ihr ab.«

Der Aufzug hielt im Erdgeschoss. Sie stiegen aus. Frühstück gab es im Souterrain. Sie gingen eine kurze Wendeltreppe hinunter und kamen in einen hübschen Raum, dessen offene Fenstertüren auf einen versenkten Innenhof hinausführten. Dort draußen saß Sinclair an einem Tisch in der Morgensonne. Sie trank Kaffee. Aß dazu Toast. Trug ein schwarzes Kleid. Reacher und Neagley gingen auf sie zu und sagten: »Guten Morgen.«

Sinclair sah auf.

Sie sagte: »Danke, gleichfalls. Leisten Sie mir bitte Gesellschaft.«

Die beiden nahmen Platz. Reacher fragte: »Weshalb sind Sie hier?«

Sie erwiderte seinen Blick und antwortete: »Weil eine kleine Chance besser ist als gar keine.«

»Sie haben Ihren Führerschein im Aufzug verloren.«

»Tatsächlich?«

Er gab ihn ihr. Sinclair legte ihn neben ihrer Tasse auf den Tisch. Sie sagte: »Danke. Sehr unvorsichtig von mir. Ein Glück, dass Sie ihn gefunden haben. Ich bin nicht unter meinem richtigen Namen hier. Das Hotel hätte nicht gewusst, wem es den Führerschein zurückgeben sollte. Sie haben mir erspart, einen Ersatzführerschein beantragen zu müssen.«

»Wieso reisen Sie unter anderem Namen?«

»Hotels melden ihre Gäste der Polizei. Mein Name würde diplomatischen Alarm auslösen. Und ich bin inoffiziell hier.«

»Sie haben eine weitere Identität?«

»Mehrere. Wir verfügen über eine Abteilung, die Dokumente herstellt. Genau wie die Deutschen. Ich habe heute Morgen mit Major Orozco telefoniert und mir alles berichten lassen. Natürlich überwachen wir Ihre Freunde. Sie haben sich nicht an meinen Befehl gehalten. Ich habe Ihnen gesagt, dass Sie nur mit mir, Mr. Ratcliffe und dem Präsidenten reden dürfen.«

»Diese Angelegenheit war privat.«

»Nichts ist privat. Nicht in dieser Sache. Aber nehmen Sie's Ihrem Freund bitte nicht übel, dass er Sie verpfiffen hat. Er konnte nicht anders. Und Sie brauchen kein schlechtes Gewissen zu haben, weil Mr. White und Special Agent Waterman genau das Gleiche gemacht haben. Mit *ihren* Freunden. Nicht unerwartet. Wir sind ausführlich über Sie informiert worden.«

»Es war nicht relevant.«

»Doch, das war es wegen der Ausweise. Die haben alles verändert. Gute Ausweise, die mehrere Grenzübertritte ermöglichen, werden sehr selten verkauft. Mit diesem Faktor haben wir bisher nicht gerechnet. Jetzt müssen wir's tun, was unsere Chancen auf null sinken lässt. Unser Amerikaner ist dann nur noch eine von zehn Millionen anonymer Personen, die zu zehntausend Zielen unterwegs sind.«

»Unsere Chancen sind besser als null«, entgegnete Reacher. »Er will einen Ort, an dem er sich im Gegensatz zu dem Kurier wohlfühlt. Also eine westliche Großstadt mit einem Flughafen. Er will nicht weiter reisen als unbedingt nötig. Und in Hamburg kennt er sich bereits aus. Also kommt er vielleicht zurück. Unsere Chancen dürften eins zu zehn stehen.«

»Sie wollen das sichere Haus überwachen.«

»Das ist unumgänglich, glaube ich.«

»Vielleicht haben sie mehr als eins.«

Reacher nickte. »Vielleicht haben sie in jeder Großstadt der Welt zehn. Hier geht's um Wahrscheinlichkeiten. Irgendwo müssen wir anfangen.«

Sinclair nickte ebenfalls. »Wir sind schon dabei. Jedenfalls werden wir benachrichtigt, wenn der Kurier eintrifft. Wenn er überhaupt kommt. Dann entscheiden wir nach Sachlage. Letztes Mal hat der Treff erst nach achtundvierzig Stunden stattgefunden. Also haben wir Zeit, uns zu entscheiden.«

»Wie meldet der Iraner sich?«

»Er telefoniert, wenn er kann. Oder er benutzt einen toten Briefkasten. Und der hiesige Stationsleiter hat gerade ein primitives Frühwarnsystem eingerichtet. Das haben wir unter den Umständen für nötig gehalten. Kann der Iraner nicht telefonieren oder eine Nachricht hinterlassen, verschiebt er die Lampe auf dem Fensterbrett seines Zimmers. Vom Rand in die Mitte. Sobald der Kurier aufkreuzt. Sein Fenster führt nach hinten hinaus und ist von der nächsten Straße aus sichtbar. Der Stationsleiter fährt viermal täglich daran vorbei.«

Eine Bedienung mit blonden Zöpfen trat an den Tisch, um die Bestellung der Neuankömmlinge aufzunehmen. Sinclair griff in ihre Schultertasche und zog einen großen braunen Umschlag heraus, den sie Neagley gab. »Ihre Post vom Heeresministerium.«

»Danke, Ma'am«, sagte Neagley und riss den Umschlag auf. Sie überflog den Inhalt, steckte alles in den Umschlag zurück und lächelte ein Augurenlächeln.

Reacher fragte: »Was?«

»Nichts.«

Sinclair sagte: »Sie können offen sprechen, Sergeant. Ich habe eine Sicherheitsfreigabe.«

»Es ist wirklich nichts, Ma'am. Keineswegs relevant. Aber es beweist wieder mal, denke ich, dass die effizienteste Einheit die Pressestelle ist. Ich habe Informationen über einen Fall von viermonatiger unerlaubter Entfernung von der Truppe angefordert, auf den wir gestoßen sind. Eine nebensächliche Anfrage. Ohne Zusammenhang mit irgendwas. Aber Major Reacher wollte darüber auf dem Laufenden gehalten werden.«

»Wieso?«

Reacher sagte: »Das ist eine Einheit, zu der ich niemals versetzt werden möchte.«

»Und die Pressestelle hat geantwortet?«

Neagley sagte: »Sie hat zwei belanglose Zeitungsartikel über die Einheit des Kerls geschickt. Mehr konnte sie nicht tun. Aber sie war hilfsbereit. Einer davon ist gar kein Artikel, sondern eine Werbeanzeige. Weil sie offenbar nichts über den Typen weiß. Weil sie nur die Pressestelle ist. Aber sie ist sehr gutwillig und sehr schnell.«

»Aber nichts von den Einheiten, die etwas über den Mann wissen?«

»Noch nichts.«

»Sind vier Monate ungewöhnlich?«

»Das wären sie in jeder Einheit, in der ich Dienst täte.«

Reacher fragte: »Schaltet die Army jetzt schon Anzeigen?«

Neagley zog die Sachen erneut heraus: eine alte *Army Times* und ein auf einer Gewerbeschau verteilter Handzettel. Die *Times* berichtete sachlich über den bevorstehenden Truppenabzug aus der Fulda-Lücke, dem osthessischen Gebiet, in dem einst große Panzerschlachten vorhergesehen worden waren. Nun hatte sich der Feind verzogen, die Grenze war wie bei Ebbe Hunderte von Kilometern zurückgewichen, und Kampftruppen waren wie Wale gestrandet. Einige wenige hatte man für alle Fälle vorverlegt, aber die Ausrüstung der meisten war in riesigen Lagern eingemottet worden. Nur fünf Chaparral-Batterien waren noch aktiv, darunter die Einheit des Kerls, der sich vor vier Monaten unerlaubt von der Truppe entfernt hatte. Ihr Foto diente dazu, den Zeitungsartikel zu illustrieren.

Die gestellte Aufnahme zeigte die Männer und ihre Fahrzeuge von hinten, alle einer imaginären anfliegenden Bedrohung zugewandt. Die Lenkwaffen auf den Lastwagen waren abschussbereit auf den niedrigen Horizont gerichtet, und die Kerle starrten ebenfalls dorthin – manche mit Ferngläsern, manche mit einer Hand über den Augen, als ginge dort vorn die Sonne auf. Als kauerte der Fotograf kaum zwanzig Meter hinter diesem männlichen und wachsamen Schutzwall. Von hinten sahen die Männer wie eine recht brauchbare Truppe aus: sportlich schlank, zielbewusst und energisch.

Reacher kannte Leute aus ähnlichen Einheiten. Seiner Erfahrung nach glichen sie halb gewöhnlichen Artilleristen, halb der Deckmannschaft eines Flugzeugträgers – mit einem kleinen Schuss *Top Gun*. Sie betrachteten ihre Trucks als abgestellte Flugzeuge. Kampfmoral und Zusammenhalt waren im Allgemeinen hoch. Alle diese Männer hatten einen Irokesen-Haarschnitt, der laut Dienstvorschrift 670-3-2 – die extreme, exzentrische oder modische Frisuren untersagte – verboten war. Aber darüber hatte ein kluger Kommandeur offenbar hinweggesehen. Manche Kämpfe lohnten sich nicht, vor allem nicht, wenn am Horizont weit größere Gefahren lauerten.

Der Handzettel, der einen Zeitungsartikel imitierte, stammte von einem Uniformhersteller, der ein neues urbanes Tarnmuster für Soldaten oder SWAT-Teams vorstellte. Das Foto, das in einem riesigen Atelier entstanden zu sein schien, zeigte dieselbe Chaparral-Batterie und ihr Fahrzeug. Mensch und Maschinen, sogar der Truck und die Lenkwaffen waren mit einem Tarnmuster aus kleinen Rechtecken in verschiedenen Graustufen bemalt. So posierten sie vor einer gemalten Theaterkulisse, die eine zerstörte Stadt zeigte. Diesmal befand die Kamera sich jedoch hoch vor ihnen – wie in einem Kampfhubschrauber, der im Tiefflug zu einem Präventivschlag heranröhrt. In diesem Fall bewährte sich die neue Tarnung ausgezeichnet. Die Männer und ihre Batterie waren kaum zu sehen. Selbst die Lenkwaffen verschwammen fast bis zur Unkenntlichkeit. Lediglich die fünf nebeneinander aufgereihten Irokesen-Haarschnitte stachen hervor, weil sie ungetarnt waren. Sehr eindrucksvoll. Nur hatte der Hersteller das Atelier und die Kulisse nach Wunsch so gestalten können, dass sie dem Tarnmuster genau entsprachen. Was nützlich war. Die richtige Welt würde vielleicht anders aussehen.

Sinclair tippte auf die kaum sichtbaren geisterhaften Lenkwaffen und fragte: »Könnten solche Dinger gestohlen und verkauft werden?«

»Nicht für hundert Millionen Bucks«, sagte Neagley. »Das ist das Problem. Darüber haben wir schon mehrfach diskutiert. Dies ist eine Zwickmühle, weil es keinen mittleren Bereich gibt. Alles ist heutzutage entwertet. Aus Russland und China kommt zu viel altes Zeug, außerdem drängt billiges neues Zeug auf den Markt. Seit dem Mauerfall wenden die Hersteller viel Geld für Marketing auf. Sie haben Sorgen. Sie spüren den Absatzrückgang. Mit einem dicken Scheckbuch kann man heutzutage alles kaufen, nur keine Atomwaffen. Was beweist, was ich gesagt habe. Es gibt keinen mittleren Bereich. Um hundert Millionen ausgeben zu können, müsste man an Kernwaffen denken.«

»Sagen Sie so etwas nicht!«

»Das müssen wir aber, Ma'am – um es sofort von der Hand zu weisen. Wir haben Bomben auf Stützpunkten der Air Force, Raketen in Silos in unbewohnten Landstrichen und Raketen auf getauchten U-Booten. Unsere kleinste und am leichtesten zugängliche Atomwaffe ist vermutlich die ICBM Minuteman, aber selbst die ließe sich unmöglich verkaufen und ausliefern. Außerdem sind die Armierungscodes keiner Einzelperson bekannt. Laut Vorschrift müssen sie auf jeweils zwei Personen aufgeteilt sein. Bei Kernwaffen ist das eine grundlegende Sicherheitsmaßnahme.«

»Ihrer Ansicht nach geht's hier also um nichts Militärisches?«

»Außer vielleicht um Geheiminformationen.«

»Welche geheimen Informationen wären hundert Millionen Dollar wert?«

»Das wissen wir auch nicht.«

»Sollten wir unsere Waffenlager kontrollieren?«

»Das würde endlos lange dauern. Und ich kann Ihnen genau sagen, was dabei rauskäme. Uns fehlen eine Million kleiner Dinge, aber keine großen Sachen.«

»Woher wollen Sie das wissen?«

»Das hätte ich gehört.«

»Da haben Sie's«, sagte Reacher. »Das effektivste Nachrichtennetz der Welt.«

Danach entstand eine Pause.

Bis Reacher sagte: »Wir sollten das sichere Haus überwachen.«

»Dafür bräuchten wir ein Undercoverteam«, erklärte Sinclair. »Aber in Hamburg haben wir keines. Und es ließe sich kaum rechtfertigen, eines anzufordern. Chancen von eins zu zehn zu nutzen, ist keine offizielle Politik.«

»Mit Feuer unterm Hintern herumzulaufen auch nicht.«

»Das könnte Griesmann für uns machen«, schlug Neagley vor. »Seine Leute sind ziemlich gut. Sie haben uns gestern Abend auf dem Weg zum Essen beschattet. Und er ist uns was schuldig. Er hat uns nach Stuttgart gemeldet.«

Reacher zog das Phantombild aus der Tasche: der Amerikaner. Die Augenbrauen, die Wangenknochen, die tief in ihren Höhlen liegenden Augen. Die blonde Haartolle. Leicht zu erkennen. Griesmanns Männer konnten ihn aus geparkten Autos heraus überwachen. Mit Funkgeräten. Tag für Tag. Vielleicht mit Erfolg. Er sagte: »Das wäre ein Großeinsatz. Mit enormem Personalaufwand. Dafür müssten wir ihm etwas anbieten.«

Sinclair fragte: »Was hätten wir anzubieten?«

»Hier ist ein Callgirl erwürgt worden. Griesmann hat einen Fingerabdruck. Er möchte, dass wir ihn mit unseren Datenbanken abgleichen.«

»Ausgeschlossen!«

»Das habe ich ihm auch gesagt.«

»Sonst noch was?«

»Mir fällt nichts Rechtes ein. Vielleicht Essen. Er isst für sein Leben gern.«

Danach herrschte wieder Stille. Sinclair wühlte in ihrer Schultertasche, zog die Geldbörse heraus. Eine dicke blaue Lederbörse mit Schnappverschluss und Druckknopf. Sie nahm den Führerschein vom Tisch, öffnete ihre Geldbörse und wollte die Plastikkarte in ihr Fach zurückstecken.

Dann hielt sie plötzlich inne.

Sie sagte: »Ich habe meinen Führerschein. Hier.«

Sie benutzte zwei Finger wie eine Pinzette und zog ihn heraus.

Zwei Führerscheine nebeneinander. Völlig identisch. Commonwealth of Virginia, laufende Nummer, Name, Adresse, Geburtsdatum, Unterschrift.

Sogar das Foto war identisch.

Zwei Führerscheine.

Identisch.

17

Reachers Echsengehirn kontrollierte Türen und Fenster, während sein Stirnlappen Fakten und Logik überprüfte. Fakten und Logik siegten. Aber Gewissheit war eine gefährliche Illusion, deshalb sagte er: »Vielleicht gehen wir besser hinein.«

Neagley ging voraus. Sinclair schnappte sich ihre Schultertasche, hielt die Geldbörse und die beiden Führerscheine in der anderen und folgte ihr. Reacher bildete die Nachhut. Sie durchquerten den Frühstücksraum und stiegen die Treppe zur Hotelhalle hinauf. Dort befand sich niemand. Sinclair sagte: »Vielleicht sollten wir in meinem Zimmer nachsehen.«

Reacher fragte: »Wo liegt es?«

»Oberster Stock.«

Der Aufzugschacht war leer. Der Vogelkäfig stand in einem der oberen Stockwerke.

Reacher sagte: »Augenblick.«

Er trat an den Empfang. Die Rezeptionistin war eine füllige ältere Dame, bestimmt sehr kompetent. Er fragte sie: »Ma'am, hat eine Frau, die meiner Freundin dort drüben ähnlich sieht, einen Schlüssel verlangt? Hat sie einen Ausweis vorgezeigt?«

»Nein«, antwortete die Frau. »Mich hat niemand gefragt. Ich habe hier keine Frau gesehen. Nur einen Mann. Er hat am Aufzug gestanden, als wartete er auf einen Gast. Aber dann hatte ich im Büro zu tun und habe ihn nicht mehr gesehen.«

Sie deutete auf die Bürotür hinter sich.

Reacher fragte: »Wie hat der Mann ausgesehen?«

»Er war ziemlich klein. Hat einen Trenchcoat getragen.«

»Danke«, sagte Reacher.

Er ging zu den anderen zurück.

Er sagte: »Ich denke, wir nehmen die Treppe.«

Neagley ging voraus, blieb dicht an der Wand und verrenkte sich den Hals, um nach oben zu sehen. Die Treppe wand sich um den Aufzugschacht, in den sie durch das Gitterwerk aus Schmiedeeisen sehen konnten. Dort drinnen bewegte sich nichts. Nur Drahtseile, Kabel und ein eisernes Gegengewicht, alle statisch. Sie erreichten den ersten Stock, dann den zweiten. Dort sahen sie die Unterseite der Aufzugkabine über sich. Der Vogelkäfig hielt weiter im dritten Stock. Im obersten Stock.

Reacher sagte: »Bewegt er sich, rennen wir wieder runter. Wir sind früher dort. Er ist ziemlich langsam.«

Aber der Aufzug bewegte sich nicht. Er stand einfach nur. Dann waren sie hoch genug, um hineinsehen zu können. Er war leer, wartete mit geschlossener Tür. Sie stiegen weiter die Treppe hinauf und erreichten den Flur im obersten Stock.

Leer.

Sinclair deutete nach vorn. Sie hatte das Zimmer neben Reacher. Ebenfalls ein Upgrade-Raum. Nur das Beste für Onkel Sams Personal. Die Tür war geschlossen.

Neagley sagte: »Ich gehe voraus.«

Sie bewegte sich lautlos über den hochflorigen Teppichboden. Die Türangeln waren am nächsten, die Türklinke war weiter entfernt. Neagley schlüpfte unter dem Sichtbereich des in die Tür eingelassenen Spions hindurch und blieb an die Wand gepresst stehen. Sie griff nach hinten, um die Klinke herabzudrücken. Das war immer sicherer. Schüsse konnten durch Türen gehen.

Sie sagte lautlos: »Abgesperrt«, und verlangte damit den Zimmerschlüssel. Sinclair klemmte sich Geldbörse und Führerscheine unter den Arm und wühlte in ihrer Schultertasche. Sie zog einen Sicherheitsschlüssel mit einem großen Anhänger aus Messing heraus. Reacher nahm ihn ihr ab und warf ihn Neagley zu, die ihn mit einer Hand auffing und ins Schloss steckte – wieder von der Seite, um aus der Schusslinie zu bleiben.

Sie drehte den Schlüssel um.

Die Tür öffnete sich einen Spalt weit.

Stille.

Keine Reaktion.

Reacher trat vor, blieb Neagley gegenüber auf der anderen Seite der Tür stehen, ebenfalls aus der Schusslinie, streckte eine Hand mit gespreizten Fingern aus und stieß die Tür ganz auf.

Keine Reaktion.

Neagley drehte sich um den Türrahmen und schlüpfte tief gebückt ins Zimmer. Reacher war gleich hinter ihr. Eine bewährte Methode. Klein zuerst, groß dicht dahinter. So hatten beide ungehinderte Sicht. Und der Größere bekam keinen versehentlichen Schuss in den Rücken.

Im Zimmer war niemand.

Nur ein breites französisches Bett mit einem halben Dutzend Brokatkissen und ein Rollkoffer mit Schloss, der mitten im Raum stand.

Niemand im Bad.

Niemand im Kleiderschrank.

Sinclair kam herein und ließ ihr Zeug aufs Bett fallen. Ihre Schultertasche, die Geldbörse, die beiden Führerscheine. Reacher schloss die Tür und sperrte sie ab. Er trat ans Fenster.

Nichts zu sehen.

Keine Gefahr.

Sinclair sagte, sie erkenne ihren echten Führerschein an der alten Kugelschreiberspur an einer Ecke. Sie hatte auf einer Bank in D.C. einen Scheck eingelöst, sich dabei mit ihrem Führerschein ausgewiesen und war beim Unterschreiben auf dem engen Raum vor dem Panzerglas des Kassenschalters mit dem Kugelschreiber abgerutscht. Obwohl sie den Fleck mit dem Daumen abgewischt hatte, war eine deutliche Spur zurückgeblieben.

Sie steckte ihren Führerschein wieder in die Geldbörse, die in die Schultertasche kam. Den gefälschten Führerschein ließ sie auf der Tagesdecke liegen und setzte sich daneben. Sie hielt ihn mit einem Zeigefinger fest, als könnte er davonschweben, und sagte: »Der wirft jede Menge Fragen auf, denke ich.«

»Zumindest eine«, sagte Reacher.

»Nur eine?«

»Haben Sie Ihren Führerschein jemals verloren?«

»Ist das die Frage?«

»Ja.«

»Nein, niemals.«

»Dann gibt es Arbeit für Mr. Ratcliffe, glaube ich.«

»Wieso für ihn?«

»Weil man vermeiden will, das FBI mit den Ermittlungen zu betrauen. Der Fall ist zu skandalträchtig.«

»Wer will das vermeiden?«

»Das Weiße Haus.«

»Vergessen Sie das Weiße Haus. In Hamburg läuft eine Frau herum, die sich als mich ausgibt.«

»Oder umgekehrt.«

»Wie meinen Sie das?«

»Vielleicht sind Sie eine ausländische Spionin«, sagte Reacher. »Vielleicht läuft die echte Marian Sinclair in Hamburg herum.«

»Im Ernst?«

»Wir sollen nichts unversucht lassen.«

»Lächerlich!«

»Interessieren Sie sich für Baseball?«

»Was?«

»Baseball«, sagte Reacher. »Interessieren Sie sich dafür?«

»Ja, aber nicht sehr intensiv.«

»Zu welchen Spielen gehen Sie?«

»Zu denen der Orioles.«

»Was sehen Sie hinter der rechten Tribüne?«

Sinclair sagte: »Ein Lagerhaus.«

»Okay, Sie haben den Test bestanden.«

»Ist das Ihr Ernst?«

»Nein, ich wollte Sie nur aufziehen. Sie sind natürlich echt, weil Sie Neagleys Post mitgebracht haben.«

»Ziemlich unpassend, Major.«

»Ein gelegentlicher Scherz muss sein. Sonst könnten wir Depressionen bekommen.«

»Das Weiße Haus hat meinen Führerschein bestimmt nicht gefälscht.«

»Sicher nicht.«

»Wir sind nur einen Steinwurf von der Bar entfernt, in der solche Dinge verkauft werden.«

»Zufall«, sagte Reacher.

»Ich glaube nicht an Zufälle. Sie sollten's auch nicht tun.«

»Manchmal muss man daran glauben. Wäre Ihr Führerschein in Deutschland gefälscht worden, hätten diese Leute ein Pressefoto verwenden müssen. Aus einer Zeitung oder einer Zeitschrift. Fotografiert und bearbeitet, damit es echt aussieht und wirklich Sie zeigt, aber eben nicht Ihr Führerscheinfoto, das sie nicht hätten. Dieses Foto hat nur die Zulassungsstelle in Virginia. Aber weil Sie Ihren Führerschein nie verloren haben, kann es nicht direkt kopiert worden sein.«

»Wer war's also?«

»Die Zulassungsstelle in Virginia.«

»Die alles Mögliche, aber keine kriminelle Organisation ist.«

»Sicher nicht. Sie hat nur ihren Auftrag ausgeführt. Eine Dienstleistung. Als Sie Ihren ersten Führerschein verloren und einen neuen beantragt haben.«

»Aber das habe ich nie getan!«

»Sie hat nicht gewusst, dass der Antrag nicht von Ihnen kam. Jemand hat den Vordruck ausgefüllt, mit Ihrem Namen unterschrieben und dann Ihr Postfach überwacht, bis der Ersatz da war.«

»Wer?«

»Jemand in der Reisestelle des Weißen Hauses. Ein älterer Angestellter, der schon lange dort arbeitet. Daher könnte der Fall peinlich werden. Deshalb wird Ratcliffe ihn nicht dem FBI übergeben.«

»Wieso in der Reisestelle?«

»Weil für den Antrag bei der Zulassungsstelle mehr als nur Name und Adresse nötig sind. Verlangt werden alle möglichen

Daten. Die Leute, die Ihre Flüge, Ihre Mietwagen und Ihre Hotels buchen, würden sie alle kennen.«

»Mein Anwalt weiß alle. Mein Steuerberater auch. Vermutlich sogar meine Haushälterin.«

»Sie haben sechstausend Kilometer von der Heimat entfernt gefrühstückt. Ihr gefälschter Führerschein ist zwanzig Meter von Ihnen entfernt zurückgelassen worden. Und Sie glauben nicht an Zufälle? Wer wusste, dass Sie hier sind?«

Sinclair überlegte, dann sagte sie: »Die Reisestelle des Weißen Hauses.«

»Wer noch?«

»Sonst niemand.«

»Nicht einmal der Hotelempfang«, sagte Reacher. »Weil Sie unter falschem Namen reisen. Also gibt's nur eine Erklärung. Jemand in der Reisestelle muss voraustelefoniert haben.«

»Mit wem? Mit einer Frau von hier, die dafür ausgebildet ist, sich als mich auszugeben?«

»Die gibt es nicht. Niemand war an der Rezeption, niemand in der Hotelhalle außer einem kleinen Mann in einem Trenchcoat.«

»Was ist also passiert?«

»Der kleine Mann im Trenchcoat hat Ihre Ankunftszeit gekannt. Mit dem Lufthansa-Nachtflug. Jemand in der Reisestelle hat ihm alles erzählt. Er ist Ihnen vom Flughafen ins Hotel gefolgt, hat beobachtet, wie Sie eingecheckt haben und nach oben gefahren sind, ist unauffällig in die Hotelhalle gegangen, hat den Aufzug nach unten gerufen, den Führerschein auf den Boden gelegt und ist wieder verschwunden.«

»Aber wozu das alles?«

»Das war eine Nachricht. Ich denke, Sie sollten den Führerschein selbst finden. Sie sind mit Ihrem Koffer nach oben gefahren, aber er hat erwartet, dass Sie gleich zum Frühstück herunterkommen würden.«

»Ich habe die Treppe genommen.«

»Offensichtlich.«

»Wieso ein älterer Angestellter, der schon lange in der Reisestelle arbeitet?«

»Das können Sie sich selbst ausrechnen. Ich glaube, dass Sie's schon wissen. Sie fragen auch nicht, wer der Mann im Trenchcoat war. Weil Sie auch das bereits wissen.«

»Nein, das weiß ich nicht.«

»Aber Sie können es sich denken.«

»Es gibt Dinge, die ich Ihnen nicht sagen darf.«

Neagley bemerkte: »Lassen Sie mich ein paar wilde Vermutungen anstellen. Bei einem schwarzen Unternehmen haben Ihre Leute unsere Seite mit deutschen Papieren ausgestattet. Zur Tarnung. Oder nur so aus Spaß. Oder die Israelis haben's mit Ihrer Erlaubnis gemacht. Die deutsche Regierung hat davon erfahren und sich darüber aufgeregt. Weil Sie nichts zugeben oder besprechen wollten, setzt der deutsche Geheimdienst Sie jetzt sehr zivilisiert unter Druck. Er sagt: Seht ihr, wir können das auch. Er fragt: Na, wie gefällt euch das? Vermutlich ist auch ein bisschen Angeberei dabei, aber warum auch nicht? Alles höchst diskret und letztlich harmlos. Aber trotzdem beunruhigend, meine ich.«

»Wieso ein älterer Angestellter, der schon lange dort arbeitet?«

»Sie haben Botschaftspersonal, das dafür infrage käme, aber weil es immer gut ist, etwas leugnen zu können, haben sie einen amerikanischen Schläfer aktiviert. Neue Beziehungen dieser Art gibt es nicht. Nicht fürs neue Deutschland. Aber ein paar haben aus alten DDR-Zeiten überlebt. Irgendein junger US-Beamter, der auf die Weltrevolution hoffte, hat damals Dokumente kopiert und in tote Briefkästen gelegt. Später kauft er ein Haus und braucht Geld – und so geht die Sache weiter, bis ihn das neue Deutschland und sein Geheimdienst erben. Jetzt ist er endlich nützlich, denn er kennt Ihre Adresse, weil er in der Reisestelle des Weißen Hauses arbeitet.

Der Mann beantragt Ihren Ersatzführerschein und liefert ihn in der Botschaft ab. Vielleicht auch Ratcliffes und wer sonst auf ihrer Liste steht. Dort liegen sie in einem Safe, bis der Erste von Ihnen nach Deutschland reist. Das waren heute Morgen Sie. Aber Sie sind nicht allein geflogen. Jemand aus der Botschaft hat mit ihrem Führerschein in einem Umschlag in derselben Maschine gesessen. Deshalb musste der Mann im Trenchcoat Ihnen vom Flughafen aus folgen, obwohl er wusste, in welches Hotel Sie fahren würden, weil die Reisestelle es gebucht hatte. Zuvor musste er den Umschlag in Empfang nehmen. Auf der ganzen Fahrt in die Stadt war Ihr Führerschein ständig ungefähr zwei Minuten hinter Ihnen.«

Sinclair machte eine nachdenkliche Pause. Dann sagte sie: »Ich will nichts davon kommentieren. Aber wir könnten das natürlich nie eingestehen. Wenn es so gewesen wäre. Was ich weder dementieren noch bestätigen will.«

Reacher fragte: »Werden Sie darauf reagieren?«

»Das wäre ein komplizierter doppelter Bluff, nicht wahr?«

»Sie könnten zu Griesmann gehen, ihn mit den Tatsachen konfrontieren. Er ist bestimmt sehr freundlich, schafft die Sache aber hinter Ihrem Rücken aus der Welt, um als verlässlich dazustehen. Das würde ihm sicher nützen. Er könnte sich Ihnen verpflichtet fühlen. Vielleicht lässt er dafür das sichere Haus überwachen.«

»Für ihn wär's einfacher, darauf zu bestehen, dass wir den Fingerabdruck überprüfen.«

»Was wir ohnehin tun sollten. Eine Frau ist ermordet worden. Das wäre anständig gehandelt.«

»Das meinen die Leute auf den billigen Plätzen?«

»Das sollte die Meinung auf allen Plätzen sein.«

Sinclair schwieg.

Reacher sagte: »Wir könnten ihn inoffiziell überprüfen. Gibt's kein Ergebnis, können wir's ihm sagen. Andernfalls lassen wir uns etwas einfallen.«

»Wie groß ist die Wahrscheinlichkeit?«

»Soldaten gehen zu Nutten, aber sie ermorden sie in aller Regel nicht. Und nach allem, was wir wissen, war sie sehr teuer. Das macht die Sache noch weniger wahrscheinlich.«

»Nein«, sagte Sinclair. »Das ist die Büchse der Pandora. Politisch zu riskant.«

In diesem Augenblick stand die neue Kurierin an der Passkontrolle auf dem Hamburger Flughafen an. Vier Schalter waren geöffnet: zwei für EU-Bürger und zwei für Reisende aus anderen Staaten. Mit ihrem pakistanischen Pass stand sie als Fünfte in der Schlange. Nicht nervös. Kein Grund dazu. Sie war ein unbeschriebenes Blatt. In keiner Datenbank erfasst. Sie war nie im Ausland gewesen. Sie hatte nie ihre Fingerabdrücke abgeben müssen, war nie fotografiert worden – außer für den Pass, mit dem sie jetzt reiste. Durch und durch echt, bis auf den Namen und die Nationalität.

Jetzt war sie die Vierte in ihrer Reihe. Sie konnte ihr Spiegelbild im Glas des Schalters betrachten. Lockiges Haar, verträumter Blick. Harmlos. Dank seiner Appretur war ihr Explorerhemd noch immer weiß und frisch. Die beiden oberen Knöpfe standen offen. *Nie mehr als zwei,* war ihr eingebläut worden. *Und stell dich an einem Schalter mit einem Mann an.*

Jetzt war sie die Dritte.

Reacher und Neagley ließen Sinclair in ihrem Zimmer zurück. Sie übersprangen Reachers Unterkunft und gingen in Neagleys

Zimmer, um nicht durch die Wand gehört zu werden. Reacher sagte: »Ich weiß nicht, wozu sie hergekommen ist. Sie will das sichere Haus partout nicht überwachen.«

»Sie ist hier, weil eine geringe Chance besser ist als gar keine.«

»Aber sie entscheidet sich bewusst für keine!«

»Tut sie das?«

»Wie meinst du das?«

»Später«, sagte Neagley. »Mach mal Pause. Mit der Ostküste können wir erst in einer Stunde reden. Dann trommeln wir alle zusammen. Eine Telefonkonferenz heitert uns bestimmt auf.«

Reacher nutzte die Pause für einen Spaziergang. Er geriet in eine Straße, in der es fast nur Männerklamotten gab. Und Gürtel, Schuhe, Uhren und Geldbörsen. Kleidung und Zubehör. Wie eine inoffizielle Einkaufsmeile. Er betrat einen der billigeren Läden und kaufte frische Unterwäsche und ein neues T-Shirt. Das schwarze T-Shirt aus hochwertiger Baumwolle kostete ungefähr das Vierfache des Preises, den er gewöhnt war. Aber es passte. Die Deutschen waren im Durchschnitt groß. Nicht so groß wie die Holländer, die darin Weltmeister waren, aber größer als der gewöhnliche Amerikaner.

Er zog sich in der Umkleidekabine des Geschäfts um und stopfte seine alten Sachen in einen Abfallbehälter. Wie Neagley gesagt hatte, fehlten beim US-Militär eine Million Kleinigkeiten. Wie dieses olivgrüne T-Shirt: einmal ausgegeben, nie zurückgebracht oder als verloren oder vernichtet gemeldet, nun plötzlich aus einem Inventar gestrichen, das als Folge nie mehr korrekt sein würde.

Er spazierte weiter. Nach ungefähr der Hälfte der Straße bildete ein Herrenfriseur den Mittelpunkt der inoffiziellen Einkaufsmeile. Seine Einrichtung sollte einen alten amerikanischen Barbershop imitieren. Zwei Kunstledersessel mit mehr Chrom als ein Cadillac. Auf einem Regal ein großes altes Radio. Kein Kundenfang, sondern ein Tribut an amerikanische Lebensart. Hier in der Nähe waren keine US-Soldaten stationiert. Und der PX-Friseur war immer billiger. Reacher fand, der Laden sehe mehr wie ein Diner aus, aber der Besitzer hatte sich wirklich Mühe gegeben. Die Ausstattung war teilweise richtig gut.

An einem Spiegel klebte ein Vorlagenblatt mit Haarschnitten. Reacher hatte es in den Staaten schon hundertfach gesehen. Schwarz-weiße Strichzeichnungen, vierundzwanzig Köpfe, jeder mit einem anderen Haarschnitt, damit der Kunde auf einen deuten konnte, statt viel erklären zu müssen. Links oben war der Crew Cut als Standardhaarschnitt abgebildet, dann kamen der Whitewall, der Flat Top, der Fade und so weiter, wobei die Frisuren bis zur unteren rechten Ecke jeweils etwas länger und exzentrischer wurden. Der Irokese war ebenfalls abgebildet – und ein paar wildere Frisuren, die ihn brav und bieder wirken ließen

Der Mann drinnen winkte Reacher herein.

Reacher fragte mit lautlosen Lippenbewegungen: »Wie viel?«

Der Kerl hielt die fünf Finger einer Hand hoch.

Reacher fragte weiter: »Fünf was?«

Der Besitzer kam an die Tür, öffnete sie und sagte: »US-Dollar.«

»Mein Friseur zu Hause ist billiger.«

»Aber ich bin besser. Sie lassen Ihre Uniformen schneidern, stimmt's«

»Sehe ich wie ein Uniformträger aus?«

»Oh, bitte.«

Reacher sagte: »Fünf Bucks? Ich weiß noch, wie man für fünf Bucks zwei Hamburger und zwei Kinoplätze in der letzten Reihe bekam. Haarschneiden und Rasieren kostete zwei Dollar.«

»War das eine Hommage?«

»Eine was?«

»Haben Sie das absichtlich gesagt?«

»Ich denke schon.«

»Dann war es ein absichtliches Lob, eine Hommage. Sie haben Energie angesammelt.«

»Was habe ich getan?«

»Ihnen gefällt mein Barbershop?«

»Klar doch.«

»Dann unterstützen Sie ihn, indem Sie die vollen fünf Bucks zahlen.«

»Ich brauche keinen Haarschnitt.«

Der Mann fragte: »Wissen Sie, was der Unterschied zwischen uns beiden ist?«

Reacher fragte: »Was?«

»Ich kann Ihr Haar von außen sehen.«

»Und?«

»Sie brauchen einen Haarschnitt.«

»Für fünf Bucks.«

»Okay, ich lege eine kostenlose Rasur drauf.«

Die sich als luxuriöses Erlebnis erwies. Das Wasser war heiß, der Schaum cremig, der Stahl perfekt. Er glitt kaum spürbar über die Haut. In dem leicht getönten Spiegel wirkte sein Gesicht gebräunt, obwohl es vermutlich rosa war. Trotzdem konnte das Ergebnis sich sehen lassen. *Sagen wir einen Dollar,* dachte Reacher. *Also bleiben vier. Immer noch unverschämt teuer.*

Der Mann vertauschte das Rasiermesser mit einer Schere und fing an, Reacher die Haare zu schneiden. Reacher ignorierte ihn und betrachtete wieder das Vorlagenblatt mit Frisuren. Mit den vierundzwanzig Haarschnitten. Er betrachtete einen nach dem anderen, studierte jeden einzelnen sorgfältig –

von dem einfachen Bürstenschnitt am Anfang bis zu dem fantastisch komplizierten Ducktail am Ende der Skala.

Dann befasste er sich wieder mit dem Irokesen.

Der Mann fragte: »Was halten Sie davon?«

Reacher sagte: »Wovon?«

»Von Ihrem neuen Haarschnitt.«

Reacher betrachtete sich im Spiegel. Er fragte: »Sind Sie schon fertig?«

»Sehen Sie das nicht?«

»Mein Haar sieht nicht wie frisch geschnitten aus.«

»Genau«, sagte der Kerl. »Der beste Haarschnitt sieht aus, als wäre er eine Woche alt.«

»Ich zahle also fünf Bucks für einen Schnitt, der bereits ausgewachsen aussieht?«

»Dies ist ein Salon. Ich bin Künstler.«

Reacher schwieg.

Er betrachtete nochmals den Irokesen.

Dann griff er in die Tasche, gab dem Mann seine fünf Dollar und fragte: »Haben Sie ein Telefon?«

Der Kerl deutete auf eine Wand. Dort hing ein altes Telefon von Ma Bell. Ganz aus Metall. Nicht für einen Barbershop, sondern für die Außenwand einer Tankstelle gedacht, aber immerhin ein Original.

Reacher fragte: »Funktioniert es?«

»Natürlich funktioniert es«, entgegnete der Mann. »Wir sind hier in Deutschland. Es ist in ein normales Telefon umgebaut worden.«

Reacher wählte die Nummer auf Griesmanns Geschäftskarte. Aus dem Umschlag mit dem Fingerabdruck. Er hörte den Wählton. Das Telefon funktionierte. Deutschland. Umgebaut.

Griesmann meldete sich.

Reacher sagte: »Wir sind nur kleine Kriminaler, Sie und ich, die auf gegenseitige Gefallen hoffen.«

Griesmann sagte: »Sie wollen den Fingerabdruck überprüfen lassen.«

»Wenn Sie etwas für mich tun.«

»Was denn?«

»Tatsächlich sogar zwei Dinge. Lassen Sie die Bar, in der Klopp Stammgast ist, von ein paar Leuten in Autos überwachen. Mit Funkgeräten. Sie sollen auf den Kerl auf dem Phantombild achten. Aber nicht zu auffällig.«

»Und?«

»Ein paar Straßen entfernt liegt ein Apartment. Auch dort werden Männer in Autos und mit Funkgeräten gebraucht. Unauffällig. Früher oder später kreuzt ein junger Saudi auf. Nach einiger Zeit kommt er wieder zum Vorschein und ist zu einem Treff unterwegs. Wir müssen in Echtzeit wissen, wohin er geht.«

»Das sind viele Männer, viele Autos.«

»Wir sind hier in Europa. Wozu brauchen Sie sie sonst?«

»Wann?«

»Sofort.«

»Ausgeschlossen! So was muss geplant werden.«

»Soll ich den Fingerabdruck überprüfen lassen oder nicht?«

Griesmann schwieg einen Augenblick, dann stimmte er mit mehr Begeisterung zu, als Reacher erwartet hatte. Der Mann wollte sich seine Bilanz nicht verderben lassen. Er wollte diesen Fall so schnell wie möglich aufklären.

Reacher sagte: »Sie tun Ihr Bestes für mich, und ich tue mein Bestes für Sie.«

Griesmann sagte: »Okay.«

Dann rief Reacher im Hotel an und verlangte Neagley, die in ihrem Zimmer saß. Er sagte: »Ich brauche Orozco. So schnell wie möglich. Und fünf Minuten später müssen wir uns mit Sinclair zusammensetzen.«

»Sie ist ohnehin auf der Suche nach dir. Sie hat etwas für dich.«

»Was denn?«

»Weiß ich nicht. Anscheinend hat sie irgendwas von Vanderbilt erfahren. Sie ist ganz aufgeregt.«

»Sag Orozco, dass ich in dem Barbershop in der zweiten Querstraße hinter dem Hotel bin. Und er soll sich beeilen!«

»Was hast du?«

»Ich weiß, wer der Amerikaner ist.«

18

Der Friseur machte Kaffee. Reacher saß in einem der Sessel, und der Kerl fragte ihn nach seinen Kindheitserinnerungen ans alte Amerika aus. Weil er hoffte, Energie zu sammeln, vermutete Reacher. Tatsächlich hatte Reacher seine ganze Kindheit und Jugend außerhalb der Vereinigten Staaten verbracht. Sein Vater war als Offizier im Marine Corps auf der ganzen Welt unterwegs gewesen. Reacher, seine Mutter und sein Bruder hatten ihn überallhin begleitet: Ferner Osten, Pazifik, Europa. Dutzende von Stützpunkten. Was sich jetzt in gewisser Weise als nützlich erwies.

Das alte Amerika war für Reacher immer ein Sehnsuchtsort gewesen. Deshalb wiederholte er jetzt den Talmischeiß, von dem er damals gelebt hatte: Bubblegum-Automaten und Cadillacs mit Heckflossen und endloser Sonnenschein und Drive-in-Kinos, Bedienungen auf Rollschuhen, Cheeseburger und kalte Coca-Cola in grünlichen Glasflaschen und Baseballübertragungen aus Kansas City auf Mittelwelle mit atmosphärischen Störungen und allem. Der Friseur lächelte breiter und breiter, als erreichte der Energielevel in dem kleinen Salon wirklich befriedigende Höhen.

Dann hielt Orozcos dunkelblauer Opel mit quietschenden Reifen am Randstein, und Reacher hastete zu ihm hinaus. Als er vorn rechts einstieg, sagte Orozco: »Klasse Schnitt, Mann.«

Reacher fuhr sich mit einer Hand durchs Haar und fragte: »Sieht man das?«

»Betont deine Wangenknochen, wird den Ladys gefallen.«

Reacher zog Griesmanns Umschlag heraus.

Er sagte: »Ich möchte, dass du diesen Fingerabdruck überprüfst.«

»In welchen Datenbanken?«

»Army, Navy, Air Force und Marines. Aber ganz unauffällig.«

»Was ist passiert?«

»Ein Callgirl wurde ermordet. Die hiesige Polizei hält diesen Kerl für den Täter.«

»Weist irgendetwas darauf hin, dass er ein US-Soldat sein könnte?«

»Nein, nichts, aber ich muss jemandem einen Gefallen tun.«

»Das dürfen wir nicht.«

»Deshalb sollst du unauffällig vorgehen. Das Ergebnis erfahre nur ich. Dann bin ich dafür verantwortlich.«

»Wieso fallen mir dabei die Wörter Kriegsgericht und Verfahren ein?«

»Dazu braucht's nicht zu kommen.«

Orozco saß lange stumm da. Dann nahm er den Umschlag. Sagte nichts. Versprach nichts. So konnte er von Anfang an alles abstreiten. Immer eine gute Idee. Reacher stieg aus, und Orozco fuhr davon. Reacher beeilte sich, ins Hotel zurückzukommen.

Sie trafen sich wieder in Sinclairs Zimmer. Ihre große Neuigkeit war, dass Vanderbilt in einem Anfall von Aktionismus mit dem zugefaxten Phantombild zu Bartley in Fort Myer gefahren war. Zu dem Oberstleutnant, der nicht sagen wollte, wo er an dem bewussten Tag gewesen war. Zu dem Kerl, der heimlich Kapital aus dem gemeinsamen Haus abzog, um sich von seiner nichts ahnenden Frau scheiden lassen zu können. Er hatte den Abgebildeten erkannt. Er sagte, er habe ihn bei seinem vorletzten Besuch auf dem Flughafen Zürich gesehen. Sie seien in derselben Maschine nach Hamburg geflogen. Genau zwei Wochen vor dem ersten Treff. Der Kerl hatte einen glänzenden Kunststoffordner mit dem Logo einer Bank unter dem Arm gehabt. Einen Ordner, den man bekam, wenn man ein Konto eröffnete. Der Oberstleutnant hatte ebenfalls einen gekriegt, als er ein Jahr zuvor sein Schließfach mietete.

»Das ist nicht definitiv«, sagte Sinclair.

»Aber es ist suggestiv«, entgegnete Reacher. »Klopp hat den Mann gesehen, und Bartley hat denselben Kerl gesehen. Das Phantombild ist gut, glaube ich.« Er zog sein eigenes heraus. Faltete es auseinander. Die Augenbrauen, die Wangenknochen, die tief in ihren Höhlen liegenden Augen. Das strohblonde Haar. An den Seiten ganz normal, hatte Klopp gesagt, aber oben viel länger. Ein eigenwilliger Stil. Eine Haartolle, die er wie Elvis Presley zurückwerfen konnte.

Reacher fragte: »Wie bekommt man diese Frisur?«

Sinclair antwortete: »Man lässt die Haare lang wachsen, denke ich, und sagt dann dem Friseur, wie er sie schneiden soll.«

»Oder man fängt mit einem Irokesen an, den man auswachsen lässt. Nach vier Monaten ist er an den Seiten normal, aber oben natürlich viel länger. Anfangs trägt man eine Mütze.«

Neagley sagte: »Man trägt eine Basecap mit einem roten Stern.«

»Vermutlich von den Houston Astros, weil man aus Texas

ist. Man heißt Wiley und hat sich vor vier Monaten unerlaubt von einer Flugabwehrbatterie Hunderte von Kilometern östlich von hier entfernt.«

Sinclair schwieg.

Neagley sagte: »Und man hat sich einen neuen Reisepass zugelegt, um den eigenen nicht benützen zu müssen. Was bedeutet, dass die MPs einen nie finden werden.«

Sinclair sagte: »Das ist eine hohe Wette auf eine Frisur.«

Reacher sagte: »Fordern Sie seine Personalakte an. Zeigen Sie Klopp sein Foto.«

In diesem Augenblick klingelte die neue Kurierin an der Wohnungstür. Dies war die erste Wohnungstür, an der sie je geklingelt hatte. Die erste Wohnungstür, vor der sie je gestanden hatte. Aber sie wusste, wie sich das anfühlen würde. Sie war in allem unterwiesen worden. Es würde sich wie eine Ewigkeit anfühlen, obwohl in Wirklichkeit nur ein paar Sekunden vergangen waren. Sie war mit dem Bus in die Stadt gefahren. Zum ersten Mal in ihrem Leben. Sie hatte erstmals in ihrem Leben asphaltierte Straßen gesehen. Aber nach tagelangen Unterweisungen von anderen, die sich auskannten, war sie auf alles vorbereitet. Sie fiel nicht auf. Sie wirkte einige Male etwas unsicher, aber das tat jede übermüdete Fernreisende. Perfektion wäre auffälliger gewesen.

Eins, zwei, drei, vier, fünf.

Die Tür öffnete sich.

Ein junger Saudi-Araber fragte: »Wer bist du?«

Die neue Kurierin antwortete: »Ich suche Schutz und Zuflucht. Unser Glaube gebietet euch, mir beides zu gewähren. Das tun auch unsere Ältesten, die hinter diesem Unternehmen stehen.«

Der Saudi sagte: »Rein mit dir.«

Er schloss die Tür hinter ihr, dann blieb er stehen, verschränkte die Arme und fragte: »Im Ernst?«

Auch darauf war die Kurierin vorbereitet. Sie sagte: »Ja, im Ernst. Der Große entwirft die Strategie, der Dicke gibt die taktischen Anweisungen. Dazu gehört dieses Mal ein Kurier, den niemand verdächtigen wird, weil er eine Frau ist.«

»Der Dicke?«

»Sitzt links. Von mehr Fliegen umschwirrt.«

Sie war unterwiesen worden.

»Okay«, sagte der Junge. »Aber … Nun, wir wussten schon immer, dass diese Sache wichtig ist.«

»Woher?«, fragte sie. Dies war das erste Apartment ihres Lebens, aber nicht ihre erste Gefahr wegen brüchiger Allianzen oder glatten Verrats. Sie war in den Stammesgebieten aufgewachsen. Sie sagte: »Woher wisst ihr, dass diese Sache wichtig ist?«

Der Junge gab keine Antwort.

Sie fragte: »Hat der erste Kurier euch davon erzählt?«

»Er hat uns den Preis genannt.«

»Jetzt ist er tot. Sie haben ihn beseitigt, an seiner Stelle mich geschickt. Ich soll nicht nach dem Preis fragen. Sie mögen es nicht, wenn jemand ihn kennt. Also solltet ihr ihn schleunigst vergessen.«

Der Junge sagte: »Wie lange bleibst du?«

»Nicht lange.«

»Wir haben hier nicht viel Platz.«

»Ein großer Kampf erfordert große Opfer. Aber hütet euch vor falschem Ehrgeiz. Wie ich höre, ist mein Vorgänger mit einem Hammer erschlagen worden. Das passiert auch euch. Wenn ich's sage. Oder wenn ich nicht zurückkomme.«

Sie war unterwiesen worden.

Sinclair tat, was Reacher vorgeschlagen hatte. Sie schloss ihren Koffer auf und nahm etwas heraus, das schlimmer aussah als das erste Mobiltelefon. Wie ein Ziegelstein.

»Satellitentelefon«, erklärte sie. »Verschlüsselt. Nur für Dienstgespräche.«

Sie drückte Knöpfe und wartete auf Pieptöne und ein grünes Lämpchen, bevor sie sagte: »Ich brauche die Personalakte des Obergefreiten Wiley, U.S. Army, Vorname unbekannt, seit vier Monaten ohne Erlaubnis abwesend von einer Flugabwehrbatterie in Deutschland. Zu mir nach Hamburg, schnellstmöglich.«

Dann legte sie auf.

Der Nationale Sicherheitsrat.

Die Schlüssel zum Königreich.

Jemand klopfte an die Zimmertür.

Eine unlogische Zehntelsekunde lang dachte Reacher: *schnellstmöglich, darauf kannst du deinen Arsch verwetten.*

Aber nein.

Die Tür wurde geöffnet. Ein Mann trat herein. Geschäftig, umtriebig, etwa Anfang sechzig, mittelgroß, grauer Anzug, Bauchansatz, freundliches Gesicht. Rosa und rundlich. Reichlich Energie und die Andeutung eines Lächelns. Ein Typ, der Dinge mit viel Charme erledigte. Wie ein guter Verkäufer. Aber für ausgefallene Sachen wie ein riskantes Investment oder ein Rolls-Royce.

»Sorry«, sagte der Mann zu Sinclair. »Ich wusste nicht, dass Sie Gesellschaft haben.«

Amerikaner. Mit altmodischem Yankee-Akzent.

Niemand sprach.

Dann sagte Sinclair: »Entschuldigung. Sergeant Frances Neagley und Major Jack Reacher, U.S. Army, ich möchte Sie mit Mr. Rob Bishop, dem CIA-Stationsleiter im hiesigen Generalkonsulat, bekannt machen.«

»Ich bin gerade am Haus vorbeigefahren«, sagte Bishop. »Auf der Parallelstraße, von der aus das Fenster des Iraners zu sehen ist. Die Lampe ist umgestellt worden.«

19

Bishop ließ nicht zu, dass sie sich selbst davon überzeugten. Er sagte, er sei daran vorbeigefahren und gleich umgekehrt, was eine Vorbeifahrt zu viel gewesen sei. Aber er habe nachsehen müssen, weil etwas nicht in Ordnung gewesen zu sein schien. Trotzdem könne er keine dritte Vorbeifahrt zulassen. Im Gegensatz zu den anderen kannte er das Fenster, auf das zu achten war. Er hätte langsam vorbeifahren und es ihnen zeigen müssen. Eine langsame dritte Vorbeifahrt, bei der alle vier Leute in einem Auto sich die Hälse verdrehten? Viel zu auffällig. Ausgeschlossen! Zu riskant.

Reacher fragte: »Was war nicht in Ordnung?«

»Der Junge sollte die Lampe vom Rand des Fensterbretts in die Mitte stellen. Aber sie steht im ersten Viertel. Von der Mitte weit entfernt. Das ist nicht genau das vereinbarte Signal.«

»Was bedeutet das?«

»Da gibt's drei Möglichkeiten. Erstens: Vielleicht hatte er nur eine halbe Sekunde Zeit. Blitzschnell rein und wieder raus. Oder zweitens: Vielleicht hatte er das Gefühl, die Lampe so weit zu verrücken sei zu auffällig. Womöglich sind die anderen oft in seinem Zimmer. Dann würden sie etwas merken. Wer nimmt sich schon die Zeit, eine Lampe an dem Tag zu verrücken, an dem ihr alter Kumpel wieder aufkreuzt? Diese Leute sind keine Innenarchitekten. Sie haben ganz andere Dinge im Kopf. Vielleicht war das keine gute Idee.«

»Er hat nicht angerufen?«

»Das dürfte jetzt schwierig sein. Sie stecken vermutlich gerade die Köpfe zusammen. Für sie ist diese Sache sehr aufregend, wissen Sie.«

»Und die dritte Möglichkeit?«

»Er versucht uns etwas mitzuteilen.«

»Was zum Beispiel?«

»Irgendwas hat sich geändert. Es gibt einen neuen Faktor. Als wollte er sagen, es habe eine Veränderung gegeben. Beispielsweise kann der Kurier in Hamburg sein, aber der Treff soll anderswo stattfinden. Vielleicht hat der Kerl ihnen mitgeteilt, dass er mit dem Zug nach Bremen fahren soll. Oder nach Berlin. Sie könnten sich im Zug treffen. Was übrigens ein geschickter Schachzug wäre. Sie könnten sich ›zufällig‹ begegnen und kurz miteinander reden. Oder es könnte etwas völlig anderes sein.«

Sinclair sagte: »Uns bleiben noch achtundvierzig Stunden, um das rauszukriegen.«

»Wenn sie beim selben Zeitplan bleiben«, sagte Neagley. »Was keineswegs sicher ist. Das Ganze ist eine Lotterie. Auf Reisen kann's Verspätungen geben. Ich denke, dass sie mehrmals umsteigen. Auch in Staaten der Dritten Welt. Deshalb müssen sie einen Zeitpuffer einplanen. Klappen alle Flugverbindungen, müssen sie ein, zwei Tage warten. Gibt's Verzögerungen, dürfte der Treff mehr oder weniger sofort stattfinden. Oder irgendwo dazwischen. Das wäre meine Einschätzung.«

Bishop sagte: »Wir müssen das Apartmentgebäude überwachen.«

»Geht nicht«, sagte Sinclair. »Wir dürfen das sichere Haus nicht gefährden.«

»Tun wir's nicht, sind wir blind. Wir verpassen eine goldene Gelegenheit, den Kerl zu fassen.«

Reacher musterte Bishop. Ein unerwarteter Verbündeter.

Sinclair sagte: »Wir müssen an die Zukunft denken.«

»Die steht in den Sternen. Wir müssen *jetzt* handeln.«

»Geht nicht«, wiederholte Sinclair.

»Das tun wir schon«, warf Reacher ein.

»Was?«

»Kripochef Griesmann hat sich bereit erklärt, das Gebäude überwachen zu lassen. Von Leuten in Autos. Sie sind ziemlich gut. Wir haben sie bei der Arbeit gesehen. Oder vielmehr nicht gesehen.«

Sinclair wurde blass. Hauptsächlich vor Zorn, vermutete Reacher.

Sie fragte: »Ab wann?«

»Vielleicht heute Nachmittag«, antwortete er. »Hängt davon ab, wie rasch er seine Leute einteilen kann.«

»Wieso tut er das?«

»Weil ich ihn darum gebeten habe.«

»Als Gegenleistung wofür?«

»Ich lasse den Fingerabdruck überprüfen.«

Sinclair sagte: »Major, ich muss mit Ihnen reden.«

Reacher entgegnete: »Das tun Sie gerade.«

»Unter vier Augen.«

Neagley sagte: »Gehen Sie in mein Zimmer. Dort sind Sie ungestört.«

Sie warf ihren Schlüssel in einem sanften Bogen von unten herauf, und Sinclair fing ihn mühelos mit einer Hand.

Sie sagte: »Mitkommen.«

Das tat Reacher. Er folgte ihr den Korridor entlang in Neagleys Zimmer. Sinclair durchquerte es und blieb mit dem Licht hinter sich am Fenster stehen.

Größer als der Durchschnitt, aber nicht breiter.

Das schwarze Kleid, die Perlen, die Nylons, die Schuhe. Das Gesicht und das Haar wie mit den Fingern gekämmt.

Klasse Ensemble.

Sie sagte: »Sie haben entgegen einem ausdrücklichen Befehl gehandelt.«

Reacher sagte: »Ich kann mich an keinen Befehl erinnern. Ich weiß nur, dass der Nationale Sicherheitsberater uns versprochen hat, wir würden alles bekommen, was wir brauchen. Und das hier brauchen wir. Es könnte uns ein Jahr Arbeit sparen. Ohne diese Überwachung ist das Ganze eine gewöhnliche Fahndung. Nach einem Mann, der vor vier Monaten seine Einheit verlassen und einen neuen ausländischen Pass in der Tasche hat. Stattdessen könnten wir uns von einem jungen Saudi in rosa Hemd und spitzen Schuhen direkt zu ihm führen lassen. Hier und jetzt. Wer würde diese Chance nicht nutzen? Die Zukunft bedeutet nichts, wenn wir nicht lange genug leben, um sie zu sehen.«

»Sie haben sich also gesetzwidrig verhalten – aber nur, weil Sie glaubten, einen guten Grund dafür zu haben. Sie und alle anderen. Gute Gründe gibt es immer. Zu viele gute Gründe. Deshalb haben wir ein spezielles Gremium, das unter denen auswählt, die im Wettbewerb zueinander stehen. Dieses Gremium ist der Nationale Sicherheitsrat. Dort gewichten wir Gründe, entscheiden über Prioritäten. Sie haben soeben ein Jahr harter Arbeit zunichtegemacht, Major. Sie sollten den Dienst quittieren. Bevor der Abschlussbericht erscheint. Dann bekommen Sie einen besseren Deal.«

»Okay«, sagte Reacher. »Das tue ich, falls die Sache schiefgeht.«

»Außerdem haben Sie eine vierzig Jahre alte Vereinbarung gebrochen, welche Datenbanken unter allen Umständen geheim bleiben müssen. Allein dafür können Sie vors Kriegsgericht kommen.«

»Okay«, sagte Reacher. »Falls sie schiefgeht, bekenne ich mich schuldig.«

»Schuldig sind Sie auf jeden Fall!«

»Nicht unbedingt. Geht die Sache gut aus, bekomme ich die Legion of Merit.«

»Soll das ein Witz sein?«

Reacher entgegnete: »Nein, es ist ein Glücksspiel. Und bisher bin ich besser als die Bank. Der Kurier ist wieder in Hamburg. Das war eine riskante Wette. Aber sie hat sich gerade bezahlt gemacht. Wir sollten auf dieser Woge surfen, um weiter zu gewinnen. Griesmann ist in Ordnung. Er gefährdet das sichere Haus nicht. Die Kerle dort drinnen sind sehr selbstgefällig. Sie merken nichts. Einer von ihnen telefoniert heimlich, schreibt Mitteilungen für tote Briefkästen und verlässt ohne zwingenden Grund das Haus – und ihnen ist bisher nichts aufgefallen. Warum sollten sie auf ein hundert Meter entfernt parkendes Auto aufmerksam werden?«

Sinclair winkte ab, als wäre das nebensächlich. Dann sagte sie: »Die Sache mit dem Fingerabdruck ist ernst. Juristisch und politisch. Die kann niemand verschwinden lassen.«

»Ich könnte sagen, dass ich mich sehr vorsichtig ausgedrückt habe. Ich habe zugesagt, den Fingerabdruck überprüfen zu lassen. Das war alles. Nicht, dass ich das Ergebnis mit Griesmann teilen würde. Natürlich ist das eine Täuschung, aber hey, willkommen in der Oberliga. Ich könnte sagen, dass Leute wie ich immer das Gleiche riskieren. Eier werden aufgeschlagen, das Omelett wird zubereitet, und wenn es schmeckt, ist alles vergeben und vergessen.«

»Und wenn nicht?«

»Ich bin immer offen für neue Erfahrungen.«

Keine Antwort von Sinclair.

Reacher erklärte: »Wenn diese Sache schlecht ausgeht, zeigen Sie mich an. Dann sagen Sie vor dem Kriegsgericht gegen mich aus. Das verstehe ich. Sie sagen sogar bereitwillig aus. Auch das verstehe ich. Sie kommandieren uns, aber Sie sind nicht mit uns einverstanden. Dieses Spiel kenne ich von früher. Ich nehme Ihnen nichts übel.«

»Was ist, wenn sie gut ausgeht?«

»Dann zeigen Sie mich nicht an, und es gibt kein Verfahren. Sie erhalten eine Belobigung für Ihre Akte, und ich bekomme noch einen Orden.«

»Worauf tippen Sie?«

»Ehrliche Antwort?«

»Immer.«

»Die Sache ist gebongt. Sie ist unter Dach und Fach. Der Kerl hat sich unerlaubt von der Truppe entfernt. Er und ich befinden uns in derselben Stadt. Da kann's nicht mehr lange dauern.«

»Sind Sie immer so zuversichtlich?«

»Früher war ich das.«

»Was sind Sie jetzt?«

»Noch zuversichtlicher.«

»Schlafen Sie mit Ihrer Sergeantin?«

»Nein, das tue ich nicht. Das wäre unpassend. Und würde allgemein missbilligt. Zumindest von ihr.«

»Sie ist verrückt nach Ihnen.«

»Wir kommen gut miteinander aus – als Freunde und Kollegen.«

Sinclair äußerte sich nicht dazu.

Dann klopfte jemand an. Neagley, vermutete Reacher, die nachsehen wollte, ob Sinclair ihn schon umgebracht hatte. Oder Bishop, der nachsehen wollte, ob er Sinclair schon umgebracht hatte. Er machte die Tür auf, blieb dabei seitlich außerhalb der Schusslinie.

Langes Training.

Weder Neagley noch Bishop.

Draußen stand ein junger Amerikaner in einem Anzug von

der Stange mit einer Krawatte von Brooks Brothers. In einer Hand hielt er eine flache Ledermappe mit Reißverschluss. Sie schien einen dünnen Packen Kopierpapier zu enthalten. Dicke und Größe stimmten.

Der Mann sagte: »Für Dr. Sinclair. Vom Konsulat. Das angeforderte Dokument.«

Schnellstmöglich.

Darauf kannst du deinen Arsch verwetten.

Reacher nahm ihm die Mappe ab und gab sie Sinclair. Der Mann im Anzug marschierte in Richtung Aufzug davon. Reacher und Sinclair gingen in ihr Zimmer zurück, in dem die anderen warteten.

Sinclair zog den Reißverschluss auf, und Reacher roch Kopierpapier, das vom Drucker fast noch warm war. Es hatte hektische Telefongespräche gegeben, vermutete er, dann eine blitzschnelle digitale Übermittlung aus dem Pentagon oder aus Stuttgart direkt ins hiesige Generalkonsulat, wo ein leistungsfähiger Drucker die Seiten ausgespuckt hatte, die der junge Attaché mit der Krawatte von Brooks Brothers aufgefangen, zusammengeschoben und in die Ledermappe gelegt hatte, bevor er sich ein Taxi schnappte. Der Nationale Sicherheitsrat. Sogar noch schneller als die Pressestelle der U.S. Army.

Die Seiten waren steife, scharfe Schwarz-Weiß-Kopien der Personalakte der Army für den Obergefreiten Horace (kein zweiter Vorname) Wiley, 35, aus Sugar Land, Texas. Er stand kurz vor dem Ende seiner ersten dreijährigen Verpflichtungszeit. Also war er ein zweiunddreißigjähriger Rekrut gewesen. Er war eins dreiundsiebzig groß und sportlich schlank. Wie ein Marathonläufer.

Seite zwei enthielt sein Foto, das mit einer Büroklammer in der rechten oberen Ecke befestigt war. Kein daumennagelgroßes

Passbild wie früher, sondern ein größerer Abzug. Ungefähr sieben mal zehn Zentimeter. Durchs Kopieren waren die Glanzlichter gedämpft und die Schatten vertieft worden. Das Abbild der Büroklammer wirkte plastisch, aber irgendwie radioaktiv.

Der Kerl war ihr Mann.

Die Unzulänglichkeiten der Fotokopie verliehen dem Bild die handwerkliche Qualität einer Porträtskizze mit Pastellstift. Wie das mit Bleistift ausgeführte Phantombild. Dies war derselbe Mann. Ohne Frage. Kein Zweifel möglich. Die Augenbrauen, die Wangenknochen, die tief in ihren Höhlen liegenden Augen. Die schmale Nase, die senkrechte Falte im Mundwinkel, der ausdruckslose Mund mit zusammengekniffenen schmalen Lippen.

Nur die Frisur sah anders aus. Dieses Foto war drei Jahre alt. In die Army eingetreten war Horace Wiley mit dem Bürstenhaarschnitt eines Jungen vom Lande. Ein Volltreffer, was Dienstvorschrift 760-3-2 betraf. Das Extreme, das Exzentrische und das Modische waren erst später gekommen.

»Wir müssen das Foto noch Herrn Klopp zeigen«, sagte Sinclair. »Aber dass er's ist, steht eigentlich außer Zweifel. Glückwunsch, Major. Und Sergeant. Hervorragende Arbeit. Immerhin haben Sie mit zweihunderttausend angefangen.«

Reacher sagte: »Nur weil irgendjemand eine dumme Meldung wegen eines dummen Anrufs geschrieben hat, die ein halbes Dutzend bürokratischer Hürden überwunden hat, bevor sie offizielle US-Stellen erreichte. Wir versuchen immer, den Papierkram zu reduzieren. Vielleicht sollten wir uns das noch mal überlegen.«

»Was nun?«

»Jetzt warten wir. Darauf, dass ein junger Saudi-Araber in rosa Hemd und spitzen Schuhen das Haus verlässt.«

20

Sugar Land war der Name, den Wiley seiner neuen Ranch geben wollte. Oder Sugarland, alles in einem Wort. Obwohl er natürlich kein Zuckerrohr anbauen würde. Dies war Weideland. Er würde die größte Rinderherde der Welt haben. Und die beste. Aber als Erstes brauchte er einen Namen für den Bogen über seinem Tor. In Buchstaben aus Schmiedeeisen. Vielleicht nur rot grundiert. SUGAR LAND würde gut aussehen. Alles in Großbuchstaben. Oder alles in einem Wort: Sugarland. Und das würde eine Art persönlicher Tribut an einen alten Ehrgeiz sein. Vor langer Zeit hatte er versucht, es in Sugar Land zu schaffen. Aber das war eine schwierige alte Stadt. Jetzt stand er knapp davor, eine Ranch zu kaufen, die vierzigmal größer war als das gesamte Stadtgebiet.

Alles gut.

Er kam sich vor wie im freien Fall. Anfangs hatte er sich gegen dieses Gefühl gewehrt, sich ihm dann jedoch ergeben. Und danach war er immer schneller gefallen. Alles um ihn herum hatte sich beschleunigt. Deshalb war er viel zu früh bereit. Bereit für den Treff. Er wusste, dass er vorbereitet sein musste. Vor allem jetzt. Das Endspiel würde überraschend früh beginnen. Das tat es immer.

Sinclair und Bishop hörten zu, als Reacher Griesmann anrief, wobei der den Lautsprecher einschaltete. Er nannte ihm Wileys Namen, der zu dem Phantombild passte, teilte ihm mit, ihres Wissens sei der Kurier schon eingetroffen, vereinbarte mit ihm, wie neue Entwicklungen gemeldet werden sollten, und mahnte nochmals zur Vorsicht in der Umgebung des Apartments. Diese Vorsicht dürfe jedoch nicht dazu führen, dass etwas übersehen wurde. Ein schwieriger Job. Aber Griesmann schien ihm gewachsen zu sein. Er war mit allen vorgeschlagenen Maßnahmen einverstanden. Was er sagte, klang überzeugend. Reacher sah Sinclair aufatmen. Dann schaute sie ihm mit einem Blick, den er nicht recht deuten konnte, in die Augen. Entweder halb zustimmend, weil sein verrückter Plan vielleicht doch funktionieren würde, oder halb missbilligend, weil er sie damit zu seiner Komplizin gemacht hatte.

Dann fuhr Bishop ins Konsulat zurück. Reacher und Neagley verließen Sinclairs Zimmer und gingen in seines, um Wileys Personalakte von vorn bis hinten zu studieren. Als Erstes interessierte sie, wieso der Kerl erst mit zweiunddreißig Jahren zur Army gegangen war. Absolut unüblich. Aber es gab keine Anmerkung, keine Erläuterung des Werbers, bei dem er sich verpflichtet hatte. Neagley rief Landry an, Watermans Kerl in McLean, und empfahl ihm, sich sofort mit Wileys Vergangenheit zu befassen. Mit den zweiunddreißig Jahren von der Geburt bis zu dem Tag, an dem er die Uniform angezogen hatte. Dafür musste es einen Grund geben.

Trotz seines hohen Eintrittsalters wirkte Wileys Laufbahn anfangs normal. Die Grundausbildung absolvierte er ohne Probleme, was auf normale Intelligenz und Fitness schließen ließ. Seine Beförderung zum Obergefreiten erfolgte planmäßig, was bewies, dass er noch Puls hatte und weiter in der Army war. Dann wurde er nach Fort Sill auf die Artillerieschule geschickt. Nach der Ausbildung versetzte man ihn zu einer Flugabwehrbatterie nach Deutschland.

»Ich sehe ihn vor mir«, sagte Neagley.

Reacher nickte, denn ihm ging es genauso. Die nackten Daten in seiner Akte standen nicht nur auf dem Papier, sondern glichen der persönlichen Statistik eines Basketballspielers. Sie erzählten seine ganze Story. Die Artillerieschule war der Dreh- und Angelpunkt. Nichts für Dummies. Wiley war offenbar ein brauchbarer Soldat gewesen. Nach der Grundausbildung bestimmt im oberen Drittel. Nicht zur Elite gehörig, aber vielleicht hatte sein Kommandeur eine Eignung gesehen. Oder eine erfunden. Manche Vorgesetzten hielten sich bei Beurteilungen an alte Bauernregeln. Zum Beispiel waren Linkshänder nicht als Scharfschützen geeignet. Kleine drahtige Männer sollten zur Artillerie. Und so weiter. Aber in diesem Fall war die Beurteilung zutreffend gewesen.

Wiley hatte gut ins Team gepasst, was nicht leicht war. Die Chaparral war eine komplizierte Waffe: Ihre mobile Startrampe musste aufgeprotzt und umständlich vorbereitet werden, bevor sie schießen konnte. Ihre Bedienungen glichen den Boxenteams bei einem Nascar-Autorennen. Kompliziert wie ein Ballett, auf Zehntelsekunden genau getaktet. In einer Zehntelsekunde konnte ein anfliegendes Kampfflugzeug verdammt nahe sein. Und Wiley hatte sich seinen Platz verdient. Vielleicht weil er mittelgroß und drahtig war. Der Mann war ein kompetenter Soldat, das stand außer Zweifel. Aber er steckte in einer Sackgasse fest. Nach drei Jahren war er noch immer Obergefreiter. Die Panzerdivisionen stellten niemanden mehr ein. Der Eiserne Vorhang war Vergangenheit.

Hatte ihn das überrascht?

Reacher fragte: »Haben die MPs mit seinen Kameraden gesprochen, als er vor vier Monaten abgehauen ist?«

Neagley nickte, dann sagte sie: »Ich habe die Protokolle schon angefordert.«

»Was verkauft er?«

Neagley gab keine Antwort.

Stattdessen stellte sie eine Frage: »Wie wütend war Sinclair?«

»Weniger als erwartet«, sagte Reacher. »Ich habe das sichere Haus verraten.«

»Wie? Griesmann lässt dich nicht im Stich.«

»Das habe ich ihr auch gesagt. Aber sie war nicht überzeugt. Doch dann ist mir klar geworden, dass es verraten war, sobald Griesmann davon wusste. Darüber hat sie sich geärgert. Und ich verstehe ihre Reaktion. Griesmann informiert früher oder später seinen Geheimdienst. Dazu ist er verpflichtet. Dann wollen die Deutschen auch mitmischen, weil dies ihr Revier ist. Das sind zu viele Köche. Bald werden die Überwachungsfahrzeuge in zweiter Reihe vor dem Haus parken. Alles meine Schuld.«

»Außer wir fassen den Kerl.«

»Das habe ich ihr auch gesagt. Aber ihr Problem ist damit nicht gelöst. So oder so erfahren die Krauts von dem sicheren Haus.«

»Wir hätten ihnen ohnehin davon erzählt. Früher oder später. Nächstes Jahr, vielleicht übernächstes. Glaub mir, dieser Scheiß wird international. Dann kooperieren wir alle wie verrückt miteinander. Du hast nur frühzeitig damit angefangen.«

»Sie hat gesagt, die Sache mit dem Fingerabdruck sei noch schlimmer.«

»Da gilt das Gleiche. Wenn wir den Kerl fassen.«

»Oder wenn ich Griesmann reinlege. Wenn ich seine Arbeit stehle, ohne ihm etwas dafür zu geben.«

»Hat sie dich dazu aufgefordert?«

»Das habe ich selbst vorgeschlagen. Ich habe ihm nur versprochen, den Abdruck überprüfen zu lassen. Das war alles. Wieso habe ich mich so ausgedrückt?«

»Du wolltest unbewusst etwas Freiraum.«

»Fühlt sich nicht gut an.«

»Wäre eine Haftstrafe besser?«

»Er ist ein Kriminalbeamter mit einem Fingerabdruck. Was hätte ich tun sollen?«

»Was hast du dir dabei gedacht?«

»Na ja, ich dachte, ich würd's ihm sagen, wenn das Ergebnis negativ ist, und vielleicht mauern, wenn es positiv ausfällt. Ich habe gehofft, den Fall selbst lösen zu können. Dann gäbe es lauter Gewinner, und ich bräuchte gegen kein Gesetz zu verstoßen. Das wäre mir recht, weil mir dieses Gesetz gefällt. Ich entscheide gern selbst, ob unsere Leute im Ausland vor Gericht gestellt werden oder nicht. Also war das eine doppelte Fehleinschätzung meinerseits.«

»Wieso?«

»Wegen des Preises«, sagte Reacher. »Hundert Millionen Dollar. Die sehe ich ständig vor mir. Ein Haufen Geld! Aber für mich haben die Millionen überproportionale Bedeutung angenommen. Ich kann an nichts anderes mehr denken.«

»Offenbar.«

»Aber was bedeutet das?«

Neagley zuckte mit den Schultern. Dann fragte sie: »Wieso war Sinclair weniger wütend auf dich, als sie hätte sein können?«

»Weil sie insgeheim meiner Meinung ist.«

»Nein«, sagte Neagley. »Sie mag dich.«

»Wo sind wir hier, in der Highschool?«

»Mehr oder weniger.«

»Okay«, sagte Reacher.

»Verlass dich drauf«, sagte Neagley. »Sie war dort, und du warst hier. Jetzt ist sie ebenfalls hier. Das erklärt sich von selbst. Eine kleine Chance ist besser als gar keine – das gilt für alle Ziele. Sie ist einsam. Sie lebt in einem großen leeren Haus in einem eleganten Vorort.«

»Das weißt du?«

»Das vermute ich.«

»Ich glaube nicht, dass sie mich überhaupt mag«, sagte Reacher.

»Magst du sie?«

»Wer bist du, meine Mom?«

»Du hättest mehr auf sie hören sollen.«

»Auf wen?«

»Deine Mom. Sie war Französin. Diese Ladys verstehen zu leben.«

»Worüber reden wir hier eigentlich genau?«

Neagley gab keine Antwort, weil das Telefon klingelte. Griesmann. Reacher schaltete den Lautsprecher ein. Der Kripochef sagte, seine Leute seien in Position, womit die Überwachung offiziell angelaufen sei. Der Eingangsbereich des Apartmenthauses erschloss sechs Wohnungen, die auf beiden Seiten des Treppenhauses im ersten, zweiten und dritten Stock lagen. Nach Angaben der Hausverwaltung waren die übrigen Mieter außer den vier jungen Männern eine italienische, eine türkische und drei deutsche Familien, alle zum wohlhabenden Mittelstand gehörend. Auf der Rückseite des Gebäudes gab es einen Lieferanteneingang, der für alle Fälle von einem weiteren Wagen überwacht wurde, obwohl ihn vermutlich niemand als Ausgang benutzen würde. Hierzulande nicht üblich, wie die Schläfer bestimmt wussten. Anzunehmen war, dass sie alles vermieden, wodurch sie auffallen konnten.

»Danke«, sagte Reacher. »Viel Erfolg!«

Griesmann fragte: »Wie lange brauchen Sie voraussichtlich?«

»Höchstens achtundvierzig Stunden.«

»Gibt's Neues in Bezug auf den Fingerabdruck?«

Reacher zögerte kurz.

Er sagte: »Noch nicht.«

Der Kripochef fragte: »Warum dauert das so lange?«

»Das Ergebnis müsste bald vorliegen.«

»Ich weiß«, sagte Griesmann. »Ich vertraue Ihnen.«

21

Im Gebäude von Educational Solutions in McLean, Virginia, war es sechs Stunden früher, noch immer morgens, und Waterman und Landry arbeiteten gemeinsam daran, Wileys Vorgeschichte zu überprüfen. Sie hatten seine Personenkennziffer bei der Army, die eine moderne Version der alten Sozialversicherungsnummer war – und der Schlüssel zu vielen Datenbanken. Auffällig waren vier Festnahmen wegen Straftaten in den Achtzigerjahren in Sugar Land, Texas, südwestlich von Houston. Offenbar hatte keine zu einer Verurteilung geführt. Ein Kerl, der einmal verknackt worden war, hätte die drei anderen Straftaten nicht verüben können.

Aber wo Rauch war, gab es auch Feuer. Landry befasste sich mit den Details. Alle vier Verhaftungen waren wegen Hehlerei erfolgt. Aber die Beweise hatten nie für eine Verurteilung ausgereicht. Der Staatsanwalt hatte sich geweigert, Anklage zu erheben. Die Zeugen hatten Erinnerungslücken gehabt. Vielleicht sogar echte. Wiley, dem man nichts hatte nachweisen können, hatte Glück gehabt. Oder er war sehr subtil vorgegangen. Nach seiner letzten Festnahme fiel er fünf Jahre lang nicht mehr auf. Dann war er zur Army gegangen.

»Das sollten wir Sinclair melden«, sagte Landry. »Es bestätigt unsere Annahme. Der Kerl stiehlt Sachen und verkauft sie. Das ist sein Modus Operandi.«

Waterman sagte: »Aber Reacher behauptet, dass sie dort nichts haben, was hundert Millionen Dollar wert wäre.«

»Sie müssen etwas haben.«

»Nichts, was ein Einzeltäter stehlen könnte. Nichts Tragbares. Nichts, was Höhlenbewohner bedienen könnten.«

»Gut, dann Geheiminformationen.«

»An die ein kleiner Soldat herankommt?«

»Als guter Patriot ist er also in der Army?«

»Vielleicht hat ein Richter ihm geraten, aus der Stadt zu verschwinden und seinem Land zu dienen. Als Alternative.«

»Wozu?«

»Zu einer fünften Runde mit der Staatsanwaltschaft. Vielleicht hat Wiley sich ausgerechnet, dass er nicht ewig lange Glück haben kann.«

Landry sagte: »Er scheint aber damals nicht verhaftet worden zu sein.«

»Nicht nötig. Eine diskrete Verwarnung hätte genügt. Das war gang und gäbe.«

»Aber doch nicht in den Neunzigerjahren!«

»Vielleicht gehen in Sugar Land die Uhren anders.«

»Der Kerl hat sich mit dem Saudi-Araber getroffen. Jetzt will er sich wieder mit ihm treffen. Dafür muss es einen Grund geben.«

Neagley ging, und Reacher blieb allein in seinem Zimmer, weil Griesmann dort als Erstes anrufen würde. Daran war nicht zu zweifeln. Rein aus Höflichkeit. Kleine Kriminaler untereinander, die auf gegenseitige Gefälligkeiten hofften. Sinclair würde erst nach ihm angerufen werden. Aber das Telefon klingelte nicht. Reachers Hals juckte wie nach jedem Haarschnitt. Er entledigte sich seines neuen T-Shirts, schüttelte es aus. Dann zog er sich ganz aus, duschte nochmals und ließ dabei die Tür offen. Sein Telefon klingelte nicht. Er frottierte sich ab, zog sich wieder an und schaute aus dem Fenster. Dann setzte er sich in den grünen Samtsessel. Das Telefon klingelte noch immer nicht.

Jemand klopfte an die Tür.

Sinclair.

Größer als der Durchschnitt, aber nicht breiter.

Das Kleid, die Perlen, die Nylons, die Schuhe.

Das Gesicht und das Haar.

»Ich denke, hier wartet man am besten«, sagte sie. »Ich denke, Griesmann wird als Ersten Sie anrufen.«

Auch nicht dumm.

»Ich sollte mich bei Ihnen entschuldigen«, sagte Reacher. »Ich habe mich zweimal geirrt. Aber das war keine absichtliche Missachtung.«

Sie fragte: »Kann ich reinkommen?«

»Natürlich.«

Reacher trat zur Seite, und sie ging an ihm vorbei. Er konnte ihr Parfüm riechen. Sie sah, wo das Telefon stand, und nahm in dem Samtsessel Platz, in dem er gesessen hatte.

Sie sagte: »Ich nehme Ihnen nichts übel. Wir haben ganz bewusst Sie geholt, damit etwas vorangeht. Das bereue ich keineswegs. Aber letztlich mache ich mir Ihretwegen Sorgen.«

»Wieso meinetwegen?«

»Sie hatten recht. Wir erteilen Ihnen Aufträge – und wenn alles gut geht, beanspruchen wir den Erfolg für uns. Aber wenn es schiefgeht, stehen Sie allein da. Das muss stressig sein. Wie Ihr letzter Einsatz in Bosnien. Der kann nicht angenehm gewesen sein.«

»Doch, das war er«, entgegnete Reacher.

»Tatsächlich war es ein Doppelmord.«

»Der erste Kerl war der Kommandeur irgendeiner zusammengewürfelten ethnischen Miliz, der zweite sein Stellvertreter. Um ein Exempel zu statuieren, hatten sie einen Fußballer aus der anderen Volksgruppe festgenommen. Den Star der dortigen Mannschaft. Sie haben ihn an einen Heizkörper gefesselt und ihm mit einem Vorschlaghammer beide Beine zertrümmert. Vor allem die Knie und Knöchel. So haben sie ihn eine Stunde liegen und über seine Zukunft nachdenken lassen. Dann sind ein paar Matratzen und seine Frau und seine Tochter reingeschleppt worden. Draußen haben sie das ganze Bataillon antreten lassen. Die Kerle haben die beiden Frauen vor seinen Augen zu Tode vergewaltigt. Er hat immer wieder versucht, sich den Schädel an dem Heizkörper einzuschlagen. Aber das ist ihm nicht gelungen. Seine Frau musste fast vierundzwanzig Stunden leiden. Seine Tochter war nach fünf tot. Sie ist verblutet. Sie war acht Jahre alt. Als Erstes habe ich zwei Wochen lang Beweise gesammelt. Ich habe die Matratzen gesehen. Deshalb war es ein ziemlich gutes Gefühl, den Abzug zu betätigen. Wie ein Kerl, der den Müll nach draußen bringt. An sich vielleicht keine schöne Beschäftigung, aber danach hat man eine saubere, aufgeräumte Garage. Was sich gut anfühlt. Das steht fest.«

»Tut mir leid.«

»Was denn?«

»Dass es solche Dinge auf der Welt gibt.«

»Gewöhnen Sie sich daran«, sagte Reacher. »Alles kann nur noch schlimmer werden.«

»Ich habe eine Nachricht von Waterman bekommen. Wiley ist viermal verhaftet worden, weil er Diebesgut verkauft hat. Man hat ihm nie etwas nachweisen können. Aber Sie wissen, wie so was läuft.«

»Klasse«, sagte Reacher. »Und jetzt ist der Typ in der Army.«

»In der alles mögliche Zeug in Depots zurückströmt, weil die Frontlinie plötzlich verschwunden ist. Was dazu führt, dass die bisherigen Sicherheitsstandards aufgeweicht werden. Trotzdem halten alte Gewohnheiten sich vielleicht hartnäckig.«

»Aber was? Was stiehlt er, was verkauft er?«

Sinclair gab keine Antwort.

Das Telefon blieb stumm.

Dann wurde an die Tür geklopft.

Ein Page.

Oder genauer gesagt eine Pagin. In knapper Uniform mit kecker Pagenmütze. Aus der Hotelhalle, mit einer Sendung in der Hand. Ein weißer Umschlag. Groß. Unbeschriftet. Er enthielt anscheinend einen dicken Packen Papier. Die Größe stimmte. Auch die Steifheit.

Das Mädchen sagte: »Für Sie, Sir.«

Reacher fragte: »Von wem?«

»Der Gentleman hat seinen Namen nicht genannt.«

»Wie hat er ausgesehen?«

»Ich habe ihn selbst nur flüchtig gesehen. Wie ein normaler Amerikaner, denke ich. Ganz gewöhnlich.«

Einer von Orozcos Kerlen, dachte Reacher. Nicht Orozco selbst. Zu auffällig. Vielleicht sein Sergeant. Der beim ersten Mal seinen Wagen gefahren hatte.

Bestreitbarkeit.

Er nahm den Umschlag und sagte: »Danke.«

Die Kleine ging in Richtung Aufzug davon. Reacher riss den Umschlag auf und sah hinein. Sinclair stand neben ihm. Er konnte ihr Parfüm riechen. Er fuhr mit dem Daumen über den Packen Papier und stellte fest, dass er den Inhalt kannte. Dies war eine Kopie von Wileys Personalakte. Völlig identisch bis auf die Tatsache, dass der Kopierer eine neue Tintenpatrone gebraucht hätte. Der Druck war blass.

Horace Wiley verblassend.

Sinclair fragte: »Von wem ist das?«

»Orozco«, antwortete Reacher. »Nur er weiß, dass ich hier bin.«

»Wieso hat er Ihnen eine weitere Kopie geschickt?«

»Haben Sie Ihre über die Vereinten Stabschefs angefordert?«

»Ja.«

»Vielleicht hat Orozco irgendwie davon erfahren. Vielleicht hat er die Sache für wichtig gehalten. Panik auf der Führungsebene wegen eines Obergefreiten könnte ihm aufgefallen sein. Sie haben sich die Akte nach Hamburg schicken lassen. Vielleicht wollte er mich frühzeitig warnen. Oder mir einen Vorsprung verschaffen. Weil er weiß, dass ich selbst in Hamburg bin. Weil er nicht wissen konnte, dass ich die Akte schon kenne.«

»Bei den Vereinten Stabschefs gibt es keine undichte Stelle.«

»Dann möglicherweise in Stuttgart. Oder beim Personalamt. Orozco hat überall Freunde. Er ist sehr beliebt. Er hat ein sonniges Gemüt.«

Er ließ den Umschlag aufs Bett fallen. Sinclair blieb an seiner Seite. Sehr dicht bei ihm. Er konnte ihr Parfüm riechen. Das Kleid, die Perlen, die Schuhe. Das Gesicht und das Haar.

Das Telefon klingelte nicht.

Sie sagte: »Die Warterei macht mich nervös.«

Er schwieg.

»Ich kann mich nicht entspannen.«

Er schwieg.

»Sind Sie auch manchmal nervös?«

Ja, dachte er. *Zum Beispiel jetzt.*

»Nein«, sagte er. »Das hilft einem nicht weiter.«

»Sie haben sich die Haare schneiden lassen.«

»Wo ich auf die Idee mit Wiley gekommen bin. Der Friseur hatte ein Vorlagenblatt.«

»Der Friseur hat gut gearbeitet.«

»Das hoffe ich. Hat mich fünf Bucks gekostet.«

»Das ist billig.«

»Finden Sie?«

»Sie sollten mal zu meinem Friseur in D.C. gehen.«

Er sagte: »Ich glaube, Ihr Schnitt ist komplizierter.«

Sie schwieg.

Sah ihn nur an.

Er fragte: »Darf ich?«

Sie gab keine Antwort. Er hob eine Hand, streifte ihre Stirn mit den Fingerspitzen, vergrub seine Finger in ihrem Haar und ließ sie hindurchgleiten, wobei die Struktur abwechselnd dick und weich war, als die Wellen kamen und gingen. Er strich ihr Haar halb zurück, sodass es teils hinter ihrem Ohr fixiert war, teils frei herabhing.

Das sah gut aus.

Er nahm seine Hand weg.

Er sagte: »So wird's gekämmt, richtig?«

Sie sagte: »Jetzt auch die andere Seite.«

Er benutzte die andere Hand auf gleiche Weise, berührte ihre Stirn nur leicht, vergrub seine Finger im Haar und ließ sie hindurchgleiten. Diesmal ließ er seine Hand, wo sie war, sodass sie leicht ihren Nacken umfasste. Der schlank war. Und warm. Sie legte eine Hand flach auf seine Brust. Im ersten Augenblick hielt er das für eine Warnung. Oder ein Verbot. Ein Stoppschild. Dann wurde es zu einer Erkundung. Sie bewegte ihre Hand von links nach rechts, von oben nach unten, dann in sein Genick, wo die abgeschnittenen Haare gejuckt hatten. Sie zog ihn nach unten. Sie küssten sich, erst tastend, dann leidenschaftlicher. Ihre Zunge war kühl und langsam. Ihre Augen blieben offen. Er fand die Schieberzunge ihres Reißverschlusses. Ein tropfenförmiges kleines Metallteil. Er zog es herunter – zwischen den Schulterblättern, das Rückgrat entlang bis unter die Taille.

Ihre Lippen berührten seine, als sie fragte: »Ist das eine gute Idee?«

»Fühlt sich ziemlich gut an«, sagte er. »Bisher.«

»Ganz sicher?«

»Meiner Faustregel nach lassen solche Fragen sich am besten hinterher beantworten. Erfahrung ist Vermutungen immer überlegen.«

Sie lächelte und beugte sich leicht nach vorn, sodass ihr Kleid von den Schultern und auf den Boden glitt. Sie trug einen schwarzen Spitzen-BH und eine schwarze Strumpfhose. Und ihre Schuhe. Sie ergriff den Saum seines neuen T-Shirts und zog ihn auf den Zehenspitzen stehend über seinen Kopf. Es fiel hinter ihm zu Boden. Sie öffnete seinen Gürtel. Er streifte seine Schuhe ab. Sie tat das Gleiche. Sie zog ihre Strumpfhose aus. Darunter trug sie einen schwarzen Spitzenslip. Dünn und zart. Sie zog seine Hose herunter, und er trat aus den Beinen. Sie küssten sich wieder und stolperten zum Bett wie ein vierbeiniges Wesen. Sie stieß ihn an, sodass er auf Orozcos Umschlag fiel. Sie stieg auf ihn. Er griff hinter sie und öffnete den Verschluss ihres BHs. Sie wälzte sich zur Seite, blieb auf dem Rücken liegen und streifte ihren Slip ab. Er tat das Gleiche mit seinen Boxershorts. Sie ritt ihn wieder wie ein Cowgirl, die Hüften nach vorn geschoben, die Schultern zurückgenommen, das Gesicht angehoben, die Augen geschlossen. Seine Augen blieben offen, um den Anblick zu genießen. Sie hatte blasse, sommersprossige Haut mit einzelnen kleinen Leberflecken, kleine Brüste, einen flachen Bauch und eine klar definierte Oberschenkelmuskulatur. Sie trug weiter ihre Halskette. Die Perlen hüpften und schwangen. In der Halsgrube glänzte ein dünner Schweißfilm. Ihre Arme waren hinter dem Körper weggestreckt, die Handgelenke abgewinkelt, die Handflächen wie auf einem Luftkissen dicht über der Tagesdecke schwebend, als balancierte sie. Was sie auch tat. Sie balancierte auf einem einzigen Punkt, verlagerte ihr ganzes Gewicht darauf, schaukelte vor und zurück, bewegte sich leicht seitlich, als suchte sie das perfekte Gefühl – und fand es und verlor es und fand es wieder und bewahrte es bis zum atemlosen Finale. Wohin auch er unterwegs war. Das stand verdammt fest. Jetzt gab es kein Halten mehr. Er stieß zu, machte ein Hohlkreuz und stemmte die Hüften hoch, sodass ihre Knie in der Luft schwebten, während Stoß und Gegenstoß sich in einem Punkt vereinigten.

Danach blieb er ausgestreckt auf dem Rücken liegen, während sie sich seitlich an ihn kuschelte. Er zeichnete mit einer Fingerspitze Muster auf ihre Hüfte. Sie fragte: »Weißt du jetzt die Antworten?«

Er sagte: »Ja, ich glaube, dass das eine gute Idee war, und ja, das weiß ich sicher.«

»Keine Befehls- und Kontrollprobleme?«

»Ich dachte, ich hätte mich ziemlich gut unter Kontrolle gehabt.«

»Ich hätt's nicht tun dürfen, meine ich. Theoretisch bist du mein Untergebener.«

»Sogar dein Unterling.«

»Das stimmt wohl.«

»Und ich bin dankbar dafür.«

Er zeichnete ein Muster auf ihre Hüfte.

Mit einem Fingernagel.

Sie sagte: »Erzähl mir von Sergeant Neagley.«

Er fragte: »Was ist mit ihr?«

»Warum ist sie kein Offizier? Die Anforderungen erfüllt sie mühelos.«

»Sie will kein Offizier sein.«

»Und sie ist verrückt nach dir, aber sie will nicht mit dir schlafen.«

»Deswegen sind wir nur Freunde.«

»Was stimmt nicht mit ihr?«

»Sie leidet an Haphephobie.«

»Und das ist was?«

»Angst vor Körperkontakt. Die Army hat sie zu einem Arzt geschickt.«

»Was ist passiert? Ist sie überfallen worden?«

»Sie sagt Nein. Sie sagt, dass sie damit geboren ist.«

»Schade«, meinte Sinclair und kuschelte sich enger an ihn.

Er zeichnete ein Muster auf ihre Hüfte.

Mit einem Fingernagel.

Dann sagte er: »Augenblick, verdammt noch mal!«

Er beeilte sich, Orozcos Umschlag unter ihr hervorzuholen. Diesmal zog er die fotokopierte Personalakte ganz heraus. Unten auf der ersten Seite war Griesmanns Umschlag festgeklebt. Mit dem Fingerabdruck auf dem Türgriff im Wagen des toten Callgirls.

Sinclair sagte: »Ich glaube nicht an Zufälle.«

Reacher betrachtete den Umschlag, dann blätterte er die Akte durch. Keine Anmerkung, keine handschriftliche Notiz. Nichts von Orozco. Nur der festgeklebte Umschlag. Ein deutlicher Hinweis.

Definitiv, aber bestreitbar.

»Manchmal muss man an Zufälle glauben«, sagte Reacher. »Vor allem an kleine. Die Zahl der infrage Kommenden ist übersichtlich. Männer, die bereit sind, ihr Land für Geld zu verraten; Männer, die bereit sind, zu Nutten zu gehen; Männer, die bereit sind, eine Nutte zu ermorden. Wie ein Venn-Diagramm. Wo die Kreise sich überschneiden, gibt's nicht allzu viele Leute. Ich nehme an, dass er gefeiert hat. Der Deal war zur Hälfte abgeschlossen. Seine finanziellen Aussichten waren glänzend. Aber dann ist irgendwas aus dem Ruder gelaufen.

Jetzt liegt ein gewöhnlicher Mord vor, was für uns ein großer Vorteil ist. Jetzt kann Griesmann aus der Deckung kommen. Er kann eine Großfahndung veranlassen. Er kann jedem seiner Cops das Phantombild in die Hand drücken.«

Sinclair antwortete nicht gleich. Dann schüttelte sie den Kopf und sagte: »Nein, wir dürfen niemals zugeben, dass wir den Fingerabdruck auf seine Bitte hin überprüft haben. Das würde den Fall nur komplizieren. Immer eines nach dem anderen. Wir wollen ihn wegen der hundert Millionen Dollar. Das kommt zuerst. Das ist wichtiger.«

»Das Callgirl wäre vielleicht anderer Meinung.«

»Wir können ihn nicht zweimal hängen. Und wir dürfen nicht zulassen, dass die Deutschen ihn verhaften. Weil er uns gehört. Aber der Gerechtigkeit wird Genüge getan. Das ist diesmal ein Befehl.«

»Ja, Ma'am«, sagte Reacher.

Er steckte die Akte in den Umschlag zurück und stellte sich den Zeitablauf vor. Ein paar Straßen entfernt, im Apartment der Frau. Wiley war dort gewesen, während Neagley und er in McLean, Virginia, zu Abend gegessen hatten. *Von allen Diners dieser Welt …* Er streckte sich wieder aus, zog Sinclair halb auf sich und legte eine Hand auf die Rückseite ihres Oberschenkels.

Sie fragte: »Schon?«

Er sagte: »Ich bin jünger als du.«

Das Telefon klingelte.

Griesmann mit einem Zwischenbericht. Reacher schaltete den Lautsprecher ein. Griesmann fragte nach dem Fingerabdruck. Reacher sagte, er habe noch keine Nachricht. Sinclair sah weg. Griesmann sagte, von der Überwachung gebe es nicht viel zu berichten. Wiley hatte sich bisher nicht in der Bar blicken lassen. Was das sichere Haus betraf, hatte ein Paketbote eine Sendung zugestellt. Ansonsten hatte niemand das Haus betreten oder verlassen – außer einer jungen Frau, anscheinend eine Tochter der türkischen oder italienischen Familie. Sie war Anfang zwanzig, mit dunklem Teint und rabenschwarzem Haar. Bildhübsch, sagte Griesmann, der damit seine Männer zitierte. Weil sonst nichts passierte, hatte ihr Anblick sie etwas aufgemuntert. Sie würden vorerst auf ihren Posten bleiben, bis sie abends ihr Netz ausdünnen mussten, weil es kaum noch Parkplätze geben würde, wenn die berufstätigen Anwohner nach Hause kamen.

Sinclair sagte: »Der letzte Treff hat spätnachmittags stattgefunden. Ungefähr um diese Zeit.«

»Augenblick, verdammt noch mal!«, sagte Reacher. »Wie war das mit der Lampe im Fenster? Im Prinzip ist alles gleich, aber doch anders? Scheiße, wir haben's versiebt! Der Kurier ist diesmal kein Mann, sondern eine Frau. Wir haben uns reinlegen lassen! Wir verpassen den Treff. Der findet in diesem Augenblick statt.«

22

Reacher wollte, dass Griesmann sofort alle verfügbaren Wagen für die Verfolgung der bildhübschen Schwarzhaarigen einsetzte, aber Sinclair forderte den Kripochef auf, noch zu warten. Zu Reacher sagte sie: »Das ist nur eine Vermutung. Sie könnte eine Türkin oder Italienerin sein. Würden diese Leute überhaupt Frauen einsetzen?«

»Ich war in Israel«, erklärte Reacher. »Diese Leute setzen ständig Frauen ein.«

»Du spielst.«

»Und bisher gewinne ich. Sieh mich nur jetzt an.«

Sinclair zögerte kurz.

Dann sagte sie zu Griesmann: »Lassen Sie einen Wagen bei dem sicheren Haus. Alle anderen sollen losfahren.«

Auf ihrem Weg zu dem Treff in einem Klub auf der Reeperbahn ging die neue Kurierin erst nach Süden, dann wandte sie sich nach Westen, um zwischen Binnen- und Außenalster hindurch von St. Georg nach St. Pauli zu gelangen. Sie hatte diese Strecke viele Male in ihrer Fantasie zurückgelegt und sich die Route anhand der Schilderungen anderer eingeprägt. Die Beschreibung der optischen Eindrücke und der Geräusche und Gerüche war so lebhaft gewesen, dass die Realität dagegen fast verblasste. Sie war gewarnt worden, dass Wiley vorsätzlich einen Treffpunkt wählen würde, der Gläubige in Verlegenheit bringen könnte. Genauer gesagt einen Mann. Mit einer Frau würde er nicht rechnen. Er hatte eine gemeine, boshafte Ader. Und er wollte stets zwei von drei Dingen: Alkohol, Frauen und Hass. Diesmal würde es auf die beiden ersten hinauslaufen, rechnete sie sich nach allem aus, was sie über die Reeperbahn gehört hatte. Girls und Alkohol. Aber sie würde es ertragen. Große Kämpfe erforderten große Opfer. Und sie kam aus den Stammesgebieten. Sie hatte bestimmt schon Schlimmeres gesehen.

Reacher rief Griesmann noch mal an, um zu fragen, ob die hübsche Schwarzhaarige in der Nähe der Bar gesehen worden sei. Die Antwort lautete Nein. Auch Wiley nicht. Nirgends eine Spur von ihm. Reacher sagte: »Okay, sie treffen sich woanders. Lassen Sie auch diese Leute mitsuchen.«

Diesmal nickte Sinclair nur.

Griesmann sagte: »Aber sie haben die junge Frau nicht gesehen.«

»Unwichtig«, meinte Reacher. »Sie haben die Phantomzeichnung von Wiley. Finden wir den einen, haben wir auch die andere.«

Die neue Kurierin bog nach links auf die Reeperbahn ab und wurde mit allen Lichtern, allen Geräuschen konfrontiert, die sie erwartete. Blitzend und blinkend, blendend, dröhnend, wummernd und schrill dissonant. Diesmal übertraf die Realität, was sie sich vorgestellt hatte. Sie atmete tief durch und ging weiter. Sie wusste den Namen des Klubs, den sie suchte. Gewissermaßen. Sie hatte sich das Schriftbild seines Namens eingeprägt. Sie wusste, dass im Fenster neben dem Eingang ein Foto von einer nackten Frau mit einem Schäferhund hing. Und dass es drinnen nach Bier riechen würde. Sie war gewarnt worden, dass sie Dinge sehen müsste, die ihre Augen beleidigen würden.

In der Ferne war das Heulen von Polizeisirenen zu hören. Sie ging langsamer, fühlte sich plötzlich unsicher. Viele Lokale hatten die gleiche Buchstabenfolge in ihrem Namen. Die gleichen Formen. Immer als Endung, oftmals wiederholt. Dann begriff sie plötzlich. Zu jedem dieser Klubs führte eine Treppe hinunter. In Räume unter der Erde. Also bedeutete *Keller* eine unterirdische Höhle.

Sie ging weiter und fand den Klub, den sie suchte. Sein Eingang war rot angestrahlt. Eine zwischen zwei Häusern eingeklemmte schmale Tür, daneben ein schmales Fenster. Ein kleiner Eingangsbereich, dahinter eine Treppe. Im Fenster hing wie angekündigt ein Foto. Es war von langen Stunden im Tageslicht ausgebleicht und zeigte eine auf dem Rücken liegende nackte Frau, über der ein großer Hund so kauerte, dass seine Hinterläufe sich über ihrem Gesicht befanden. Sie hatte seine Rute im Mund. Keine große Sache. Nicht für jemanden aus den Stammesgebieten. Die Kurierin kannte solche Szenen. Meist Jungen mit Männern, auf Befehl, oder manchmal Ziegen.

Sie stieß die Tür auf und trat ein. Ein scharfer chemischer Geruch. Astringierend. So hatte es auf der Flughafentoilette auch gerochen. An der Treppe saß ein großer Kerl auf einem Hocker. Männer mussten bei ihm zahlen, aber Frauen nicht. Das nannte sich »Gedeck«. Sie war unterwiesen worden. Sie lächelte ihm schüchtern zu und stieg die enge Treppe hinunter. Unten erwarteten sie blaues Licht und Lärm. Wummernde Musik, Stimmengewirr, das Poltern schwerer Bierkrüge auf Holztischen.

Sie trat in das Kellerlokal. An seiner Rückwand befand sich eine beleuchtete Bühne. Eine nackte Frau war zusammengekrümmt, hatte Sex mit einem Esel. Der Esel lag in einer Art Hängematte, damit sein Gewicht nicht auf dem Rücken der Frau lastete. Der Raum war voller Männer, die sich alle hochreckten und sich die Hälse verrenkten. Sie plärrten und grunzten im Takt zu den verwirrten Stößen des Esels. Sie sah Wiley im hinteren Drittel des Lokals allein an einem Tisch sitzen. Sie hatte sich sein Gesicht eingeprägt. Vor ihm stand ein hohes Glas mit einer goldgelben Flüssigkeit. Es war halb leer. Bier, vermutete sie.

Sie stand still. Männer starrten sie an. Sie trug schwarze Jeans und ihr zwei Knöpfe weit offenes Expeditionshemd. Sie ignorierte die Blicke und schlängelte sich zwischen den Tischen hindurch. Dann waren Hufschläge zu hören, als der Esel fertig war und sich aus der Hängematte befreite. Überall um sie herum johlten und klatschten Männer. Die nackte Frau richtete sich auf, winkte ihnen dankend zu.

In Reachers Zimmer hörten sie das Telefon nebenan in Sinclairs Zimmer klingeln. Dann verstummte es, und Reachers Telefon begann zu läuten. Der Anrufer war Bishop aus dem Generalkonsulat. Der CIA-Stationsleiter. Er wollte Sinclair sprechen.

Sie schaltete den Lautsprecher ein, und er sagte: »Eben hat der Iraner angerufen. Wegen der Lampe in seinem Fenster. Der Kurier ist eine Frau, und sie ist gegenwärtig unterwegs.«

»Wir sind schon an ihr dran«, teilte Sinclair ihm mit.

»Aber nur theoretisch«, sagte Reacher. »Die Sache ist aussichtslos. Kann nicht funktionieren. Griesmanns Leute haben maximal eine Stunde Zeit. Zwölf Wagen in einer Großstadt. Keine Chance. Wir sollten gleich zu Plan B übergehen.«

»Und der wäre?«, fragte Bishop.

»Wir beordern Griesmanns Männer zu dem sicheren Haus und schnappen uns die Kurierin, wenn sie zurückkommt. Wir schlagen zu, sobald sie identifiziert ist. Vielleicht erzählt sie uns, wo sie war. Vielleicht hält sich Wiley noch eine Zeit lang dort auf. Letztes Mal ist er länger geblieben. Ungefähr eine halbe Stunde, wie Klopp ausgesagt hat. Wer weiß, vielleicht hält er das für sicherer.«

»Sie erzählt uns nichts.«

»Wir fragen sie freundlich.«

»Aber dann ist der Iraner verbrannt.«

»Können Sie ihn rausholen?«

»Heute Abend?«

»Gleich jetzt. Das müssen Sie geübt haben.«

»Das müsste ich mit Mr. Ratcliffe vom NSC besprechen.«

Sinclair sagte: »Da haben Sie verdammt recht! Das müssten wir alle.«

Reacher sagte: »Wir brauchen eine Entscheidung.«

Sinclair sagte: »Die bekommen wir nicht binnen einer halben Stunde. Aber wir haben noch einen Wagen vor dem Haus. Wir sehen, wann sie für die Nacht zurückkommt. So haben wir stundenlang Zeit.«

»Das ist nur die halbe Miete. Wiley geht uns durch die Lappen.«

»Nur dieses Mal. Aber sie müssen einen weiteren Treff vereinbart haben. Hier wird hin und her verhandelt. Vielleicht sagt sie uns, wo und wann.«

»Besser wär's, sie jetzt hochzunehmen. Sie glaubt, ihr Auftrag sei ausgeführt. Ihr High klingt allmählich ab. Ihr Adrenalinspiegel ist niedrig. Morgen früh ist sie tapferer.«

Bishop sagte: »Ich rufe Ratcliffe an.« Er legte knackend auf.

Die neue Kurierin spürte, wie ein Mann ihr Bein und ein anderer ihr Gesäß berührte, aber sie ignorierte beide und bahnte sich ihren Weg durch die Menge. Sie fragte sich, ob sie für eine Angestellte des Klubs gehalten wurde. Sie bemerkte, dass Wiley sie ebenfalls anstarrte. Ein freimütiger, interessierter Blick. Vielleicht hielt auch er sie für eine Angestellte. Sie trat an ihn heran, beugte sich zu ihm, damit er sie trotz des Lärms hören konnte, und sagte in sorgfältig eingeübtem Englisch: »Ich überbringe Grüße von Ihren Freunden im Osten. Der Regionalflughafen Sugar Land liegt fünfundzwanzig Meter über dem Meeresspiegel.«

Wiley sagte: »Na, wenn das keine Überraschung ist!«

Sie fragte unsicher: »Sir?«

»Sie haben eine Frau geschickt.«

»Ja, Sir, das haben sie getan.«

»Und du sprichst Englisch.«

»Ja, Sir, das tue ich.«

Dann fragte Wiley plötzlich: »Wieso? Warum haben sie eine Frau geschickt? Sagen sie Nein?«

»Nein, Sir, das ist nicht die Antwort, die ich überbringen soll.«

»Wie lautet sie dann?«

»Die Antwort lautet: Wir akzeptieren Ihren Preis.«

»Sag das noch mal.«

»Wir akzeptieren Ihren Preis.«

»Was, den vollen Preis?«

»Sir, ich darf nur wissen, dass wir den Preis akzeptieren.«

Wiley schloss die Augen. *Größer als Rhode Island. Aus dem Weltall sichtbar.* Auch seine neuen Schweizer Freunde würden entzückt sein. Er hatte ihnen nur die Hälfte dieses Betrags avisiert. Hatte nie erwartet, alles zu bekommen. Nun würde er viel übrig behalten. Ein beträchtliches Vermögen. Er würde ein Portfolio besitzen. Kerle in Anzügen würden ihn anrufen.

Er öffnete die Augen.

Er fragte: »Wann?«

Die Kurierin sagte: »Soviel ich weiß, ist ein Liefertermin vereinbart. Ihre Freunde im Osten erwarten, dass Sie ihn einhalten.«

»Kein Problem«, sagte Wiley. »Der Termin steht.«

»Dann ist das die Antwort, die ich mitnehme.«

»Sag ihnen, dass es ein Vergnügen ist, mit ihnen Geschäfte zu machen. Und sag ihnen meinen Dank für das zusätzliche Geschenk. Sehr großzügig.«

Sie sagte wieder unsicher: »Sir, ich habe nichts mitgebracht.«

»Du hast dich mitgebracht«, sagte Wiley. »Du bist das Geschenk. Richtig? Ich meine, überleg doch mal selbst. Wozu hätten sie sonst ein Girl die gute Nachricht überbringen lassen? Du bist der Zuckerguss auf der Torte. Wie man eine Flasche Scotch kriegt, wenn man ein Auto kauft.«

»Das verstehe ich nicht.«

»Gefällt dir dieser Klub?«

Auf der Bühne lag eine nackte Frau auf einer Plastikplane. Drei Männer urinierten ihr ins Gesicht.

Die Kurierin sagte: »Er scheint sehr beliebt zu sein.«

»Wir könnten in ein Hotel gehen.«

Sie war unterwiesen worden.

Sie sagte: »Sir, dies ist eine geschäftliche Vereinbarung. Sie kann erst in Kraft treten, wenn ich heil und gesund wieder zu Hause bin.«

»Okay«, meinte Wiley. »Ich verstehe. Aber du musst mir ein bisschen geben. Wir sind Freunde. Wir feiern hier. Ich gebe euch Leuten etwas, das ihr noch nie hattet. Einen Knopf weiter.«

»Was?«

»An deinem Hemd. Gleich hier. Wie ein Unterpfand. Um den Deal zu besiegeln.«

Große Kämpfe erforderten große Opfer. Und der Preis war nicht hoch, fand sie. Der Raum war ziemlich dunkel. Niemand beachtete sie. Alle starrten nur auf die Bühne. Sie öffnete den dritten Knopf. Sie zog das Hemd vorn etwas auseinander. Wiley sah hinein und lächelte.

Er sagte: »Ich wusste, dass ich's schaffen würde, dich dazu zu bringen.«

Sie ließ ihn sitzen, drängte sich durch die Menge, ignorierte die grapschenden Hände, ging an dem Türsteher auf seinem Hocker vorbei und trat auf die Straße, wo sie nach zwanzig Schritten stehen blieb und ein Taxi anhielt. Sie ließ sich auf den Rücksitz sinken und sagte in sorgfältig eingeübtem Deutsch: »Bitte zum Flughafen. Internationale Abflüge.«

23

In einem anderen Klub, in einem anderen Stadtteil, saßen zwei Männer beim Abendessen. Der Raum war klein, aber mit Eichenholz getäfelt. Die Tische standen ziemlich eng beieinander, aber sie waren weiß gedeckt. Hier wurde weit mehr Wein als Bier getrunken. Das heutige Tagesgericht waren

Lammkoteletts. Einer der Männer importierte Schuhe aus Brasilien. Er war eine füllige Gestalt von etwa vierzig Jahren, mit blondem Haar, das schon grau wurde, und rotem Gesicht, das ebenfalls ins Graue tendierte. Er hieß Dremmler und trug einen Zweireiher mit spitz zulaufenden Revers.

Der andere Mann sah ähnlich aus. Mitte vierzig, massig, etwas rotgesichtiger, nicht ganz so grau. Auch er trug einen Anzug: Konfektion von der Stange, aber nicht billig.

Er hieß Müller und war Polizeikommissar.

Dremmler sagte: »Eines unserer Mitglieder ist ein gewisser Helmut Klopp. Er hat gesehen, wie ein Araber mit einem Ami gesprochen hat, und Meldung erstattet. Raten Sie mal, was passiert ist?«

Müller sagte: »Vermutlich nichts.«

»Zwei verdeckte Ermittler sind aus Amerika rübergekommen. In größter Eile. Ihr Kripochef ist ihnen hinten reingekrochen.«

»Griesmann?«

»Also hat Klopp offenbar ein sehr wichtiges Treffen beobachtet. Sie haben ihn stundenlang ausgequetscht. Er sagt, dass sie ihm zweihundert Fotos vorgelegt haben, aber er hat keines erkannt. Daraufhin haben sie nach seiner Beschreibung ein Phantombild zeichnen lassen.«

»Ziemlich viel Aufwand.«

»Genau«, sagte Dremmler. »Folglich läuft da etwas, das für die Amis sehr wichtig ist. Einer der ihren redet mit einem Araber. Wir wüssten gern, worüber. Hat einer etwas zu verkaufen, das der andere kaufen will? Sie müssen rauskriegen, was Griesmann darüber aufgeschrieben hat.«

»Wieso?«, fragte Müller. »Warum sollen wir Griesmann oder den Amis helfen?«

»Damit helfen wir uns selbst«, antwortete Dremmler. »Verstehen Sie das nicht? Wir könnten zwischen die Fronten geraten. Voraussichtlich fließt Geld in eine Richtung, und aus der anderen wird etwas geliefert. Eins davon könnten wir brauchen. Oder beides. Und wir hätten eine bessere Verwendung dafür als sie. Schon ein Teil davon würde uns helfen, unsere Sache zu propagieren. Sie kämpfen für ihre Sache, wir für unsere. Möge der Bessere gewinnen!«

»Wir planen einen Raub, eine Entführung?«

»Wir sollten zumindest darüber nachdenken.«

»Okay«, sagte Müller. »Ich sehe zu, was sich finden lässt.«

Ein Ober in kurzer weißer Jacke trug ihre leeren Teller ab.

Dremmler sagte: »Und noch etwas.«

»Ja?«, fragte Müller.

»Wir haben vier Jugendmitglieder, die vor einer Bar zusammengeschlagen worden sind. Sie sind ziemlich schwer verletzt. Sie sagen, der Angreifer sei ein riesiger Kerl gewesen. Ein Ami mit Besatzermentalität. In Begleitung einer schwarzhaarigen Frau.«

»Und?«

»Laut Helmut Klopp waren das die verdeckten Ermittler aus Amerika. Die Personenbeschreibungen stimmen genau überein.«

»Okay.«

»So etwas können wir nicht straflos durchgehen lassen. Klopp sagt, dass der Mann Reacher heißt – und die Frau Neagley. Ich wüsste gern, wo sie zu finden sind. Ihr Kripochef weiß bestimmt, in welchem Hotel sie wohnen. Ich möchte, dass Sie nachsehen, ob er sich etwas notiert hat.«

»Okay«, wiederholte Müller. »Ich sehe zu, was sich finden lässt.«

In Hamburg war es kurz vor zweiundzwanzig Uhr, als Ratcliffe den Plan B genehmigte. Um dreiundzwanzig Uhr gab Reacher ihn auf. Die Kurierin war nicht ins Haus zurückgekommen. Das hatte sie nie vorgehabt. So viel war jetzt klar. Griesmann sagte, sie könne Hamburg in den letzten Stunden mit einem von über zwanzig internationalen Flügen verlassen haben. Oder mit dem Auto nach Amsterdam gefahren sein. Oder mit dem Zug nach Paris. Oder sich in Hamburg in einem weiteren sicheren Haus aufhalten, was ein neuer Albtraum gewesen wäre.

Reacher und Sinclair befanden sich – längst geduscht und wieder angezogen – in Sinclairs Zimmer. Neagley war auch da. Sie hatten ihr das ganze betrübliche Chaos geschildert. Die übersehenen Hinweise, die falschen Annahmen, die verspäteten Schlussfolgerungen. Woraus unweigerlich eine Debatte über die nächsten Schritte folgte. In der unweigerlich über den Fingerabdruck diskutiert wurde. Sinclair sagte: »Der sechste Verfassungszusatz gibt Wiley ein Recht auf einen schnellen Prozess wegen Mordes. Den er nicht bekäme, weil wir ihn jahrelang wegen dieser anderen Sache inhaftieren würden. Und wir können ihn nicht erst den Deutschen überlassen, weil wir ihn dann vielleicht nie zurückkriegen.«

Neagley sagte: »Darüber könnten wir zuvor verhandeln.«

»Wir dürfen nicht in die Lage geraten, dass wir die Deutschen um Erlaubnis fragen müssen, bevor wir unsere Sicherheit schützen, wie wir's für richtig halten.«

»Das würde uns tatsächlich einengen.«

Sinclair fragte: »Reacher?«

Er antwortete: »Die Chancen stehen fifty-fifty, glaube ich. Eine Durchsuchung der Stadt wäre Zeitverschwendung. Selbst wenn sie täglich tausend Leute überprüfen könnten, würde es fast fünf Jahre dauern, die gesamte Einwohnerschaft zu kontrollieren. Aber es gibt Unterlagen, die nützlich sein könnten. Wiley ist vor vier Monaten hergezogen. Das wissen wir sicher. Er muss eine Wohnung gemietet haben, denn er hat die Nutte in keinem Hotelzimmer, sondern in ihrem Apartment ermordet. Also wohnt er irgendwo zur Miete. Unter einem neuen Namen, vermutlich einem deutschen, der in seinem neuen deutschen Pass steht. Er muss Rechnungen für Strom, Wasser, Telefon und so weiter zahlen. Wir haben keinen Zugang zu diesen Datenbanken, aber da könnte Griesmann uns helfen.«

»Ja oder nein?«

»Ich bin voreingenommen«, meinte Reacher. »Ich bin dem Mann etwas schuldig.«

»Er hat nichts für Sie getan. Er hat Wiley nicht gefunden – und die Kurierin auch nicht.

»Er hat's versucht.«

»Was halten Sie von Mr. Bishop vom Konsulat?«

»Dem Stationsleiter?«

»Dem CIA-Veteran.«

»Für einen alten Mann ist er nicht schlecht.«

»Unsere älteren Leute, die Deutsch sprechen, haben noch eine andere Ausbildung genossen. Für Einsätze im Osten, nicht im zivilisierten Westen. Sie wüssten am liebsten alles über alle. Um Agenten anwerben zu können, für Erpressungsversuche und um lokale Entwicklungen besser zu verstehen. Sie führen umfangreiche Akten, die teils inoffiziell sind.«

»Und?«

»Kriminaldirektor Griesmann war vor ungefähr einem Jahr Kunde des ermordeten Callgirls. Viermal. Das wissen wir bestimmt. Er hat eine Versicherung ausbezahlt bekommen und das Geld verjubelt. Deshalb vermute ich, dass er den Fall möglichst rasch abschließen will, bevor jemand zu intensiv nachforscht. Ich vermute, dass sein edles Streben nach Gerechtigkeit doch nicht ganz so edel ist.«

Reacher machte eine kurze Pause.

»Okay«, sagte er.

»Also ja oder nein?«

»Wiley kommt trotzdem mit einem Mord davon.«

»Wir können ihn nicht zweimal hängen.«

Reacher überlegte erneut.

Dann sagte er: »Griesmann war dumm.«

»Ein Sklave seiner Triebe«, sagte Sinclair. »Das kommt vor.«

»Er war aus einem Grund dumm, den Sie erst in fünf Sekunden erkennen werden. Nur weil Sie ein netterer Mensch sind als ich.«

Sinclair gab keine Antwort.

Dann sagte sie: »Oh.«

Reacher nickte. »Wir können die Sache mit dem Fingerabdruck völlig ausklammern. Wir sind auf keinen Tauschhandel angewiesen. Wir können bekommen, was wir wollen, indem wir den Mann erpressen.«

»Hoffentlich«, sagte Sinclair.

»Nur wollen wir das nicht tun. Jedenfalls vorerst nicht, okay? Wiley befindet sich als Soldat, der sich unerlaubt von der Truppe entfernt hat, in derselben Stadt wie ich. Das ist wie Geld auf der Bank.«

»Wie viel Zeit könnte Griesmann uns sparen?«

»Ihn möchte ich mir für den Notfall aufheben. Ich will keine Datenbanken durchforsten. Es gibt eine andere Methode. Auch ich habe die alte Ausbildung genossen. Griesmanns Seitensprung spielt also noch keine Rolle. Im Augenblick kann er nichts für uns tun.«

»Sagen Sie das, weil Sie ihm etwas schuldig sind?«

»Das sage ich, weil's wahr ist.«

»Woraus besteht die andere Methode?«

»Wir machen uns mit dem Kerl vertraut. Wir spüren ihn von innen her auf.«

Neagley besaß inzwischen eine Kopie der Akte, die nach Wileys unerlaubter Entfernung von der Truppe angelegt worden war, deshalb gingen Reacher und sie in ihr Zimmer, um sie durchzulesen. Die physische Chronologie war sehr einfach. Wiley war von einem dreitägigen Urlaub nicht zurückgekommen und nie wieder gesehen worden. Wohin er im Urlaub wollte, hatte er seinen Kameraden nicht erzählt. Vielleicht nach Frankfurt, wo es wegen der Messe reichlich Nutten gab, die als raffiniert galten. Mochte Wiley Nutten? Nicht mehr als jeder andere, lautete die Antwort.

Dann kamen die Hintergrundfragen, die ein Bild des Mannes entwerfen sollten. Hobbys, Interessen, Vorlieben, Themen, über die er redete. Als geborener Texaner sprach er gelegentlich über Rinderzucht. Er war stolz auf seine Heimatstadt. Manchmal regte er sich auf und sagte Dinge, die er später zu bereuen schien. Bei anderen Gelegenheiten war er der große Schweiger. Einmal hatte er erzählt, er sei nur zur Army gegangen, weil ein Onkel ihm Storys über Davy Crockett erzählt habe. Er trank lieber Bier als harte Getränke, war Nichtraucher. Er war ledig und hatte nie von einer Freundin daheim gesprochen. Laut eigener Aussage fühlte er sich in seiner Einheit sauwohl. Er mochte seinen Job und schien ihn bewusst angestrebt zu haben.

»Verrückt«, sagte Neagley. »Wer sich unerlaubt von der Truppe entfernt, fühlt sich dort meist nicht sauwohl. Das ist sozusagen der springende Punkt.«

Reacher fragte: »Und wer würde zu einer Chaparral-Batterie an einer ehemaligen Front wollen? Der Kerl ist noch immer Obergefreiter. Und bleibt es ewig. Das muss er gewusst haben.«

»War Davy Crockett überhaupt in der Army?«

»Nicht in dieser Army. In der Miliz im Lawrence County in Tennessee. Und er hat natürlich in der Schlacht von Alamo mitgekämpft. Gewiss eine heldenhafte Story, aber belagert und zahlenmäßig weit unterlegen zu fallen, ist keine Ruhmestat, an der unsere Rekruten sich orientieren sollen.«

»Wir sollten den Onkel finden. Vielleicht halten sie enge Verbindung.«

»Glaubst du, dass Wiley ihm Ansichtskarten schickt?«

»Vielleicht hat er ihm etwas erzählt. Anscheinend neigt er zu unbedachten Äußerungen, die er später bereut. Vielleicht hat er deshalb das Callgirl ermordet. So was kommt vor. Kerle geben damit an, was sie tun, weil sie sich im Augenblick gut fühlen.«

»Okay«, sagte Reacher. »Versuch den Onkel zu finden. Und seine Vorgesetzten von vor drei Jahren. Grundausbildung, dann Fort Sill. Wollte er wirklich nach Deutschland? War das ein Ziel, das er angestrebt hat? Das würde mich umdenken lassen. Dann sähe die ganze Sache geplant, nicht mehr nur opportunistisch aus.«

»Drei Jahre wären eine sehr lange Vorbereitungszeit.«

»Aber lohnend, wenn hundert Millionen Dollar winken.«

»Wir haben nichts, was hundert Millionen wert ist.«

»Häng dich ans Telefon«, sagte Reacher. »Ich komme später wieder vorbei.«

»Wo gehst du hin?«

»Spazieren.«

»Mir ist aufgefallen, dass Dr. Sinclair heute Abend viel entspannter wirkte.«

»Findest du?«

»Sie hat förmlich geleuchtet.«

»Vielleicht macht sie Yoga.«

»Oder Tiefenatmung.«

Reacher sagte nichts.

Der Mann namens Müller fuhr zum Polizeipräsidium zurück. Dort arbeitete er. Er war der zweite Mann der Verkehrsdirektion. Keine ideale Voraussetzung, um ins Dienstzimmer von Kripochef Griesmann zu gelangen, aber nachts war in dem Gebäude wenig los. In Griesmanns Etage gab es geräumige Büros mit Vorzimmern für die Sekretärinnen. Um diese Zeit war dort längst niemand mehr. Alle Chefs bearbeiteten im Prinzip nur Akten. Sie erzeugten eine Menge Schriftgut, das ihre Sekretärinnen einordneten – einmal mittags und dann wieder als Erstes bei Dienstbeginn.

Der Eingangskorb von Griesmanns Sekretärin quoll fast über.

Kommissar Müller war nicht tapfer, aber ein loyaler Kollege. Er vereinbarte einen Deal mit sich selbst. Er würde lesen, was in dem Drahtkorb lag, aber nicht Griesmanns Schreibtisch durchsuchen. Ein vernünftiger Kompromiss. Alle Vernünftigen in der Bewegung hätten ihm darin zugestimmt. Informationen waren wichtig, aber noch wichtiger war es, jemanden auf höchster Führungsebene zu haben. Oder gleich darunter.

Er schob den Papierstapel zusammen und nahm ihn mit: den Korridor entlang zur Feuertreppe, die Treppe hinunter zu seiner eigenen Etage, seinem eigenen Korridor und seinem eigenen Dienstzimmer.

Neagley rief Landry in McLean, Virginia, an und fragte ihn nach Wileys Familie. Speziell nach den Onkeln. Besonders nach einem, der vielleicht in der Nähe wohnte und Einfluss auf den Heranwachsenden gehabt hatte.

Landry sagte: »Wiley hat keinen Onkel.«

»Bestimmt nicht?«

»Beide Eltern waren Einzelkinder.«

»Großonkel?«

»Muss ich nachsehen.«

»Was gibt's über die Ehe der Eltern zu sagen?«

»Der Vater ist frühzeitig abgehauen und hat sich nie mehr blicken lassen. Die Mutter hat Wiley allein aufgezogen. Keine Geschwister, nur die beiden.«

»Hatte die Mutter später einen Freund? Vielleicht hat der Junge ihn Onkel genannt.«

»Könnte einer nach dem anderen gewesen sein. Könnten viele Onkel gewesen sein.«

»Lässt sich das überprüfen?«

»Wir müssten die Mutter finden und ein paar Agenten zu ihr schicken. Solche Dinge lassen sich nur persönlich besprechen. Das dauert seine Zeit. Alte Freunde stehen nicht in Datenbanken. Und mit manchen verbinden sich unglückliche Erinnerungen.«

»Vielleicht lohnt es sich doch. Wenn die Großonkel keine Treffer sind.«

»Könnte tagelang dauern. Ihr hattet den Kerl fast!«

»Er ist noch hier.«

Neagley beendete das Gespräch und suchte aus den Protokollen den Namen des Mannes heraus, der Wileys Onkel erwähnt hatte. Dann rief sie die MPs in Frankfurt an und veranlasste, dass sie den Mann erneut befragten, um nähere Einzelheiten zu erfahren. Als Nächstes sah sie in Wileys Personalakte nach, welche Kommandeure ihn ursprünglich beurteilt hatten. Erst Fort Benning, dann Fort Sill. Sie rief einen Freund im Personalamt an. Der Kerl aus Benning war nach Bragg versetzt worden. Der Kerl aus Sill war auch nach drei Jahren noch in Oklahoma. Sie ließ sich die Telefonnummern geben und begann zu wählen.

Müller überflog ein Blatt Papier nach dem anderen. Griesmanns Produktivität war erstaunlich. Das meiste Zeug war Scheiß, mit dem er sich rückversicherte. Belangloses Zeug von unten, das nach oben weitergereicht wurde. Das übliche Verfahren. Das machten alle. Keiner wollte, dass irgendwas bei ihm liegen blieb. Keiner wollte bei internen Ermittlungen sagen müssen: »Ja, ich habe entschieden, das nicht weiterzugeben. Deshalb ist alles meine Schuld.«

Es gab Routineberichte für alle nur denkbaren Fälle. Mit denen konnte Müller nichts anfangen. Bis fünf Seiten von Helmut Klopp handelten. Eine Befragung. Viele Fotos. Diskussionen mit der Dolmetscherin. Keine Kenntnis davon, was in der Bar gesprochen worden war. Die US-Ermittler als Reacher und Neagley identifiziert. Aber das war alles. Kein Wort über ihr Hotel. Übernachteten sie vielleicht im Generalkonsulat? Wohl eher nicht. Sie waren keine CIA-Agenten. Also doch in einem Hotel? Davon war nirgends die Rede.

Er blätterte weiter. Ungefährlich, solange er wenig Licht machte und seine Tür geschlossen ließ. Ein unerwarteter Besucher würde anklopfen. Oder zumindest seinen Namen rufen. Allerdings rechnete er nicht mit Besuch. Es war schon spät, und um diese Zeit war es in dem Gebäude still. Wenig später kam er zu einem Zwischenbericht über eine Überwachungsaktion, die kürzlich stattgefunden hatte. Sogar an diesem Abend. Die Überwachung war vergebens gewesen. Darüber hatte man Reacher in seinem Hotel benachrichtigt. Was bedeutete, dass die Hamburger Polizei fürs amerikanische Militär tätig geworden war.

Interessant.

Reachers Hotel wurde nicht genannt, aber die Telefonnummer, die Griesmann angerufen hatte, war verzeichnet. Die Verkehrspolizei konnte auf ein Telefonbuch mit Rückwärtssuche zugreifen, deshalb fuhr Müller seinen Computer hoch und gab die Nummer ein.

Und erhielt den Namen des Hotels angezeigt.

Er kannte es zufällig gut. Ein elegantes kleines Hotel in einem guten, aber nicht dem besten Stadtviertel. Sein Direktor rief manchmal an, um sich darüber zu beschweren, dass Anwohner direkt vor dem Hotel parkten. Weil das die Anfahrt der Gäste behinderte. Müller hatte die dortige Situation zweimal selbst besichtigt. Aber er hatte nichts tun können. Das Ordnungsamt hätte zwei Jahre gebraucht, um dort ein Parkverbot zu erlassen. Und die städtischen Juristen hätten vermutlich Einspruch erhoben. Was wäre, wenn alle kleinen Hotels solche Sonderregelungen verlangen würden? Chaos. Die großen Häuser machten schon genug Schwierigkeiten.

Müller griff nach dem Telefonhörer und rief Dremmler zu Hause an.

24

Reacher machte einen Bogen um den livrierten Portier und betrat den Bürgersteig. In Hamburg war es kurz vor Mitternacht. Die Straßen wurden von Lampen auf Masten und dem sanften Licht von nachts nur schwach brennenden Schaufensterbeleuchtungen erhellt. Er beschrieb eine Acht um zwei Straßenblocks, ohne jemanden hinter sich zu sehen. Oder vor sich. Oder in den Schatten. Nur eine routinemäßige Vorsichtsmaßnahme. Alte Gewohnheit. Er war fünfunddreißig und lebte noch. Das musste irgendwas bedeuten.

Er fand die Straße mit der Bar, in der Klopp Wiley zum ersten Mal gesehen hatte. In der Billy Bob und Jimmy Lee gestohlene Barettas verkauft hatten. In der es deutsche Ausweise zu kaufen gab. Er machte fünfzig Meter davor halt und nahm die Bar aus dieser Entfernung in Augenschein. Das Erdgeschoss des Gebäudes, den Eingang in der Mitte, die glänzend lackierte Holzverkleidung. Die kleinen Fenster mit ihren Spitzengardinen und den Papierfähnchen. Hinter den Fenstern brannte gelbliches Licht. Nachts wirkte es warm und einladend.

Reacher überquerte die Straße und betrat die Bar. Drinnen war es rauchig und laut. Selbst um diese Zeit hielten sich noch schätzungsweise sechzig Gäste auf, hauptsächlich Männer, die jeweils zu dritt oder viert private Kleingruppen bildeten. Manche saßen an Tischen, aber die meisten standen räumlich eng beieinander. Auch die Polsterbänke unter den Fenstern waren wie im Berufsverkehr in der U-Bahn dicht besetzt. Reacher schob sich durch die Menge wie ein Polizeipferd: massiv, rücksichtsvoll, aber unaufhaltsam. Die meisten Gäste machten ihm bereitwillig Platz. Sie sahen aus wie kleine Geschäftsleute oder Büroangestellte. Manche in gehobener Position, manche offenbar wohlhabend. Wiley war nirgends zu sehen, aber das hatte Reacher auch nicht erwartet. Er hatte oft Glück, aber nicht so viel Glück. Er spürte, dass mehrere Leute ihm mit den Blicken folgten. Eine verspätete Reaktion. *Sind wir nicht vor einem Mann dieser Art gewarnt worden?*

Er erreichte die Theke auf Umwegen, fand einen freien Platz und wartete darauf, bedient zu werden. Die beiden Barkeeper trugen steife Leinenschürzen. Einer von ihnen sah zu ihm hinüber. Reacher bestellte einen Kaffee. Der Kerl stellte eine Tasse unter die Kaffeemaschine und griff nach seiner Geldtasche. Reacher versuchte nicht, ihn auszufragen. Das Leben war kein Fernsehfilm. Barkeeper packten niemals aus. Wer war ihnen wichtiger, sechzig Gäste, die Abend für Abend Umsatz brachten, oder ein einzelner Kerl, den sie noch nie gesehen hatten?

Stattdessen nahm er mit seinem Kaffee an einem Vierertisch Platz, an dem schon drei Männer saßen. Sie starrten ihn an, als hätte er einen peinlichen Fauxpas begangen, dann schauten sie weg, und ihr verlegenes Hüsteln und Stottern zeigte, dass sie das Thema wechselten. Und sie kommentierten sein Benehmen. Reacher hörte das Wort *Arschloch*, das er gut kannte, aber er reagierte nicht darauf. Er trank in aller Ruhe seinen Kaffee und ging dann zu dem Münztelefon an der Rückwand des Raums. Er warf Geld ein und wählte Orozcos Nummer.

Orozco fragte: »Sitzen wir in der Klemme?«

Reacher sagte: »Nein, alles okay. Wenn ich den Kerl fasse.«

»Ich dachte, du hättest ihn beinahe.«

»Ich hab Scheiße gebaut. Ich hatte keine Kurierin erwartet. Man lebt und lernt.«

»Wie geht's jetzt weiter?«

»Haben Billy Bob und Jimmy Lee dir gesagt, wer ihnen die Ausweise verkauft hat?«

»Nein. Sie haben Angst. Dahinter steckt eine Art Mafia. Aber keine Italiener, sondern altmodische Deutsche. Eine Organisation mit einer Satzung und Mitgliedern und Ortsgruppen und allem möglichen Zeug. Vor der haben Billy Bob und Jimmy Lee mehr Angst als vor mir.«

»Und die Kerle treffen sich in dieser Bar?«

»Die ist ihr inoffizielles Stammlokal.«

»Und was sind sie tatsächlich?«

»Die größte rechtsextreme Gruppierung. Vorläufig reden sie nur, aber sie werden nicht mehr lange stillhalten.«

»Okay, sag Billy Bob und Jimmy Lee, dass es uns egal ist, von wem sie ihre Ausweise gekauft haben. Sag ihnen, dass wir nicht weiter danach fragen werden, wenn sie uns eine einfache Frage beantworten. Sie haben behauptet, sie hätten sich ihre neuen Namen selbst ausgesucht. Einer von ihnen sagte, ihm habe der Klang gefallen. Frag sie, ob das stimmt. Konnten sie wirklich jeden beliebigen Namen wählen?«

»Okay«, sagte Orozco. »Ich frage sie. Sonst noch was?«

»Nicht im Augenblick.«

»Sitzen wir in der Klemme?«

»Keine Sorge, alles wird gut.«

»Wenn du den Kerl fasst.

»Wie schwierig kann das sein?«

Reacher hängte ein und wandte sich wieder dem Raum zu. Unterdessen starrten ihn viele Leute an. Die Nachricht hatte die Runde gemacht. Am Ausgang zur Straße und am Hinterausgang hatten sich kleine Gruppen von Kerlen versammelt, die ihn scharf beobachteten. Auf ihn warteten. Er durfte gehen, und sie würden ihm folgen. Was bedeutete, dass der Kampf draußen stattfand. Falls es zu einer Schlägerei kam, was nicht sicher war. Was Alter und Gewicht betraf, lagen die meisten dieser Leute über dem Durchschnitt. Da waren Herzanfälle vorprogrammiert. Für die meisten war Zurückhaltung wohl besser als Tapferkeit. Die wenigen Ausnahmen machten Reacher keine Sorgen. Sie waren jünger und etwas besser in Form, aber letztlich doch harmlose Büroangestellte. Reacher war ein guter Straßenkämpfer. Vor allem auch, weil er Spaß daran hatte.

Er stieß sich von der Wand ab und marschierte mit hoch erhobenem Kopf und gestrafften Schultern langsam zum Ausgang. Niemand stellte sich ihm in den Weg. Er erreichte die Tür, an der sechs Männer eine geschlossene Gruppe bildeten. Alle Anfang dreißig, keiner besonders schlank. Aber doch nur Büroangestellte in schlecht sitzenden Anzügen. Ihre Körpersprache war deutlich genug. Sie wollten ihn vorbeilassen und dann hinter ihm auf die Straße mit dem nassen, rutschigen Pflaster hinausströmen.

Reacher fragte: »Sprecht ihr Englisch?«

Einer der Kerle sagte: »Ja.«

»Habt ihr euch schon mal gefragt, weshalb? Wieso sprecht ihr meine Sprache, aber ich nicht eure?«

»Was?«

»Schon gut. Welchen Auftrag habt ihr?«

»Auftrag?«

»Wollte ich einen Papagei, würde ich in ein Tiergeschäft gehen. Jemand hat euch angewiesen, etwas zu tun. Ich will wissen, was.«

»Nein.«

»Dann muss ich mehrere theoretische Möglichkeiten erwägen. Eine davon ist, dass ihr draußen eine Schlägerei anfangen wollt. Aber vielleicht stimmt das gar nicht. Vielleicht beurteile ich euch ganz falsch. Aber ihr versteht sicher, dass ich vorsichtig sein muss, oder? Alles andere wäre unvernünftig. Folgt mir also nicht durch die Tür ins Freie. Vielleicht wollt ihr alle nur ein bisschen frische Luft schnappen. Aber ich müsste das vorsichtshalber als feindseligen Akt betrachten. Die gegenwärtige Nato-Doktrin erfordert sofortiges Zurückschlagen mit überlegenen Kräften. Ich weiß, dass euer Gesundheitswesen top ist, aber Krankenhaus bleibt Krankenhaus. Überhaupt nicht lustig. Deshalb rate ich euch, diese Sache auszusitzen.«

»Sie haben Angst vor uns.«

»Leider nicht. Ich versuche nur, fair zu sein, das ist alles. Keiner von euch braucht im Krankenhaus zu landen. Hat einer eurer Bosse etwas gegen mich, soll er allein rauskommen. Dann machen wir gemeinsam einen Spaziergang um den Block und tauschen uns aus. Auf diese Weise gibt es nur Gewinner.«

Keine Antwort.

Reacher drängte sich zwischen den beiden ersten Kerlen hindurch und stieß die Tür auf. Er trat ins Freie, machte zwei rasche Schritte und warf sich herum.

Keiner folgte ihm.

Er wartete eine volle Minute lang am Randstein, aber niemand kam heraus. Er schlug seinen Kragen gegen den nächtlichen Nebel hoch und machte sich auf den Rückweg ins Hotel. Von der Ecke aus sah er, dass der Portier nicht mehr am Eingang stand. Die Spätschicht war zu Ende, die Nachtschicht hatte begonnen. Er ging langsamer und suchte die Straße vor sich ab. Gewohnheit.

In einem Hauseingang auf der anderen Straßenseite stand ein Mann. Kaum sichtbar. Der Widerschein der Leuchtreklame der Apotheke im übernächsten Haus ließ ihn leicht grünlich schimmern. Er war dunkel gekleidet, trug einen Hut. Und er beobachtete das Hotel. Das stand außer Zweifel. Er lehnte dem Hotel zugewandt in einer Ecke des Hauseingangs. Ein etwas dicklicher Weißer. Ungefähr eins achtzig groß, neunzig Kilo schwer. Sein Alter war kaum zu schätzen.

Reacher ging weiter. Vielleicht gehörte der Kerl zu einem Team, das Leute wie Sinclair beschützen sollte. Eine höfliche Geste deutscher Stellen. Möglicherweise hatte Bishop den Typen abgeordnet. Aus dem Generalkonsulat. Ein Unterattaché dritter Klasse aus der Kulturabteilung mit einem Schlagring in der Tasche. Noch ein Produkt der alten Schule.

Reacher ging weiter, ohne etwas Bestimmtes zu fixieren, aber ohne den Mann im Hausgang aus den Augen zu lassen. Doch dann bog ein Auto von der vierspurigen Straße auf die Seitenstraße ab und kam mit aufgeblendeten Scheinwerfern direkt auf ihn zu. Ein großer Wagen, dessen Reifen auf dem Straßenpflaster trampelten.

Die Limousine hielt neben ihm. Ein Mercedes. Ein Dienstwagen. Griesmann. Der das rechte Fenster herunterfuhr und sagte: »Steigen Sie ein. Ich habe versucht, Sie anzurufen. Ich dachte, Sie seien bei ausgeschaltetem Telefon eingeschlafen. Ich hätte Sie jetzt geweckt.«

Reacher fragte: »Weshalb?«

»Wir haben Wiley gesehen.«

Reacher sah auf.

Der Mann im Hauseingang war verschwunden.

»Steigen Sie ein«, forderte Griesmann ihn auf.

Das tat Reacher.

25

Griesmann fuhr so ruckartig an, dass seine Sitzlehne wegen der plötzlichen Beschleunigung ächzend nachgab. Er sagte, einer seiner Männer aus der Spätschicht, der abends in der Umgebung der Bar postiert gewesen sei, sei mit seinem neutralen Dienstwagen herumgefahren – mit dem Phantombild von Wiley auf dem Beifahrersitz. Er sei im Westen von St. Pauli unterwegs gewesen, als er den auf der Zeichnung abgebildeten Kerl gesehen habe. Anscheinend mit einer Flasche in einer Tragetüte mit dem Aufdruck eines die ganze Nacht geöffneten Spätverkaufs. Nach Süden in Richtung Wasser unterwegs.

Reacher fragte: »Wann?«

»Vor zwanzig Minuten.«

»Wie sicher ist er sich seiner Sache?«

»Ich glaube ihm. Er ist ein guter Mann.«

Es gab wenig Verkehr, aber der Asphalt war regennass, sodass Griesmann nicht so flott wie sonst fahren konnte. Trotzdem erreichten sie ihr Ziel in weniger als zehn Minuten. Sie hielten keine zwanzig Meter vor einer Kreuzung zwischen hohen Gebäuden. Griesmann sagte, der Mann, der wie Wiley ausgesehen habe, sei auf dem Fußgängerübergang von links nach rechts unterwegs gewesen. Vor einer halben Stunde. In dieser Richtung lagen riesige neue Apartmentgebäude. Eine ganze Neubausiedlung. Gigantisch. Auf einem ehemaligen

Hafengelände, das durch die Verlegung der Docks elbabwärts frei geworden war. Hunderte und Aberhunderte von Einzeladressen.

Reacher fragte: »Mietwohnungen, richtig?«

Griesmann antwortete: »Sie glauben, dass er hier wohnt?«

»Er hatte eine Flasche dabei. Vielleicht wollte er damit auf eine Party, aber ich denke, dass er sie für sich besorgt hat. Vor allem um diese Zeit.« Reacher sah in die andere Richtung und sagte: »Ich wette, dass ich weiß, was er gekauft hat. Kommen Sie, wir suchen den Laden.«

Der Spätverkauf war ein sauberes, gut beleuchtetes kleines Geschäft mit überraschend großer Auswahl an Rot-, Weiß-, Rosé- und Schaumweinen – und einem Regal mit Billigweinen für Leute, die nicht in Neubausiedlungen wohnten. Der Verkäufer war ein freundlicher alter Herr Mitte sechzig. Als Reacher ihm das Phantombild Wileys zeigte, bestätigte er sofort, dieser Mann sei vor knapp einer Dreiviertelstunde hier gewesen und habe eine gekühlte Flasche Champagner erstanden.

»Er feiert«, sagte Reacher.

»Kreditkarte?«, fragte Griesmann.

»Er hat bar gezahlt«, entgegnete der Verkäufer.

Reacher betrachtete die kleine Halbkugel aus durchsichtigem Kunststoff an der Decke über dem Kopf des Verkäufers. Er sagte: »Ist das eine Überwachungskamera?«

Das bestätigte der Verkäufer, der ihnen auch den Videorecorder im Hinterzimmer zeigte. Griesmann wusste, wie man ihn bediente. Die Weitwinkelkamera, die dem Verkäufer über die Schulter blickte, lieferte gute Schwarz-Weiß-Bilder. Sie erfüllte einen doppelten Zweck, denn sie zeigte nicht nur die Kunden, sondern auch die Kasse. Für den Fall, dass der Verkäufer etwa Geld für sich abzweigte.

Als Griesmann das Band fünfundvierzig Minuten zurückspulte, trat Wiley wie auf ein Stichwort hin auf. Er war auf den ersten Blick zu erkennen. Die Frisur, die Augenbrauen, die tief in ihren Höhlen liegenden Augen. Er schien mittelgroß zu sein und wirkte auf ärmliche Weise hager. Er bewegte sich energisch und zielbewusst. Und voller Selbstvertrauen. Fast etwas angeberisch. Körperlich wirkte er durchtrainiert. Wie Reacher war er Mitte dreißig, also längst erwachsen.

In der Aufzeichnung trat Wiley an einen Kühlschrank. Öffnete die Glastür und nahm eine bauchige Flasche mit langem Hals heraus.

»Mœt et Chandon«, sagte Griesmann. »Nicht billig.«

Wiley ging mit der Flasche zur Kasse und zahlte mit verknitterten Geldscheinen. Der Verkäufer gab ihm ein paar Münzen heraus. Dann steckte er den Champagner in eine Tragetasche, und Wiley nahm ihn mit. Diese Sequenz dauerte siebenunddreißig Sekunden.

Sie sahen sich die Szene noch mal an.

Der Ablauf blieb gleich.

»Zeigen Sie mir jetzt die Umgebung«, sagte Reacher.

Sie stiegen wieder ins Auto, und Griesmann fuhr langsam nach Süden. Er folgte Wileys früherer Route zwischen Lagerhäusern in düsterer Klinkerbauweise, fuhr über die Kreuzung, wo der Cop Wiley gesehen hatte, und erreichte dann einen Verkehrskreisel, dessen drei Ausfahrten nach rechts, links oder geradeaus in das neue Wohngebiet führten.

Griesmann bremste und hielt. Der Motor lief im Leerlauf, und die Scheibenwischer arbeiteten in Intervallen von etwa einer Viertelminute. Reacher sah nach vorn. Er konnte Hunderte und Aberhunderte von Fenstern sehen. Die meisten waren dunkel, aber hinter einigen brannte noch Licht.

Er fragte: »Sind diese Wohnungen teuer?«

Griesmann antwortete: »In Hamburg ist alles teuer.«

»Ich frage mich, wie Wiley die Miete zahlt.«

»Gar nicht. Hier ist kein Wiley registriert. Das haben wir schon überprüft.«

»Wir glauben, dass er einen deutschen Namen benutzt.«

»Das wäre etwas anderes.«

»Vermutlich einen, den er selbst gewählt hat.«

»Sie haben etwas gegen ihn persönlich?«

»Er verrät sein Land. Das auch meins ist.«

»Lieben Sie Ihr Land, Mr. Reacher?«

»Major Reacher.«

»Vielleicht beantwortet das meine Frage.«

»Ich denke eher, dass ich gesunden, aber auch skeptischen Respekt empfinde.«

»Nicht sehr patriotisch.«

»Durchaus patriotisch. Mein Land, recht oder unrecht. Was nichts bedeutet, wenn man nicht eingesteht, dass es manchmal unrecht haben kann. Ein Land zu lieben, das immer recht hat, bewiese gesunden Menschenverstand, nicht Patriotismus.«

Griesmann sagte: »Tut mir leid, dass Ihr Land solche Schwierigkeiten hat.«

Reacher fragte: »Lieben Sie Ihr Land?«

»Das lässt sich noch nicht sagen. Es ist erst fünfzig Jahre alt. Wir haben uns mehr verändert als jedes andere Land. Wir waren auf keinem schlechten Weg, denke ich. Aber die Wiedervereinigung war ein Rückschlag. Wirtschaftlich, meine ich. Und politisch. Wir sehen heute Dinge, die es früher nicht gegeben hat.«

»Wie die Bar, in der Helmut Klopp Stammgast ist.«

»Wir müssen vorerst noch abwarten. Wir können sie nicht wegen Gedankenverbrechen verhaften. Wir brauchen echte Straftaten.«

Reacher sagte: »Ein Kerl hat mein Hotel beobachtet. Er ist verschwunden, als Sie gekommen sind.«

»Keiner meiner Leute«, meinte Griesmann.

»Bundespolizei?«

»Kein Anlass. Ich habe Dr. Sinclairs Besuch nicht gemeldet. Noch nicht. Niemand weiß, dass sie hier ist. Sie reist unter einem anderen Namen.«

Reacher schwieg.

Griesmann fragte: »Haben Sie den Fingerabdruck überprüfen lassen?«

Reacher nickte.

»Und?«

»Sie können den Fall jetzt zu den Akten legen. Er wird nie aufgeklärt werden.«

»Wie soll ich das verstehen?«

»Das heißt, dass ich weiß, wer der Täter war, und es niemandem sagen werde.«

»Aber ich habe Ihnen geholfen.«

»Ja, ich weiß. Und ich danke Ihnen dafür.«

»Bekomme ich nichts als Gegenleistung?«

»Sie war ein teures Callgirl. Deshalb hat ihre Kundenliste interessiert. Aber auch davon erzähle ich niemandem.«

Griesmann schwieg betroffen.

Dann fragte er: »Die CIA? Sie hat sich für mich interessiert?«

Reacher nickte erneut. »Der Teil, der noch unter dem alten System ausgebildet wurde.«

»Und jetzt werden Sie mich erpressen.«

»Nicht mein Stil. Ich habe Ihnen schon gesagt, dass von mir niemand etwas erfährt. Ohne Wenn und Aber. Ob Sie mir weiterhin helfen, ist allein Ihre Entscheidung. Tun Sie's, sehe ich darin eine Zusammenarbeit zweier kleiner Kriminaler, sonst nichts.«

Griesmann überlegte eine Weile.

»Ich möchte mich bei Ihnen entschuldigen«, sagte er dann. »Ich bin nicht der Mann, für den Sie mich gehalten haben.«

»Spielt für mich keine Rolle«, meinte Reacher.

»Ich weiß nicht, warum ich's getan habe.«

»Ich bin nicht Ihr Psychiater.«

»Aber ich wüsste gern, weshalb.«

»War sie attraktiv?«

»Unglaublich.«

»Da haben Sie's.«

»Denken Sie, dass die Sache so einfach ist?«

»Ich bin Militärpolizist.«

Griesmann sagte: »Ich helfe Ihnen, wo ich kann.«

»Danke.«

»Was brauchen Sie?«

»Sie könnten Ihren Mann von der Nachtschicht anweisen, hier bis Schichtende Posten zu beziehen. Der Kreisel ist ein Engpass. Vielleicht kommt Wiley hier noch mal vorbei. Dann soll er ihn unter einem Vorwand festnehmen und in seinem Wagen behalten, bis ich eintreffe.«

»Es gibt viele weitere Wege aus der Siedlung. Radwege und Fußgängerbrücken. Und eine große Brücke führt zur Bushaltestelle an der Straße.«

»Vielleicht haben wir Glück. Vielleicht will er noch mehr Champagner.«

»Und was passiert mit dem Mann, dessen Identität Sie nicht preisgeben wollen? Wird er bestraft?«

»Ja«, sagte Reacher. »Das wird er.«

»Das ist gut.«

»Sie haben sie gemocht, stimmt's?«

Griesmann sagte: »Ich bringe Sie jetzt in Ihr Hotel zurück.«

Wiley ließ den Champagner noch eine halbe Stunde im Kühlschrank liegen, dann entfernte er die Folie und die Drahtsicherung und drückte den Korken mit beiden Daumen langsam und vorsichtig heraus, bis er mit einem höflichen kleinen Knall zu Boden fiel.

Er schenkte ein Glas voll, das ebenfalls im Kühlschrank gestanden hatte, und nahm es zum Tisch mit, auf dem eine Argentinienkarte ausgebreitet lag. Das eingezeichnete Gebiet seiner Ranch war vom Befingern speckig. Nun wirklich seine Ranch. Oder bald, wenn das Geld in Zürich eintraf und weiterüberwiesen wurde. Oder genauer gesagt, wenn ein Teil davon überwiesen wurde. Nicht alles. Die junge Frau, die sie mit der Nachricht schickten, hatte ihm gefallen. *Sir, ich darf nur wissen, dass wir den Preis akzeptieren.* Sie war höflich gewesen. Irgendwie ehrerbietig. Auch als sie den dritten Knopf geöffnet hatte. Auch in Argentinien würde es Mädchen wie sie geben. Schüchtern, aber ohne Alternative.

Er stand auf und schenkte sich nach. Hob sein Glas, als tränke er einer jubelnden tausendköpfigen Menge zu. Horace Wiley aus Sugar Land, Texas. König der Welt.

Reacher horchte an Sinclairs Tür, hörte Stimmen und klopfte deshalb an. Sie sagte: »Herein.« Als er eintrat, erblickte er Neagley und Bishop vom Konsulat, den CIA-Stationsleiter. Sinclair saß auf dem Bett, Bishop und Neagley hatten in den grünen Samtsesseln Platz genommen. Auf Neagleys Knien lagen handgeschriebene Notizen.

Reacher fragte: »Fortschritte?«

»Du?«

»Ich glaube, dass er in einer Wohnsiedlung auf dem ehemaligen Hafengelände lebt. Einer von Griesmanns Leuten hat ihn gesehen. Er war unterwegs und hat sich Champagner besorgt.«

»Um zu feiern«, sagte Bishop.

Reacher nickte. »Wir sollten davon ausgehen, dass die Verhandlungen abgeschlossen sind. Dass sie sich auf einen Preis geeinigt haben. Aber jetzt tickt die Uhr.«

»Wie groß ist die Wohnsiedlung?«

»Riesig.«

»Irgendeine Spur auf Papier?«

»Nicht unter dem Namen Wiley.

»Ist er jetzt dort?«

»Ziemlich sicher.«

»Wir sollten das Gebiet abriegeln.«

»An der Hauptzufahrt steht ein neutraler Wagen. Mehr kann Griesmann im Augenblick nicht tun. Er lässt ohnehin schon Überstunden machen.«

Neagley erklärte: »Wiley scheint gar keinen Onkel zu haben. Der Zeuge, der einen erwähnte, ist einbestellt worden, um weiter vernommen zu werden. Landry befasst sich mit möglichen Großonkeln und etwaigen Freunden der Mutter. Das kann einige Zeit dauern.«

»Okay«, sagte Reacher.

»Und ich habe mit seinen Kommandeuren in Benning und Sill telefoniert. Der Kerl aus Benning erinnert sich überhaupt nicht an ihn. Der aus Sill weiß noch gut, dass Wiley unbedingt in Deutschland stationiert werden wollte. Das hat er angestrebt, als wäre er darauf fixiert.«

»Das weiß der Mann nach drei Jahren noch?«

»Weil sie ein langes Gespräch darüber geführt haben. Der Kommandeur hat ihm die Folgen der Wende in Europa ausgemalt. Eine Sackgasse, ein schwarzes Loch und so weiter. Aber Wiley hat auf seiner fixen Idee beharrt. Er wollte nach Deutschland, Punktum.«

»Also war alles von langer Hand geplant«, sagte Sinclair

vom Bett aus. »Jetzt versuchen wir rauszukriegen, was er vorhatte.«

Reacher sagte: »Heute Abend hat ein Kerl dieses Hotel beobachtet. Vor eineinhalb Stunden. Er ist verschwunden, als Griesmann vorgefahren ist.«

»Keiner meiner Leute«, sagte Bishop.

Müller rief Dremmler nochmals zu Hause an und weckte ihn. Es war sehr spät. Oder je nach Sichtweise sehr früh. Als Dremmler wach war, sagte Müller: »Reacher ist kurz vor ein Uhr ins Hotel zurückgekommen. Aber dann ist Griesmann aufgekreuzt und hat ihn mitgenommen. Ich bin schleunigst abgehauen, bevor er mich erkennt.«

»Was wollte Griesmann?«

»Einer meiner Streifenwagen hat es über Funk gehört. Der Ami, nach dem sie fahnden, ist in St. Pauli gesehen worden. Er heißt Wiley. Griesmanns Männer haben Klopps Phantombild in ihren Autos liegen.«

»Sonst noch was?«

»Einer meiner Leute hat vorhin ein Auto in einem Halteverbot kontrolliert. In der Nähe der neuen Wohnsiedlung. Der Fahrer war einer von Griesmanns Kriminalbeamten, der in einem neutralen Dienstwagen auf Wiley achten soll. Die beiden sind ein paar Minuten ins Gespräch gekommen. Griesmanns Kerl kannte keine Details, aber er wusste, dass die Sache wichtig war. Sein Einsatzbefehl war rot gekennzeichnet.«

»Was bedeutet das?«

»Rot hat früher organisiertes Verbrechen bedeutet, aber heutzutage bezeichnet es Terrorismus. Der Kerl wusste allerdings nicht, ob das ein altes oder neues Rot war. Im Augenblick scheint gewisse Verwirrung zu herrschen. Aber ich denke, dass es das neue Rot war, weil sie tagsüber auch ein Apartment in der Nähe von Reachers Hotel überwacht haben. Dort sollte ein junger Saudi-Araber herauskommen. Nur hat er sich nicht blicken lassen. Ich habe beim Wohnungsamt nachgefragt und erfahren, dass in einem der Apartments drei Saudis und ein Iraner wohnen. Vier junge Männer. Anscheinend läuft dort irgendeine Nahostsache.«

»Weiß das Wohnungsamt etwas von Wiley?

»Nicht das Geringste.«

»Klopp sagt, dass er ihn mehr als einmal in der Bar gesehen hat. Vielleicht kennt ihn sonst jemand.«

»Vielleicht«, sagte Müller.

Dremmler sagte: »Sie müssen uns eine Kopie von Klopps Phantombild besorgen.«

Neagley ging, dann auch Bishop. Reacher setzte sich in einen Sessel. Sinclair blieb auf dem Bett. Sie sagte: »Waterman und White kommen morgen früh an. Und Landry und Vanderbilt. Ich habe das ganze Unternehmen nach Hamburg verlegt, weil die Action hier spielt. Wir arbeiten vom Konsulat aus.«

»Okay«, sagte Reacher.

»Woran denkst du?«

»In diesem Augenblick?«

»Ja.«

»Arbeitsleben oder Privatleben?«

»Du kannst an beide gleichzeitig denken?«

»Meistens schon.«

»Okay, erst die Arbeit.«

»Wileys Haar.«

»Was ist damit?«

»Es könnte zu ihm führen. Vielleicht. Er hat es nicht schneiden, sondern wachsen lassen.«

»Vielleicht dachte er, ein Friseur könnte sich daran erinnern.«

»Er hätte es sich selbst schneiden können. Die Seiten hat er jeden Tag rasiert. Er hätte sich den Kopf ganz rasieren und neu anfangen können. Aber er hat's nicht getan.«

»Warum nicht?«

»Ich glaube, dass er ziemlich eitel ist. Mit Sinn fürs Theatralische. Er mag Davy Crockett. Vielleicht lässt er sein Haar lang wachsen, damit er sich eine Fransenjacke kaufen und der König des Wilden Westens sein kann. Wie er sich in dem Video bewegt hat, war interessant. Er ist nicht besonders groß, aber stolziert großtuerisch herum. Ihm kann keiner. Und er hat teuren Champagner gekauft. Ich glaube, dass er große Gesten liebt. Was mir in Kombination mit hundert Millionen Dollar unheimlich ist. Ich habe das Gefühl, dass uns Großes bevorsteht.«

Sinclair dachte nach und fragte dann: »Und dein Privatleben?«

Reacher grinste.

Er sagte: »Reingefallen.«

»Wie das?«

»Die Antwort lautet genau gleich. Ich habe das Gefühl, dass uns Großes bevorsteht.«

»Das hoffe ich«, sagte sie.

26

Als sie aufwachten, ging Reacher in sein eigenes Zimmer zurück, um zu duschen und sich wieder anzuziehen. Er benutzte die Treppe, als er allein zum Frühstück hinunterging. Die vier Männer aus McLean waren nach ihrem Nachtflug schon da. Waterman, White, Landry und Vanderbilt. Neagley saß bei ihnen am Tisch. Die vier wirkten müde, sie nicht. Landry sagte, er habe die Großonkel aufgespürt. Er hatte schlechte Nachrichten. Die meisten waren schon tot, und keiner hatte in der Nähe des Jungen gelebt. Es gab keinen Beweis für Kontakte. Nicht einmal Indizienbeweise. Solche Kerle waren keine Besuchstypen. Zwei von ihnen hatten sogar Haftstrafen verbüßt. Längere Einflussnahme war wenig wahrscheinlich.

Waterman konnte jedoch bessere Nachrichten vorweisen. Er sagte, Wileys Mutter sei aufgespürt worden und bereit, über ihre früheren Freunde zu sprechen. Sie lebte in New Orleans von Sozialhilfe. Die dortige FBI-Außenstelle sei benachrichtigt. Agenten würden Mrs. Wiley aufsuchen. Erste Ergebnisse waren in sieben bis acht Stunden zu erwarten. Wegen der Zeitzonen.

White wirkte sichtlich unglücklich. Der CIA-Mann. Sein Haar war noch länger geworden. Er sah dünner aus. Er zuckte und wand sich. Und wrang die Hände und blinzelte.

Reacher fragte: »Was?«

White sagte: »Der Iraner müsste dringend rausgeholt werden.«

»Nichts von alledem hat mit der Kurierin zu tun. Wir haben sie verpasst.«

»Ratcliffe sieht die Sache zu eng. Stößt ihnen in Hamburg etwas Schlimmes zu, führt das zu umfangreichen Ermittlungen. Dann ist jeder verdächtig. Diese Leute sind nicht dumm. Sie werden die richtigen Schlüsse ziehen. Wie viele Variablen gibt es schließlich? Zwei verschiedene Kuriere, aber nur ein sicheres Haus. Der Iraner wird in weniger als fünf Minuten enttarnt.

»Sie sollten mit Bishop reden.«

»Bishop führt ihn, aber er darf den Jungen nicht abziehen.«

»Das muss er können.«

»Nicht wenn's ums große Ganze geht. Nur bei unmittelbar drohender Gefahr.«

»Die Ihrer Ansicht nach jetzt gegeben ist.«

»Spätestens wenn Sie Wiley fassen. Womit ihr Deal geplatzt ist. Und das ist wann?«

»Hoffentlich bald.«

»Genau.«

»Sie sollten mit Bishop reden«, sagte Reacher wieder.

Dann kam Sinclair herein. Schwarzes Kleid, Perlen, Nylons, Schuhe. Ihr Haar war feucht. Landry und Vanderbilt machten Platz, damit sie sich setzen konnte. Sie sagte: »Ich habe mit Mr. Ratcliffe gesprochen. Wir gehen davon aus, dass die Verhandlungsphase beendet ist und die Übergabephase unmittelbar bevorsteht. Also müssen wir wissen, was, wo und wann.«

»Die Kurierin könnte schon wieder zu Hause sein«, erklärte Neagley. »Mit einem Direktflug oder mit einmal umsteigen. Dann schicken sie einen Kurier in die Schweiz. Weil sie Telefonen nicht trauen. Mit den Kontonummern und Passwörtern. Dann dauert die Transaktion nur eine halbe Stunde. Könnte schon morgen passieren.«

»Oder heute in einem Jahr«, warf Vanderbilt ein. »Sind sie bereit zu handeln? Haben sie das Geld?«

»Wiley kann nicht noch ein Jahr warten«, sagte Waterman. »Er ist schon vier Monate auf der Flucht. Nicht einfach. Viel Stress und hohes Risiko. Er will wieder zur Ruhe kommen. Ich glaube, dass alles jetzt sehr rasch vonstattengeht. Morgen, übermorgen, überübermorgen. Ich wette, dass das Geld längst bereitliegt. Vermutlich auf derselben Bank. Verschiedene Buchungen auf demselben Rechner.«

»Okay«, sagte Sinclair. »Also heißt's jetzt was, wo und bald.«

»Das Wo hängt von dem Was ab«, sagte Reacher. »Geht's um Geheiminformationen oder ein Dokument, kann die Übergabe gleich in der Bank erfolgen. Ist's ein großes Objekt, muss es schon jetzt irgendwo in Deutschland gelagert oder versteckt sein, sodass sie ein Team hinschicken müssten, um es abtransportieren zu lassen.«

»Wir sollten die Bank überwachen«, meinte Waterman.

»Wir wissen nicht, welche. Sie haben Hunderte.«

»Dann die Flughäfen. Hier und in Zürich.«

Landry sagte: »Am einfachsten wär's, wenn wir rauskriegen könnten, was er verkauft.«

»Echt? Ohne Scheiß?«, fragte Neagley.

»Irgendwas muss es ja sein.«

»Aber was? Hingehen und holen kann er's nicht mehr. Er würde sofort festgenommen. Folglich ist es vor vier Monaten gestohlen oder sonst wie beiseitegeschafft worden. Allerdings ist nichts als vermisst gemeldet.«

White sagte: »Wir müssen den Iraner rausholen.«

»Noch nicht«, sagte Sinclair.

»Wann sonst?«

»Reden Sie mit Mr. Bishop. Wir fahren jetzt alle ins Konsulat. Er hat ein Büro für uns herrichten lassen. Seien Sie in zehn Minuten in der Hotelhalle.«

Müller stieg die Feuertreppe zu Griesmanns Etage hinauf, Es war noch früh. Vor acht Uhr. Um diese Zeit war noch niemand im Haus. Die Vorzimmer lagen verwaist da. Der Eingangskorb von Griesmanns Sekretärin sah genau wie am Vorabend aus. Müller hatte darauf geachtet, alles wieder sorgfältig hineinzulegen. Aber wo befand sich das Phantombild? Die amerikanischen Ermittler hatten bestimmt so viele Kopien bekommen, wie sie wollten. Auch Griesmann hatte sich vermutlich einige gemacht, bevor er das Original irgendwo sicher verwahrte. Vielleicht in einer besonderen Schublade. Er konnte Dutzende von Phantombildern haben. Eine ganze Sammlung. Schließlich war er der Kripochef.

Aber wo? An der Wand neben dem ergonomischen Bürostuhl der Sekretärin standen zwei Stahlschränke mit zahlreichen Schubladen. Müller beugte sich davor hinunter. Keine der Schubladen war beschriftet. Er richtete sich wieder auf und schaute in Griesmanns Büro. Ins Allerheiligste. Auch dort wieder Stahlschränke, von denen drei zusammengestellt eine Art Sideboard bildeten, auf dem gerahmte Fotos aufgereiht waren. Eine Frau und zwei Kinder, bestimmt Griesmanns Familie. Und eine silberne Statuette auf einem Marmorsockel. Vermutlich kein Sportpokal, wenn man an die Statur des Mannes dachte. Auch an der Wand gegenüber standen noch zwei solcher Stahlschränke. Insgesamt zwanzig Schubladen hier drinnen, dazu acht im Vorzimmer.

Unangenehm viele.

Müller schloss einen Deal mit sich selbst ab. Eine Erfolgschance von eins zu vier war besser als eine fast sichere Chance, seinen Job zu verlieren. Auf lange Sicht war er auf seinem Posten nützlicher. Mit Blick auf das große Ganze. Deshalb würde er den Arbeitsplatz der Sekretärin, aber nicht Griesmanns Büro durchsuchen. Ein vernünftiger Kompromiss. Er wandte sich wieder den Schubladenschränken zu. Er würde von links nach rechts vorgehen. Jeweils ein rascher Blick genügte. Eine Zeichnung musste leicht zu finden sein. Vermutlich auf dickerem Papier von einem Zeichenblock. Vielleicht kein Standardformat. Vermutlich in einer Schutzhülle.

Er beugte sich hinunter.

Hinter ihm sagte eine Frauenstimme: »Hallo?«

Überrascht, leicht fragend.

Müller richtete sich auf und drehte sich um.

Griesmanns Sekretärin.

Er sagte nichts.

Die Frau legte ihre Handtasche auf den Schreibtisch und

schlüpfte aus ihrem Mantel. Sie hängte ihn neben der Tür auf, kam eilig wieder zurück. Sie fragte: »Kann ich Ihnen behilflich sein, Herr Kommissar?«

Müller gab keine Antwort.

Die Frau fragte: »Suchen Sie irgendwas?«

»Eine Zeichnung«, antwortete Müller.

»Wovon?«

Müller zögerte kurz.

Überlegte.

Dann sagte er: »Heute spätnachts hat es einen Verkehrsunfall mit Fahrerflucht gegeben. Den bearbeitet natürlich meine Abteilung. Ein Radfahrer ist angefahren und schwer verletzt worden. Der Unfallfahrer ist geflüchtet. Aber die Begleiterin des Verletzten konnte ihn ziemlich gut beschreiben. Ein markantes Gesicht und eine ungewöhnliche Frisur.«

»Wie können wir Ihnen helfen?«

»Einer meiner Leute hatte ungefähr eine Stunde zuvor mit einem Ihrer Kriminalbeamten gesprochen. Er wollte ihn wegen Falschparkens kontrollieren, aber es handelte sich um eine Observierung. Der Beamte hatte ein Phantombild auf dem Beifahrersitz liegen. Von einem Amerikaner namens Wiley. Als mein Mann sich später daran erinnert hat, ist ihm klar geworden, dass die Begleiterin des Unfallopfers ihm genau dieses Gesicht beschrieben hatte.«

»Ich verstehe«, sagte Griesmanns Sekretärin.

»Deswegen müssen wir diese Zeichnung unserer Zeugin vorlegen. Um eine Bestätigung zu erhalten.«

»Sie können gern eine Kopie haben.«

Müller sagte: »Wenn's nicht zu viel Mühe macht.«

»Oh, durchaus nicht.«

»Also vielen Dank.«

Die Frau verschwand im Allerheiligsten, und Müller hörte,

wie eine Schublade aufgezogen wurde. Als sie zurückkam, hielt sie ein Blatt Zeichenpapier in einer Plastikhülle in der Hand. Sie schaltete ihren Farbkopierer ein. Müller vernahm ihn klicken und ticken, roch heißen Toner. Aber er hörte auch, wie die Aufzugtür sich öffnete. Zwei weitere Sekretärinnen stiegen aus. Schultertaschen, leichte Mäntel, rascher Schritt. Die beiden gingen höflich lächelnd vorbei, hatten es eilig, an den Schreibtisch zu kommen.

Griesmanns Sekretärin klappte die Abdeckung hoch, legte das Phantombild auf die Glasplatte, schloss den Deckel und drückte einen Knopf. Das Gerät surrte. Eine Fotokopie erschien.

Die Aufzugtür ging erneut auf. Nicht Griesmann. Nur ein Kerl im Anzug. Müller kannte ihn vage. Der Mann nickte ihm zu und ging weiter.

Griesmanns Sekretärin gab Müller die Farbkopie. Das Phantombild war mit Buntstiften gezeichnet. Ein hagerer Mann mit markanten Augenbrauen, hervortretenden Wangenknochen, tief in den Höhlen liegenden Augen und einem langen blonden Haarschopf.

Müller sagte: »Danke« und ging – den Flur entlang, zur Brandschutztür, die Feuertreppe hinunter, auf seine eigene Etage, den eigenen Flur entlang und in sein eigenes Büro, in dem er sich sofort daranmachte, einen Unfallbericht über den verletzten Radfahrer und den flüchtigen Autofahrer zu fälschen. Nur für den Fall, dass Griesmann das kontrollierte.

Reacher und Neagley gingen gleich in die Hotelhalle hinauf. Neagley sagte: »Wir brauchen Wileys Stationierungen und Abkommandierungen. Lückenlos. Das ist der Schlüssel zu dieser Sache. Er befindet sich seit gut zwei Jahren in Deutschland und hat sich vor vier Monaten unerlaubt von der Truppe entfernt. Also war er ziemlich genau zwei Jahre lang im aktiven Dienst. In dieser Zeit hat er etwas gesehen, sich einen Plan zurechtgelegt und es gestohlen. Deshalb müssen wir genau wissen, wo er sich überall aufgehalten hat. Tag für Tag, weil er mindestens einen Tag lang ganz in der Nähe des Objekts war. Was immer es ist. Vielleicht hat er's sogar berührt. Körperliche Nähe.«

»Mindestens einen Tag lang«, sagte Reacher. »Als er's gestohlen hat.«

»Ich tippe auf mindestens zwei Tage«, sagte Neagley. »Erst hat er's gesehen, dann hat er einen Plan gemacht, dann ist er zurückgekommen, um es zu stehlen.«

»Nur hat er's nicht gesehen. Eigentlich nicht. Er hat es gefunden. Er hat es aufgespürt. Diese Sache war von langer Hand vorbereitet. Wiley ist nach Deutschland gekommen, um sich etwas zu holen, von dem er längst wusste.«

»Trotzdem habe ich recht. Es muss einen physischen Kontakt gegeben haben.«

»Ich möchte wissen, wovon er seine Miete zahlt«, sagte Reacher. »Er ist ein kleiner Obergefreiter, der keinen Sparplan hat. Lass nachprüfen, ob seine Abkommandierungen mit ungeklärten Eigentumsdelikten zusammenfallen. Irgendwo muss er sein Startkapital herbekommen haben.«

Und dann nahm die Rezeptionistin einen Anruf entgegen, drückte den Hörer an ihren Busen und rief: »Major Reacher, für Sie!«

Der Anrufer war Orozco, der dem Klang nach aus einem Keller anrief.

Orozco fragte: »Sitzen wir in der Klemme?«

»Alles ist gut«, antwortete Reacher. »Gegenwärtig retten wir die Welt.«

»Bis wir's nicht mehr tun.«

»Dann ist sowieso alles egal.«

»Ich habe gerade mit Billy Bob und Jimmy Lee geredet. Sie bestätigen, dass sie sich für ihre deutschen Ausweise jeden Namen aussuchen durften. Aber es musste ein deutscher sein. Ein ausländischer Name hätte bei einer zufälligen Überprüfung auffallen können. Bei deutschen Namen hat es keine Einschränkungen gegeben. Sie konnten einen nehmen, der gut geklungen oder ihnen etwas gesagt hat.«

»Okay, danke«, meinte Reacher. »Muss jetzt weiter.«

Weil er der Rezeption den Rücken zukehrte, konnte er durch bodentiefe Fenster auf die Straße hinaussehen.

Dort stand ein Mann in einem Hauseingang.

Auf der anderen Straßenseite.

Reacher gab den Hörer zurück. Er nickte Neagley zu und deutete. Auch sie schaute nach draußen und sagte: »Ich sehe ihn. Schwer zu übersehen.«

»Komm, wir wollen etwas frische Luft schnappen.«

Neagley trat als Erste ins Freie. Reacher folgte ihr. Das überraschte den Mann im Hauseingang, der demonstrativ gähnte und sich räkelte und langsam davonschlenderte, als hätte er massenhaft Zeit.

Neagley fragte: »Wollen wir sehen, wohin er geht?«

Sie hielten mit dem Kerl Schritt: drei Meter hinter ihm und durch zwei Fahrspuren mit morgendlichem Berufsverkehr von ihm getrennt, als er weiterschlenderte. Er trug einen leichten Wollmantel, aber keinen Hut. Er war ziemlich muskulös, größer als Neagley, aber kleiner als Reacher. An der Kreuzung bog er rechts ab. Reacher und Neagley benutzten den Fußgängerübergang und blieben weiter auf seiner Höhe.

Der Kerl bog erneut rechts ab.

In einen Durchgang zwischen zwei Gebäuden.

»Ganz klar eine Falle«, erklärte Neagley. »Vermutlich ein Innenhof. Kein Wunder, dass der Typ so gut zu sehen war. Er sollte dich herlocken.«

»Mich?«

»Der Kerl gehört weder zu Griesmanns noch zu Bishops Leuten. Wer ist er also? Von Orozco wissen wir, dass die hiesigen Rechten straff organisiert sind. Ich möchte wetten, dass Helmut Klopp zu den Gründungsmitgliedern gehört. Er weiß, wie wir aussehen, und kennt unsere Namen. Du hast vier ihrer Fußsoldaten zusammengeschlagen. Das wollen sie dir jetzt heimzahlen.«

»Glaubst du, dass sie deswegen noch wütend sind?«

»Vermutlich.«

»Wie groß dürfte der Innenhof sein?«

»Ich bin keine Architektin, aber ich tippe auf zehn mal zehn Meter. Wie ein großes Zimmer.«

»Wie viele Kerle haben sie wohl zusammengetrommelt?«

»Mindestens sechs. Sieben mit dem Typen, der dich hergeführt hat.«

»Uns hergeführt hat.«

»Bis ich unseren Vormarsch gestoppt habe. Als Sergeantin bin ich für die Sicherheit meines Offiziers verantwortlich.«

»Bringen sie euch das bei?«

»Zwischen den Zeilen.«

»Damit kann ich leben«, meinte Reacher.

»Wir sollten umkehren.«

»Vielleicht hast du unrecht.«

»Das glaube ich nicht.«

»Vielleicht ist das der Hof einer Wohnanlage. Zwischen Blocks mit Sozialwohnungen. Ein innerstädtisches Elendsquartier. Zimmer ohne Aussicht. Häuser, in denen man wohnt, wenn man arbeitslos ist. Wenigstens hat man dann Zeit, den ganzen Morgen in einem Hauseingang gegenüber einem Hotel zu stehen.«

»Glaubst du, dass er heimgegangen ist?«

»Ich denke, wir sollten nachsehen.«

»Das ist eine Falle, Reacher!«

»Ich weiß, dass es eine ist. Aber wir müssen erreichen, dass sie unseretwegen besorgt sind. Wir müssen sie weiter unter Druck setzen. Vielleicht sollten wir sie dazu zwingen, uns den Passverkäufer auszuliefern. Er ist bestimmt einer von ihnen. Wir brauchen Wileys neuen Namen. Unter Umständen kommen wir nur so an ihn heran. Lass mir zwei Minuten Zeit. Bin ich bis dahin nicht wieder draußen, kannst du reinkommen und dich nützlich machen.«

27

Reacher ging weiter und bog in den Durchgang ab, der nur etwa eineinhalb Meter breit war. Wie ein schäbiger Korridor in einer billigen Wohnung. Vor ihm war ein helleres Rechteck zu sehen. Morgenlicht und Sandsteinfarben. Keine Personen. Die Kerle würden links und rechts an die Mauer gepresst warten, wo der Durchgang auf den Innenhof mündete.

Auf seinem Weg durchs Halbdunkel ließ Reacher die Fingerspitzen beider Hände über die seitlichen Mauern gleiten, um zentriert zu bleiben. Die niedrige Decke warf seine laut hallenden Schritte als seltsam verzerrtes Echo zurück. Vor ihm veränderte sich nichts. Morgenlicht und frisch gestrichener Beton. Pastellfarben. Hell und sauber. Der Boden aus Klinkersteinen wie manche Gehwege. Keine baulichen Hindernisse. Keine Leitungen oder Hydranten. Moderne aus den Fünfzigerjahren.

Reacher ging weiter.

Drei Schritte vor dem Ende des Durchgangs spurtete er los

und stürmte in die Mitte des Innenhofs, wo er haltmachte und sich herumwarf.

Acht Kerle.

Alle weiter an die Mauer gepresst. Alle rechneten wohl mit einer viel vorsichtigeren Annäherung. Vier von ihnen waren die vier Männer, die vor der Bar gestanden hatten. Deutschland den Deutschen. Drei der anderen sahen ähnlich aus, waren aber noch unbeschädigt. Und im Schnitt vermutlich etwas älter. Vermutlich nach Verdienst ausgewählt. Einer hatte nichts in der Hand. Einer hielt einen Baseballschläger, einer eine abgebrochene Flasche. Braunes Glas, wie eine kleine Krone gezackt. Diesen Kerl würde Reacher sich als Ersten vornehmen. Der mit dem Baseballschläger konnte warten. Das Ding war keine Nahkampfwaffe. Die vier Kerle vom ersten Mal würden sich zurückhalten. Schlechte Erfahrungen machten vorsichtig. Und der Typ, der als Lockvogel gedient hatte, würde gar nicht kämpfen. Nicht sein Job. Also hieß es anfangs drei gegen einen. Kein riesiges Problem. Wie's dann weiterging, würde sich zeigen.

Der Kerl mit dem Baseballschläger bewegte sich als Erster. Was dumm, aber vorhersehbar war. Er verfügte über die größte Waffe. Sie gab den Ton an. Aber sie war in der Bewegung nutzlos. Niemand konnte während eines Spurts damit treffen – nicht Babe Ruth, nicht Joe DiMaggio, nicht Mickey Mantle. Nicht mal Ted Williams in seiner besten Zeit. Wertlos, aber immerhin eine Art Taktik. Die Idee schien zu sein, dass der Kerl Reacher mit dem Schläger niederstrecken sollte, bevor der Typ mit der Flasche sich über ihn beugen und sein Gesicht verunstalten würde. Das bedingte, dass der zweite Mann dicht hinter dem ersten bleiben musste, um mit möglichst viel Schwung angreifen zu können, wenn seine Sternstunde kam.

Aber Bewegungsenergie konnte auch nachteilig sein.

Reacher wich dem Kerl mit dem Schläger aus und rammte den mit der Flasche frontal wie ein Lkw, der mit einem Wagen auf der Gegenfahrbahn zusammenstößt. Er konzentrierte sich dabei nur auf die in Panik hochgerissene Flasche in der rechten Hand des Mannes. Jetzt kam es lediglich auf gutes Timing an. Das war einfacher, als einen Baseball zu treffen. Reacher riss den abgewinkelten linken Unterarm hoch und traf den rechten Unterarm des Kerls mit solcher Gewalt, dass ihm die Flasche aus der Hand flog und harmlos über Reachers linke Schulter segelte. So hatte sein rechter Ellbogen Zeit und Raum, einen Bogen zu beschreiben und den Kerl mitten im Gesicht zu treffen, was wegen der hohen Bewegungsenergie wirkte, als wäre in seinem Mund eine Stange Dynamit detoniert. Als er zusammenklappte, warf Reacher sich bereits herum und zertrat die Flasche, damit niemand sie als Waffe benutzen konnte. Dann bewegte er sich auf den Kerl mit dem Baseballschläger zu, der ein Stück weit an ihm vorbeigetorkelt war.

Er beschloss, sich den Schläger zu holen.

Der Typ stand leicht gebückt mit gespreizten Beinen da und begann mit dem Schläger auszuholen, als wollte er beim Tennis eine vorsichtige beidhändige Rückhand schlagen oder einen Golfball vom Tee abschlagen. So holte er mehr und mehr Schwung, um dann den Abzug zu betätigen, wenn Reacher in Reichweite kam. Auch hier war richtiges Timing entscheidend. Abwehren konnte man diesen Schlag nur, wenn man den Schläger im Idealfall vorher packte – oder schlimmstenfalls wenn er in der Anfangsphase noch so wenig Schwung besaß, dass ein Treffer nur ein schwacher seitlicher Bums war, als prallte man nachts gegen einen Plankenzaun.

Das Manöver erforderte plötzliche Beschleunigung, die für einen großen Mann wie Reacher nicht leicht war, aber diesmal von selbst kam. Wegen seiner Motivation. Und wegen des

Unterschieds zwischen einem sanften seitlichen Bums und einem Schenkel-, Rippen- oder Armbruch. Reacher explodierte förmlich, stürzte sich mit einem Satz auf den Kerl und bekam den Schläger, dessen Bewegung gerade erst begann, dicht über dem Griff mit einer Hand zu fassen. So hatte er Zeit, ihn dem Kerl zu entreißen, mit beiden Händen zuzupacken und ihm den Knauf am Griffende wie einen Gewehrkolben auf den Kopf zu schlagen. Das wirkte wie ein gewaltiger Hieb mit einer Eisenfaust.

Der Typ kippte seitlich weg, und Reacher warf sich auf der Suche nach dem nächsten Ziel herum, das sich sofort in Form des dritten Kerls präsentierte, der unbewaffnet und mit wie zu einem Ringkampf erhobenen Händen auf ihn zukam. Reacher schwang den verkehrt herum gehaltenen Schläger, als wollte er einen hohen Ball treffen. Doch der dritte Angreifer war natürlich viel größer als ein Baseball, sodass es nicht darauf ankam, präzise zu treffen. Alles zwischen Kopf und Brust war ein Volltreffer. Ellbogen, Oberarm. Hals und Schädel. Oder wie in diesem Fall alle vier fast gleichzeitig.

Als der Kerl den Arm hochriss, um seinen Kopf zu schützen, traf der Baseballschläger seinen Ellbogen und den Trizeps mit solcher Gewalt, dass der kräftige Oberarmknochen dort gegen seinen Unterkiefer schlug, wo der Hals in den Kopf überging. Das ließ ihn auf die Knie sinken, aber er war noch bei Bewusstsein. Also schlug Reacher erneut zu, diesmal mit nicht mehr Kraft als bei einem Flyball während eines Sonntagsschulpicknicks, aber mehr als für einen Menschenkörper. Der Kerl schwankte, dann klatschte er nach vorn aufs Gesicht.

Zu diesem Zeitpunkt sagte Reachers innere Uhr ihm, dass der Kampf bisher nur wenig mehr als vier Sekunden gedauert hatte. Der Lockvogel aus dem Hauseingang stand weiter an die Mauer gepresst. Nicht seine Angelegenheit. Die vier Männer aus der ersten Bar hatten sich in Bewegung gesetzt, waren anscheinend willkürlich verteilt. Was ein Problem darstellte. Die beiden Ersten würden leicht sein. Der Dritte wäre auch nicht schwierig. Aber der Vierte war ein Problem, das erkannte Reacher. Zeit und Raum und Bewegung. Wie in der Astronomie. Wie Himmelskörper auf Kollisionskursen. Bahnen und Winkel und relative Geschwindigkeiten. Der vierte Mann würde da sein, bevor der dritte niedergestreckt war. Eine andere Möglichkeit existierte nicht. Man konnte anfangen, wo man wollte – nach eins, zwei, drei gab es keine logische Sequenz.

Das alles ließ Reacher bedauern, dass er Neagley angewiesen hatte, genau zwei Minuten zu warten. So lagen noch hundertfünfzehn Sekunden vor ihm. Ohne logische Überlebenschance. Gegen vier rachsüchtige Typen. Er hätte die Entscheidung ihr überlassen sollen. Sie wäre ihm gefolgt, sobald seine Aufmerksamkeit auf den Innenhof konzentriert war, stünde jetzt schon am Ende des Durchgangs, würde die gleichen Berechnungen anstellen wie er und deshalb bereit sein einzugreifen und den vierten Mann außer Gefecht zu setzen.

Als Sergeantin bin ich für die Sicherheit meines Offiziers verantwortlich.

Vielleicht hatte sie seinen Befehl missachtet.

Was natürlich der Fall war. Reacher nahm sich die beiden ersten Kerle vor, gebrauchte den Schläger wie eine Faust, *eins, zwei,* Vorhand, Rückhand, dachte voraus, nahm den dritten Kerl ins Visier und warf sich schnell, elegant und kraftsparend herum. Aber trotzdem drängte der vierte Mann wie erwartet viel zu früh heran, war nur einen halben Schritt hinter dem vorigen und würde angreifen, bevor er den Schläger wieder schwingen konnte.

Aber dann verschwand der vierte Mann. Als wäre er in vollem Tempo gegen einen Stolperdraht gelaufen. Das sah wie ein

Spezialeffekt im Film aus. Eben war er noch da, im nächsten Augenblick nicht mehr. Der dritte Kerl ging zu Boden, und hinter ihm entdeckte Reacher Neagley, die den vierten Mann mit einem harten Karateschlag gegen die Kehle von den Beinen geholt hatte.

Der Lockvogel aus dem Hauseingang hob die Hände.

Reacher sagte: »Danke, Sergeant.«

Neagley sagte: »Du hättest die Flasche aufheben sollen. Besser als der Schläger.«

Reacher blieb vor dem Lockvogel stehen und sagte: »Bestell deinem Boss, dass er aufhören soll, meine Zeit zu vergeuden. Sag ihm, er soll persönlich vorbeikommen. Einer gegen einen. Wir machen einen Spaziergang um den Block. Tauschen unsere Meinungen aus.«

Dann gingen sie durch die Passage zur Straße zurück, erst Neagley, dann Reacher. Sie standen in der Sonne, richteten sich auf, strafften die Schultern und kehrten eilig ins Hotel zurück.

28

Sie kamen spät zurück. Die anderen warteten schon. Bishop hatte einen kleinen Bus geschickt. Wie einen Shuttlebus zum Flughafen. Alle saßen auf ihren Plätzen, alle schauten aus ihren Fenstern. Waterman, Landry, White und Vanderbilt. Und Sinclair. Reacher und Neagley stiegen ein, die Tür schloss sich zischend hinter ihnen, und der Bus fuhr los. Keine lange Fahrt um die Außenalster zu einem großen, imposanten, aber etwas seltsamen Gebäude. Es sah aus wie eine aus dem Gedächtnis gezeichnete Kopie des Weißen Hauses von einem Architekten, der es einmal als Jugendlicher besichtigt hatte. Bishop empfing sie und führte sie in ihr Büro. Dort gab es Schreibtische, Telefone und Faxgeräte, Fotokopierer, Drucker und klobige Computerterminals mit schmuddeligen beigen Tastaturen. Bishop erklärte, die Telefonanlage sei eine Kopie der Anlage in McLean. In Hamburg hatte nur Griesmann ihre Nummern, ohne zu wissen, wo sie sich aufhielten.

Prompt rief Griesmann als Erster an.

Mit einem Problem.

Als Reacher sich meldete, sagte Griesmann: »Bitte den Lautsprecher nicht einschalten.«

»Warum nicht?«

»Ich habe versagt. Oder vielmehr meine Abteilung. Was auf das Gleiche hinausläuft.«

»Was ist passiert?«

»Wiley ist uns entkommen, fürchte ich. Irgendwie scheint er nachts in einen Unfall mit Fahrerflucht verwickelt gewesen zu sein. Er war mit dem Auto unterwegs und hat einen Radfahrer angefahren. Bestimmt voll Champagner. Eine Zeugin hat ihn perfekt beschrieben. Man hat ihr Helmut Klopps Phantombild gezeigt, und sie hat ihn sofort identifiziert. Das steht alles im Diensttagebuch der Kollegen von der Verkehrsdirektion.«

»Ihr Mann hat ihn also nicht gesehen, als er rausgekommen ist.«

»Er hat zwischendurch mal mit einem Verkehrspolizisten geredet. Vielleicht ist's dabei passiert.«

»Jedenfalls wissen Sie nicht, wo Wiley sich befindet.«

»Nicht mit akzeptabler Sicherheit.«

»Ist das etwas, das Sie zu sagen lernen?«

»Es klingt nüchtern und durchdacht, aber auch mit Formalien befrachtet.«

Reacher sagte: »Scheiße passiert eben. Denken Sie nicht mehr daran.«

Griesmann sagte: »Tut mir leid, dass wir ihn verpasst haben.«

»Machen Sie sich deswegen keine Sorgen.«

»Ich führe die Überwachung fort, so lange ich kann.«

»Vielen Dank.«

Reacher legte auf und berichtete, was er erfahren hatte. Sinclair stellte die erste Frage, die allen auf der Zunge lag, als sie sagte: »War das die Übergabe? Haben wir sie verpasst? War er so gestresst, dass er einen Radfahrer angefahren hat?«

»Bestimmt zu früh«, bemerkte Vanderbilt. »Das war mitten in der ersten Nacht. Er kann das Geld noch nicht haben. Folglich hat er noch nichts geliefert. Außer er ist wirklich strohdumm.«

»Schlimmstenfalls war er zum Flughafen unterwegs«, sagte Landry. »Zur Morgenmaschine nach Zürich. Vielleicht will er lieber ein paar Tage dort warten als hier. In diesem Fall hat er den Verkaufsgegenstand bei sich. Wenn er klein ist. Um ihn im Büro des Bankers zu übergeben, wie Reacher gesagt hat.«

»Wir sollten die Flughäfen überwachen«, meinte Waterman.

»Machen wir«, sagte Sinclair. »Auf beiden gibt es eine Kameraüberwachung. Die CIA hat vorübergehend Zugriff darauf. Inoffiziell, sodass ein Ende abzusehen ist, aber bisher ist Wiley weder hier noch dort aufgekreuzt.«

»Und er ist auch nicht nach Hause gekommen«, warf Reacher ein. »Außer Griesmanns Kerl hat ihn zweimal übersehen. Wo ist er also jetzt?«

»Unterwegs«, sagte Neagley. »Irgendwo in Deutschland. In der Phase vor der Auslieferung. Wie die Händlerinspektion, wenn man einen Neuwagen kauft. Vor der großen Enthüllung.«

Wiley wachte in seinem Schlafzimmer auf, in demselben Raum, in dem er in den letzten drei Monaten aufgewacht war. In seiner Mietwohnung am Hafen. In der neuen Wohnsiedlung. Ein Dorf innerhalb der City. Allerdings nicht wirklich. Tatsächlich war sie eine riesige Schlafstadt voller interesseloser Menschen, die bei Dunkelheit kamen und gingen und zwischendurch ein paar Stunden schliefen. Er hatte seine Nachbarn noch nie gesehen, und seines Wissens kannten auch sie ihn nicht. Perfekt.

Er stand auf und schaltete die Kaffeemaschine ein. Die Champagnerflasche spülte er aus, um sie dann zum Glascontainer mitzunehmen. Sein Glas stellte er in den Geschirrspüler.

Er griff nach dem Telefon und rief die Autovermietung an, bei der er Kunde war. Am anderen Ende meldete sich ein Mann, der jung und tüchtig zu sein schien.

Wiley fragte: »Sprechen Sie Englisch?«

»Gewiss, Sir«, sagte der junge Mann.

»Ich möchte einen Kastenwagen mieten.«

»Welche Größe, Sir?«

»Langer Radstand, Hochdach. Ich brauche innen reichlich Platz.«

»Wir vermieten Mercedes oder Volkswagen. Der Laderaum des Mercedes Sprinter ist länger. Über drei Meter dreißig.«

Wiley rechnete kurz nach. Drei Meter dreißig waren fast elf Fuß. Er brauchte zehn. Er fragte: »Wie hoch ist die Ladekante?«

»Ganz normal, glaube ich.«

»Gibt es den Wagen mit einem Rolltor als Hecktür?«

»Nein, Sir, der Sprinter hat eine zweiflüglige Hecktür. Ist das ein Problem?«

»Ich muss rückwärts an einen Lastwagen heranstoßen und Ware umladen. Mit dieser Art Hecktür komme ich nicht dicht genug heran.«

»Tut mir leid, aber unsere einzige Option mit Rolltor fällt in eine ganz andere Fahrzeugklasse. Da geht es um das zulässige Gesamtgewicht. In Deutschland braucht man für schwerere Fahrzeuge einen Lkw-Führerschein. Haben Sie einen?«

»Ich weiß ziemlich sicher, dass ich den richtigen Führerschein für jeden Ihrer Wagen habe. Darauf können Sie sich verlassen!«

»Gewiss, Sir«, entgegnete der junge Mann. »Wann brauchen Sie das Fahrzeug?«

»Sofort«, sagte Wiley.

Das Bürotelefon klingelte erneut, und Landry gab den Hörer an Reacher weiter. Der Anrufer war Bishop, der von seinem Büro aus telefonierte. »Am Empfang ist ein Soldat der U.S. Army, der Befehl hat, sich bei Ihnen zu melden.«

»Okay«, sagte Reacher. »Schicken Sie ihn rauf. Oder soll ich ihn abholen?«

»Ich lasse ihn begleiten«, sagte Bishop.

Die Begleiterin erwies sich als junge Frau Anfang zwanzig, vielleicht eine Berufsanfängerin, die aber schon voll im konsularischen Dienst aufging. Der Soldat erwies sich als Mannschaftsdienstgrad mit Irokesenhaarschnitt. Aus Wileys Flugabwehrbatterie. Aus seinem Chaparral-Team. Der Zeuge, der vor vier Monaten im Fall Wiley ausgesagt hatte. Als Specialist E-4 stand er eine Stufe über einem Obergefreiten, war aber noch kein Unteroffizier. Sein abgetragener Flecktarn-Kampfanzug saß tadellos. Er war Anfang zwanzig und sah wie ein guter Soldat aus. Auf seinem Namensschild stand Coleman.

Neagley stellte drei Stühle in eine ruhige Ecke, und sie nahmen Platz. Reacher sagte: »Danke, dass Sie vorbeigekommen sind, Soldat. Das wissen wir zu schätzen. Hat man Ihnen gesagt, worum es geht?«

Coleman sagte: »Sir, ich habe gehört, dass Sie mir Fragen nach Private Wiley stellen würden.«

Seinem Akzent nach stammte er aus dem Süden. Vielleicht aus den Hügeln Georgias. Er saß steif aufgerichtet auf der vorderen Stuhlkante, als versuchte er, im Sitzen Haltung anzunehmen.

Reacher sagte: »Uns liegen Berichte vor, dass Wiley sich in Ihrer Einheit wohlgefühlt hat. Sind diese Berichte zutreffend?«

Coleman antwortete: »Ja, Sir, das sind sie.«

»Glücklich und zufrieden?«

»Ja, Sir, das war er wohl.«

»Nicht gemobbt oder sonst wie unterdrückt?«

»Nein, Sir, meines Wissens nicht.«

»Dann ist's sehr merkwürdig, dass er sich unerlaubt von der Truppe entfernt hat. Und das macht es völlig unmöglich, Sie oder Ihre Einheit dafür zur Verantwortung zu ziehen. Hundert Bürokraten könnten hundert Jahre lang auf hundert Schreibmaschinen herumhacken, ohne Ihnen irgendeine Mitschuld zuweisen zu können. Wir wissen, dass Wiley aus externen Gründen abgehauen ist.«

Coleman sagte: »Ja, Sir, das war auch unsere Schlussfolgerung.«

»Also entspannen Sie sich, okay? Niemand wirft Ihnen irgendwas vor. Es gibt keine falschen Antworten. Und auch keine dummen. Wir brauchen alles, was Sie uns erzählen können. Jeden kleinsten Eindruck, auch wenn er vielleicht dämlich klingt. Halten Sie also nichts zurück. Danach haben Sie bis morgen früh in Hamburg frei. Sie können eine Runde durch die Klubs machen.«

Coleman nickte.

»Wie lange kennen Sie Wiley schon?«

»Er war fast zwei Jahre bei uns.«

»Ein alter Kerl, stimmt's?«

»Viel älter als mein ältester Bruder.«

»Ist Ihnen das komisch vorgekommen?«

»Ein bisschen.«

»Hatten Sie eine Theorie, warum er so lange gewartet hat?«

»Ich glaube, er hat erst ein paar andere Sachen ausprobiert.«

»Hat er darüber gesprochen?«

»Nein, Sir, nie«, sagte Coleman. »Er war immer sehr zugeknöpft. Hatte Geheimnisse vor uns. Wir wussten alle, dass er vieles für sich behielt. Er hat in sich reingegrinst und nie was erzählt. Aber das haben wir ihm nachgesehen, weil er schon alt war. Und es hat keinen davon abgehalten, ihn zu mögen. Er war allgemein beliebt.«

»War er fleißig?«

Coleman setzte zu einer Antwort an, schwieg dann aber doch.

Reacher fragte: »Was?«

»Sir, Sie haben nach dummen Eindrücken gefragt.«

»Dumm gefällt mir«, sagte Reacher. »Manchmal ist dumm alles, was wir haben.«

»Nun, Sir, ich hatte den Eindruck, dass er mehr als nur ein Geheimniskrämer war. Als hätte er einen Geheimplan. Für sein Leben. Tag für Tag. Ja, er war fleißig. Er hat jede Arbeit übernommen und sich nie beschwert. Nicht mal über den Bullshit. Und heutzutage ist fast alles Bullshit. Aber das hat er locker weggesteckt. Er war happy, weil jeder Tag ihn seinem Ziel näher brachte.«

»Welchem Ziel?«

»Das weiß ich nicht.«

»Vor vier Monaten haben Sie Wileys Onkel erwähnt.«

»Sie haben uns gefragt, ob Wiley ein redseliger Typ war. Sie wollten wissen, worüber er geredet hat. Da hat's nicht viel gegeben. Mir hat er erzählt, dass er aus Sugar Land, Texas, stammt. Und er hat was von Viehzucht verstanden. Einmal sagte er, er wäre gern Rancher. Aber das war alles. Er hat nie viel geredet. Die einzige Ausnahme war ein Abend nach einer großen Gefechtsübung. Wir hatten gut gegen die Hubschrauber abgeschnitten, haben ein paar Biere gezischt und waren ziemlich breit. Dann haben wir davon geredet, warum wir zur Army gegangen sind. Aber auf spezielle Weise, denn man musste alles in einen einzigen cleveren Satz packen. So was ist nicht meine Stärke, aber als ich dran war, habe ich gesagt: ›Ich bin zur Army gegangen, um ein Handwerk zu lernen.‹ Das sollte eine Doppelbedeutung haben – Handwerk als Automechaniker und Handwerk als Killer. Um später eine Alternative zu haben, falls sich kein Job als Mechaniker findet.«

»Gute Antwort«, sagte Reacher.

»Keiner hat's kapiert.«

»Was hat Wiley gesagt?«

»Er hat gesagt, dass er zur Army gegangen ist, weil sein Onkel ihm Storys von Davy Crockett erzählt hat. Was kurz und rätselhaft war, genau wie's sein sollte. Wie ein Kreuzworträtsel. Aber dann hat er sein geheimes Lächeln aufgesetzt. Für ihn war's einfach, geheimnisvoll zu sein. Er war immer geheimnisvoll.«

»Was hat er Ihrer Ansicht nach gemeint?«

»Ich erinnere mich an Davy Crockett im Fernsehen. Ich hab ihn jede Woche gesehen. Typisch für ihn war seine Mütze aus einem alten Waschbären. Aber die hätte mich nicht dazu gebracht, zur Army zu gehen. Also wusste ich nicht, was er gemeint hat. Dieses Mal hab ich auf dem Schlauch gestanden, glaub ich.«

»Hatte der Onkel einen Namen?«

»Nicht gleich damals. Aber als ich später wissen wollte, wieso er so oft über Viehzucht redet, wenn's in seiner Heimatstadt nur eine große alte Zuckerfabrik gibt, hat er erzählt, dass sein Onkel Arnold auf einer Ranch gearbeitet hat, bevor er eingezogen wurde.«

»War das derselbe Onkel? Oder ein anderer?«

Coleman hielt inne, als ginge er in Gedanken seine Verwandtschaft durch und überlegte, wie er sie nannte. Diesen Onkel, jenen Onkel. Gab es Unterschiede?

Schließlich sagte er: »Kann ich leider nicht sagen. Wiley war ein Kerl, der immer gern Namen verwendet hat. Wie in Texas üblich. Altmodische Höflichkeit. Aber sein cleverer Satz wäre dadurch zu lang geworden. Also war's vielleicht beide Male Arnold, vielleicht auch nicht.«

»Erzählen Sie mir mehr davon, wie jeder Tag ihn seinem Ziel näher gebracht hat. Von seinem Geheimplan. Wie war seine Stimmung? Hatten Sie den Eindruck von einem stetigen Plan, der Schritt für Schritt verwirklicht wurde? Oder hat es Höhen und Tiefen gegeben?«

»Keines von beiden, schätze ich«, sagte Coleman. »Oder eine Mischung aus beidem. Er war immer gut gelaunt, aber das hat sich später gesteigert. Allerdings nur in zwei Schritten. Erst war er besser drauf, und dann war er noch besser drauf.«

»Wann hat sich das geändert?«

»Nach ungefähr einem Jahr bei uns.«

»Was war passiert?«

»Nichts, was man mit Worten ausdrücken könnte.«

»Ihr persönlicher Eindruck?«

»Der könnte dumm klingen.«

»Dumm gefällt mir.«

»Na ja, er war wie ein Kerl, der auf eine Nachricht wartet und immer hofft, dass es eine gute Nachricht sein wird. Und dann bekommt er sie – und tatsächlich ist's eine gute Nachricht.«

»Wie ein Kerl, der etwas sucht, von dem er weiß, dass es da ist, und dann fündig wird?«

»Genau so.«

In Dschalalabad war es später Vormittag. Das Frühstück hatte man längst abgetragen, das Mittagessen stand bevor. Die Kurierin wurde erneut in den kleinen heißen Raum gerufen. Ihr zweiter Besuch an diesem Tag. Nach ihrer Ankunft bei Tagesanbruch hatte sie bereits Wileys Antwort übermittelt. Der Dicke hatte sich lächelnd gewiegt und der Große die Fäuste geballt und wie ein Wolf geheult. Jetzt war nur der Dicke da. Das Kissen des Großen war eingedrückt, aber leer. Er war unterwegs. Sehr aufgeregt. Sehr beschäftigt. Aufgeregter und beschäftigter, fand sie, als eine Angelegenheit erforderte, die er zuvor als ziemlich unwichtig bezeichnet hatte.

Fliegen kamen lautlos näher und schwirrten dann wieder davon.

Der Dicke sagte: »Setz dich.«

Die Kurierin betrachtete das Kissen des Großen.

Sie fragte: »Darf ich lieber stehen?«

»Wie du willst. Ich bin sehr stolz auf deine Leistung. Sie war untadelig. Was angesichts deiner exzellenten Ausbildung nicht anders zu erwarten war.«

»Danke«, sagte sie. »Ich habe mich gut vorbereitet gefühlt.«

»War dein Deutsch ausreichend?«

»Ich habe sehr wenig gesprochen. Nur mit dem Taxifahrer.«

»Hätte es ausgereicht, wenn du mehr hättest sprechen müssen?«

»Ich denke schon. Wegen meiner exzellenten Ausbildung.«

»Möchtest du nach Hamburg zurückgehen?«

Sie dachte an Fotos, Fingerabdrücke und Datenbanken.

Sie sagte: »Ich gehe überallhin, wo du mich in deiner Weisheit zu schicken wünschst.«

»Die Übergabe ist geplant, wie du weißt, aber wir müssen jemanden entsenden, der sie beaufsichtigt.«

»Das wäre mir eine Ehre.«

Der Dicke fragte: »Sind Sprachen deine größte Stärke?

Sie sagte: »Das kann ich nicht beurteilen.«

»Deine Ausbilder meinen, dass du ein ausgezeichnetes Gedächtnis hast – vor allem für Zahlen.«

Sie gab keine Antwort.

Über Zahlen wollte sie nicht reden.

Nicht in diesem Zusammenhang.

Der Dicke fragte: »Haben deine Ausbilder denn nicht die Wahrheit gesagt?«

»Sie sind sehr gütig. Aber das war zu viel des Lobes. Mein Zahlengedächtnis ist eher schlecht.«

»Wieso behauptest du das?«

Sie gab keine Antwort.

»Sag's mir!«

»Vor meiner Reise nach Hamburg soll ich in deinem Auftrag nach Zürich fliegen. Wo ebenfalls Deutsch gesprochen wird. Auf einer Bank soll ich Geld an Wiley überweisen. Dazu braucht man Kontonummern und Passwörter. Nur so kann ich die Übergabe autorisieren.«

»Aber du willst dich weigern?«

»Ich würde den Preis wissen müssen.«

»Aber natürlich! Er ist einer der vier Hauptpunkte. Unsere Kontonummer, unser Kennwort, der Betrag und die Kontonummer des Empfängers. Das bedeutet viel Auswendiglernen, gewiss, aber im Prinzip ist das Ganze eine sehr einfache, unkomplizierte Transaktion.«

»Ihr mögt es nicht, wenn Leute den Preis kennen.«

Der Dicke schwieg.

Die Kurierin sagte: »Also werde ich geopfert.«

»Nicht, wenn wir bekommen, was wir wollen. Diesmal ist's anders. Klappt der Deal, bleiben wir auf ewig damit verbunden. Wir alle! Wir werden Mythen und Legenden. Die Geschichte wird von Generation zu Generation überliefert. Der Kaufpreis wird als Schnäppchen gepriesen. Er wird gefeiert. Kleine Mädchen werden spielen, sie seien du. Sie werden deinen Auftritt in der Bank nachspielen. Und sie werden wissen, dass auch sie das könnten.«

Die Kurierin schwieg.

Der Dicke sagte: »Aber falls der Deal scheitert, wirst du liquidiert, ganz gleich, ob du nach Zürich fliegst oder nicht. Du bist schon untrennbar damit verbunden. Du bist schon eine Zeugin. Alle Zeugen werden beseitigt. Sonst wäre die Demütigung unerträglich groß für uns. Hundert Millionen Dollar für nichts? Wir würden die Erinnerung daran austilgen müssen. Sonst wären wir als Führer erledigt. Unsere Häuser würden ausgeraubt, wir selbst in die Wüste geschickt.«

Die Kurierin fragte: »Hundert Millionen Dollar? Ist das der Preis?«

»Geh und lerne die Zahlen«, wies der Dicke sie an. »Mach dich bereit, heute Abend abzureisen. Bete um Erfolg.«

In Hamburg fuhr Wiley mit dem Aufzug hinunter und durchquerte den Eingangsbereich. Er bewegte sich von dem Verkehrskreisel weg, passierte das nächste Gebäude, ging zwischen zwei weiteren hindurch und erreichte den rückwärtigen Teil der Wohnsiedlung, wo das neue Kleinpflaster in altes Granitpflaster zwischen Lagerhäusern und erhaltenen Hafenkränen überging. Dort führten neue Fußgängerbrücken – elegant gewölbte Bogen aus Teakholz und Stahl – übers dunkle Wasser. Wiley benützte eine, um zu einer breiteren Brücke zu gelangen, die ein Fleet überspannte und an der Straße mit der Bushaltestelle endete. Dort setzte er sich auf die kleine Bank unter dem Schutzdach und wartete. Erst kam der falsche Bus, dann folgte der richtige. Eine seiner Haltestellen lag ganz in der Nähe der Autovermietung. Wiley stieg ein. Er war ruhig und gelassen. Hatte nicht mehr das Gefühl zu fallen. Jetzt ging es darum, rein mechanisch eine Abfolge einfacher Aufgaben zu erledigen. Liefern, kassieren, fliegen. Dann würden fast zweieinhalbtausend Quadratkilometer Land auf ihn warten. Aus dem Weltraum sichtbar.

Er lächelte in sich hinein, im Gedränge im Bus allein.

Der kleine Horace Wiley.

Ein verdammt heißer Typ.

Einen Kilometer von der Busstrecke entfernt traf Müller in einem Café mit Dremmler zusammen. Dort gab es ein Dutzend Tische, von denen die meisten von ähnlichen Männerpaaren besetzt waren: angebliche Freunde ohne echte persönliche Bindung, die lediglich ein Geschäftszweck vereinte, der Kauf oder Verkauf, Finanzierung, Versicherung, Investieren, Leasing, Miete oder Zocken sein konnte.

Oder der gemeinsame Kampf gegen das Abbröckeln der nationalen Identität.

Dremmler sagte: »Nochmals vielen Dank für Ihre Hilfe in der Frage nach Reachers Aufenthaltsort. Unser Plan steht bereits.«

Müller sagte: »Gern geschehen.«

»Er kann nicht den ganzen Tag im Hotel bleiben. Irgendwann muss er rauskommen. Ich rechne jeden Augenblick mit einer positiven Meldung.«

»Gut«, sagte Müller.

»Haben Sie bei der anderen Sache Erfolg gehabt?«

Müller zog das Phantombild von Wiley aus der Tasche und strich es auf dem Tisch glatt.

Dremmler fragte: »War es schwer zu beschaffen?«

»Ich habe eine winzige Papierspur anlegen müssen. Aber sie führt nirgends hin.«

»Diesen Mann habe ich noch nie zu Gesicht bekommen. Er ist kein Mitglied der Bewegung.«

»Aber Klopp hat ihn mehr als einmal gesehen.«

»Dann geht er in die Bar, um etwas zu kaufen oder zu verkaufen. Oder beides. Ich werde das Bild ein paar Leuten zeigen, die ich kenne. Vielleicht kriegen wir so einen Namen und eine Adresse.«

»Wir kennen seinen Namen. Wiley. Und er ist nirgends gemeldet. Wie Sie wissen, habe ich das schon überprüft.«

»Er hat sich bestimmt eine neue Identität zugelegt. Oder mehrere. Das tun solche Leute immer als Erstes. Aber keine Sorge, ich weiß genau, wen ich fragen muss.«

Neagley bat Landry, seine Außenstelle New Orleans anzurufen und ihr einige Fragen an Wileys Mutter zu diktieren: nach allen ehemaligen Freunden namens Arnold, nach allen ehemaligen Freunden, die vor ihrer Einberufung Rancher gewesen waren, und nach allen ehemaligen Freunden, die jemals über Davy Crockett gesprochen hatten. Dann rief Vanderbilt sie zu einem klappernden Fernschreiber, der einen Armvoll Papier für sie ausspuckte. Ihre über Sinclair und die Vereinten Stabschefs gestellte Anfrage nach nicht aufgeklärten Eigentumsdelikten in Deutschland. In der näheren Umgebung von US-Stützpunkten. In der Zeit seit Wileys Versetzung nach Deutschland.

Jede Menge Straftaten.

Reacher fragte: »Wann bekommen wir die Liste der Einsatzorte Wileys?«

»Bald«, antwortete Neagley. »Sie ist in Arbeit.«

Die Straftaten waren zahlreich und vielfältig. Alle ungelöst. Es gab nächtliche Einbrüche, Straßenraub, bewaffnete Überfälle und Geiselnahmen, alle an bargeldreichen Orten wie Bars, Wettbüros und Stripklubs. Geografisch bildeten diese Tatorte die US-Standorte in Deutschland ab. Weil dort viel Geld in Umlauf war. Die Täter würden von auswärts zusammenströmen. Aus weiter Ferne wie Möwen zu einer Müllhalde. Nur sehr wenige von ihnen würden Soldaten sein – aber einige eben doch.

Neagley sagte: »Sieh dir bloß an, wie viel jeweils erbeutet worden ist!«

»Die Zahlen sind Bullshit«, meinte Reacher. »Für die Versicherung. Wir sollten sie halbieren.«

»Trotzdem. Mit ein, zwei Überfällen hätte Wiley sich genügend Startkapital beschaffen können. Mit drei bis vier wäre er in eine ganz andere Liga aufgestiegen. Dann müssten wir umdenken. Er könnte über mehrere Standorte und erhebliche Ressourcen verfügen.«

»Wann hat er gestohlen, was er verkauft?«

»Zwischen dem Tag, an dem er's entdeckt hat, und dem Ende seines letzten Dreitageurlaubs. Irgendwann in diesen zehn Monaten.«

»Wieso ist es nicht als vermisst gemeldet worden?«

»Hängt davon ab, um was es sich handelt. Und vom Inventurzyklus, nehme ich an. Vielleicht wird gerade jetzt etwas gezählt. Vielleicht kommt heute Abend die Meldung, was fehlt.«

»Wie gründlich wird Inventur gemacht?«

»Im Allgemeinen nicht besonders gründlich«, erklärte Neagley. »Meist eher oberflächlich. Stehen im Verzeichnis drei Behälter, zählen sie eins, zwei, drei und haken diesen Punkt ab.«

»Aber die Behälter könnten leer oder sonst was sein.«

»Beides ist möglich. Also steht die Inventur noch aus – oder er hat die Kontrolleure irgendwie überlistet. Das sind die einzigen Möglichkeiten.«

»Nein, ich glaube, dass es eine dritte gibt«, sagte Reacher.

»Vielleicht war das Diebesgut in keiner Liste aufgeführt. Vielleicht hat niemand von seiner Existenz gewusst, sodass es jetzt nicht vermisst wird.«

»Wie was?«

»Wie meine Hose.«

»Was ist mit der?«

»Gefällt sie dir?«

»Sie ist eine Hose.«

»Eine 1962 fürs U.S. Marine Corps genähte Hose, die 1965 geliefert wurde. Irgendwann ist sie versehentlich in ein Lagerhaus der U.S. Army in Maryland gelangt. Dort hat sie dreißig Jahre lang gelegen. Nie gezählt, nie kontrolliert, nie auf irgendeiner Liste.«

»Glaubst du, dass jemand gerade für hundert Millionen Dollar Hosen gekauft hat?«

»Nicht speziell Hosen.«

»Hemden?«

»Etwas, das in einem Winkel eines Lagerhauses vergessen wurde. Als eine dritte Möglichkeit.«

»Wie was?«

»Wir sollten hier gegen die Rote Armee kämpfen. Wir hatten alles mögliche Zeug. Und Leute machen Fehler. Wenn sie eine Palette Khakihosen des Marine Corps versehentlich an die Army schicken, können sie alles Mögliche versehentlich überallhin schicken.«

»Okay«, sagte Neagley. »Das ist eine dritte Möglichkeit.«

Dann klingelte ein Telefon.

Griesmann.

Der sagte: »Uns ist etwas gemeldet worden.«

29

Reacher schaltete den Lautsprecher ein, alle sieben Leute versammelten sich ums Telefon, und Griesmann sagte: »Ein Polizeirevier hat einen Anruf vom Geschäftsführer eines Autoverleihs bekommen. Übrigens nicht weit von Ihrem Hotel entfernt. Ein Mann, der Englisch mit amerikanischem Akzent sprach, hat gerade einen Kleinlaster gemietet. Obwohl er nur Englisch redete, hatte er einen deutschen Personalausweis. Ein Mitarbeiter an der Theke hat die Formalitäten erledigt. Aber der Manager hat das Kundengespräch von seinem Büro aus mitgehört und die Stimme wiedererkannt. Der Mann hatte erst vor Kurzem ein anderes Fahrzeug gemietet. Als der Geschäftsführer später nachgesehen hat, zeigte sich, dass der Kerl damals einen völlig anderen Namen benutzt und einen ganz anderen Ausweis vorgelegt hat.«

»Wann war das?«, fragte Reacher.

»Vor zwanzig Minuten.«

»Beschreibung?«

»Vage, aber er könnte Wiley gewesen sein. Deswegen rufe ich Sie an. Ich habe schon einen Wagen mit einer Kopie des Phantombilds hingeschickt. Die Rückmeldung dürfte bald eingehen.«

»Hat er in beiden Fällen deutsche Namen benutzt?«

»Ja, aber verschiedene. Neulich war's Ernst, dieses Mal Gebhardt.«

»Okay, danke«, sagte Reacher. »Melden Sie sich bitte, wenn die Autoverleiher das Phantombild gesehen haben.«

Er legte auf.

Sinclair sagte: »Das ist das Endspiel! Es läuft ab sofort. Den Kleinlaster braucht er für die Lieferung.«

»Und danach haut er schleunigst ab«, sagte Waterman. »Er verbraucht seine restlichen Ausweise. Den besten hebt er sich für den Flughafen auf.«

»Zwanzig Minuten«, sagte Landry. »Inzwischen kann er Hamburg längst verlassen haben. Dann ist Griesmann nicht mehr zuständig. Wir brauchen die Bundespolizei.«

Das Telefon klingelte.

Griesmann.

Der sagte: »Wir haben eine positive Identifizierung anhand der Zeichnung. Wiley ist der Mieter des Kleinlasters. Das steht hundertprozentig fest. Ich habe veranlasst, dass die Verkehrsdirektion nach dem Kennzeichen fahndet. Sie kann die umliegenden Polizeistationen einbinden. Das tut sie ständig. Wir rechnen jetzt mit einem Radius von fünfzehn Kilometern. Knapp zehn Meilen. Unterwegs ist er vermutlich nach Süden oder Osten, außer er will nach Holland oder Dänemark. Wir haben Wagen auf allen Bundesstraßen und Autobahnen. Irgendjemand sieht ihn bestimmt. Sein Fahrzeug ist groß. Und langsam.«

»Welche Adresse hat er angegeben?«, fragte Reacher.

»Die war falsch. Nur eine Baugrube. Für ein neues Apartmentgebäude auf der anderen Seite der Stadt.«

»Sonst noch was?«, fragte Reacher.

»Nur dass der junge Mann von der Autovermietung ausgesagt hat. Wiley habe nach der Höhe der Ladekante gefragt und einen Wagen mit Rolltor verlangt, weil er rückwärts an ein anderes Fahrzeug heranstoßen und Ware umladen müsse.

»Danke«, sagte Reacher.

Er legte auf.

Sinclair sagte: »Jetzt wissen wir wenigstens, worum es sich handelt. Es ist kein Schriftstück. Und es sind keine Geheiminformationen. Für den Transport wird ein Kleinlaster mit Rolltor benötigt.«

»Der rückwärts an einen anderen Lkw heranstoßen soll«, sagte Neagley. »Weshalb? Wozu das Umladen, wenn das Zeug schon auf einem Lastwagen liegt?«

»Vielleicht ist der erste Wagen gestohlen«, erklärte Reacher. »Vielleicht befürchtet er, er könnte damit angehalten werden.«

Neagley wandte sich ab und blätterte in dem zickzackförmig zusammengelegten Fernschreiben. Nicht aufgeklärte Straftaten in der Umgebung von US-Stützpunkten in Deutschland.

Während Wileys Dienstzeit verübt. Sie fuhr mit dem Zeigefinger die hellgrauen Zeilen hinunter.

Ihr Finger stoppte.

Sie sagte: »Vor sieben Monaten ist vor einem Frankfurter Möbelgeschäft, einem kleinen Familienunternehmen, ein Kastenwagen mit Rolltor gestohlen worden. Die Polizei hat bundesweit nach dem Kennzeichen gefahndet, aber der Wagen ist nie mehr aufgetaucht.«

Ihr Finger glitt weiter.

Dann sagte sie: »So, das war's. Jede Menge Autos, aber kein Kastenwagen mit Rolltor.«

Reacher sagte: »Das war ein Vierteljahr, bevor er sich unerlaubt von der Truppe entfernt hat.«

»Offenbar ein Langzeitprojekt.«

»Hat er das Objekt in derselben Nacht gestohlen wie den Kastenwagen?«

»Höchstwahrscheinlich. Damit lässt sich vielleicht auch der Ort eingrenzen. Ist Wiley jemand, der befürchtet, von der Polizei angehalten zu werden, hat er den Wagen in der Nähe gestohlen, ist möglichst kurz gefahren, hat das Objekt aufgeladen und es in ein vorbereitetes Versteck ganz in der Nähe gebracht. In eine Scheune oder dergleichen. Mit dem Ding an Bord. Eine

Dreiecksfahrt, rasch und konzentriert. Wenig Kilometer, wenig Risiko. Wir sollten uns ein relativ kleines Gebiet irgendwo in der Umgebung von Frankfurt vornehmen.«

»Aber dann ist er zu seiner Einheit zurückgekehrt. Für ein Vierteljahr. Weshalb?«

»Er ist erst mal abgetaucht. Hat auf eine Reaktion gewartet. Hat sich in aller Öffentlichkeit versteckt. Was ein cleverer Schachzug war. Wir hätten nach Soldaten, die sich unerlaubt von der Truppe entfernt haben, und bösen Kerlen von außerhalb gefahndet. Nicht nach Obergefreiten auf ihrem Posten. Aber das Ding wurde nie vermisst. Niemand hat Alarm geschlagen. Reaktion hat es keine gegeben. Sobald er sich seiner Sache sicher war, ist er bei nächster Gelegenheit abgehauen und hat sich in Hamburg eingeigelt. Er hat vier Monate gebraucht, um das Objekt zu verkaufen. Jetzt ist er unterwegs, um es zu holen.«

»Das sind gewagte Schlussfolgerungen«, meinte Sinclair. »Findet ihr nicht auch? Diesen Möbelwagen könnte jeder geklaut haben.«

Reacher sagte: »Wir müssen wissen, wo Wiley vor sieben Monaten war. Wir brauchen seine Einsatzorte.«

»Die Liste ist unterwegs«, sagte Neagley.

Wie auf ein Stichwort hin ratterte der Fernschreiber los.

Wiley fuhr mit dem gemieteten neuen Kastenwagen in Richtung Stadtmitte: langsam, vorsichtig, durch den Stadtverkehr schleichend, an Ampeln haltend, in seine Spiegel sehend. Er beschrieb einen Bogen um die Außenalster, kroch durch St. Georg und fuhr nach Westen, wo er wohnte. Schon lange vorher bog er jedoch links ab, rumpelte über eine kastenförmige Stahlbrücke in die alte Speicherstadt, wo die Piers für moderne Frachter zu klein und die ebenfalls kleinen Lagerhäuser preiswert zu mieten waren.

Er parkte vor einem stumpfgrünen zweiflügligen Tor und glitt von dem erhöhten Fahrersitz. Das Holztor war oben und unten mit Vorhängeschlössern gesichert und hatte in der Mitte ein gewöhnliches Türschloss. Wiley besaß alle drei Schlüssel. Er zog den rechten Torflügel auf, legte ihn fest, öffnete den linken Flügel und legte ihn ebenfalls fest.

Der Raum vor ihm war etwa zehn mal zwölf Meter groß und fast fünf Meter hoch. Wie die Doppelgarage eines hübschen Einfamilienhauses in Sugar Land, aber in allen Abmessungen etwas größer. Der rechte Stellplatz war leer. In dem linken stand der alte Möbelwagen. Wiley hatte ihn vor sieben Monaten aus Frankfurt hergefahren, in derselben Nacht, in der er ihn gestohlen und in der er die kostbare Fracht eingeladen hatte. Eigentlich war dieser verrückte Spurt nicht unbedingt nötig gewesen, weil er vorsichtshalber die Kennzeichen ausgetauscht hatte. Er hätte sich Zeit lassen können. Aber er hatte seinen Bestimmungsort so schnell wie möglich erreichen wollen, um sich wieder verkriechen zu können.

Die Strecke hatte er mit knapper Not geschafft. Der alte Wagen war eine klapprige Scheißkiste. Die Ölwarnleuchte hatte ununterbrochen gebrannt. Der Motor machte Geräusche. Er war kurz davor, seinen Geist aufzugeben, als Wiley vorwärts einparkte. Dankbar dafür, dass er am Ziel war, auch dankbar dafür, dass er keinen Abschleppdienst gebraucht hatte. Manche Dinge wären schwierig zu erklären gewesen. Er stellte den Motor ab, der nie wieder ansprang. Kolbenfresser. Daher der Mietwagen. Er parkte ihn auf dem zweiten Stellplatz, schloss das stumpfgrüne Tor wieder, ließ die Vorhangschlösser einschnappen, sperrte das Schloss ab und steckte die drei Schlüssel ein. Über eine alte eiserne Fußgängerbrücke gelangte er zur nächsten Pier. Ab dort gab es neue Fußgängerbrücken mit Bogen aus Teakholz und Stahl, auf denen er in den rückwärtigen Teil seiner Wohnsiedlung gelangte, wo er zwischen zwei Gebäuden hindurchging und ein weiteres passierte, bevor er seinen Eingangsbereich, seinen Aufzug und seine Wohnungstür erreichte.

Müller schloss die Tür seines Dienstzimmers und rief Dremmler an. Er sagte: »Der Mann auf dem Phantombild ist mit einem Kleinlaster aus Hamburg weggefahren. Die Kripo hat uns gerade alarmiert. Wir geben das Kennzeichen an alle Wagen in fünfzehn Kilometer Umkreis durch. Notfalls fordern wir Hilfe von benachbarten Polizeien an.«

»Er liefert«, sagte Dremmler. »Wir haben's verpasst!«

»Nein, das Fahrzeug ist offenbar leer. Er hat es erst vorhin von einer Autovermietung geholt.«

»Dann will er damit irgendwas transportieren. Das ist eigentlich interessanter. Halten Sie mich auf dem Laufenden. Sorgen Sie dafür, dass ich als Erster informiert werde.«

»Wird gemacht.«

»Die andere Sache hat leider nicht geklappt.«

»Reacher?«

»Er hat's vorausgesehen. Er hat eigene Kerle mitgebracht. Sie haben die Leute im Hinterhalt überfallen. Ein Trupp von zwölf Bewaffneten, sagen meine Männer. Dazu er selbst. Meine Männer hatten keine Chance.«

Nach der Nacht, in der der Möbelwagen gestohlen wurde, hatte Wiley drei Tage Urlaub. Aufenthaltsort unbekannt. Das war die erste Information, die die Liste seiner Einsatzorte lieferte. Unmittelbar davor hatte er sich nur wenige Kilometer nordöstlich des familiengeführten kleinen Möbelgeschäfts an seinem regulären Dienstort aufgehalten. Aber nicht viele Kilometer entfernt, dachte Reacher. Dutzende, nicht Hunderte. Er kannte dieses Gebiet. Er war schon oft dort gewesen. Durch öffentlichen Nahverkehr gut erschlossen. Wie Sugar Land und Houston. Eine Busfahrt.

Von Anfang bis Ende zeigte die Liste, dass Wiley nach der Ankunft in Deutschland zwischen der vorgeschobenen Feuerstellung seiner Einheit am Eisernen Vorhang und einem rückwärtigen Wartungsdepot gependelt war. Das nordöstlich von Frankfurt lag. Von dort aus gab es regelmäßige Freiwilligeneinsätze in einem Außenlager fünfzig Kilometer weiter westlich. In diesem ehemaligen Versorgungsdepot lagerten Dinge, die niemand mehr brauchte. Soldaten aus Wileys Einheit konnten sich freiwillig melden, um dort abgestellte Großgeräte auszuschlachten. Der Kommandeur nannte das eine praktische Ausbildung in Feldinstandsetzung. Das klang natürlich besser, fand Reacher, als wenn er zugegeben hätte, dass er runderneuerte Reifen holen lassen musste, auf die seine Einheit angewiesen war. Trotz dieser Anpreisung war der Dienst dort nicht beliebt. Bisher hatte es vier Kampagnen gegeben. Keiner hatte sich mehr als einmal dafür gemeldet.

Außer Wiley.

Wiley hatte sich dreimal freiwillig gemeldet.

Die ersten drei Male.

Aber nicht zum vierten Mal.

Neagley sagte: »Dort hat er das Objekt natürlich gesehen. Was immer es ist. In einer der Lagerhallen. So muss es gewesen sein. Beim ersten Mal hat er's vielleicht gesucht, beim zweiten Mal dann gefunden. Und beim dritten Mal hat er die Sache geplant und das Ding vor sieben Monaten gestohlen. Folglich musste er kein viertes Mal mehr hin. Das Objekt war längst nicht mehr da. Er hatte es bereits.«

»In der Nähe versteckt, wenn du recht hast. Dafür brauchen wir eine Bestätigung. Wir brauchen vier Männer mit Ferngläsern

sern als eine visuelle Falle. Vielleicht an der Autobahn südlich von Hannover. So weit kann er noch nicht gekommen sein.«

Er rief Griesmann an, der zusagte, sich sofort darum zu kümmern.

Sinclair sagte: »Er ist sehr hilfsbereit.«

Reacher sagte: »Bisher.«

»Erpressen Sie ihn?«

»Ich habe versprochen, das nicht zu tun, aber ich weiß nicht, ob er mir glaubt. Also tue ich's irgendwie doch. Das Endergebnis ist gleich.«

»Hoffentlich noch recht lange.«

»Eher nicht«, meinte Reacher. »Griesmann lässt uns fallen, sobald er ein größeres Problem bekommt.«

»Gibt's ein größeres Problem als dieses?

»Er weiß nicht, wie schlimm es ist.«

»Sollen wir's ihm sagen?«, fragte Sinclair. »Sollen wir offiziell um Amtshilfe bitten?«

White sagte: »Das wäre ein politisches Desaster. Wir würden schwach dastehen. Russland ist ganz nahe. Wir dürfen unsere schmutzige Wäsche nicht in der Öffentlichkeit waschen.«

Waterman sagte: »Und dazu ist's ohnehin schon zu spät. Die Deutschen würden allein für ihre Antwort einen halben Tag brauchen. Ihre Einweisung würde einen weiteren Tag dauern. Vielleicht länger, weil wir mit den Grundlagen beginnen müssten. Dann hätte Wiley mindestens sechsunddreißig Stunden Vorsprung. Bis dahin kann er überall sein. Dies ist jetzt ein großes Land.«

Dremmlers Büro lag im dritten Stock eines Gebäudes, das ganz ihm gehörte. Er fuhr mit dem Aufzug hinunter, einem Original aus den fünfziger Jahren. Langsam, aber zuverlässig. Zwanzig Sekunden bis ins Erdgeschoss. In dieser Zeit importierte und verkaufte Dremmler dreiunddreißig Paar brasilianischer Schuhe. Eine beruhigende Zahl. Eine Million Paare in der Woche. Über fünfzig Millionen Paare im Jahr.

Er verließ sein Gebäude und ging in der fahlen Mittagssonne zwei, drei Straßen weit zu der Bar mit der gefirnissten Holzfassade. Früher hätte niemand um diese Zeit Mittag gemacht, aber jetzt herrschte dort reger Betrieb. Wegen der gleitenden Arbeitszeit verteilten die Mittagspausen sich auf einen viel längeren Zeitraum.

Dremmler drängte sich durch die Menge, nickte Leuten zu und schüttelte Hände, bis er Wolfgang Schlupp auf einem Hocker an der Theke sitzen sah. Keine imposante Erscheinung. Schwarzes Haar, dunkle Augen, hageres dunkles Gesicht, schmächtige Gestalt. Aber nützlich. Und im Begriff, noch nützlicher zu werden. Dremmler arbeitete sich zu ihm vor und blieb mit dem Rücken zum Raum neben ihm stehen. Er sagte: »Na, wie gehen die Geschäfte, Herr Schlupp?«

Schlupp fragte: »Was brauchen Sie?«

»Informationen«, antwortete Dremmler. »Für unsere Sache. Das neue Deutschland braucht sie.«

Ein Barkeeper in langer Leinenschürze kam herüber, und Dremmler bestellte ein Bier.

Schlupp fragte: »Was für Informationen?«

»Sie haben für einen amerikanischen Gentleman einen Führerschein, vielleicht auch einen Reisepass angefertigt.«

»Nein, das stimmt nicht. Ich habe überhaupt nichts angefertigt.«

»Also gut, Sie haben den Auftrag an Ihre Partner in Berlin weitergeleitet. Die haben die Dokumente angefertigt. Sie haben nur die Hälfte des Geldes behalten.«

»Und wenn schon?«

Dremmler verschaffte sich etwas mehr Platz und zog die

Fotokopie der Zeichnung aus der Tasche. Er strich sie auf der Theke glatt.

Er sagte: »Es geht um diesen Mann.«

Das Haar, die Augenbrauen, die Wangenknochen. Die tief in ihren Höhlen liegenden Augen.

Schlupp sagte: »Kenn ich nicht.«

»Ich denke, dass Sie ihn kennen.«

»Und wenn schon?«

»Das wäre wichtig für unsere Sache.«

»Was denn?«

»Welchen Namen hat dieser Mann angenommen?«

»Wozu möchten Sie das wissen?«

»Wir wollen ihn finden.«

Schlupp sagte: »Sie wissen, dass ich Ihnen das nicht sagen darf. Wie sollte ich so Geschäfte machen? Kein Mensch würde mir mehr trauen.«

»Nur dieses eine Mal. Niemand erfährt davon. Nach diesem Kerl wird ohnehin schon gefahndet. Aber wir wollen der Polizei zuvorkommen. Im Augenblick ist er mit einem leeren Kleinlaster irgendwohin unterwegs. Um etwas abzuholen. Offenbar etwas Schweres. Sonst bräuchte er kein großes Fahrzeug. Das könnten Waffen sein. Oder Nazigold aus einem Salzbergwerk.«

»Und Sie wollen es.«

»Für uns alle. Für unsere Sache. Es könnte einen riesigen Unterschied machen.«

Schlupp äußerte sich nicht dazu.

Dremmler sagte: »Es gäbe natürlich einen Finderlohn. Oder ein Beraterhonorar. Oder eine prozentuale Beteiligung, wenn Ihnen das lieber ist.«

Schlupp sagte: »Ich würde viel riskieren. Für diese Leute bin ich wie ein Beichtvater. Sie vertrauen auf meine Verschwiegenheit.«

»Die Höhe des Honorars würde natürlich das Risiko widerspiegeln.«

Schlupp betrachtete nochmals die Zeichnung.

Er sagte: »Ich glaube, ich erinnere mich an ihn. Ich hatte schon viele Amerikaner. Dieser Kerl wollte drei verschiedene Identitäten. Nur Führerschein und Personalausweis für die beiden ersten Namen. Aber für den dritten auch einen Reisepass, glaube ich.«

»Wie lauten die Namen?«

»Das ist lange her. Ich müsste erst nachsehen.«

»Sie erinnern sich nicht?«

»Ich höre Hunderte von Namen.«

»Bis wann kann ich die Namen haben?«

»Wenn ich nach Hause komme.«

»Rufen Sie mich sofort an, ja? Das ist sehr wichtig. Für unsere Sache.«

»Okay«, sagte Schlupp.

Dremmler nickte befriedigt und verließ die Bar, wie er hereingekommen war: mit einer Schulter voraus, nickend und Hände schüttelnd, zurück in den fahlen Sonnenschein jenseits der offenen Eingangstür.

Der Barkeeper, der ihm das Bier serviert hatte, nahm den Telefonhörer ab.

In dem Büro im Konsulat klingelte das Telefon. Vanderbilt nahm ab und gab den Hörer an Reacher weiter. Der Anrufer war Orozco. Er fragte: »Sitzen wir in der Klemme?«

»Noch nicht«, sagte Reacher. »Wir glauben, dass Wiley nach Frankfurt unterwegs ist. Wir vermuten, dass er vor ungefähr sieben Monaten etwas aus einem großen Lager in der Nähe seines Stützpunkts gestohlen hat. Und dass er's irgendwo versteckt hält. Jetzt scheint er unterwegs zu sein, um es abzuholen.«

»In Frankfurt haben wir jede Menge Leute.«

»Ich weiß«, sagte Reacher. »Ich rufe dort an, falls wir sie brauchen.«

»Ich bin gerade mit Billy Bob und Jimmy Lee fertig. Sie haben sich das Beste für zuletzt aufgehoben. Wie sich rausstellt, haben sie Wiley eine M9 verkauft. Nehmt euch also in Acht. Er ist bewaffnet.«

Wileys Telefon klingelte. Er nahm den Anruf in der Küche entgegen. Die Hintergrundgeräusche zeigten ihm sofort, wer der Anrufer war. Der freundliche Barkeeper, den reichliche Trinkgelder, die an Bestechung grenzten, noch freundlicher gemacht hatten. Dazu eine Sonderzahlung für etwaige Notfälle. Oder Warnungen. Oder irgendetwas, das der großzügige Geldgeber vermutlich zu schätzen wissen würde. Das funktionierte überall auf der Welt. Alles unausgesprochen, aber von allen Beteiligten verstanden.

Der Mann sagte: »Wolfgang Schlupp ist dabei, Sie an Dremmler zu verraten.«

Wiley fragte: »Für wie viel?«

»Gegen Prozente. Dremmler meint, dass Sie unterwegs sind, um Nazigold abzuholen.«

»Ich war unterwegs zur Toilette.«

»Sie haben Zeit, bis Schlupp zu Hause ist.«

In dem Büro im Konsulat klingelte das Telefon erneut. Landry nahm den Hörer ab und gab ihn Neagley, die ihn an Reacher weiterreichte. Der Anrufer war Griesmann. Er sagte: »Wie sich herausstellt, braucht unsere Verkehrsdirektion detaillierte Angaben für eine Überwachung bei Hannover. Wir alle sparen Zeit, wenn Sie direkt mit ihr telefonieren. Das ist auch genauer. Ich habe mit dem stellvertretenden Leiter gesprochen.

Er erwartet Ihren Anruf unter folgender Nummer …« Griesmann nannte eine, die Reacher sich merkte. »Er heißt Müller, Kommissar Müller.«

»Okay«, sagte Reacher. »Sonst noch was?«

»Nichts. Viel Erfolg.«

»Danke.«

Reacher legte auf und wählte sofort wieder.

Das Telefon auf Müllers Schreibtisch klingelte. Er schloss die Tür, setzte sich wieder und nahm den Hörer ab. Eine amerikanische Stimme fragte: »Spreche ich mit Kommissar Müller von der Verkehrsdirektion?«

Müller sagte: »Ja.«

»Mein Name ist Reacher. Kripochef Griesmann hat Ihnen meinen Anruf angekündigt, glaube ich.«

Müller schob eine Akte beiseite und fand einen Block mit Vordrucken für Telefonnotizen. Er griff nach seinem Kugelschreiber, um Datum, Uhrzeit und Anrufer zu notieren. Er sagte: »Wie ich höre, sollen wir die Autobahn südlich von Hannover überwachen.«

»Sie haben das Kennzeichen des gesuchten Fahrzeugs. Ich muss wissen, ob es von hier in den Raum Frankfurt unterwegs ist.«

»Wie soll das genau ablaufen?«

»Neutrale Wagen auf dem Standstreifen. Oder auf einer Brücke. Vier Augenpaare. Wie eine Radarfalle, aber mit Ferngläsern statt Radarpistolen.«

»Damit haben wir wenig Erfahrung, Mr. Reacher. Auf der Autobahn gibt es keine Geschwindigkeitsbegrenzung.«

»Aber Sie wissen, was ich meine.«

»Aus amerikanischen Fernsehfilmen.« Müller notierte sich die Hauptpunkte auf seinem Block.

Reacher sagte: »Die Meldung muss sofort kommen. Ich brauche Zeit für die Vorbereitungen am anderen Ende.«

Müller fragte: »Wissen Sie, wohin er unterwegs ist?«

»Nicht genau. Noch nicht.«

»Halten Sie mich auf dem Laufenden. Ich könnte Unterstützung organisieren.«

»Danke, wird gemacht.«

Müller legte auf. Er riss die Telefonnotiz von dem Block, zerriss sie in Hälften, Viertel, Achtel und Sechzehntel, die er wie Konfetti in seinen Papierkorb rieseln ließ. Reacher konnte behaupten, mit ihm gesprochen zu haben, aber Müller würde behaupten, er habe seine Anforderung letztlich zurückgenommen. Weder das eine noch das andere ließ sich beweisen. Eine klassische Pattsituation, in der die Cops immer Sieger blieben.

Er rief Dremmler an.

Er sagte: »Kaum zu glauben, aber gerade hat Reacher mich angerufen. Griesmann hat ihn an mich verwiesen. Reacher denkt, dass Wiley nach Frankfurt unterwegs ist. Er hat mir versprochen, dass ich das exakte Ziel erfahre, sobald er's weiß.«

»Ausgezeichnet.«

»Weißt du seinen neuen Namen schon?«

»Den bekomme ich demnächst.«

Wolfgang Schlupp trank erst das Bier, das Dremmler nicht angerührt hatte, bevor er die Bar verließ. Er ging durch zwei Gassen und fuhr mit einem Bus, der ihn an einer anderen Gasse absetzte, die zu seiner Dachgeschosswohnung in einem alten Stadthaus führte. Ohne Aufzug, denn dafür war das Gebäude zu alt. Aber eine sündhaft teure Wohnlage. Lange hatte es geheißen, die gesamte Häuserzeile sei nach dem Krieg schlecht instandgesetzt worden. Dann hatte ein Gutachten jedoch genau das Gegenteil ergeben. Die Quadratmeterpreise hatten sich über Nacht verdoppelt. Schlupp war damals frühzeitig eingestiegen. Er hatte in der Bar ein Gespräch zweier Beamter mitgehört, die sich mit dem Rücken zu ihm stehend über die überraschende Wendung unterhalten hatten.

Er stieg die Treppe hinauf, am ersten Stock vorbei zum zweiten und noch höher.

Wiley hörte ihn kommen. Er lehnte an der Wand, im Schatten zwischen einem Feuerlöscherschrank und Warmwasserrohren. In einer Hand hielt er eine Pistole. Seine Beretta M9, eine bei der U.S. Army ausgesonderte Waffe, die er von zwei Soldaten gekauft hatte, die bei ihrer Versorgungseinheit klauten. Passenderweise in der Bar, in der der schwatzhafte Herr Schlupp seinen nicht völlig geheimen Ausweishandel betrieb.

Schlupp erreichte den oberen Treppenabsatz, wandte sich nach links und schloss seine Tür auf. Wiley trat aus dem Schatten, drängte ihn mit der Pistolenmündung im Rücken über die Schwelle, schloss die Wohnungstür mit dem Absatz und stieß ihn vor sich her durch den Flur in das geräumige Wohnzimmer – höchst elegant in Grau und mit freigelegtem Mauerwerk –, in dem Schlupp stolperte, auf ein schwarzes Ledersofa fiel und hilflos liegen blieb.

Wiley stand über ihm und zielte mit der Pistole in sein Gesicht.

Er sagte: »Wie ich höre, willst du mich verkaufen, Wolfgang.«

»Stimmt nicht«, entgegnete Schlupp. »Das täte ich nie! Wie könnte ich dann noch Geschäfte machen?«

»Du hast's Dremmler versprochen.«

»Ich wollte einen Namen erfinden und ihn auf eine falsche Fährte locken.«

»Du hast die Unterlagen hier?«

»Alle verschlüsselt.«

»Wieso hast du den Namen nicht in der Bar erfunden? Warum wolltest du erst in deinen Unterlagen nachsehen?«

»Hat Dremmler dir das erzählt?«

»Unwichtig, von wem ich das habe. Du wolltest mich verkaufen. Dazu wolltest du in deinen Unterlagen nachsehen. Dremmler will, dass du ihn gleich anrufst, weil das für eure Sache sehr wichtig ist.«

»Ausgeschlossen, Mann. Das ist Bullshit. Wie könnte ich? Wer würde mir dann noch trauen?«

»Wieso hast du den Namen nicht gleich in der Bar erfunden?«

Schlupp gab keine Antwort.

Wiley sagte: »Zeig mir die Unterlagen.«

Schlupp rappelte sich auf und schlurfte wie zuvor mit der Pistole im Rücken den Korridor entlang in sein kleines Arbeitszimmer.

Dort zeigte er auf ein hohes Regal.

Er sagte: »Der rote Ordner.«

Der Ordner war ein Ringbuch. Auf linierten Seiten standen handschriftliche Codes, unsinnige Wörter in eigenen Spalten, vielleicht alter Name, neuer Name, Reisepass, Führerschein, Personalausweis.

Wiley fragte: »Welcher bin ich?«

»Ich wollte dich nicht verkaufen.«

»Wieso hast du den Namen nicht gleich in der Bar erfunden?«

»Dremmler erzählt lauter Scheiß, Mann. Im Augenblick glaubt er, dass du mit einem Kastenwagen auf der Suche nach Nazigold übers Land fährst. Aber das tust du offenbar nicht. Und wenn er sich in diesem Punkt täuscht, kann er sich auch in allen anderen täuschen. Das ist nur logisch, stimmt's? Wozu überhaupt auf ihn hören?«

»Ich hab auf den Barkeeper gehört«, erklärte Wiley. »Dremmler hat gefragt, und du hast geantwortet. Du wolltest mich verkaufen. Hättest du das nicht gewollt, hättest du ihm sofort einen falschen Namen genannt. Okay, vielleicht warst du zunächst erstarrt, aber in der nächsten Minute hättest du aufwachen und sagen müssen: Ah, jetzt fällt's mir wieder ein, er nennt sich Schmidt. Oder so ähnlich. Aber das hast du nicht getan.«

»Er macht mir Angst, Mann. Mit ihm legt man sich besser nicht an. Okay, ich wollte ihm den Namen sagen. Aber ich hab's mir anders überlegt.«

»Als du mich gesehen hast?«

»Nein, vorher.«

»Das glaub ich dir nicht.«

»Wer würde noch mit mir Geschäfte machen wollen?«

»Dremmler hat versprochen, das Risiko auszugleichen.«

»Du irrst dich, Mann! Ich schwöre, ich hab's mir anders überlegt. Ich hätt's nie getan.«

Wer A sagt, muss auch B sagen.

Alles oder nichts.

Wiley sagte: »Immer besser, auf Nummer sicher zu gehen, Kumpel.«

Er umfasste die Waffe mit beiden Händen, schnell und geschmeidig, und traf Schlupps Schläfe mit einem Rückhandschlag mit dem Griffboden. Erschießen wollte er ihn nicht. Nicht hier. Zu laut. Er traf ihn nochmals mit einer Vorhand, und der Kopf des Kerls flog wie der einer Stoffpuppe zur Seite. Als er wieder zur Ruhe kam, schlug Wiley ein drittes Mal wie mit einer Axt zu. Schlupp sank auf die Knie. Wiley holte erneut aus. Schlupp fiel nach vorn und blieb auf dem Gesicht liegen. Wiley beugte sich über ihn und schlug wieder und wieder und wieder und wieder und wieder zu.

Knochen zersplitterten, Blut quoll und spritzte.

Wiley richtete sich keuchend auf und holte tief Luft.

Er tastete an Schlupps Hals nach seinem Puls.

Nichts.

Nur um ganz sicherzugehen, wartete er noch eine volle Minute. Weiterhin nichts. Also wischte er seine Pistole an Schlupps Hemd ab, nahm das rote Ringbuch und verließ die Wohnung.

30

Reacher saß in einer stillen Ecke des Büros im Konsulat, wartete darauf, dass das Telefon klingelte, und fragte sich, wer zuerst anrufen würde – New Orleans oder Müller von der Verkehrsdirektion. Dabei kam er sich vor, als wartete er auf den Sieger eines Rennens in Zeitlupe. Er stellte sich vor, wie es über dem Mississippidelta zögerlich hell wurde, die dortigen FBI-Agenten aufwachten und gemütlich frühstückten, ehe sie losfuhren. Ab dann verlief alles vielleicht etwas rascher. Ihr Termin bei Wileys Mutter war vermutlich der Erste an diesem Tag. Wegen des Drucks von Waterman und Landry. Vielleicht schon um acht Uhr morgens, weil Wohlfahrtsempfänger das Bestreben hatten, sich mit dem Staat gut zu stellen. Im Gegensatz zu dem beschaulichen Tempo in Louisiana war Wileys Kastenwagen fünftausend Meilen weit entfernt mit hundert Sachen auf der Autobahn unterwegs, näherte sich Hannover, fuhr daran vorbei, ließ es hinter sich zurück und raste nach Süden auf die neutralen Überwachungswagen zu.

Wer würde zuerst ankommen?

Das Telefon klingelte.

Weder New Orleans noch Müller von der Verkehrsdirektion.

Der Anrufer war Griesmann.

Der sagte: »Wir haben ein großes Problem.«

Reacher fragte: »Welcher Art?«

»Es gibt einen Mord in der Innenstadt. Jemand hat einem kleinen Mann den Schädel eingeschlagen. Erst vor Kurzem. Ein Nachbar hat verdächtige Geräusche gehört. Ich fühle mich verpflichtet, meine Leute dort einzusetzen, zumindest für heute. Mir bleibt wirklich keine andere Wahl. Tut mir leid, mein Freund, aber ich muss unsere zeitweilige Unterstützung beenden.«

»Und Sie fragen sich, wie ich das aufnehmen werde?«

Griesmann machte eine kurze Pause.

»Nein«, entgegnete er, »ich vertraue auf Ihr Wort.«

Reacher sagte: »Viel Erfolg bei Ihren Ermittlungen.«

»Danke.«

Reacher legte auf. Sinclair sah ihn fragend an, und er sagte: »Jetzt sind wir allein.«

»Weil du solch ein Gentleman bist.«

»Wir haben Zeit.«

»Die Kurierin könnte schon in Zürich sein.«

»Spielt keine Rolle. Nur dieser Teil ist wichtig. Etwas Schweres in einem Kastenwagen. Das nicht wie Geld verschoben werden kann. Nicht blitzschnell und heimlich. Sein Transport ist langsam und schwerfällig, laut und sichtbar, weil dieses Zeug real ist.«

»Nur hat Müller es nicht entdeckt.«

»Noch nicht.«

»Wie lange willst du noch zuwarten?«

»Vielleicht zwei Stunden.«

»Und dann?«

»Dann weiß ich, dass Wiley nicht nach Frankfurt unterwegs war.«

Das Telefon klingelte erneut.

Diesmal kam der Anruf vom FBI in New Orleans – direkt aus einem Dienstwagen, der vor der Hütte stand, in der Wileys Mutter hauste. Zwei Agenten, ein Mann und eine Frau. Sofortige Berichterstattung wie angefordert. Sie hatten die Befragung mit den vorgegebenen Fragen nach dem Namen Arnold, dem eingezogenen Rancher und dem Davy-Crockett-Fan begonnen. Wie sich herausgestellt hatte, handelte es sich in allen drei Fällen um denselben Mann. Sein vollständiger Name lautete Arnold Peter Mason. Geboren und aufgewachsen in Amarillo, Texas. Er hatte als junger Mann auf einer Ranch gearbeitet, dann zwanzig Jahre in der U.S. Army gedient und später sechs Jahre in Sugar Land, Texas, mit Mrs. Wiley zusammengelebt. Von Horace Wileys zehntem bis zu seinem sechzehnten Lebensjahr. Und ja, der Junge hatte ihn Onkel genannt. Arnold, ein schweigsamer Mann mit Geheimnissen, war älter gewesen als Mrs. Wileys bisherige Partner, aber er hatte anfangs gut für sie gesorgt. Weitere Details würden folgen.

Landry, Vanderbilt und Neagley suchten den Namen in ihren jeweiligen Datenbanken. Arnold Peter Mason. Landry fand nichts von unmittelbarem Interesse. Vanderbilt ebenfalls nicht. Neagley bekam einen Unteroffizier mit zwanzig Dienstjahren bei der Luftlandetruppe angezeigt. Keine goldenen Sterne, keine roten Warnflaggen. Lange Jahre in Deutschland, als es dort jederzeit Krieg hätte geben können.

Nach Auskunft der Sozialversicherung war er noch am Leben. Fünfundsechzig Jahre alt. Nach Auskunft der Steuerbehörde weiterhin steuerpflichtig. Ein bescheidenes Einkommen, das von Jahr zu Jahr zurückging. Vielleicht übernahm er noch Gelegenheitsarbeiten, bevor er irgendwann in den Ruhestand trat.

Nach Auskunft des Außenministeriums Inhaber eines Reisepasses.

Keine Anschrift in den Vereinigten Staaten.

Die Finanzbehörde meldete, seine Steuererklärungen seien aus Übersee eingegangen.

Laut CIA lebte er in Deutschland.

Nach Auskunft der US-Botschaft in Berlin wohnte er als pensionierter ehemaliger Militärangehöriger in einem Dorf bei Bremen. Eine Autostunde von Hamburg entfernt.

Reacher fragte: »Ist das eine Koproduktion? Arbeiten die beiden zusammen?«

Neagley antwortete: »Vielleicht ist der erste Laster dort versteckt. Bei Onkel Arnold, nicht in Frankfurt.«

»Wozu braucht er dann jetzt einen zweiten Wagen?«

»Vielleicht hat Onkel Arnold vergessen, die Reifen aufzupumpen.«

»Oder sie wollen sich die Ladung teilen. Falls es eine Koproduktion ist. Vielleicht bekommt man für hundert Millionen nur Wileys Hälfte.«

»Augenblick!«, sagte White. »Überlegt mal. Onkel Arnold ist seit fast zwanzig Jahren in Deutschland. Seit Wiley sechzehn war. Das ist eine verdammt lange Zeit.«

»Und seht euch das hier an«, warf Vanderbilt ein.

Außer Mason waren bei der Botschaft auch zwei Angehörige registriert, die keine US-Bürger waren.

Landry sagte: »Jede Wette, dass er Frau und Kind hat.«

Dann klingelte das Telefon erneut. Die FBI-Agenten in New Orleans riefen aus ihrem Auto an, um etwas Wichtiges nachzutragen. Nach sechs relativ glücklichen Jahren hatte Mrs. Wiley Arnold Mason vor die Tür gesetzt, weil sie zufällig die Entdeckung machte, dass er in Deutschland eine Frau hatte. Und einen Sohn. Der Junge war behindert. Mrs. Wiley besaß nicht viel, aber sie hatte ihren Stolz.

Als praktisch veranlagter Mann reinigte Wiley seine Pistole im Geschirrspüler. Warum auch nicht? Die M9 war nach militärischen Vorgaben gebaut. Sie war sogar salzwasserfest. Er wählte das Programm für sehr stark verschmutztes Geschirr mit normaler Trockenphase. Anschließend würde er die Teile ölen und die Waffe wieder zusammensetzen: tadellos sauber und so gut wie neu.

Seine blutbespritzte Kleidung hatte er zusammengeknüllt und mit dem roten Ordner in den Mülleimer in der Küche gestopft. Eine wohlüberlegte Entscheidung. Ursprünglich hatte er sie mitnehmen und in einem Abfalleimer auf der Straße entsorgen wollen. Nicht zu nahe, aber auch nicht zu weit entfernt. Niemand ging gern weite Strecken mit verdächtigen Gegenständen in der Hand. Andererseits zogen die Ermittler vielleicht alle Register und durchsuchten sämtliche Abfallkübel – wozu ihnen dann die Chance geben, auf dem Stadtplan einen Kreis zu ziehen, um herauszufinden, wo man wohnte? Nein, das Zeug blieb besser hier. Der Vermieter würde es in vier Wochen finden, doch bis dahin wäre dies ohne Bedeutung.

Wiley griff nach dem Telefonhörer und wählte die Nummer seines Reisebüros. Er sprach mit der jungen Frau, bei der er den Flug nach Zürich gebucht hatte. Sie sprach gutes Englisch und wusste, dass er einen Fensterplatz bevorzugte. Alle nötigen Angaben hatte sie seinem glänzend neuen Reisepass entnommen.

Müller rief nicht an. Das überraschte niemanden. Als mutmaßliches Ziel hatte Bremen Frankfurt abgelöst. Das Dorf, in dem Onkel Arnold lebte. Bishop brachte eine Straßenkarte mit und breitete sie auf dem Tisch aus. Die von der Botschaft genannte Adresse begann mit »Gelb-Hof«. Das war keine Straßenbezeichnung, sondern der Name eines Bauernhofs. Reacher stellte sich Scheunen und Ställe und Nebengebäude und weiß abgedeckte Fahrsilos mit alten Autoreifen vor.

Verstecke.

Er sagte: »Wir brauchen ein Auto.«

Bishop sagte: »Wir brauchen einen Plan.«

Der Fernschreiber begann zu rattern.

»Onkel Arnolds Personalakte«, erklärte Neagley.

Reacher sagte: »Der Plan ist, dass Sergeant Neagley und ich einen Erkundungsvorstoß unternehmen und Informationen sammeln.«

»Negativ«, entgegnete Bishop. »Auch CIA und NSC müssen vertreten sein. Dr. Sinclair und ich begleiten Sie. Und die Einsatzregeln verbieten jegliche Gewaltanwendung. Nur Beobachtung, verstanden? Sonst bekommen wir Schwierigkeiten mit den Deutschen. Juristisch ist dieser Fall ziemlich kompliziert.«

»Nehmen Sie eine Waffe mit«, sagte Reacher. »Wiley hat eine. Und auf einem Bauernhof gibt's vielleicht eine Schrotflinte.«

»Wir dürfen nur beobachten.«

»Bringen Sie trotzdem eine mit.«

White sagte: »Sie müssen den Iraner rausholen. In einer Stunde könnte es schon Krieg geben. In diesem Augenblick ist der Deal geplatzt, was der Iraner garantiert nicht überlebt. Lassen Sie ihn dort, verurteilen Sie ihn zum Tod.«

Bishop schwieg.

Das Telefon klingelte.

Griesmann.

Der fragte: »Glauben Sie an Zufälle?«

Reacher sagte: »Manchmal.«

»Unser Mordopfer war Stammgast in Helmut Klopps Bar. Er hat dort seine Geschäfte gemacht. Natürlich lügen alle, aber ich glaube, dass er der Mann war, der Ausweise verkauft hat.«

»Wieso?«

»Andeutungen von Leuten, die andere Dinge zu verbergen haben.«

»Haben Sie einen Verdächtigen?«

»Jemand, der Verrat zuvorkommen oder rächen wollte.«

»Ist gerade jemand verraten worden?«

»Nein.«

»Dann zuvorkommen.«

»Im Apartment des Ermordeten war nichts Schriftliches zu finden. Auffällig war aber eine Lücke in einer sauberen Reihe von Ordnern.«

»Auftrag ausgeführt«, meinte Reacher.

Dann sagte er: »Was eine Ironie des Schicksals sein könnte.«

Griesmann fragte: »Wieso?«

»Das ist eine Frage des Timings. Man kauft einen Ausweis und beschließt, den Lieferanten zu liquidieren und seine Unterlagen mitzunehmen, um Verrat zu verhindern. Aber wann tut man das? Würde ein Neukunde dieses Risiko gleich nach der Lieferung eingehen? Oder ein Altkunde, wenn der Druck am höchsten ist, weil sein Vorhaben angelaufen und er hochgradig nervös ist?«

»Weiß ich nicht.«

»Ich auch nicht. Ich tippe auf fifty-fifty.«

»Sie glauben, dass es Wiley war.«

»Nein, das glaube ich nicht. Es kann jede Menge Altkunden unter Stress geben. Und ich glaube, dass Wiley zu diesem Zeitpunkt einen Mietwagen gefahren hat. Aber Sie sind ein verantwortungsbewusster Beamter. Also setzen Sie ihn auf Ihre Liste. Das müssen Sie. Das heißt, dass Ihre zeitweilige Unterstützung wieder in Kraft ist.«

»Ich dachte, Sie hätten diese Sache aufgegeben.«

»Welche Sache?«

»Die mit dem Kastenwagen. Müller hat mir gesagt, dass Sie Ihre Bitte um Unterstützung zurückgezogen haben.«

»Wann?«

»Ich habe vor einer Stunde mit ihm telefoniert.«

»Nein, wann habe ich abgesagt?«

»Er hat erzählt, dass Sie sich die Sache bei Ihrem Gespräch über Details plötzlich anders überlegt haben.«

»Zuletzt habe ich gesagt, dass ich Wileys Ziel nicht genau kenne. Er wollte, dass ich's ihm mitteile, wenn ich's weiß. Vielleicht habe ich ihn falsch verstanden. Vielleicht hat er auf meinen Anruf gewartet. Vielleicht hat er gar nicht angefangen.«

»Müller hat gesagt, dass Sie Ihre Bitte zurückgezogen haben.«

»Dann hat er mich falsch verstanden, nicht ich ihn.«

»Stimmt, sein Englisch ist nicht sehr gut.«

Bishop rief quer durch den Raum: »Der Wagen ist da!«

31

Genau wie Orozcos Cop Car war Bishops CIA-Dienstwagen ein großer dunkelblauer Opel, in dem nur das Trenngitter zwischen den Sitzen fehlte. Bishop fuhr. Sinclair saß vorn neben ihm. Reacher und Neagley hatten den Rücksitz für sich. Neagley saß bequem, Reacher nicht. Der Verkehr war flüssig, der Himmel bedeckt.

Neagley las die per Fernschreiber eingegangene Zusammenfassung von Arnold Masons Laufbahn in der U.S. Army laut vor. Er war 1951 als Zwanzigjähriger eingezogen worden, aber nicht nach Korea, sondern nach Deutschland geschickt worden, wo er zwanzig Jahre lang geblieben war, wenn man ihn nicht zur Ausbildung oder zu Manövern in die USA schickte. Er hatte stets zur Luftlandetruppe gehört, die an vorderster Front gegen die Sowjets kämpfen sollte, und in guten, aber nicht in Eliteeinheiten gedient. Mit vierzig Jahren war er 1971 als Staff Sergeant ehrenhaft entlassen worden.

Sinclair sagte: »Vorher hat er eine Deutsche geheiratet, mit der er ein Kind hatte. Zu dieser Frau ist er vor zwanzig Jahren nach sechsjähriger Abwesenheit zurückgekehrt. Trotzdem fühlt Wiley sich ihm verbunden. Eine merkwürdige Beziehung.«

Unterdessen zeigte ein Blick aus dem Fenster ein landwirtschaftlich strukturiertes Gebiet, das flach, aufgeräumt und irgendwie stadtähnlich wirkte. Die Felder waren ordentlich wie Gemüsegärten und nicht viel größer. Jeder Weg, jede Straße hatte einen Namen, oft in weißer Schrift auf einem blauen Emailschild. Die Dörfer, durch die sie kamen, wirkten sehr klein. Die meisten bestanden nur aus ein paar Häusern, die sich um eine Straßenkreuzung scharten. Hier und da standen Scheunen und Nebengebäude, die aber kleiner und weniger zahlreich waren, als Reacher erwartet hatte. Er hatte sich vieles ganz anders vorgestellt. Das Gesamtbild war weniger privat, dafür ordentlicher. Alles sah aufgeräumt und sauber aus. Nicht dicht, aber gleichmäßig bevölkert. Alles lag ziemlich nah beieinander.

Bishop sagte: »Bis zum übernächsten Punkt auf der Karte, dann sind wir da.«

Der übernächste Punkt war etwas größer als die bisherigen Versionen. Auch dichter bebaut. Bei Arnold Masons Straße handelte es sich um eine von fünf Straßen, die vom Dorfplatz wegführten. Sie verlief nach Nordwesten, weg von Bremen in der Ferne. Gesäumt war sie auf beiden Seiten von kleinen Bauernhöfen, die jeweils aus einem kleinen, blitzsauberen Haus mit ein paar vorbildlich bestellten Morgen Land bestanden. Hier gab es Schuppen, aber keine Scheunen.

Jeder Hof verfügte über einen Namen. Alle passend bescheiden. Alle zweifellos von ihren stolzen Besitzern ausgesucht. Als Reacher Ausschau nach dem Gelb-Hof hielt, verstand er plötzlich, was dieser Name bedeutete. Gelb hieß auf Spanisch Amarillo. Wo Arnold Mason geboren war. Amarillo, Texas. Der Mann hatte seinen Hof nach der Stadt benannt, in der er aufgewachsen war.

Der Gelb-Hof erwies sich als das fünfte Gehöft rechts. Sie fuhren langsam, um die Namen lesen zu können. Also konnten sie ihn genau betrachten. Nicht viel zu sehen. Etwa zwei Hektar Land, die in exakt parallelen Linien mit etwas Dunkelgrünem – vielleicht Kohl – bepflanzt waren, ein kleines, ordentliches Haus, eine kleine, saubere Einzelgarage und etwas abseits ein kleiner, ordentlicher Schuppen. Und das war's schon. Die Garage war eben groß genug für einen Kombi. Der Schuppen bot Platz für einen Kleintraktor mit Anbaugeräten. Aber ein gestohlener Möbelwagen ließ sich darin nicht verstecken.

Bishop hielt einen Kilometer weiter.

Reacher sagte: »Ich sollte zurückgehen und an der Haustür klingeln.«

»Das wäre riskant.«

»Wiley ist nicht dort. Kein neuer Kastenwagen. Auch kein alter.«

»Das beweist nicht, dass Onkel Arnold nicht doch was mit dieser Sache zu tun hat.«

»Er erschießt mich sicher nicht gleich. Er stellt sich dumm und versucht, sich rauszureden. Das lasse ich ihn notfalls tun. Wenn die Wagen hier wären, sähe alles anders aus, das gebe ich zu.«

»Wiley könnte eintreffen, während Sie im Haus sind.«

»Das ist möglich, aber unwahrscheinlich. Sollte dies aber doch der Fall sein, wird Sergeant Neagley sich bestimmt etwas einfallen lassen.«

»Wir sollten alle mitkommen.«

»Von mir aus gern«, meinte Reacher.

Bishop schwieg.

»Arnold Mason ist amerikanischer Staatsbürger«, sagte Sinclair. »Sie sind vom Konsulat. Sie haben das Recht, mit ihm Kontakt aufzunehmen.«

Bishop sagte: »Wir dürfen hier keinen Scheiß machen.«

»Wir brechen ab, sobald es Schwierigkeiten gibt.«

»Steht nicht eng beieinander«, erklärte Reacher. »Zumindest nicht anfangs. Bevor wir uns unserer Sache sicher sind.«

Bishop wendete auf der schmalen Straße.

Der Gelb-Hof lag auf einem etwa hundert mal zweihundert Meter großen Stück Land. So groß wie ein luxuriöses Villengrundstück in Amerika. Aber trotzdem ein richtiger Bauernhof, wenn auch *en miniature*. Er hatte jedoch nichts Gelbes an sich. Der Himmel war grau, die Erde braun, der Kohl militärgrün. Bishop bog auf die unbefestigte Einfahrt ab. Der große blaue Opel holperte über einige Rillen. Direkt vor ihnen lag die Garage. Das Haus stand etwas links davon. Ungefähr siebzig Meter von der Straße entfernt.

Bishop fuhr weiter. Im Haus rührte sich nichts. Er hielt an dem zur Haustür führenden Weg aus Natursteinplatten. Jetzt nur noch zehn, zwölf Meter entfernt. Noch immer keine Reaktion.

Dann trat ein Mann aus dem Haus.

Er ließ die Haustür hinter sich offen, machte ein paar Schritte, blieb dann stehen und beobachtete sie. Er war in Reachers Alter. Ungefähr Mitte dreißig. Er war groß und hielt sich gerade. Blondes Haar, ausgebeulter grauer Pullover, ausgebeulte graue Hose.

Barfuß.

Reacher sagte: »Ich gehe als Erster.«

Er stieg langsam aus und machte einen Schritt. Der Mann auf dem Weg musterte ihn. Noch ein Schritt. Alles gut. Reacher ging langsam weiter, bis er vor dem Kerl stand. Wie ein Vertreter oder ein Nachbar, der einen Rat brauchte.

Reacher sagte: »Ich muss Arnold Peter Mason sprechen.«

Der Mann gab keine Antwort. Reagierte überhaupt nicht. Als hätte er nichts gehört. Er starrte über Reachers Schulter hinweg in mittlere Entfernung. Dort gab es nichts als Kohlköpfe.

Reacher fragte: »Herr Mason?«

Der Mann sah ihn an. Blaue Augen. Leerer Blick. Hinter ihnen spielte sich nichts ab. Das Licht brannte, aber niemand war zu Hause. Der behinderte Sohn. In Wileys Alter. Dieselbe Generation wie der sogenannte Neffe. Fünfunddreißig, aber noch nicht selbstständig.

Reacher zeigte mit einer Hand auf das Haus, deutete mit der anderen eine Bewegung an, als wollte er dem Mann einen Arm um die Schultern legen, und fragte: »Wollen wir beide reingehen?«

Der Mann reagierte nicht sofort. Dann machte er kehrt, patschte barfuß zur Tür, beugte sich in den Hausflur und rief laut: »Mutti!«

Dann richtete er sich auf und wartete.

Eine Frau kam aus dem Haus. Sie war klein und schlank, trug ihr ausgebleichtes blondes Haar kurz und war Mitte sechzig. Ein freundliches Gesicht. Verhärmt, aber noch immer attraktiv. Sie lächelte Reacher gütig zu, als wollte sie ihm versichern, sie sei ihm für sein Verständnis dankbar, bevor sie ihren Sohn lobte, er habe seine Sache gut gemacht, ihm die Wange tätschelte und ihn ins Haus schickte.

Dann stellte sie sich vor Reacher und musterte ihn prüfend, bevor sie fragte: »Sind Sie von der Army?«

Sie sprach Englisch – akzentgefärbt, aber fließend.
Reacher antwortete: »Woher wissen Sie das?«
»Arnold hat gesagt, dass Sie kommen würden.«
»Tatsächlich?«
»Allerdings viel früher. Aber trotzdem.«
»Ich bin Major Reacher.«
»Ich bin Frau Mason.«
»Ist Arnold zu Hause?«
»Natürlich.«
Die anderen stiegen aus und folgten Reacher und der Frau durch die Tür. Das Haus war innen klein, aber mit weißen Wänden und Blümchentapeten hell und freundlich. Die Frau führte Reacher ins Wohnzimmer. Sie durchquerte den Raum, beugte sich über einen Mann im Rollstuhl und umarmte ihn. Sie weckte ihn mit einem Kuss auf die Wange und sagte: »Liebster, dies ist Major Reacher von der Army.«
Arnold Mason. Einst jugendlicher Rancharbeiter, dann Soldat, dann Familienvater mit zwei verschiedenen Familien. Jetzt schlaff in einem Rollstuhl, zur Seite gesackt, ein Auge mit starrem Blick, das andere geschlossen.
Reacher sagte: »Guten Tag, Mr. Mason.«
Der Mann gab keine Antwort. Er war fünfundsechzig, sah aber wie fünfundneunzig aus. Kraftlos. Unkonzentriert. Reacher schaute sich um und fragte: »Können wir miteinander reden, Frau Mason?«
Sie gingen in den Hausflur hinaus. Bishop und Sinclair stellten sich als Regierungsbeamte vor. Reacher fragte: »Was ist mit ihm passiert?«
Die Frau sagte: »Wissen Sie das nicht?«
»Nein, davon ist uns nichts bekannt.«
»Er hat eine Geschwulst im Kopf.«
»Wie ein Tumor?«

»Sie hat einen komplizierten Namen, den ich mir nicht merken kann. Sie zerquetscht sein Gehirn. Einen Teil nach dem anderen. Tag für Tag.«

»Das tut mir leid.«

»Er wusste, dass Sie das sagen würden.«

Reacher fragte: »Wann hat das angefangen?«

»Vor eineinhalb Jahren.«

»Kann er sprechen?«

»Ein bisschen. Er ist halbseitig gelähmt, wodurch seine Stimme seltsam klingt. Aber das stört ihn nicht weiter. Er war nie sehr gesprächig. Und sein Gedächtnis hat ohnehin sehr nachgelassen.«

»Das könnte ein Problem sein. Wir sind gekommen, um ihm ein paar Fragen zu stellen.«

»Ich dachte, Sie seien da, um ihm zu helfen.«

»Wieso?«

»Er hat gesagt, wenn er krank sei, würde sicher die Army kommen.«

»Ist er schon mal von der Army behandelt worden?«

»Nein, niemals.«

»Wie schlecht ist sein Gedächtnis?«

»Lückenhaft, meist sehr schlecht.«

»Wie rasch ermüdet er?«

»Nach den ersten paar Fragen verliert er den Faden.«

Reacher sagte: »Sind Sie so freundlich, draußen zu warten?«

»Hat er etwas Unrechtes getan?«

»Meine Fragen betreffen die Zeit unmittelbar nach der Beendigung seines Militärdienstes. Die sechs Jahre, in denen er nicht hier war. Vielleicht würde er nicht wollen, dass Sie seine Antworten hören. Ich muss seine Privatsphäre respektieren.«

Die Frau erklärte: »Ich weiß alles über Mrs. Wiley in Sugar Land, Texas. Geht es nur um sie?«

»Um ihren Sohn«, sagte Reacher.

Sie gingen wieder ins Wohnzimmer. Mason war noch wach und wirkte etwas munterer. Als die Besucher sich vorstellten, reagierte er mit einem einäugigen Blick und einer vagen Handbewegung. Seine Frau stand hinter dem Rollstuhl und legte ihm beruhigend die Hände auf die Schultern. Reacher ging vor ihm in die Hocke, um in seine Blickrichtung zu gelangen.

Reacher fragte: »Mr. Mason, erinnern Sie sich an Horace Wiley?«

Mason machte sein gutes Auge zu, hielt es sekundenlang geschlossen und öffnete es dann wieder. Sein wässriger Blick war unfokussiert. Die nicht gelähmte Gesichtshälfte bewegte sich übertrieben stark, als er sagte: »Nennen Sie mich Arnold.«

Er sprach mit halb gelähmtem Mund leise keuchend, aber gut verständlich.

Reacher sagte: »Arnold, erzählen Sie mir von Horace Wiley.«

Masons Auge schloss sich erneut, dieses Mal länger, als konsultierte er eine interne Informationsquelle. Dann öffnete er das Auge wieder und sagte mit der Andeutung eines schwachen Lächelns: »Ich hab ihn immer Horse genannt. In Texas klingt das ungefähr gleich.«

»Wann haben Sie zuletzt von ihm gehört?«

Eine Pause.

Dann sagte Mason: »Seit ich dort weg bin, hab ich nichts mehr von ihm gehört.«

»Haben Sie ihm Davy-Crockett-Geschichten erzählt?«

Eine lange Pause.

Länger.

Mason sagte: »Davon weiß ich nichts mehr.«

»Er hat erzählt, er sei wegen Ihrer Davy-Crockett-Geschichten zur Army gegangen.«

»Horse in der Army? Teufel noch mal!«

»Was war mit den Storys?«

»Kann mich an keine erinnern.«

»Bestimmt nicht?«

»Vielleicht hat der Junge sie im Fernsehen gesehen.«

»Sonst noch was?«

»Ich glaube nicht, dass ich Geschichten erzählt habe. Nicht damals. Ich war immer ziemlich schweigsam.«

Dann schloss das Auge sich wieder, und sein Haupt sank auf die Brust. Seine Frau bettete seinen Kopf bequem, richtete sich auf und sagte: »Er schläft jetzt. So viel hat er schon lange nicht mehr gesprochen.«

Sie traten auf den Flur mit der Blümchentapete hinaus. Frau Mason fragte: »Können Sie ihm helfen?«

Bishop antwortete: »Wir schalten das Veteranenministerium ein. Es kann bestimmt etwas für ihn tun.«

Reacher sagte: »Hat er *Ihnen* jemals von Davy Crockett erzählt?«

Die Frau sagte: »Nein, niemals.«

Sinclair fragte: »Wie geht's Ihrem Sohn?«

»Dem geht's gut, danke. Er ist ein bisschen langsam. Inzwischen wie ein Siebenjähriger. Aber ruhig, nicht verhaltensauffällig. Wir können zufrieden sein. Doch Arnold sucht die Schuld dafür bei sich. Deshalb ist er nach seiner Entlassung nach Texas zurückgegangen. Er ist weggelaufen. Er konnte es nicht Tag für Tag aushalten. Weil er dachte, er sei schuld daran.«

»Wieso?«

»Der Junge hat einen Gendefekt. Von ihm oder von mir. Arnold meint, er sei von ihm. In Wirklichkeit kommen wir beide infrage. Aber er ist schließlich doch zurückgekehrt. Danach hat sich alles eingespielt. Wir hatten unser gutes Auskommen. Aber er fühlt sich noch immer schuldig. Und jetzt macht er sich schreckliche Sorgen, wie's mit uns weitergehen soll.«

Sie stiegen wieder ein. Bishop wendete auf dem Hof, und sie fuhren davon. Reacher fragte: »Habt ihr ihm geglaubt?«

»Was geglaubt?«, sagte Sinclair. »Er konnte sich an nichts erinnern.«

»Haben Sie ihm abgenommen, dass er sich an nichts erinnern konnte?«

»Sie etwa nicht?«

»Ich weiß nicht recht. Einerseits … okay, er stirbt an einem Hirntumor. Andererseits hat mir der Nennen-Sie-mich-Arnold-Scheiß nicht gefallen. Er hat versucht, Zeit zu gewinnen. Er war zwanzig Jahre lang Soldat, also kann er MPs aus einer Meile Entfernung wittern. Er wollte sich seine Antworten überlegen.«

»Die letztlich wie gelautet haben?«

»Nein, Wiley hat sich nie bei ihm gemeldet. Und nein, er kann sich nicht erinnern, ihm Davy-Crockett-Geschichten erzählt zu haben.«

»Glauben Sie, dass er gelogen hat?«

»Ein Mann in seiner Verfassung ist schwer zu beurteilen. Der erste Teil war vermutlich wahr, denke ich. Traurig, nicht defensiv. Aber bei der Frage nach Davy Crockett hat er sich mit der Antwort schrecklich viel Zeit gelassen. Vielleicht wegen des Hirntumors. Oder er hat zwei und zwei zusammengezählt. Der lange Zeitraum, dazu Horace Wileys Charakter, den er gut kannte, dazu irgendetwas in den Davy-Crockett-Geschichten, dazu der plötzliche Besuch eines O-4-Ermittlers – das alles legt ein schlimmes Ende nahe. Deshalb das Bedürfnis, alles zu leugnen. Was unsere Sympathie natürlich als Gedächtnisverlust deutet. Der wohl irgendwann eintreten wird. Nur werden wir das nie sicher wissen. Weil wir's nicht rauskriegen können. Weil wir den Kerl nicht in die Mangel nehmen können. Sozusagen.«

Bishop sagte: »Aktiv beteiligt kann er nicht sein. Er ist seit eineinhalb Jahren krank.«

»Richtig«, meinte Reacher.

»Also hängt alles an den Davy-Crockett-Geschichten. Die nicht sehr wichtig klingen. Nur doofe Abenteuergeschichten für Kinder. Aber auf Wileys kryptischer Liste haben sie ganz oben gestanden. Also müssen sie eine persönliche Bedeutung für ihn haben.«

Sinclair fragte: »Inwiefern persönlich?«

Neagley antwortete: »Seiner Frau hat Mason sie nicht erzählt. Also waren das Army-Geschichten. Von denen es Millionen gibt. Alle Einheiten pflegen Legenden. Vielleicht hat Mason Wiley die seiner Einheit von Mann zu Mann erzählt, um ein enges Verhältnis zu dem Jungen aufzubauen. Wie im Film. Der neue Freund der Mutter tut das immer. Vielleicht hat Wiley diese Storys nie vergessen. Vielleicht waren sie so eindrucksvoll, dass er nach vielen Jahren zurückgekommen ist, um ihren Wahrheitsgehalt zu überprüfen.«

»An welche Art von Legenden denken Sie?«

»Wir könnten's mit einem langen Pass auf gut Glück versuchen«, sagte Neagley. Sie las Arnold Masons Personalakte wie eine Partitur, ließ ihren Zeigefinger von Takt zu Takt gleiten und hielt dabei den Kopf schief, als hörte sie eine Melodie. »Fängt man ganz früh an, könnte ein Leutnant dieser Einheit später als Hauptmann zurückgekommen sein. Und dann noch mal als Oberstleutnant. Damals konnte man bei der Luftlandetruppe noch Karriere machen. Wäre dieser Mann erfolgreich gewesen, könnte er noch in der Army sein. Inzwischen ein hoher Offizier, aber er würde sich erinnern. Jeder erinnert sich an seine erste Einheit.«

»Das war vor vierzig Jahren.«

»Hat er West Point mit zweiundzwanzig verlassen, ist er noch nicht pensioniert.«

»Er wäre jetzt General.«

»Vermutlich.«

»Wie könnten wir ihn finden?«

»Ich könnte einen Freund im Personalamt anrufen. Irgendjemand würde ihn finden.«

»Tun Sie's«, forderte Sinclair sie auf. »Sobald wir zurück sind.«

Sie fuhren weiter. Draußen verdüsterte sich der Himmel. Aufziehender Regen oder später Nachmittag. Oder beides.

In Dschalalabad war es bereits dunkel. Die Kurierin verließ das weiße Lehmhaus und stieg in einen Toyota-Pick-up. Dieselbe Route wie zuvor. Die Nacht durchfahren, die Morgenmaschine nehmen. Sie war bereit. Mehr oder weniger noch immer ein unbeschriebenes Blatt. Nicht dass die Schweizer sich viel darum kümmerten. Für die war alles Geld gleich. Man hatte sie unterwiesen.

Sie kannte die Adresse in Zürich. Sie wusste, dass Zürich anders sein würde als Hamburg. Sie kannte alle Zahlen. Ihre Kontonummer, ihr Passwort, einhundert Millionen US-Dollar, Wileys Kontonummer. Für Taxifahrten und dergleichen hatte sie Schweizer Franken in der Tasche.

Bete um Erfolg, hatte der Dicke gesagt. Aber nicht um ihren. Ihr Auftrag war einfach. Sie würde um Wileys Erfolg beten müssen. Sie mochte Wiley nicht. Aber nicht wegen des Anschlags auf ihre Sittsamkeit, sondern weil er schwach und verschlagen und leicht abzulenken war. Das machte ihr Sorgen. Seine Aufgabe war nicht leicht – und ihr Erfolg hing von seinem ab. *Aber falls der Deal scheitert, wirst du liquidiert.*

Durch ihre Schuld würde er nicht scheitern.

Der Toyota holperte und rumpelte über die unebene Fahrbahn, ließ den letzten schwachen Lichtschein am Abendhimmel hinter sich.

Neagley setzte sich im Konsulat ans Telefon und rief ihren Freund im Personalamt an. Sie erklärte ihm, wen sie suchten. Ihr Freund sagte, theoretisch sei das ganz einfach. Man brauche nur nach jungen Offizieren zu suchen, die um 1955 in Deutschland bei der Luftlandetruppe gewesen und vierzig Jahre später noch in der Army waren. Neagley setzte fünf Dollar auf eine niedrige einstellige Zahl, ihr Freund zehn Dollar auf null. Natürlicher Verschleiß, sagte er, plus drei gewaltige Umwälzungen: erst Vietnam, dann der Zusammenbruch der Sowjetunion und zuletzt die heutige Hightech-Militärmaschine mit Freiwilligen, alle durchtrainiert und kampfstark, mit Schutzwesten und Soldatinnen und Nachtsichtgeräten. Kein Kerl hätte das alles überleben können.

Dann klingelte das zweite Telefon. Vanderbilt nahm den Hörer ab und gab ihn Reacher. Der Anrufer war Griesmann. Der sagte: »Ich muss privat mit Ihnen reden.«

Reacher sagte: »Schießen Sie los.«

»Nein, unter vier Augen. Wo sind Sie?«

»Das darf ich Ihnen eigentlich nicht sagen.«

»Ich kann Ihnen nicht helfen, wenn Sie mich nicht lassen.«

»Ich bin im Generalkonsulat.«

»Seien Sie in fünf Minuten draußen.«

32

Reacher wartete am Randstein vor der nicht ganz exakten Kopie des Weißen Hauses und sah Griesmanns Mercedes im Verkehr hundert Meter links neben sich. Er stieg ein, als der Wagen neben ihm hielt. Griesmann wendete und fuhr in die Richtung zurück, aus der er gekommen war. Der Kripochef wirkte schweigsam. Irgendetwas beschäftigte ihn.

Reacher fragte: »Wo fahren wir hin?«

»Zum Hauptbahnhof«, antwortete Griesmann.

»Wozu?«

»Weil ich meine Arbeit ernst nehme. Ich habe Wiley in die Liste der potenziell Verdächtigen aufgenommen. Also haben unsere uniformierten Beamten sein Foto in der Tasche. Die Männer auf der Straße. Sie haben es herumgezeigt. Der Inhaber einer Wechselstube am Hauptbahnhof hat es erkannt. Wiley scheint vor ein paar Tagen bei ihm gewesen zu sein. Deshalb geht er Sie etwas an, nicht mich.«

»Vielen Dank.«

»Aber …«, sagte Griesmann.

»Das klingt nicht gut.«

»Sie haben unser Labor gesehen. Es liefert unglaubliche Ergebnisse – in diesem Fall in Bezug auf die Kopfverletzungen des Opfers. Wir glauben, dass der Täter siebenmal mit einem stumpfen Gegenstand zugeschlagen hat. Fast wie im Blutrausch. Die Abdrücke überlagern einander, aber zwei der sieben Schläge haben seitlicher getroffen. Fügt man diese halben Abdrücke zusammen, erhält man ein klares Bild des als Keule benutzten Gegenstands.«

»Gute Arbeit.«

»Wir haben eine große Datenbank mit solchen Dingen, um nachschlagen und vergleichen zu können.«

»Das glaube ich gern.«

»Es war der Griff einer Beretta M9.«

Reacher sagte: »Ich verstehe.«

»Die Standardpistole der U.S. Army.«

»Ich war's nicht.«

»War es Wiley?«

»Weiß ich nicht.«

»Und noch etwas«, sagte Griesmann.

Aber das musste warten, denn eine Ampel wurde grün, und der Mercedes bog auf den Bahnhofsvorplatz ab. Unter dem grauen Himmel wurde es früh dunkel. Die Straßenbeleuchtung flammte auf. Menschen hasteten zielstrebig in die Bahnhofshalle oder aus ihr heraus, strömten um einige andere herum, die stumm und benommen dastanden. Die beleuchtete Wechselstube befand sich in einer zur Straße geöffneten Ladenzeile im Erdgeschoss des Bahnhofs. Sie war mit einem Mann besetzt.

Griesmann parkte, und sie gingen zu Fuß hinüber. Der Mann hinter der Glasscheibe war klein und schwarzhaarig. Er sprach schnell, auch auf Englisch. Als Reacher ihm das Phantombild zeigte, sagte er: »Yeah, vorgestern Abend. Er wollte Mark und Dollar in argentinische Pesos umgewechselt haben.«

»Wie viel?«

»Ungefähr vierhundert Bucks.«

»War er nervös oder aufgeregt?«

»Er hat sich überall umgesehen. Als dächte er nach.«

»Worüber?«

»Keine Ahnung, Mann.«

Reacher trat einen Schritt zurück und schaute sich um. Es wurde von Minute zu Minute dunkler. Er sah Menschenströme und dahinter das hell beleuchtete Bahnhofsgebäude, massiv und riesig wie ein Museum oder eine Kathedrale. Er sah die Lichter der Großstadt und den endlos strömenden Verkehr.

Griesmann sagte: »Kommen Sie, wir setzen uns ins Auto.«

Sie fuhren zwei Blocks weiter, bogen dann rechts ab und parkten in einer ruhigen Seitenstraße. Dort saßen sie nebeneinander auf den Vordersitzen und starrten durch die Frontscheibe nach draußen. Das schien Griesmann lieber zu sein. Allein, aber trotzdem nicht von Angesicht zu Angesicht. Er sagte: »Ich habe Ihnen erzählt, dass es in einer Reihe von Aktenordnern eine Lücke gab.«

»Haben Sie den fehlenden gefunden?«

»Nein, aber etwas anderes. Nur waren es eigentlich keine Ordner, sondern Ringbücher in verschiedenen Farben. Mit jeweils vier Ringen. Sie lassen sich wie Bücher aufstellen. Kennen Sie dieses Design?«

»Unsere haben drei Ringe.«

»Nehmen wir mal an, in einem hohen Regal stünden zehn solcher Ringbücher aufgereiht. Von eins bis zehn durchnummeriert. Und Sie sollten die Nummer sechs herunternehmen. Wie würden Sie das anfangen?«

»Ich würde sagen, das sei wirklich einfach. Aber vielleicht täusche ich mich. Ich brauche nur an Ihr Labor zu denken.«

»Dort haben sie ein Experiment gemacht und die Anordnung nachgebaut und nach dem Zufallsprinzip vierunddreißig Leute als Versuchspersonen ausgewählt. Im Prinzip jeden, der an ihrer Tür vorbeigekommen ist. Jeder hat das Ringbuch genau gleich angefasst.«

»Wie?«

»Man greift nach oben und legt den rechten Zeigefinger auf den Rücken des gewählten Bandes, in diesem Fall der Nummer sechs, als hätte man ihn gefunden und beanspruchte ihn nun sehr diskret für sich. Er gehört Ihnen. Psychologisch ist die Besitzfrage damit gelöst. Aber die Bände stehen in geschlossener Reihe, lassen sich nicht einfach herausziehen. Aber man kann seinen Zeigefinger nicht bewegen, weil man seinen unbewussten Anspruch nicht aufgeben will. Also legt man den Daumen auf den Rücken der Nummer fünf und den Mittelfinger auf den der Nummer sieben, drückt sie respektvoll – weil das Regal so ordentlich ist – nach hinten und zieht dann mit Daumen und Mittelfinger den gewünschten Band heraus, während der Zeigefinger in seiner Position auf dem Rücken bleibt, um das zunehmende Gewicht des Ringbuchs auszugleichen.«

»Gute Arbeit«, sagte Reacher noch mal.

»Bei Linkshändern wären die Ziffern fünf und sieben natürlich vertauscht.«

»Aber ich vermute, dass er kein Linkshänder war.«

»Wir haben einen perfekten Abdruck. Vom Rücken der Nummer sieben. Die Fingerbeere seines rechten Zeigefingers. Sanft auf den Rücken aus Kunststoff gedrückt.«

»Ist er in Ihrem System gespeichert?«

»Mit hundertprozentiger Übereinstimmung.«

»Das ist gut.«

»Mit dem Abdruck aus dem Coupé des ermordeten Callgirls. Von dem verchromten Türgriff. Von dem unbekannten Verdächtigen. Die Abdrücke sind identisch. Der gleiche Finger, der gleiche Winkel, der gleiche vorsichtige Druck. Fast unheimlich.«

Reacher sagte nichts.

»Erst eine Frau und nun ein Mann sind brutal ermordet worden«, sagte Griesmann. »Sie kennen den Täter.«

»Helfen Sie mir, Wiley zu finden, dann sag ich's Ihnen.«

»Würde ich damit auch mir helfen?«

»Das können wir *ihn* fragen, wenn wir ihn gefunden haben.«

»Aber Sie könnten es mir jetzt sagen.«

»Wem sagen? Dem einfachen Kriminalbeamten oder dem beflissenen Bürokraten, der alles binnen zehn Minuten seinem Geheimdienst melden würde? Worauf ich nach ungefähr weiteren zehn Minuten ins Gefängnis wandern würde?«

»Berichten Sie Ihren Vorgesetzten nicht, was sie wissen müssen?«

»Ich erzähle ihnen so wenig wie möglich. Kurze Sätze, keine Formeln und keine Diagramme.«

»Sie riskieren auch so eine Haftstrafe. In Deutschland ist es strafbar, den Ermittlungsbehörden solche Informationen vorzuenthalten.«

»Wollen Sie mich verhaften?«

»Ich könnte Sie als wichtigen Zeugen einstufen. Dann müssten Sie antworten. Eine Weigerung würde als Missachtung der Justiz ausgelegt.«

»Irgendwo steckt in dieser Sache bestimmt ein Witz.«

»Die Sache ist ernst.«

»Man könnte argumentieren, unsere sei ernster. Mein Präsident würde das Ihrem Kanzler bestimmt gern erklären. Aber diesen Weg brauchen wir nicht zu gehen. Helfen Sie mir, Wiley zu finden, dann können wir alles Weitere gemeinsam entwirren.«

»War er's?«

»Vergessen Sie den Fingerabdruck. Als Beweismittel taugt er ohnehin nicht viel. Er kann vor Monaten hinterlassen worden sein. Sie müssen die Sache anders aufziehen. Die Beretta war ein schöner Zufall. Solche Pistolen wurden im Stammlokal des Ermordeten verkauft. Wussten Sie das? Wer hätte dort eine kaufen können?«

»Wiley«, sagte Griesmann. »Er hat sich dort auch neue Papiere besorgt.«

»Gute Theorie. Vielversprechend. Sie beweist noch nichts, aber der nächste Schritt müsste sein, ihn zu finden und mit ihm zu reden.«

»Wo ist er?«

»Keine Ahnung.«

In diesem Augenblick lief Wiley hundert Meter von ihnen entfernt auf einem Fußgängerübergang über eine Straße östlich des Hauptbahnhofs. Bekleidet war er mit schwarzen Jeans und einem schwarzen Kapuzenpulli. In einer Hand trug er eine kleine schwarze Sporttasche. Sie war allem Anschein nach ziemlich schwer. Ihr Inhalt schepperte metallisch. Anfangs folgte er einer vertrauten Route von der Bushaltestelle zu der Bar mit der lackierten Holzfassade. Auf halber Strecke bog er jedoch in eine Einfahrt ab und ging an zwei mannsgroßen Müllcontainern vorbei. Er öffnete die mit *Notausgang* bezeichnete Tür eines Treppenhauses und stieg die Stufen zur Tiefgarage des Hotels hinunter. In der er der Nutte begegnet war. Er erinnerte sich, wie sie sich umgedreht und ihn herangewinkt hatte, als könnte sie's kaum erwarten.

Er erinnerte sich an alle Einzelheiten.

Keine Kameras.

Auf seinem Weg in die hinterste Ecke der Tiefgarage roch er kaltes Benzin, kalten Diesel, kalten Gummi und kalten Betonstaub. Er entschied sich für einen silbernen BMW. Sechszylinder, Benziner. Ein älteres Modell. Der Wagen schien schon lange hier zu stehen. Lack und Scheiben waren mit einem Staubfilm überzogen. Wiley ging vor dem Kühlergrill in die Hocke, holte einen Schraubenzieher aus seiner Sporttasche, entfernte das Kennzeichen und verstaute es in der Tasche. Dann ging er um den Wagen herum, hockte sich hinter den Kofferraum, schraubte das Kennzeichen ab und legte es ebenfalls in die Sporttasche.

Als Nächstes holte er den eigens für diesen Zweck gekauften Camping-Gaskocher aus seiner Tasche – eine kleine Gaskartusche mit aufgesetztem Brenner. Das Gas war Propan: hellblau brennend, preiswert, überall erhältlich, zweckmäßig. Er drehte das Ventil etwas auf, hörte ausströmendes Gas zischen und drehte den geriffelten Ventilknopf wieder nach rechts.

Er legte sich auf den kalten Beton und schob den Gaskocher gut einen halben Meter weit unter das Wagenheck. Aus der Sporttasche nahm er sechs rechteckige Holzbausteine. Kinderspielzeug. Aus Schweden, glaubte er. Jeweils fünfzehn Zentimeter lang und drei Zentimeter im Quadrat. Alle in verschiedenen leuchtenden Farben lackiert. Er stapelte sie auf dem Brenner, wo ein Topf oder Wasserkessel stehen sollte. Zwei in einer Richtung, zwei rechtwinklig dazu und zuletzt noch mal zwei rechtwinklig darauf. Wie ein kleiner Scheiterhaufen. Obendrauf stellte er einen Teller aus silberner Alufolie, auf dem ein halbes Brathuhn Platz gehabt hätte.

Dann kramte er eine Schachtel mit hundert Schuss Neun-Millimeter-Parabellummunition aus der Sporttasche. Eine der beiden, die er den Dummköpfen in der Bar mit der Beretta M9 abgekauft hatte. Er schob seine Hand durch die Lücke über der Radaufhängung des BMW und legte die Schachtel vorsichtig auf den silbernen Folienteller.

Fertig. Betriebsbereit. Die Kartusche, das Propan, der Brenner, das aufgestapelte Holz, der Aluteller, die Munition.

Direkt darüber der Benzintank des BMW.

Er kontrollierte seine Position und probte in Gedanken seinen Rückzug. Dann zog er ein Zippo-Feuerzeug aus der Tasche. Er probierte das geriffelte Messingrad. Er drehte den Brenner auf, hörte das Zischen des Gases. Er betätigte das Feuerzeug und hielt die Flamme an den Düsenkopf des Brenners. Das Propan zündete mit einem leisen dumpfen Schlag. Wiley drosselte den Durchfluss auf einen Klick unterhalb der Mittelstellung. Wie um Wasser sieden zu lassen.

Dann rutschte er rückwärts unter der Limousine hervor, schnappte sich seine Sporttasche und machte, dass er wegkam.

Eineinhalb Kilometer entfernt kam Dremmler aus seinem Büro im dritten Stock und verbrachte zwanzig Sekunden im Aufzug, was dreiunddreißig Paar brasilianischer Schuhe entsprach. Dann gesellte Müller sich auf dem Gehsteig zu ihm und sagte: »Sie haben's gehört, nehme ich an.«

»Von Wolfgang Schlupp?«, fragte Dremmler. »Ich höre überhaupt nichts anderes mehr. Die Polizei war stundenlang in der Bar. Meine dortigen Mitglieder sind sehr aufgebracht. Mein Telefon klingelt ständig.«

»War das Wiley?«

»Ich dachte, er sei auswärts.«

»Das haben alle gedacht. Alle waren nach außen orientiert. Keiner ist auf die Idee gekommen, nach innen zu blicken. Um nicht aufzufallen, habe ich natürlich mitgemacht. Dabei habe ich mir zufällig die Aufnahmen von zwei Kameras zur Verkehrslenkung angesehen. Und da war er! Mit dem Mietwagen nach St. Georg unterwegs. Er hat die Stadt nie verlassen. Er ist noch in Hamburg.«

»Wo?«

»Keine Ahnung. Aber er fährt einen weißen Kastenwagen. Die gesamte Verkehrspolizei hält Ausschau danach.«

Dremmler schwieg einige Schritte lang.

Dann sagte er: »Herr Müller, ich möchte Ihre professionelle Einschätzung hören. Wie gründlich werden die Ermittlungen im Fall Schlupp voraussichtlich sein?«

»Äußerst gründlich. Der Täter hat ihm den Schädel eingeschlagen.«

»Die Polizei wird eine Liste von Leuten erstellen, die heute mit ihm gesprochen haben. Auf der stehe auch ich.«

»Natürlich. Griesmann macht gern Listen. Er liebt alle Arten von Papierkram.«

»Ich kann's mir nicht leisten, in polizeiliche Ermittlungen hineingezogen zu werden. Das käme mir politisch ungelegen.«

»Lassen Sie sich einfach etwas einfallen. Sie sind Geschäftsmann, er war Geschäftsmann. Sie haben sich über die Börse unterhalten. Schließlich kann er Ihnen nicht mehr widersprechen.«

»Reicht das aus?«

»Das Ganze war bloß Zufall. Sie haben ihn auf einer IHK-Veranstaltung kennengelernt. Er war nur ein flüchtiger Bekannter. Er hat Sie angesprochen, und Sie haben ein paar höfliche Worte mit ihm gewechselt. Aber Sie haben den Mann kaum gekannt.«

Griesmann brachte Reacher zum Generalkonsulat zurück. Dann fuhr er weiter. Reacher ging hinein, wo er erfuhr, dass Neagley ihre Fünfdollarwette gewonnen hatte. Vor ihr lag ein Blatt Fernschreiberpapier, mit dem sie's beweisen konnte. Sie hatte eine niedrige einstellige Zahl vorhergesagt – und mit der niedrigsten gewonnen.

Im Jahr 1955 war die U.S. Army deutlich über eine Million Mann stark gewesen. Einer davon war ein junger Leutnant namens Wilson T. Helmsworth, der vor Kurzem West Point und mehrere Speziallehrgänge absolviert hatte. Weil er innerhalb der Luftlandetruppe häufig die Einheit wechselte, war er theoretisch mehrfach Arnold Masons Vorgesetzter gewesen. Die beiden konnten sich sogar begegnet sein. Vielleicht bei irgendeiner Parade. Sicher nicht beim Bier. Später hatte Helmsworth Karriere gemacht und sich auf dem Weg nach oben für alles qualifiziert, was mit Fallschirmen zu tun hatte, und sogar mehrere Rekorde aufgestellt. Auch als Freifaller. Und ein Standardwerk über die Einsatztaktik der Luftlandetruppe geschrieben.

Dann überlebte er einen langen Dschungelkrieg in schwüler Hitze unter einem dichten Laubdach, in dem die Einsatztaktik der Luftlandetruppe wertlos war. Und er wurde dort befördert. Er wechselte frühzeitig zu den Special Forces, bei denen er jetzt, gefühlte zwanzig Generationen später, weiter aktiv war: als Kommandeur ihrer Zentralausbildung in Fort Benning, Georgia. Wo das taffe Zeug entwickelt wurde. Generalmajor Wilson T. Helmsworth. Der einzige Offizier der Luftlandetruppe im Kalten Krieg, der noch die grüne Uniform trug. Von der Army in braunen Stiefeln zur Army in schwarzen Stiefeln und der New Balance Army. Beharrlich. Buchstäblich eine Million zu eins.

Neagley sagte: »Er hält sich jetzt in Benning auf.«

Sinclair sagte: »Er braucht eine halbe Stunde, um am Telefon zur Verfügung zu stehen. Er ist ein vielbeschäftigter Mann.«

»Am Telefon geht das nicht«, entgegnete Reacher. »Wir müssen persönlich mit ihm reden. Er war vierzig Jahre lang in der Army. Er weiß, wie man Bullshit erzählt. Wir müssen seine Körpersprache sehen.«

»Wir? Wir können nicht alle zurückfliegen. Nicht sofort. Keiner von uns sollte zurückfliegen.«

»Das soll auch keiner. Helmsworth soll zu uns kommen. Ist er in Benning, kann er nach Atlanta fahren. Um den Nachtflug zu nehmen. Er kann morgen früh hier sein. Ich schlage vor, dass die Vereinten Stabschefs ihm befehlen, sich sofort im Generalkonsulat Hamburg zu melden.«

»Nur wegen irgendwelcher Kindermärchen, an die sich jemand undeutlich erinnert?«

»Ratcliffe hat gesagt, dass wir alles bekommen, was wir brauchen.«

»Er ist ein Zweisternegeneral.«

»Deshalb rennt er vor allem, was weich oder spekulativ ist, mit hundert Meilen in der Stunde weg. Und von allem, was auch nur entfernt kontrovers ist, mit zweihundert. Am Telefon funktioniert das nicht. Er muss das Gesicht des NSC sehen. Und wir müssen seines sehen.«

»Ein großer Deal für einen Pass auf gut Glück.«

»Wir befinden uns im Ausland. Vielleicht geht's hier um einen ausländischen Feind. Dann kriegt er einen weiteren Orden. Theoretisch wahrscheinlich einen Silver Star.«

»Für einen Flug nach Hamburg?«

»Er ist ein Zweisternegeneral. Die bekommen Orden wie andere Vielfliegermeilen.«

»Brauchen wir ihn wirklich?«

»Nichts unversucht lassen, hat's geheißen.«

Sinclair telefonierte also.

Dann war draußen ein schwaches, fernes Geräusch zu hören. Ein dumpfes, hohles *Plopp!*, dann ein gedämpftes Zischen. Danach weitere Knalle. Reachers Kleinhirn sagte: *Handfeuerwaffe, vermutlich neun Millimeter, städtische Umgebung, ungefähr eine halbe Meile entfernt.* Er trat ans Fenster, riss es auf. In der Ferne war Sirenengeheul zu vernehmen. Dann wieder Schüsse, erst vier, dann fünf, nun wegen des offenen Fensters deutlicher, dann weitere Sirenen, zwei verschiedene Tonarten, vermutlich Sanitäter und Streifenwagen, und im nächsten Augenblick eine ganze Salve von Schüssen, unglaublich schnell, als hämmerten ein halbes Dutzend MG gleichzeitig los. Übertönt wurde dieses Finale eines Galafeuerwerks von dem dumpfen *Rums!* einer Treibstoffexplosion; dann fielen noch zwei weitere Schüsse, und zuletzt waren nur mehr die vielstimmigen Sirenen von Krankenwagen, Streifenwagen und Löschfahrzeugen zu hören, die sich zu einem vielstimmigen Heulen vereinigten, das eher klagend als hilfreich klang.

Auf der Straße erkannte Reacher Polizeibeamte, die alle in dieselbe Richtung unterwegs waren, die meisten in Streifenwagen, ein paar auf Motorrädern, einige wenige zu Fuß vorbeitrabend. Er sah zwei Krankenwagen und ein Löschfahrzeug. Überall leuchteten blaue Blinklichter.

Sinclair fragte: »Was war das?«

Neagley sagte: »Geklungen hat es wie ein Wohnungsbrand, bei dem jemand eine Schachtel Munition auf dem Küchentisch stehen hatte. Danach ist die Propanflasche hochgegangen. Nur hätten wir die Sirenen früher hören sollen. Aber vielleicht war der Brand nicht von der Straße aus zu sehen. Deshalb ist der Alarm erst spät erfolgt.«

»Brandstiftung?«

»Vielleicht, vielleicht auch nicht. Die Geräusche klingen gleich.«

»Zusammenhang?«

»Schwer zu beurteilen«, meinte White. »Wir sind in einer Großstadt. Da ist immer viel los.«

Eine weitere Treibstoffexplosion. Schwach und weit entfernt, aber unverkennbar. Ein *Rums!*, ein stummes Vakuum, das Luft ansaugte, dann das unwahrscheinliche Gefühl einer Hitzewelle. Reacher beobachtete weiter die Straße. Anscheinend war die gesamte Hamburger Polizei in dieselbe Richtung unterwegs.

33

Wiley sperrte das Holztor auf, nahm die Vorhängeschlösser oben und unten ab, zog einen Torflügel auf und schlüpfte hinein. Er war ruhig und gelassen. Vor ihm lagen einfache mechanische Aufgaben. Als Erstes kamen die Kennzeichen. Er schraubte die neuen Schilder des Mietwagens ab und ersetzte sie durch die Kennzeichen des alten BMW. Dann holte er die in einem Farbengeschäft gekauften Sprühdosen aus der Sporttasche: grelle Grün-, Gelb-, Orange-, Grau-, Rot- und Silbertöne. Er sprühte fette Initialen auf die Seiten des Fahrzeugs, seine eigenen, nur so aus Spaß, aber umgekehrt, WH, wie Ballone angeschwollen, wie man sie in der U-Bahn sah. Er schattierte sie mit Silber, gestaltete den Hintergrund mit ein paar Kringeln und signierte mit SL. Aber das war kein Tag eines Sprayers, sondern bedeutete Sugar Land, Texas. Wieso auch nicht, verdammt noch mal? Von dort stammte er; nach dorthin war er unterwegs.

Dann übersprühte er das Ganze mit einem leichten hellgrauen Nebel, um die grellen Farben zu mildern, ihnen etwas Patina zu geben. Als er zurücktrat, war er von den Aerosoldämpfen leicht benommen. Aber die Wirkung befriedigte ihn. Dies war kein neuer weißer Kastenwagen mehr, sondern fast eine Schrottkiste, keinen zweiten Blick wert. Allerdings würde sich ohnehin niemand für den Wagen interessieren. Alle waren vor dem Hotel versammelt. Dort würde es von Polizei wimmeln, die alle möglichen Absperrungen errichtete. Wegen der vermeintlichen Schüsse und der Benzinbrände würden Feuerwehr, Rettungsdienste und Spezialeinheiten im Mittelpunkt stehen. Dazu kamen Sicherheitsdienste, Gaffer und Sensationslüsterne. *Ich war dort, Mann. Die Schüsse sind dicht über meinen Kopf hinweggegangen.*

Er zog das zweiflüglige Tor ganz auf, stieg dann in den Mietwagen und ließ den Motor an. Er stieß rückwärts ins Freie, wendete und manövrierte ihn genau hinter den alten Wagen. Mithilfe der Rückspiegel verringerte er den Abstand, bis die hinteren Stoßstangen beider Fahrzeuge sich berührten. Er zog die Handbremse an, stellte den Motor ab und benutzte den Durchgang zum Laderaum. Das Rolltor öffnete er von innen.

Nun hatte er das Hecktor des alten Wagens unmittelbar vor sich. Er sperrte es auf, schob es von außen nach oben.

Eine Holzkiste.

Sie war sechs Fuß hoch, sechs Fuß breit und zwölf Fuß lang. Solide hergestellt aus ehemals hellem Laubholz mit feiner Maserung, das tabakfarben gealtert war. Der Prototyp eines standardisierten Containers, mit dem das Pentagon in den Fünfzigerjahren experimentiert hatte. Ein Überlebender. Ein geschichtsträchtiges Relikt. Es trug mehrere Markierungen in Schablonenschrift und verblasste weiße Zahlen.

Mit Inhalt wog die Kiste fast dreihundert Kilo. Nur mit einem Gabelstapler zu bewältigen. Leider gab es hier keinen. Er holte einen gewöhnlichen Schraubenzieher aus seiner Sporttasche. Altmodisch. Genau wie die Kiste. Sie war entlang des äußeren Umfangs mit knopfgroßen Schrauben verschlossen. Mit insgesamt vierundvierzig Stück. Vermutlich als Ergebnis einer wissenschaftlichen Studie. Irgendein Kerl im Anzug hatte einen dicken Scheck dafür kassiert, dass er mehr Schrauben wollte. Was alle glücklich machte. Das Pentagon hatte die Verantwortung abgeschoben. Der Schraubenlieferant hatte fette Gewinne gemacht und pro Stück einen Dollar verlangt. Für militärische Zwecke.

Wiley machte sich an die Arbeit.

In dem Büro im Konsulat klingelte das Telefon. Griesmann. Der sagte: »In der Tiefgarage des Hotels ist etwas passiert. Aus der das Callgirl verschwunden ist. Dort sind Schüsse gefallen, dann ist ein Wagen in die Luft geflogen. Dann noch zwei. Die Brände sind weitgehend gelöscht, aber wir können noch nicht rein. Erst müssen wir Gewissheit wegen der Waffe haben.«

Reacher fragte: »Glauben Sie, dass der Kerl noch drinnen ist?«

»Sie nicht?«

»Mir haben die Schüsse nicht gefallen. Sie hörten sich an, als ginge Munition hoch. Durch irgendeinen Verzögerungsmechanismus. Sie müssen überlegen, ob jemand einen Zeitzünder verwendet hat. In diesem Fall ist er längst über alle Berge und dort, wo Sie nicht sind.«

»Wer?«

»Vielleicht Horace Wiley. Er scheint im Augenblick sehr beschäftigt zu sein. Vielleicht hat er ein Ablenkungsmanöver inszeniert. Sie sollten die Hälfte Ihrer Leute auf die Straße zurückschicken.«

»Glauben Sie, dass er wieder in Hamburg ist?«

»Ich beginne zu glauben, dass er die Stadt nie verlassen hat. Vielleicht ist er jetzt mit seinem Wagen unterwegs. Sie sollten Leute auf die Straße schicken.«

»Ausgeschlossen! Den Ablauf bestimmen höhere Stellen. Es hat Schüsse und Explosionen in der Innenstadt gegeben. Was nun zu geschehen hat, liegt nicht in meiner Verantwortung. Das ist ein Jahr lang geplant worden. Koordiniert wird der Einsatz vom Büro des Oberbürgermeisters aus, und wir arbeiten streng nach Vorschrift.«

»Wie lange wollen sie warten, bevor sie reingehen?«

»Eine Spezialeinheit mit Schutzkleidung ist angefordert. Vielleicht in einer halben Stunde.«

»Okay«, sagte Reacher. »Viel Erfolg.«

Er legte auf. Niemand sprach.

Reacher sagte: »Ich mache einen Spaziergang.«

Die vierundvierzig Schrauben kosteten ihn knapp zwanzig Minuten und stark schmerzende Unterarme. Aber dann ließ sich das Vorderteil der Kiste abnehmen. Er legte es über den Spalt zwischen den Ladeflächen. Eine Brücke zwischen den beiden Fahrzeugen. Wie von ihm zuvor geplant. Er hatte an alles gedacht.

Die Luft in der Kiste roch abgestanden. Altes Holz, altes Segeltuch, alter Staub. Die alte Welt. Der Inhalt war genau das, was Onkel Arnold ihm vor vielen Jahren geschildert hatte. Zehn identische Gegenstände. Jeder wog fünfundzwanzig Kilo und war in einem Transportbehälter verpackt. Onkel Arnold hatte ihn als einen H-912 bezeichnet. Wiley konnte sich gut an alle Details erinnern. Um die Behälter schlangen sich zahlreiche Gurte, die sich gut anfassen ließen. So konnte man sie liegend aus dem alten in das neue Fahrzeug hieven und schleifen, schleppen und ziehen. Bis ganz hinein. Sicher in der hintersten Ecke verstaut.

Dann eine Verschnaufpause, bevor der nächste Behälter an der Reihe war.

Reacher ging nach Süden zur Außenalster. In der Stadt blieb es ruhig. Eine erlernte Reaktion. Überall in Europa fanden Detonationen statt. Fraktionen und Gruppen und Volksbrigaden. Ein, zwei Tage lang eine große Sache, bis sich der nächste Anschlag ereignete. Als er am Wasser nach Osten abbog, war er zweieinhalb Kilometer von Wileys Wohnsiedlung entfernt. Dort gab es keine Möglichkeit, einen Kastenwagen ungesehen zu parken. Aber es war vernünftig, ihn in der Nähe zu haben. Ein relativer Begriff. Ein nicht zu kleiner Kreis auf dem Stadtplan würde viel Wasser, aber noch mehr Land einschließen. Von dem Reacher nur einen zufällig ausgewählten winzigen Teil abklappern konnte. Aber tätig zu sein fühlte sich besser an, als nichts zu tun. Unterwegs zu sein, war besser, als herumzusitzen. Also marschierte er weiter.

Fünfundzwanzig Kilo, der schwere Transportbehälter eingeschlossen, waren ein ziemliches Gewicht, wenn man es wieder und wieder bewältigen musste. Nach der Nummer sieben machte Wiley laut keuchend und vornübergebeugt eine Pause. Zum Teil waren daran auch seine Nerven schuld. Eine einfache mechanische Aufgabe, bei der trotzdem alles auf dem Spiel stand. Der Augenblick maximaler Sichtbarkeit. Aber viel länger als ein Augenblick. Nun schon fast eine halbe Stunde lang, während überall in der alten Speicherstadt gelbe Natriumdampflampen brannten und die beiden Kastenwagen schwankend und polternd Heck an Heck wie in einer Art Fahrzeugkoitus zusammenhingen, während er in einem verfallenden Lagerschuppen arbeitete, in dem seit dreißig Jahren niemand mehr gewesen war.

Exponiert.

Nicht gut.

Wiley atmete tief durch, bewegte die Schultern und machte sich wieder an die Arbeit. Er schleifte die Nummer acht aus der Kiste und über den Wagenboden und auf das Vorderteil der Kiste zwischen den Fahrzeugen. Langsam, langsam, bis die hölzerne Brücke sich auf der anderen Seite senkte, und dann in den neuen Wagen, wo er den Behälter an die Nummer sieben gelehnt stehen ließ.

Er ging ganz nach hinten in die Kiste zurück und schleifte die Nummer neun heraus, hinüber und hinein. Alles in einem Zug. Er holte tief Luft und ging die Nummer zehn holen. Den letzten Behälter. Er zog ihn von der Wand weg. Das Buch klemmte dahinter. Genau wie Onkel Arnold gesagt hatte. Ein rot gestreifter khakibrauner Ordner in einem Wandfach aus dünnem Sperrholz mit halbmondförmigen Ausschnitten, die das Herausziehen erleichterten. Vielleicht eine Lehrlingsarbeit von damals. In der Kistenfabrik. Der Ordner enthielt einen Packen hektografierter Blätter in Schreibmaschinenschrift, die von vor Alter matt angelaufenen Messingklammern zusammengehalten wurden.

Mit dem unter einen Arm geklemmten Ordner schleifte er die Nummer zehn in den neuen Kastenwagen hinüber. Er stellte sie neben die Nummer neun und schob den Ordner dazwischen. Als Nächstes zog er die Brücke in den alten Wagen zurück und schloss das Rolltor des neuen Kastenwagens von außen. Dann quetschte er sich an der leeren Holzkiste vorbei, benutzte den Durchgang ins Fahrerhaus und stieg aus dem alten Fahrzeug. Er setzte sich hastig ans Steuer des neuen Kastenwagens, ließ den Motor an, wendete durch mehrmaliges Vor- und Zurückstoßen und fuhr wieder durchs Tor hinein. Drinnen stellte er den Motor ab, stieg aus und verriegelte sicherheitshalber die Türen. Er packte seine Sporttasche neu, schloss das zweiflüglige Tor, sperrte mit dem Schlüssel ab und ließ die Vorhängeschlösser zuschnappen.

Fast vierzig Minuten. Gefährlich lange. Er ging zur Ecke und riskierte einen Blick die gepflasterte Straße entlang. Bis zu der Stahlbrücke. Auf der Straße dahinter floss der Verkehr in normalem Tempo. Ohne Blinklichter und Sirenen.

Logisch.

Mit seiner Sporttasche in der Hand überquerte er die Fußgängerbrücken von Pier zu Pier bis ganz nach Hause.

Reacher marschierte auf der nach Westen verlaufenden Straße um die Alster ein Stück weit nach St. Georg hinein. Er entdeckte nichts von Interesse. Autos, aber keines mit Wiley am Steuer. Fußgänger, einzeln und in Kleingruppen, aber keiner von ihnen war Wiley. Zuletzt blieb er an einem Fußgängerübergang stehen. Die Hauptstraße führte geradeaus nach St. Pauli weiter. Links zweigte eine schmale Straße ab, die zu einer massiven Stahlbrücke führte. Er sah Kopfsteinpflaster und schwarzes Wasser, in dem sich der Mond spiegelte. Alles war still. Nirgends eine Bewegung.

Er gab auf, machte kehrt und ging zurück. In vielen Häusern saßen Leute vor dem Fernseher. Hunderte von Fenstern leuchteten bläulich. Vielleicht wurde der Polizeieinsatz live übertragen. Die Sache mit der Munition war ein ziemlich cleverer Schachzug gewesen. Explosionen ließen sich als zufällig wegerklären. Bei Schüssen war das schwieriger. Sie garantierten Aufmerksamkeit – und eine Reaktion wie aus dem Lehrbuch. Die Verantwortlichen hatten sie über ein Jahr lang geübt.

Er kehrte ins Konsulat zurück, wo der Nachtportier ihn einließ und Neagley ihm mitteilte, die Vereinten Stabschefs hätten General Helmsworth nach Hamburg beordert. Er würde mit dem Nachtflug von Delta Airlines direkt aus Atlanta kommen. Ein Wagen des Konsulats würde ihn morgens vom Flughafen abholen.

»Dafür gibt's bestimmt einen Silver Star«, sagte Neagley. »Wir hatten Schüsse und Explosionen. Wie in einem Kriegsgebiet.«

Dann klingelte das Telefon. Wieder Griesmann. Der sagte: »In der Tiefgarage war niemand. Nur drei ausgebrannte, noch rauchende Autos. Und überall Einschusslöcher. Echt verrückt!«

»Das war ein Ablenkungsmanöver«, sagte Reacher.

»Aber von wem?«

»Es wäre ein riesiger Zufall, wenn's ein anderer gewesen wäre.«

»Das Büro des Oberbürgermeisters kennt die Vorgeschichte nicht.«

»Können Sie mir ein paar neutrale Wagen zur Verfügung stellen?«

»Leider nicht. Ich warte in Bereitschaft auf weitere Anweisungen. Die beim jetzigen Tempo vielleicht erst morgen kommen. Irgendwer hat schon festgestellt, dass über dieser Ecke der Tiefgarage die Hotelküche liegt. Daher sollen wir auf militante Tierschützer achten, die gegen Gänsestopfleber und Mastkälber sind.«

»Ich glaube nicht, dass die infrage kommen.«

»Ich auch nicht. Aber Sie sehen, was ich meine. Dies wird eine lange Nacht. Die Einsatzleitung weiß es nicht besser.«

Zwölf Stunden, bis die Schweizer Banken öffneten.

Reacher sagte nichts.

Griesmann legte auf, ohne sich zu verabschieden.

Später brachte Bishops Shuttlebus sie ins Hotel zurück. Alle gingen auf ihre Zimmer. Reacher hörte, wie Neagleys Tür sich klickend schloss. Dann Sinclairs. Eine Minute später rief sie ihn an und fragte: »Wann sollen wir Unterstützung anfordern?«

Er antwortete: »Nicht vor morgen.«

»Das sagst du immer.«

»Ich bin Optimist.«

Sie fragte: »Ist's morgen so weit?«

»Schon möglich.«

»Kommst du rüber, damit wir miteinander reden können?«

Sie erwartete ihn mitten im Zimmer stehend, in ihrem schwarzen Kleid mit ihren Perlen, ihren Nylons, ihren Schuhen und ihrem mit den Fingern gekämmten Haar.

Sie sagte: »Woran denkst du?«

Er küsste sie, lange und leidenschaftlich, dann trat er hinter sie. Sie lehnte sich leicht an ihn.

Er fragte: »Privat oder beruflich?«

Sie sagte: »Erst beruflich.«

Er fand den Schieber des Reißverschlusses in ihrem Nacken. Das tropfenförmige Metallstück. Klein, aber sorgfältig modelliert. Ein Qualitätsartikel. Er zog es nach unten, am BH-Verschluss vorbei bis zur Taille hinab.

Er fragte: »Wo wollen sie einsetzen, was sie kaufen?«

Sie sagte: »Keine Ahnung.«

»Hier in Deutschland?«

»Das wäre politisch nicht sehr sinnvoll.«

Er streifte das Kleid von ihren Schultern. Es glitt nach unten, blieb kurz hängen, fiel weiter bis zum Boden.

Sie lehnte sich an ihn.

Sie fühlte sich warm an.

Sie sagte: »Eher in D.C. oder New York, vielleicht auch in London.«

»Dann verschiffen sie's als Seefracht. Mit unserer falschen Annahme haben wir einen Tag vergeudet. Wiley hat Hamburg nie verlassen. Er hat etwas Schweres zu verkaufen, für das er einen großen Kastenwagen braucht. Aber der ist nicht das beste Transportmittel. Nach D.C., New York oder London können sie ohnehin nicht fahren. Letztlich kommt nur Seefracht infrage.«

Er schob sie sanft etwas von sich weg und öffnete den BH-Verschluss. Seine Hände glitten über ihre Schultern, nahmen die Träger mit und schoben sie weg.

Der BH fiel auf das Kleid.

Er umfasste ihre Brüste.

Sie lehnte sich zurück, drehte den Kopf zur Seite und küsste seine Brust.

Er sagte: »Wiley ist vor sieben Monaten mit dem Möbelwagen direkt hierhergefahren. Obwohl er nie hier stationiert war. Er hat sich für Hamburg entschieden, weil es eine Hafenstadt ist. Der zweitgrößte Hafen Europas. Deutschlands Tor zur Welt, wie's in der Werbung heißt.«

Er hakte seine Daumen in den Bund ihrer Strumpfhose.

Sie sagte: »Er wird es an Bord eines Frachters bringen.«

»Das vermute ich auch.«

Er zog ihre Strumpfhose nach unten.

Den Slip auch.

Ungeschickte Daumen.

Er sagte: »Sobald er das Geld hat.«

»Was morgen sein könnte.«

Er sagte nichts.

Sie streifte die Schuhe ab, drehte sich zu ihm um. Nackt bis auf die Perlenkette. Ein schöner Anblick.

Sie fragte: »Wann sollen wir Unterstützung anfordern?«

Er antwortete: »Nicht gerade jetzt.

Er zog sein T-Shirt aus.

Sie sagte: »Jetzt die Hose.«

»Ja, Ma'am.«

Sie ritt ihn wieder wie ein Cowgirl, nur dieses Mal umgekehrt, mit dem Rücken zu ihm. Was visuell betrachtet ein komplexes Gleichgewicht aus Plus- und Minusaspekten ergab. Insgesamt bedeutete das keine unbillige Härte. Er kam sich vor wie der Beobachter eines Privatvergnügens. Sie hatte Großes vor. So viel war klar. Für ihn war das in Ordnung. Solange es funktionierte. Solange es einem half, die Nacht herumzubringen.

34

Bishop schickte den Shuttlebus frühzeitig, weil General Helmsworth erwartet wurde. Der Fahrer sagte, die Maschine von Delta Airlines sei bei Tagesanbruch in Fuhlsbüttel gelandet. Der General wurde vom Flughafen abgeholt und direkt ins Konsulat gebracht, um sich in einem Gästezimmer frisch zu machen, bevor er sich in den von Bishop zur Verfügung gestellten Besprechungsraum begab. Helmsworth legte seinen Befehl offenbar ziemlich eng aus. Er wollte nur mit Sinclair, Reacher und Neagley sprechen, die im weitesten Sinn seine Vorgesetzte und seine Untergebenen waren. Was für die anderen nicht zutraf. In der Praxis war das jedoch kein Problem, denn alle hatten sich längst auf Zurückhaltung geeinigt. Rätselhafte, halb vergessene Kindheitserinnerungen ließen sich nicht bei einer Sieben-zu-eins-Befragung an einem Konferenztisch diskutieren. Eine lockere Atmosphäre in kleinem Kreis konnte produktiver sein. Dafür waren Sinclair, Reacher und Neagley schon im Voraus bestimmt worden.

Also gingen die anderen ins Büro, während Bishop die drei in den Raum, den er ausgewählt hatte, führte. Er hatte viel Ähnlichkeit mit dem in Fort Belvoir, in dem Reacher seinen Orden bekommen hatte: vergoldete Stühle, roter Samt, zwei Fahnen als Hintergrund. Nur hing die Decke höher, weil dieses Gebäude älter war. Neagley stellte vier Armstühle zu einem Quadrat zusammen. Für eine Gruppe von Gleichberechtigten, die locker Konversation machten.

Dann verschwand Bishop, und eine Minute später kam Helmsworth herein. Ein kompakter Mann Mitte sechzig mit eisgrauem Bürstenhaarschnitt und lebhaften grauen Augen. Er trug einen frisch gebügelten Kampfanzug mit zwei schwarzen Sternen am Kragen. Trotz des Nachtflugs wirkte er nicht müde. Die Anwesenden stellten sich vor. Hände wurden geschüttelt – nur von Neagley nicht, die höflich nickte –, dann nahmen sie auf den Stühlen Platz.

Reacher fragte: »General, wie wütend sind Sie im Augenblick auf einer Skala von eins bis zehn?«

Helmsworth entgegnete: »Alles in allem, Sohn, zwischen acht und neun.«

Er sprach wie jemand, der ein Todesurteil verkündet.

Reacher sagte: »Es kann nur noch schlimmer werden.«

»Das bezweifle ich nicht, Soldat.«

»Aber wir haben keine Zeit für Bullshit. Kein Grund, Trübsal zu blasen, General. Wir wollen mit Ihnen über die gute alte Zeit reden.«

»Ihre oder meine, Major?«

»Über einen Sergeant namens Arnold P. Mason. Er hat im 82nd Airborne Unit gedient. Ihre Wege haben sich 1955 und später noch einige Male gekreuzt. Aber nur theoretisch. Sie waren damals auf dem Weg nach oben. Sie werden sich nicht an ihn erinnern.«

»Natürlich nicht. Das war vor vierzig Jahren.«

»Aber wir müssen wissen, woran Sie sich in Bezug auf seine Einheit erinnern.«

»Was soll das – ein Folkloreprojekt? Haben wir Oral-History-Monat?«

»Wir fahnden nach einem Mann namens Wiley. Zwischen seinem zehnten und sechzehnten Lebensjahr war der Partner seiner Mutter ein Veteran mit zwanzig Dienstjahren im 82nd Airborne Unit in Europa. Wir glauben, dass der Boyfriend dem Jungen Geschichten erzählt hat. Wir glauben, dass Wiley sie sich gemerkt hat und ihretwegen viele Jahre später selbst zur Army gegangen ist.«

»So sollte es sein. Freut mich, das zu hören.«

»Bei Wiley muss die Sache anders gewesen sein. Für ihn waren die Storys wie eine Schatzkarte, und er ist zur Army gegangen, um den Schatz zu heben.«

Helmsworth sagte: »Das ist absurd.«

»Jetzt hat er den Schatz gehoben und sich damit unerlaubt von der Truppe entfernt.«

»*Was* hat er?«

»Das wissen wir nicht. Aber es ist viel Geld wert.«

»Von welcher Truppe entfernt?«

»Flugabwehr bei den Panzern im Raum Fulda.«

»Major, wozu bin ich hier? Bitte erzählen Sie mir, dass Sie gute Gründe dafür hatten, mich nach Europa kommen zu lassen.«

»Wir wollen die Schatzgräberstorys hören. Aus dem 82nd Airborne Unit. Die kennen Sie sicher noch. Jeder Offizier erinnert sich an seine erste Einheit.«

»Es gibt keine Schatzgräberstorys.«

»Wiley hat mal an einem Wettbewerb teilgenommen, bei dem es darum ging, in einem Satz zu sagen, wieso man zur Army gegangen sei. Als er dran war, hat er gesagt, er sei eingetreten, weil sein Onkel ihm Davy-Crockett-Geschichten erzählt habe.«

Helmsworth äußerte sich nicht dazu.

Das fiel Reacher auf.

Er sagte: »In Wirklichkeit war dieser Onkel der Boyfriend seiner Mutter. Der Veteran mit zwanzig Dienstjahren. Onkel Arnold. Ein höflicher Ehrentitel. Für einen Zehnjährigen vielleicht passend. Für einen Sechzehnjährigen vermutlich nicht mehr.«

Helmsworth fragte beiläufig: »Was für Davy-Crockett-Geschichten?«

»Das wissen wir nicht«, sagte Reacher. »Deshalb fragen wir Sie.«

»Wann hat der Freund der Mutter gedient?«

»Von 1951 bis 1971.«

Helmsworth machte eine lange Pause.

Reacher sagte: »General?«

»Ich kann Ihnen nicht helfen«, erklärte Helmsworth. »Tut mir leid.«

Reacher fragte: »Wie wütend sind Sie jetzt?«

Helmsworth hätte fast geantwortet, schwieg dann aber doch.

»Genau«, fuhr Reacher fort. »Eins bis zwei von zehn. Sie sind nicht mehr zornig. Weil Ihnen jetzt etwas anderes größere Sorgen macht.«

Helmsworth äußerte sich nicht dazu.

Reacher fragte: »General?«

Helmsworth antwortete: »Darüber kann ich nicht sprechen.«

»Das müssen Sie aber, fürchte ich.«

»Ich *darf* nicht darüber sprechen, meine ich.«

Sinclair sagte: »General, mit Verlaub, Sie sprechen mit dem National Security Council. Es gibt keine Freigabe von höherer Stelle.«

»Ist dieser Raum abhörsicher?«

»Wir sind in einem amerikanischen Konsulat, und er ist vom hiesigen CIA-Stationsleiter ausgesucht worden.«

»Ich muss erst mit dem Amt der Vereinten Stabschefs telefonieren.«

»Die sagen in dieser Sache, was *ich* ihnen vorgebe. Wär's nicht praktischer, uns alles ohne Mittelsmann direkt zu erzählen?«

»Das ist seit Langem geheim.«

»Was denn?«

»Die Akte ist geschlossen.«

Reacher sagte: »Erzählen Sie uns die Geschichte, General. Wiley hat sich mit seinem Diebesgut unerlaubt von der Truppe entfernt. Wir müssen wissen, was er gestohlen hat. Also bleiben wir hier sitzen, bis Sie ausgepackt haben. Ich würde gern behaupten, dass wir den ganzen Tag Zeit haben, aber das stimmt womöglich nicht. Vielleicht ist die Sache mehr als eilig.«

Helmsworth legte erneut eine Pause ein.

Dann nickte er, rückte seinen Stuhl etwas vor, beugte sich nach vorn. Er sagte: »Okay, ich erzähle Ihnen, was mir passiert ist … und was sich sonst ereignet hat. Wir waren im Europa der frühen Fünfzigerjahre. Wir kannten unseren Schlachtplan. Die Rote Armee würde mit starken Kräften durch die Fulda-Lücke vorstoßen. Wir hatten den Auftrag, ihren Vormarsch zu stoppen und zu verhindern, dass Verstärkungen nach vorn gelangten. Das wollten wir durch die Sprengung von Brücken und Straßen hinter der Front bewerkstelligen. Um ihre Panzer aufzuhalten. Auch Kraftwerke und ähnliche Großprojekte standen auf der Liste. Um die Angreifer zu behindern. Aber die Luftwaffe war unzuverlässig. Damals gab es noch keine intelligenten Bomben. Eine Brücke ist ein sehr kleines Ziel. Wir haben ein paar Pionierkompanien aufgestellt. Aus regulären Fallschirmjägern mit Zusatzausbildung. Sie sollten mit einer Sprengladung abspringen, sich zum Ziel durchkämpfen und die Ladung sehr präzise an einem Brückenpfeiler oder dergleichen anbringen. Das war der Plan. Damals stellte ein Fallschirmjäger mit einer Sprengladung auf dem Rücken die intelligenteste Bombe dar, die wir hatten.«

»Gute Arbeit«, meinte Reacher.

»Eigentlich nicht. Wie viel konnten sie höchstens auf dem Rücken tragen?«

»Von der Landezone zum Ziel? Dreißig, höchstens vierzig Kilo.«

»Genau das war das Problem. An einem Brückenpfeiler hinterlassen dreißig Kilo TNT kaum einen Kratzer. Das ist ein Feuerwerkskörper. Und Kraftwerke sind noch größer. Also haben wir die Idee mit der menschlichen intelligenten Bombe vorläufig auf Eis gelegt. Bis es Verbesserungen bei tragbaren Sprengladungen geben würde. Die damals nur sehr zögerlich kamen. Die glanzvollen Entwicklungen fanden anderswo statt, aber davon wusste ich damals nichts. In Los Alamos herrschte Hochbetrieb. Dort wurde die Wasserstoffbombe entwickelt und im März 1954 auf dem Bikini-Atoll erprobt. Sie hatte eine Sprengkraft von fünfzehn Megatonnen – das Fünffache aller im Weltkrieg auf Deutschland und Japan abgeworfenen Bomben. Vermutlich stärker als sämtliche bis dahin weltweit gezündeten Sprengladungen – inklusive Hiroshima und Nagasaki. Alles in Bruchteilen einer Sekunde. Eine eindrucksvolle Detonation, Leute! Niemand hat sich getraut, an mehr zu denken. Weil befürchtet wurde, die Erdatmosphäre könnte in Brand geraten. Davon wusste ich allerdings noch nichts.«

Reacher fragte: »Wann haben Sie's erfahren?«

»Später in den Fünfzigerjahren. Damals überschlugen sich die Entwicklungen. Wir haben auch andere Dinge erfahren. Zum Beispiel, dass zwei geheime Atomlabore existierten, nicht nur eines. Nicht nur Los Alamos. Damals gab es im Verteidigungsministerium die Maxime, Konkurrenz führe zu Höchstleistungen, die Überlegenheit garantierten. Sie war in Stein gemeißelt. So hat Los Alamos einen Konkurrenten bekommen, der Livermore hieß. Bei Berkeley in Kalifornien. Dort arbeiteten von Anfang an clevere Leute. Sie wollten nicht immer größere Atombomben bauen, sondern haben kleinere konstruiert. Mit zunehmendem Erfolg. Zuletzt haben sie ein ganz neues Waffensystem entwickelt, in dessen Mittelpunkt ein kompakter neuer Gefechtskopf mit der Bezeichnung W-54 stand.«

»Gut zu wissen«, sagte Reacher.

»Nun zurück zu meinem ursprünglichen Problem. Ein Mann mit vierzig Kilogramm auf dem Rücken war für mich wertlos. Aber als Kommandeur hatte ich ein taktisches Problem zu lösen. Auf meiner Zielliste standen Straßen, Brücken, Viadukte, Kraftwerke, Infrastruktur. Konnte ein Kerl achtzig Kilo tragen?«

»Vielleicht«, sagte Reacher. »Aber nicht weit.«

»Noch immer nicht gut genug. Weiterhin nur ein Feuerwerkskörper. Was ist mit hundertfünfzig Kilo?«

»Nein.«

»Was ist mit einer Tonne? Könnte ein Kerl eine Tonne TNT schleppen?«

»Natürlich nicht.«

»Wie wär's mit zehn Tonnen? Oder hundert? Oder tausend? Oder fünfzehntausend? Könnte ein Kerl *fünfzehntausend Tonnen* TNT auf dem Rücken tragen?«

Reacher schwieg.

Helmsworth sagte: »Genau das haben sie uns zuletzt angeboten.«

»Wer?«

»Livermore. Das neue Labor in Kalifornien. In Wirklichkeit war ihr neues Waffensystem ein Fehlschlag. Es war klein, aber nicht klein genug. Sie haben die Sprengkraft der Hiroshimabombe in einen vierzig Zentimeter hohen Zylinder mit achtundzwanzig Zentimeter Durchmesser gepackt, der nur fünfundzwanzig Kilogramm wog. Die gleiche Sprengkraft wie Little Boy. Fünfzehntausend Tonnen TNT. Aber Little Boy war drei Meter lang und fünf Tonnen schwer. Der Zylinder aus Livermore war ein Triumph der Miniaturisierung, aber leider noch immer zu groß, um als Artillerie- oder Werfergranate verschossen werden zu können. Es gab keine zuverlässige tragbare Abschussvorrichtung für ihn. Er war eine Kuriosität, sonst nichts. Eine Lösung auf der Suche nach einem Problem. Und das wurde prompt gefunden. Der Zylinder bekam einen neuen Namen – SADM, Special Atomic Demolition Munition, Spezielle Atomsprengladung – und wurde der 82nd Airborne zugeteilt. Nun konnten meine Männer mit nur fünfundzwanzig Kilo auf dem Rücken abspringen und jedes beliebige Objekt in die Luft jagen.«

»Mit Atomsprengladungen?«

»Von der Größe der Hiroshimabombe.«

Niemand sprach.

Reacher fragte: »Wie hat die SADM vorher geheißen?«

»Dreimal dürfen Sie raten.«

»Davy Crockett.«

Helmsworth nickte. »Das war der Deckname für den neuen Gefechtskopf W-54. Er hat sich später ganz durchgesetzt. Kein Mensch hat jemals SADM gesagt. Alle haben die Dinger Davy Crocketts genannt. Sie wurden als Traglasten in gepolsterten Transportbehältern aus Segeltuch geliefert. Man hat sie auf den Rücken genommen und war einsatzbereit. Aber dieser Dienst war unbeliebt. Aus den Zylindern ist Strahlung ausgetreten. Zumindest wurde das behauptet. Einige Leute sind krank geworden. Viele hatten Angst vor Krebs. Aber vor allem haben sie an die Wochenschau-Aufnahmen aus Hiroshima gedacht. An diese gewaltige Detonation. Sie wären mit genau der gleichen Bombe unterwegs gewesen. Sie hatten Befehl, die Sprengladung anzubringen, den Zeitzünder einzustellen und wie der Teufel wegzurennen. Ziemlich anders als ein Abwurf aus einem Flugzeug in dreizehntausend Meter Höhe.«

Neagley fragte: »Wie lange ist der Zeitzünder gelaufen?«

»Maximal fünfzehn Minuten. Plus oder minus. Er war nicht sehr präzise.«

»Das ist verrückt. In Hiroshima hatte die tödliche Druckwelle einen Radius von eineinhalb Kilometern. Der Feuerball einen von drei Kilometern. Für die meisten Kerle sind das zwölf Minuten auf der Tartanbahn. Im Gelände wäre das praktisch unmöglich. Vor allem, wenn sie sich den Weg zum Zielobjekt erkämpfen mussten. Dann würden sie sich auch den Rückweg erkämpfen müssen, während sie darauf warteten, eingeäschert zu werden. Ein Himmelfahrtskommando!«

Helmsworth nickte erneut. »Damals ist anders kalkuliert worden. Wir hätten eine Kompanie geopfert, um eine Million

Männer mit zehntausend Fahrzeugen aufzuhalten. Uns wäre das vorteilhaft erschienen.«

»Eine Kompanie?«, fragte Reacher.

»Wir hatten hundert Davy Crocketts.«

»Jede mit einem eigenen Ziel?«

»Sorgfältig ausgesucht.«

»Weit verteilt?«

»Wie Masern auf einer Landkarte.«

»Nur gibt es dort keine hundert wichtigen Brücken. Oder Kraftwerke. Oder Straßen oder Viadukte. Das Gebiet ist nicht sehr breit. Deshalb heißt es Fulda-Lücke.«

»Wir hatten Reserven eingeplant. Etwa die Hälfte sollte Wartepositionen beziehen.«

»In den Zwischenräumen. Um alles miteinander zu verknüpfen.«

»Wie eine Kette.«

»Sie wollten eine Strahlenbarriere errichten. Wie ein Minenfeld. Mit hundert Sprengladungen konnte sie fünfzehn mal fünfzehn Kilometer groß sein. In jeder beliebigen Form. Sie wollten die Sowjets dorthin lenken, wo die Verteidiger warteten.«

»Die Akte ist geschlossen.«

»Weil im Lauf der Zeit alle möglichen Abrüstungsverträge geschlossen wurden. Sie mussten davon Abstand nehmen. Sie durften nicht mal zugeben, was geplant gewesen war.«

»Ja«, sagte Helmsworth. »Die SADM wurden außer Dienst gestellt und in die Heimat zurückgebracht und nicht ersetzt. Später hat man Kernwaffen unterhalb einer bestimmten Größe ganz verboten.«

Sinclair sagte: »Arnold Mason ist krank. Seine Frau sagt, er habe angekündigt, die Army werde sich für ihn interessieren. Er hat ihr gesagt, jemand werde kommen.«

»Woran krank?«

»Hirntumor.«

»Alles liegt schon lange zurück. Die meisten Fälle sind viel früher aufgetreten.«

»Es hat weitere gegeben?«

»Einige wenige«, entgegnete Helmsworth.

Reacher sagte: »Solche Storys würden mich nicht dazu verlocken, in die Army einzutreten.«

Helmsworth äußerte sich nicht dazu.

Reacher fragte: »General?«

»Jeder Rekrut hat seine eigenen Gründe.«

»Horace Wiley war ein Dieb von zweiunddreißig Jahren. Ich glaube nicht, dass die Ausbildung für ein Himmelfahrtskommando mit anschließender Erkrankung, während die Waffen in die Heimat zurückgebracht wurden, ihn besonders gereizt hätte.«

Helmsworth sagte nichts.

Reacher fragte. »General?«

»Dies ist auf Präsidentenebene geheim.«

Sinclair sagte: »Im Rahmen dieser Ermittlungen dürfen das alle Anwesenden hören.«

Helmsworth sagte: »Möglicherweise ist ein Inventurfehler passiert.«

35

Helmsworth sagte: »Die Originalfrachtbriefe zeigen, dass zehn Kisten Livermore verlassen haben. Jede Kiste enthielt zehn Davy Crocketts. Zehn mal zehn ist hundert, und mit dieser Anzahl Bomben haben wir geübt. Spätere Frachtbriefe beweisen, dass dieselben zehn Kisten mit denselben zehn Bomben zurückgeschickt wurden. Zehn mal zehn ist hundert. Alle vollzählig vorhanden. In Empfang genommen und sicher in den Vereinigten Staaten gelagert. Später vor Zeugen kontrolliert, in Augenschein genommen und gezählt. Wir besitzen exakt hundert SADM.«

Reacher fragte: »Woraus bestand der Fehler?«

»Das waren die Frachtbriefe. Hundert raus, hundert rein. Mit dieser Zahl hat die Army immer gerechnet. Aber Jahre später hat jemand in Livermore eine nicht eingereichte Rechnung für eine elfte Kiste gefunden. Zehn weitere Davy Crocketts. In der Versandabteilung war nichts darüber zu finden. Die Produktionszahlen waren mehrdeutig. Niemand konnte ausschließen, dass die elfte Charge geliefert worden war.«

»Aber nicht bezahlt. Was unwahrscheinlich ist und bedeutet, dass die Rechnung vermutlich ein Irrtum war. Bestimmt ist sie deshalb nie eingereicht worden.«

»Das war die ursprüngliche Schlussfolgerung«, sagte Helmsworth. »Leider gab es bei dem Kistenhersteller anderslautende Unterlagen. Im Ausbildungsbuch eines Lehrlings standen elf Kisten, an denen er mitgearbeitet hatte. Sein Meister hatte alle einzeln abgezeichnet. Die elfte Kiste befand sich nicht in der Fabrik. Auch nicht in Livermore. Und falls man elf weitere SADM gebaut hatte, waren sie auch nicht dort. Wo, zum Teufel, waren sie also? Existierten sie überhaupt? Aber mit dieser philosophischen Frage konnte man's nicht bewenden lassen. Also begann man zu suchen. Erfolglos. Nicht in der Heimat, nicht in Übersee. Vielleicht hatte der Lehrling sich geirrt. Aber dann musste auch der Meister unrecht haben. So ging es hin und her.«

»Bis?«, fragte Reacher.

»Die Meinungen gingen auseinander. Die Mehrheit sagte,

die mehrdeutigen Produktionszahlen müssten anders gedeutet werden, weil die elfte Kiste nie gebaut und daher irrtümlich berechnet worden sei. Oder vielleicht in betrügerischer Absicht.«

»Das klingt wie eine Drohung, um das Problem verschwinden zu lassen.«

»Vielleicht war es eine.«

»Was dachte die Minderheit?«

»Dass Livermore die zusätzliche Kiste nicht bestellt haben würde, wenn es keine Ladung dafür gegeben hätte. Die Kisten waren Prototypen eines standardisierten Systems. Ihre Inneneinrichtung war variabel, aber äußerlich sahen sie alle gleich aus. Der Irrtum könnte beim Versand passiert sein. Die Kiste hätte Berkeley mit dem falschen Bestimmungsort verlassen. Oder mit richtigem Versandziel, aber falscher Inhaltsangabe. Die Lagercodes waren sehr kompliziert. Eine einzige falsche Ziffer wäre fatal gewesen.«

»Das sind eine Menge Annahmen«, warf Reacher ein. »Das wäre eine Kaskade aus drei separaten Fehlern. Falsche Versandpapiere, falscher Lagercode und eine nicht eingereichte Rechnung.«

»Wir haben jedes Jahr viele Milliarden Dollar für Millionen Tonnen Ausrüstung ausgegeben. Der Bestellumfang war atemberaubend. Da konnten alle möglichen Fehler passieren. Wie lange sind Sie schon dabei, Major?«

»Zwölf Jahre.«

»Haben Sie schon mal erlebt, dass etwas schiefgegangen ist?«

Reacher blickte an sich herab. Eine Khakihose des Marine Corps, 1962 genäht und 1965 an eine ganz falsche Adresse verschickt, wo sie dreißig Jahre lang unentdeckt gelegen hatte.

Er sagte: »Aber wir reden hier von Atomwaffen.«

Helmsworth entgegnete: »Seit 1945 wurden zweiunddreißig

amerikanische Kernwaffen versehentlich gestartet, verschossen, gezündet, gestohlen oder verloren. In sechsundzwanzig Fällen wurden die Akten geschlossen. Die übrigen sechs bleiben verschwunden. Diese Zahlen stehen fest. Weitere zehn Verluste sind durchaus denkbar. Vor allem wegen der Art dieser Waffen. Davy Crocketts waren klein und wurden in Serie produziert. Sie waren keine Glamourwaffen, sondern wurden wie gewöhnliche Granaten behandelt.«

»Wie intensiv war die Suche?«

»Wir haben überall gesucht. Buchstäblich weltweit. Aber sie waren nirgends zu finden. Deshalb hat sich die Mehrheitsmeinung durchgesetzt. Sie hatten offenbar nie existiert. Die Rechnung war ein Betrugsversuch, aber irgendwer hat kalte Füße bekommen und sie nie eingereicht.«

»Was war Ihre persönliche Meinung?«

»Wir haben uns in Europa auf einen Landkrieg gegen die Rote Armee vorbereitet. Wir hatten Hunderte von Depots überall in Westdeutschland. Manche hatten eine Größe von mehreren Quadratkilometern. Sogar die kleinsten waren größer als ein Footballplatz. Ich war der Überzeugung, die Mehrheit mache sich die Sache zu einfach.«

»Wäre Arnold Mason an der Suche beteiligt gewesen?«

»Höchstwahrscheinlich. Sie dürfen nicht vergessen, dass das Jahre später war. Diese Kerle wussten genau, was sie zu suchen hatten.«

»Das waren also die Storys, die der junge Horace Wilson gehört hat. Die verschwundene Kiste. Zehn Bomben von der Größe der Hiroshimabombe. Ein vergrabener Schatz.«

Sinclair fragte: »Wieso konnte er hoffen, ihn zu finden, wenn alle Sucher erfolglos gewesen waren?«

»Unterschiedliche Leute sind unterschiedlich begabt«, erklärte Reacher. »Vielleicht hat Onkel Arnold ihm einen kleinen Tipp gegeben. Vielleicht ist ihm etwas aufgefallen, das die anderen übersehen hatten. Vielleicht hatte nur er das richtige Gespür.«

»Das klingt völlig unmöglich.«

»Richtig.«

Helmsworth sagte: »Ma'am, nichts war unmöglich. Wir befanden uns im Kalten Krieg. Da sind die verrücktesten Dinge passiert. Einmal wurden einer Katze ein Mikrofon und ein Sender in den Nacken eingepflanzt – und dazu eine dünne Antenne, die durchs Rückgrat bis in die Schwanzspitze führte. Das Tier sollte dafür ausgebildet werden, auf dem Gelände der russischen Botschaft unbedachtes Gerede aufzunehmen. Nur ist es leider am ersten Arbeitstag überfahren worden. Nichts war unmöglich, und alles ist früher oder später schiefgegangen.«

Neagley fragte: »Ist das überhaupt wichtig? Denn wer kennt die Armierungscodes? Sind sie jemals ausgegeben worden? Und selbst dann wären sie auf jeweils zwei Mann verteilt worden. Bei Kernwaffen war das Vorschrift. Für zehn Bomben wären das zwanzig Veteranen. Welche genau?«

Helmsworth schwieg.

Reacher sagte: »General?«

Helmsworth sagte: »Es wird noch schlimmer.«

»Ist das überhaupt möglich?«

»Sie kennen die Filmaufnahmen vom D-Day. Flakfeuer, Kartenlesefehler, Wind und Wetter, Flüsse und Sümpfe, erbitterte Gegenwehr. Die Chancen, zwei Männer zur selben Zeit am selben Ort anzulanden, lagen bei null. Folglich hätten wir mit hundert wertlosen Metallbehältern dagestanden. Aber sie mussten unbedingt effektiv sein. Deshalb wurde die Zweipersonenregel als taktisches Hindernis betrachtet.«

»Von wem?«

»Von taktischen Kommandeuren.«

»Wie Ihnen?«

»Ich habe meinen Waffenmeister angewiesen, den gesamten Code mit gelber Fettkreide auf die Bombe zu schreiben. So konnte ein anderer sie noch zünden, wenn ihr ursprünglicher Träger gefallen war. Wir waren im Kalten Krieg. Heute wissen wir, dass daraus kein heißer Krieg geworden ist. Damals hatten wir das Gefühl, das könnte jederzeit geschehen.«

»Aber die elfte Kiste hat es nie an die Front geschafft.«

»Dann steckt ein Top-Secret-Handbuch mit den Codes in einer Halterung an der inneren Rückwand. Das war das Teil, das der Lehrling gebaut hat. Genau elfmal.«

Danach entstand eine sehr lange Pause.

Dann sagte Sinclair: »Okay, ich muss in einer Minute den Präsidenten anrufen und ihm mitteilen, dass womöglich zehn Atombomben verschwunden sind – jede so stark wie die Hiroshimabombe, was bedeutet, dass demnächst zehn Weltstädte in Schutt und Asche gelegt werden könnten. Kann mir jemand sagen, weshalb ich nicht telefonieren sollte?«

Niemand sprach.

Polizeidirektor Griesmann fuhr zu Herrn Dremmlers Büro hinauf. Der Aufzug war ungewöhnlich langsam. Vermutlich noch das Original, das bei der Renovierung erhalten geblieben war. Aber er kam schließlich doch an. Eine Minute später saß Griesmann unbehaglich in einem zu kleinen Besuchersessel vor Dremmlers Schreibtisch. Dremmler bestellte erst Kaffee bei seiner Sekretärin, anscheinend eine Südamerikanerin, bevor er fragte, was er für Griesmann tun könne.

Griesmann begann: »Es geht um Wolfgang Schlupp.«

Dremmler sagte: »Wissen Sie, ich habe noch vormittags mit ihm gesprochen. Rein aus Zufall.«

»Deswegen bin ich hier.«

»Er hat nichts Besonderes gesagt. Jedenfalls nichts, was erklären könnte, was ihm später zugestoßen ist.«

»Worüber haben Sie mit ihm gesprochen?«

»Das Ganze war bloß Zufall. Ich habe ihn auf einer IHK-Veranstaltung kennengelernt. Er war nur ein flüchtiger Bekannter. Er hat mich angesprochen, und ich habe ein paar höfliche Worte mit ihm gewechselt. Aber ich habe den Mann kaum gekannt.«

»Wollten Sie ihm Schuhe verkaufen?«

»Nein, nein, keineswegs. Das war nur Höflichkeit. Öl für die Zahnräder.«

»Gehen Sie oft in diese Bar?«

»Nicht sehr oft.«

»Wieso an diesem Tag?«

»Um zu sehen und gesehen zu werden. Ich lasse mich abwechselnd an verschiedenen Orten blicken. Das tun wir alle.«

»Wir?«

»Unternehmer, Geschäftsleute, Kommunalpolitiker, Geschäftemacher.«

Griesmann fragte: »Ist Ihnen aufgefallen, wer hinter Ihnen gestanden hat?«

Dremmler überlegte kurz. Erinnerte sich daran, wie er sich mit dem Rücken zum Raum neben Schlupp an die Theke gedrängt hatte. Wer hatte hinter ihm gestanden? Das wusste er nicht mehr.

Griesmann sagte: »Das war ein Kerl, dem Probleme mit dem Finanzamt drohten. Er hat Ihr Gespräch belauscht – und sehr detailliert wiedergegeben.«

Dremmler machte erneut eine Pause. Er hatte ein gutes Gedächtnis. Gesundes Urteilsvermögen. Und er war beweglich und kreativ. Ein Mann in seiner Position brauchte solche

Eigenschaften. Er spulte das Tonband in Gedanken zurück und spielte ihr gestriges Gespräch von der Stelle, wo Schlupp gefragt hatte, was er brauche, nochmals rasch ab. Dabei pickte er die Schlüsselwörter heraus: Informationen, unsere Sache, neues Deutschland, Führerschein und Reisepass, dann die Frage nach dem neuen Namen des Amerikaners, das Bestechungsangebot, das Wort wichtig und zum vierten Mal das Wort Sache.

Geschnappt.

Er sagte: »Ich habe Leute in Positionen, über die Sie staunen würden. Ohne sie würde diese Stadt vermutlich kaum mehr funktionieren. Und keiner von ihnen hat gegen irgendein Gesetz verstoßen. Auch ich nicht.«

»Noch nicht.«

»Ich wiederhole: Keiner von ihnen hat gegen irgendein Gesetz verstoßen.«

»Wenn Sie's tun, stehen wir bereit.«

»Uns zu verfolgen, treibt uns nur Mitglieder zu.«

»Strafrechtliche Belangung ist keine Verfolgung.«

»Überlegen Sie selbst, Herr Griesmann. Sie stehen einer machtvollen Organisation gegenüber. Die bald noch mächtiger sein wird. Vielleicht ist es an der Zeit, sich von Ihren jetzigen Herren zu emanzipieren. Sie sollten sich uns anschließen. Unsere Interessen sind deckungsgleich. Sie haben nichts zu befürchten. Ihr Job bleibt sicher. Auch im neuen Deutschland wird es Kleinkriminelle geben.«

Griesmann fragte: »Hat Schlupp Sie angerufen und Ihnen den neuen Namen des Amerikaners genannt, bevor er ermordet wurde?«

Dremmler sagte: »Nein.«

Und Griesmann glaubte ihm. Er hatte nichts anderes erwartet.

Sinclair telefonierte vom Büro aus mit dem Weißen Haus. Helmsworth war gegangen. Bishop gekommen. Waterman wiederholte seine pessimistische Vorhersage, es sei ohnehin zu spät, weil die Deutschen einen halben Tag brauchen würden, um zu reagieren – und einen ganzen Tag, um selbst aktiv zu werden. Dann erfuhren sie, dass die USA sich auf die Beistandsklausel im NATO-Vertrag beriefen, was alles nur noch komplizierter machte. Sinclair befürchtete eine erhebliche Verzögerung. Reacher rief Griesmann an und erfuhr, er sei unterwegs. Seine Sekretärin versprach, sie werde dafür sorgen, dass er möglichst bald zurückrufe. Sie machte einen sehr netten Eindruck.

Er legte auf.

Sinclair sagte: »Wiley, der sich unerlaubt von der Truppe entfernt hat, ist in derselben Stadt wie Sie.«

Reacher sagte: »Ich brauche seinen neuen Namen.«

»Viel Erfolg dabei.«

»Wir könnten versuchen, ihn zu erraten.«

»Auf welcher Grundlage?«

»Wir wissen, dass Ausweiskunden sich ihren neuen Namen selbst aussuchen durften, und dass Wiley bei der Autovermietung als Ernst und Gebhardt aufgetreten ist. Wieso hat er diese Namen gewählt? Und welcher war die Nummer eins, wenn die beiden anderen die Nummern zwei und drei auf seiner Liste waren?«

»Das wäre reine Spekulation.«

»In der MP-Branche würden wir das eine wilde Vermutung nennen.«

»Ist die besser als ein Pass auf gut Glück? Oder schlimmer?«

»Noch viel schlimmer. Sie basiert auf reinem Bauchgefühl. Als würde man den Schläger mit geschlossenen Augen schwingen.«

»Wie lautet sein neuer Name also?«

»Das weiß ich noch nicht sicher. Er steckt in meinem Unterbewusstsein, will aber nicht raus. Vielleicht muss ich in einem Buch nachschlagen oder jemanden anrufen.«

»Wen anrufen?«

»Jemanden, der im Südosten von Texas aufgewachsen ist.«

Das Telefon klingelte.

Griesmann.

Der fragte: »Was kann ich für Sie tun?«

Reacher sagte: »Ich weiß nicht, ob Sie schon etwas für mich tun können.«

»Wieso haben Sie mich dann angerufen?«

»Ich habe gehofft, ich würde schon so weit sein.«

Sinclair sagte: »Zocken Sie, Reacher.«

Er erinnerte sich, wie er mit den Fingern ihre Stirn gestreift hatte und damit durch ihr Haar gefahren war. Er erinnerte sich an seine Textur, den Wellen entsprechend abwechselnd fest und weich. Er erinnerte sich, wie er es zurückgestrichen hatte, sodass es halb hinter dem Ohr fixiert war und halb frei herabhing.

Das hatte gut ausgesehen.

Damals hatte er alles auf eine Karte gesetzt.

Zu Griesmann sagte er: »Sie müssen die Unterlagen der Meldebehörde für die Wohnsiedlung einsehen, in der Wiley lebt.«

Griesmann fragte: »Auf welchen Namen soll ich achten?«

»Kempner.«

»Der ist ziemlich häufig.«

»Ein lediger Mann, Mitte dreißig, unauffällig allein lebend.«

»Das dauert seine Zeit. Haben Sie's eilig?«

»Wir müssen etwas schneller agieren, als uns lieb ist.«

»Dann sollten Sie sich Ihrer Sache sicher sein. Vielleicht ist dies Ihr einziger Wunsch. Keine Zeit, die Wunderlampe noch mal zu reiben.«

»Versuchen Sie's.«

»Kempner?«

»Rufen Sie mich so schnell wie möglich zurück««, sagte Reacher.

Er legte auf.

Sinclair fragte: »Wieso Kempner?«

»Wieso Ernst, wieso Gebhardt? Wiley stammt aus Sugar Land, Texas, und sollte eines Tages drei deutsche Namen nennen. Welche hat ihm sein Unterbewusstsein eingegeben? In Texas gibt es viele deutsche Traditionen. Eine alte Gemeinschaft. Viel Erfolg und viele Storys. Der Sage nach war der erste Deutsche in Texas ein Mann namens Ernst. Er hat die Kolonie gegründet. Wiley hat bestimmt in der Schule von ihm gehört. Viele Jahre später hat dann ein anderer Kerl eine scharfe Sauce zusammengerührt. Heute gibt es sie im PX oder Supermarkt in Plastikflaschen. In Texas ist sie weit verbreitet. Wiley hat sie bestimmt sein Leben lang auf sein Essen getan. Die Marke heißt Gebhardt.«

»Zufall«, sagte Sinclair. »Alle beide.«

»Aber wenn's anders wäre? Wenn Ernst und Gebhardt aus dem Unterbewusstsein eines Mannes kämen, der im Südosten von Texas aufgewachsen ist? Welcher Name käme als Nächster?«

»Keine Ahnung.«

»Wiley ist stolz auf seine Heimatstadt. Das steht sogar in seiner Personalakte. Und Specialist Coleman aus seinem Chaparral-Team hat es bestätigt. Wileys Heimatstadt wurde von der 1906 gegründeten Imperial Sugar dominiert. Sugar Land war ganz und gar eine Firmenstadt.«

»Woher wissen Sie das alles?«

»Darüber hat es einen Film gegeben. Und ich habe auf einer Busfahrt mal einen Artikel in der *Houston Chronicle* gelesen.

Imperial Sugar wurde von Isaac H. Kempner gegründet. Ihm verdankt die Stadt ihre Existenz. Er hat sie erbaut. Dort ist er sicher sehr berühmt. Wahrscheinlich ist sogar eine Straße nach ihm benannt.«

»Verdammt hohes Risiko.«

»Sie haben mich dazu gedrängt.«

White sagte: »Sie sollten den Hafen schließen.«

»Das tun sie bestimmt«, sagte Sinclair. »Darüber wird sicher längst diskutiert. Das Weiße Haus wird anrufen und uns auf dem Laufenden halten.«

Sie sah auf die Wanduhr.

In Zürich hatten die Banken jetzt geöffnet.

Das Telefon klingelte nicht.

36

In der ersten Stunde blieb das Telefon stumm. Auch in der zweiten. Reacher sagte: »Ich möchte Orozco mit ins Boot holen.«

»Weshalb?«, fragte Bishop.

»Er ist ein guter Vernehmer. Spüren wir Wiley auf, bevor wir die Kiste finden, muss er uns sagen, wo sie ist. Dafür wäre Orozco gut. Menschen öffnen sich ihm.«

»Wie viel weiß er bereits?«

»Einiges.«

Sinclair sagte: »Rufen Sie ihn an.«

Das tat Reacher auf der Stelle. Er erklärte Orozco, ab zehnhundert Zulu und elf-hundert Lima sei er auf TDY beim NSC. Für weitere Informationen sei ein sofortiger 10-16 beim Empfang notwendig.

Dann legte er auf.

Neagley sah ihn an.

Er sagte: »Bin gleich wieder da.«

Er verließ das Büro, ging die Treppe zum Empfangsbereich hinunter. Dort wartete er an der Theke. Das Telefon klingelte. Der Wachhabende nahm ab. Er wirkte einen Augenblick leicht verwirrt, dann gab er den Hörer Reacher. Der Anrufer war Orozco. TDY bedeutete abkommandiert, und 10-16 war der MP-Code für einen Anruf übers Festnetz. Und Orozco würde wissen, dass die andere Nummer dazu diente, sie unbelauscht sprechen zu lassen.

Orozco fragte: »Sitzen wir in der Klemme?«

Reacher antwortete: »Noch nicht.«

»Das klingt wie der Kerl, der von einem Hochhaus gesprungen ist. Wie fühlt es sich an? Bisher ziemlich klasse. Wie Fliegen.«

»Wir brauchen den Kerl bloß noch zu finden.«

»Gelingt uns das?«

»Wie schwierig kann das sein?«

»Was brauchst du von mir?«

»Den anderen habe ich gesagt, dass du als Vernehmer zu uns stößt. Aber das stimmt nicht. Du kommst an Bord, um den Iraner aus dem sicheren Haus zu holen. Den haben sie ganz vergessen. Oder sie sind entschlossen, ein dämlich hohes Risiko einzugehen. Das dürfen wir nicht zulassen. Diese Leute ermorden ihn. Also musst du ihn rausholen, sobald wir losschlagen.«

»Kommt's überhaupt dazu?«

»Ich bleibe optimistisch.«

»Woher weiß ich, wer der Iraner und wer die Saudis sind?«

»Einem Mann mit deiner kulturellen Sensibilität fällt das bestimmt nicht schwer.«

»Was mache ich mit den Saudis?«

»Die können Kollateralschäden sein, wenn du willst.«

»Das ist Hardcore«, meinte Orozco.

»Uns fehlen zehn Bomben.«

»Geht's bei der ganzen Sache um die?«

»Wir sind eben erst draufgekommen.«

»Was für Bomben?«

»Atombomben«, sagte Reacher. »Jede so groß wie die Hiroshimabombe.«

»Meinst du das ernst?«

»Todernst.«

»Gleich zehn Stück?«

»In einer Holzkiste.

Orozco machte eine lange Pause.

Dann sagte er: »Ich würde meinen Sergeant mitbringen wollen.«

Reacher sagte: »Ich habe nichts anderes erwartet.«

»Bin unterwegs«, meinte Orozco.

Reacher legte auf und ging wieder nach oben ins Büro. Das Telefon klingelte, als er hereinkam. Sinclair schaltete den Lautsprecher ein. Nicht das Weiße Haus. Keine neuen Anweisungen von der NATO. Der Anrufer war Griesmann. Der sagte: »In Wileys Wohnsiedlung gibt es zwei Kempners. Einer scheidet aus Altersgründen aus. Der andere kommt definitiv infrage. Sein Mietvertrag läuft in weniger als einem Monat aus. Er scheint nirgends zu arbeiten. Wovon er lebt, ist unklar. Gemeldet ist er als Isaac Herbert Kempner.«

»Das ist er!«, sagte Reacher. »Der Kerl, der Imperial Sugar gegründet hat. Der Name stimmt genau überein. Wir haben Wiley gefunden!«

»Ich hole Sie in fünf Minuten ab«, erklärte Griesmann. »Aber bitte nur Sie, Sergeant Neagley und Dr. Sinclair. Keine CIA. Ich habe Berlin noch nicht informiert. Ich lehne mich hier weit aus dem Fenster.«

Sinclair beendete das Gespräch.

Sie sah Reacher an und sagte: »Glückwunsch, Major. Dafür gibt's einen weiteren Orden.«

Reacher sagte: »Noch nicht.«

Müller schloss die Bürotür und rief Dremmler von seinem Schreibtisch aus an. Er sagte: »Griesmann lässt die Meldebehörde einen Mann namens Kempner suchen. In der neuen Wohnsiedlung, in der sie Wiley vermuten. Wo neulich der neutrale Wagen gestanden hat.«

Dremmler sagte: »Das ist ein häufiger Name.«

»Ich habe selbst nachgesehen und in diesem Viertel zwei gefunden. Einer davon ist über sechzig, der andere fünfunddreißig. Er hat einen Führerschein, sodass ich Zugang zu seinen Daten habe. Aber sein Ordner ist völlig leer. Keine Anzeigen, keine Verwarnungen, keine Versicherungsschäden, keine Zeugenaussagen, nichts. Überhaupt kein Kontakt mit der bürokratischen Welt. Für einen Fünfunddreißigjährigen ist das nicht normal. Ich bezweifle, dass es ihn gibt. Ich glaube, dass Kempner Wileys neuer Name ist.«

»Sie haben seine Adresse?«

»Wir sollten vorausdenken. Griesmann wird zu der Wohnung fahren. Dort kommen wir nicht mehr rein. Aber ich denke wie ein Verkehrspolizist. Er hat einen Kastenwagen mit langem Radstand. Wo ist der geparkt? Nicht auf der Straße, sonst hätten meine Leute ihn längst gefunden. Auch in keiner Tiefgarage, weil der Wagen zu hoch und zu lang ist. Also in einem großen Schuppen oder einem kleinen Lagerhaus. Irgendwo in bequemer Nähe zu seinem Apartment. Dort wartet er jetzt auf uns. Ihn wollen wir nämlich – nicht Wiley.«

»Wo genau?«

»Sie müssen die Leute fragen, die Sie kennen. Hat jemand

einen alten Schuppen oder ein Lagerhaus vermietet? Vermutlich gegen bar an einen Unbekannten, der umständlich begründet hat, wozu er ein Lager braucht. Über solche Dinge redet ihr Leute ständig, stimmt's? Ein Kerl, der einen Kerl kennt, der einen Kerl kennt.«

Dremmler sagte: »Ich mache Sie zum Polizeipräsidenten.«

Bishop nahm sie in sein Dienstzimmer mit, in dem sich in einer Ecke ein altmodischer Tresor von der Größe einer Waschmaschine befand. Er stellte die Kombination ein, packte das Handrad und zog die schwere Tür auf. Zwischen Aktenordnern stand in dem Safe ein Karton, in dem vier Pistolen mit den Griffen nach oben steckten. Er nahm drei heraus und verteilte sie: eine für Sinclair, eine für Reacher und eine für Neagley. Die Waffen waren Colt Government Model .380. Sieben Schuss, brünierter Stahl, Kunststoffgriffe. Kurzer Lauf, aber treffsicher. Sie waren geladen.

»Schießen Sie möglichst nicht damit«, sagte Bishop. »Und erschießen Sie um Himmels willen niemanden außer Wiley. Die juristischen Folgen wären ein Albtraum.«

Reacher sagte: »Sobald Orozco eintrifft, erklären Sie ihm bitte, wo wir sind und was wir tun. Er soll sich bereithalten.«

Bishop sagte: »Klar.«

Sinclair steckte die Pistole in ihre Schultertasche. Reachers und Neagleys kamen in ihre Jackentaschen.

Startbereit.

Griesmann hielt an derselben Stelle am Randstein wie am Vortag. Sinclair stieg vorn ein, Reacher und Neagley bekamen den Rücksitz. Der Kripochef folgte einer Straße durchs Stadtzentrum, die Reacher wiedererkannte. Zuletzt erreichten sie eine Kreuzung zwischen hohen Klinkergebäuden. Rechts ging es zu dem Spätverkauf, der sogar Champagner führte, links in das neue Wohngebiet.

Sie bogen links ab.

Sie benutzten den neuen Verkehrskreisel, nahmen die mittlere Ausfahrt und fuhren in das Wohnviertel hinein. Die Apartmentgebäude wirkten wie Hochhäuser, dabei hatte keines mehr als fünfzehn Stockwerke. Außenverkleidungen, die in Amerika aus Glas oder Spiegelglas bestanden hätten, waren teilweise durch farbig lackierte Metallplatten ersetzt. Als wären die Häuser von Kinderbaukästen inspiriert. Oder vielleicht sollten Kinder sich hier wohlfühlen. Reacher konnte sich das nicht vorstellen. Er war ein ernsthaftes Kind gewesen. Solch unerbittliche Fröhlichkeit hätte ihn depressiv gemacht, glaubte er.

Griesmann fuhr langsamer. Er sagte: »Es ist das nächste Gebäude links.«

Ein Haus wie alle anderen: eine auf der Seite liegende riesige Schuhschachtel mit farbigen Fassadenelementen, scheckig und durch eher kleine Fenster in stabilen Metallrahmen gegliedert. Der Eingangsbereich war wie eine große Arkade aus den beiden unteren Geschossen herausgeschnitten und erschloss die linke und rechte Haushälfte. Dort gab es auch je ein Aufzugpaar.

Griesmann fragte: »Parken wir woanders und gehen zu Fuß zurück? Oder soll ich gleich vorfahren?«

»Vorfahren«, erwiderte Reacher. »Wir haben keine Zeit zu verlieren.«

Also fuhr Griesmann weiter und hielt vor dem Eingang zu Wileys Apartmenthaus. Die Rasenfläche entlang des Bürgersteigs war mit jungen Bäumen bepflanzt. Vor ihnen ragte ein anderes Gebäude auf, und in der Ferne standen zwei weitere, zwischen denen ein breiter Fußweg in ein unter Denkmalschutz stehendes Viertel führte. Dort verlief er über eine Brücke aus Teakholz und Stahl, die sich über ein Fleet spannte.

Sie öffneten alle vier Türen gleichzeitig und stiegen eilig aus. Wileys Apartment lag in der linken Gebäudehälfte, die durch zwei Aufzüge erschlossen wurde. Beide Kabinen warteten im Erdgeschoss. Der morgendliche Andrang von Berufstätigen war vorüber. Wiley wohnte im achten Stock. In solchen Fällen war es gute Übung, die Aufzüge zu benutzen und jemanden die Treppe hinaufzuschicken, um eine Flucht zu vereiteln. Reacher kannte einen Überwachungsfilm, in dem ein Kerl seine Wohnung verließ und im Aufzug verschwand, bevor die Cops eine halbe Sekunde später aus dem anderen Aufzug stürmten. Unglückliches Timing. Eine lehrreiche Episode. Reacher fürchtete, Griesmann könnte einen Herzschlag erleiden, wenn er acht Treppen steigen musste, deshalb schlug er ihm vor, den ersten Aufzug zu benutzen, während Sinclair den zweiten bekam. Neagley nahm die Treppe. Reacher fuhr mit Sinclair, die ihre Pistole weiter in ihrer Schultertasche hatte. Keine gute Idee. So ließ sie sich nicht schnell ziehen, und der einzige Schwachpunkt des Government Models war die vorstehende Magazinentriegelung neben dem Abzug. Fummelte man in einer Tasche nach der Pistole, konnte sie entladen werden. Nicht ideal.

Die Aufzugtür schloss sich hinter ihnen. Die Kabine glitt nach oben. Sinclair fragte: »Wie fühlst du dich?«

Reacher sagte: »Privat oder beruflich?«

»In Bezug auf Wiley.«

»Ich habe ihn auf dem Film der Überwachungskamera des Spätverkaufs gesehen. Er ist flink wie eine Kanalratte. Und er hat eine Pistole. Und er ist dabei, den Deal des Jahrhunderts abzuschließen. Aber das ist okay. Ich mag Herausforderungen.«

»Wir verhaften ihn, sobald er die Tür öffnet. Er hat gar keine Zeit, irgendwas zu tun.«

»Was ist, wenn er nicht aufmacht? Wenn er durch den Spion sieht und im Schlafzimmer wartet?«

Sinclair gab keine Antwort.

Der Aufzug hielt.

Die Tür ging auf.

Griesmann wartete schon draußen. Bis auf ihn war der Korridor leer. Zwischen den Wohnungstüren lagen jeweils acht bis zehn Meter. Die Nummern der Apartments standen auf schmalen senkrechten Tafeln neben den Türen. Alle diese Tafeln, die oben in integrierte Lampen ausliefen, waren quietschbunt lackiert. Die Zahlen wirkten wie von Abc-Schützen geschrieben. Wiley hatte 9b. Seine Tafel war grün, die Wohnungstür gelb. Wie in einem Spielhaus. Mein erstes Apartment.

In der gelben Tür gab es keinen Spion. Stattdessen saß auf der grünen Tafel in Kopfhöhe eine eiergroße Ausbuchtung aus Rauchglas. Eine Überwachungskamera. Vermutlich mit einem Bildschirm innen neben der Tür. Für ein großes Rundumbild. In Ellbogenhöhe unter dem Objektiv befand sich eine Klingeltaste. Jeder Besucher, der hier klingelte, hielt sein Gesicht direkt in die Kamera. Was zweckmäßig war.

Neagley tippte sich an die Brust. *Ich gehe voraus.* Sie blieb dicht an der Wand und näherte sich dem Fischaugenobjektiv in einem Winkel von neunzig Grad. Als sie auf Armeslänge heran war, bedeckte sie das Objektiv mit der linken Hand, zog ihre Pistole und drückte mit der Mündung auf die Klingeltaste.

37

Keine Reaktion. Neagley klingelte noch mal. Reacher hörte den Klang eines Gongs hinter der Tür. Sanft, melodisch, nicht dringend.

Keine Reaktion.

Nichts.

Stille.

Neagley trat einen Schritt zurück.

Griesmann sagte: »Wir brauchen einen Durchsuchungsbefehl.«

Reacher fragte: »Wissen Sie das bestimmt?«

»In Deutschland ist er unerlässlich.«

»Aber er ist Amerikaner. Wir sind Amerikaner. Machen wir's doch auf amerikanische Art.«

»Auch Sie bräuchten einen Durchsuchungsbefehl. Das habe ich im Film gesehen. Sie haben einen Verfassungszusatz.«

»Und Kreditkarten.«

»Wozu? Um etwas zu kaufen? Um jemanden zu bestechen?«

»Für Erfindungsgabe und Selbstständigkeit. Das ist amerikanische Art.«

Neagley bat Sinclair um eine Kreditkarte und bekam eine staatliche Amex-Karte. Sie trat damit so vor Wileys Tür, dass sie die Angeln im Rücken hatte, legte die innere Hand auf die Klinke und hielt die Karte nur mit den Fingerspitzen der äußeren Hand. Sie drückte mit der Schulter gegen das Türblatt, zog die Klinke zu sich heran und führte die Plastikkarte auf Höhe der Schlosszunge in den Spalt ein. Während sie die Karte in wechselnden Richtungen bewegte, veränderte sie auch den Druck gegen das Türblatt und den Zug an der Klinke, bis eine dieser zufälligen Kombinationen das Schloss klickend entsperrte, sodass die Tür aufging. Im selben Augenblick duckte Neagley sich tief, weil sie wusste, dass Reacher auf die Körpermitte der Person zielen würde, die vielleicht in der Tür stand.

Dort war niemand.

Auch anderswo war niemand.

Sie durchsuchten die Wohnung Zimmer für Zimmer, erst

mit hastigen Links-rechts-Blicken über Kimme und Korn hinweg, dann nochmals geduldiger und langsamer.

Weiterhin leer.

Sie betraten die Küche. Auf dem Tisch lag eine Landkarte ausgebreitet. Kleiner Maßstab, reichlich Details. Die Mitte eines Landes. Ozean links, Ozean rechts. Ein exaktes Quadrat, durch viele Berührungen mit Zeigefingern speckig. Die Stadt Buenos Aires in der oberen rechten Ecke,

»Argentinien«, sagte Reacher. »Er kauft sich eine Ranch. Bestimmt zweitausend Quadratkilometer. Am Bahnhof hat er Pesos eingetauscht. Er will nach Südamerika.«

Neagley öffnete Schränke, sah in den Geschirrspüler und zog Schubladen auf. Sie griff in den Müllbehälter und holte eine leere dickbauchige Flasche mit dünnem Hals heraus. Auf dem cremeweißen Etikett stand unter einer goldenen Krone Mœt & Chandon. Sie durchsuchte den Abfall. Brotrinden und Verpackungen und Kaffeesatz. Und ein Hemd mit Blutspritzern, eine Hose mit Blutflecken und ein Ringbuch. Roter Plastikeinband, vier Ringe und gelochte Seiten mit handschriftlichen verschlüsselten Eintragungen in fünf Spalten.

»Das hat Schlupp gehört«, sagte Griesmann. »Mehr Beweise brauche ich nicht.«

Sinclair kam aus dem Schlafzimmer.

»Er hat eine Reisetasche gepackt«, sagte sie. »Aber die steht noch im Schrank. Er ist noch in Hamburg.«

In diesem Augenblick war Wiley acht Stockwerke unter ihnen in der Eingangshalle. Aber noch nicht zu den Aufzügen unterwegs. Er stand noch an der Tür und begutachtete den am Randstein geparkten Wagen. Von Autos verstand er etwas. Er war mal Hehler gewesen. Andere Leute hatten sie geklaut, er hatte sie verkauft. Meistens nach Mexiko. Manchmal in die Karibik.

Er verstand etwas von Gebrauchtwagen. Der Mercedes dort draußen war drei bis vier Jahre alt. Er wirkte gepflegt und sauber. Aber unter der Politur war er alt und abgenutzt. Er hatte viele Stadtkilometer auf dem Tacho. Wie ein Taxi oder Mietwagen mit Chauffeur hatte er eine Antenne auf dem Kofferraumdeckel. Aber er war kein Taxi. Kein Leuchtschild, kein Taxameter. Für einen Mietwagen mit Chauffeur war er schon zu alt. Und er konnte keiner sein, weil der Fahrersitz ganz weit zurückgeschoben war. Das hätte sich ein Paar, das damit ausfahren wollte, nicht gefallen lassen.

Das hier war ein Cop Car. Aber kein gewöhnlicher neutraler Dienstwagen, sondern das Fahrzeug eines Sheriffs oder Captains. Wieso? Bestimmt nicht seinetwegen. Er war unsichtbar. Davon ging er aus. Weswegen sonst? In seinem Gebäude gab es fast zweihundert Wohnungen. In einer davon musste es einen bösen Kerl geben. Im neuen Deutschland war das statistisch gewiss.

Er brauchte seine Reisetasche, das war klar, und wollte seine Landkarte. Er hatte vor, sie rahmen zu lassen. Sie sollte in einem großen Raum mit hoher Gewölbedecke über einem offenen Natursteinkamin hängen. Wo sie hingehörte. Für ihn besaß sie einen hohen Erinnerungswert. Sie hatte ihm geholfen, viele lange Nächte durchzustehen. Sie war seine Inspiration. Er durfte sie nicht einfach zurücklassen. Alle Sachen in seiner Reisetasche konnte er neu kaufen. Das war eine Kleinigkeit, auch wenn er dafür Pesos zurückwechseln musste. Aber die Karte durfte er nicht hierlassen. Schon deshalb nicht, weil sie ihn verraten konnte. Ein Bleistiftquadrat, das seine Finger verwischt hatten. Die Nutte hatte er für weniger ermordet. Also musste er sie sich holen.

Doch später, dachte er. Nicht gleich jetzt. Sicher war sicher. Die Cops konnten auf seiner Etage sein. Die Chancen dafür standen eins zu fünfzehn. Er wollte auf keinen Fall als Zeuge befragt werden. Was hätte er schon sagen können? Er kannte seine Nachbarn nicht. Was als eigenartig gelten würde. Also machte er kehrt, verließ die Eingangshalle, ging auf dem Fußweg in Richtung Wasser, an einem Gebäude vorbei und zwischen zwei weiteren hindurch bis zu einer Bank unter einem als Denkmal erhaltenen Hafenkran. Er setzte sich und rutschte etwas zur Seite, sodass er die Strecke bis zu seinem Haus gut überblicken konnte. Ungefähr dreihundert Meter. Der Mercedes war jetzt ganz klein. Wie er in Gegenrichtung. Er wartete.

Dremmler telefonierte von seinem Büro im dritten Stock aus, und die Leute, die er anrief, telefonierten ihrerseits, sodass eine Kaskade durch eine bestimmte Gesellschaftsschicht lief, in der Deals ausgehandelt wurden, in der jeder einen Kerl kannte, der billiger liefern konnte, und in der jeder wusste, wer gerade oben oder unten war. Dann trudelten Anrufe wie ferne Sonarsignale ein, und allmählich kristallisierte sich ein Kerl heraus, der nie etwas zugeben würde. Weil dahinter eine Fehlspekulation stand. Der Mann hatte im Süden von St. Georg Flächen am Hafen gekauft, um dort Wohnungen zu bauen. Doch die Bürgerschaft hatte beschlossen, stattdessen St. Pauli zu entwickeln. So blieb dem Mann nur ein Haufen alter Lagerhäuser, für die er Spitzenpreise gezahlt hatte. Verständlicherweise war ihm das peinlich.

Aber Dremmler war ein Führer, der wie alle Führer Charisma besaß. Also rief er den Mann an und wollte die Story hören. Und nach fünf Minuten voller Lügen und Ausflüchte bekam er sie tatsächlich. Die Sache war bar abgewickelt worden. Der Lagerhausbesitzer hatte sie für sich behalten. Seine Gläubiger hatten seine Bankkonten gepfändet. Aber er brauchte Taschengeld. Also stellte er keine Fragen. Wiley war vor sieben Monaten aufgekreuzt. Sie hatten sich persönlich getroffen. Wiley hatte eine rote Basecap getragen und ein Bündel Scheine in der Tasche gehabt. Er hatte ungeduldig gewirkt, schien es sehr eilig zu haben und bezahlte klaglos eine überhöhte Miete. Ohne lange darüber nachzudenken.

Der Mann erklärte Dremmler, wo das kleine Lagerhaus stand. Dremmler kannte diese Ecke. Er kannte die klobige Stahlbrücke. Er dachte: *Hast du echt geglaubt, du könntest dort Wohnungen bauen? Kein Wunder, dass du pleite bist.*

Er sagte: »Vielen Dank für Ihre Hilfe. Wenn's so weit ist, werde ich Sie nicht vergessen.«

Sie diskutierten, ob sie auf Wileys Rückkehr warten sollten, aber Sinclair sagte, mit Helmsworth' Aussage habe sich das Blatt gewendet und der Kastenwagen mit Hochdach und langem Radstand würde jetzt oberste Priorität genießen. Nicht mehr Wiley selbst. Der rangierte jetzt auf Platz zwei. Also telefonierte Griesmann von Wileys Telefon aus und zog einen seiner Leute von der Anschlagsszene ab, um ihn das Gebäude überwachen zu lassen. Der Mann sagte, er könne in ungefähr zehn Minuten vor Ort sein. Also verließen sie das Apartment möglichst genauso, wie sie es vorgefunden hatten, und so, wie sie heraufgekommen waren: mit beiden Aufzügen und auf der Treppe.

Sie traten auf den Gehsteig hinaus. Links führte ein Fußweg in Richtung Wasser. In der Ferne konnte Reacher einen alten Hafenkran erkennen: in Schwarz und Gold restauriert, wie ein urtümlicher Raubsaurier gebeugt. Darunter stand eine Bank, auf der vielleicht ein Mann saß. Zu weit entfernt, um erkennbar zu sein. Nur ein Punkt. Hinter dem Kran führte eine Fußgängerbrücke zur nächsten Pier, von der zwei auseinanderstrebende Brücken abzweigten.

Er fragte: »Was passiert dort hinten?«

»Anfangs ist's ein Park«, antwortete Griesmann. »Dahinter liegt eine städtische Brache – bebaut, aber kaum genutzt.«

Reacher schaute sich um, orientierte sich nach Himmelsrichtungen. Er blickte wieder nach vorn, an dem Kran vorbei, in das fächerförmige Gebiet, das als Park am Wasser begann und dann in ein Viertel mit verfallenden Altbauten überging. Dies musste das fächerförmige Areal sein, das er nachts von der Seite gesehen hatte. Wenn der Stadtplan in seinem Kopf stimmte. Hinter der klobigen Stahlbrücke. Wo er umgekehrt war. Er erinnerte sich an den Mondschein auf schwarzem Wasser.

Vernachlässigte Grundstücke.

Alte Gebäude.

Verstecke für einen Kastenwagen mit langem Radstand.

Er sagte: »Wir sollten uns dort mal umsehen.«

Sie liefen zu viert nebeneinander her. In Griesmanns langsamem Tempo. In der Ferne stand der Punkt auf und schlenderte davon. Mittagspause zu Ende. Zurück an die Arbeit. Sie gingen zwischen den beiden letzten Gebäuden hindurch auf den alten Kran zu. Dahinter führte eine Fußgängerbrücke zur nächsten Pier, auf der man die Wahl zwischen zwei Brücken hatte, die sich erneut teilten und auf der übernächsten Pier acht wurden. Die Piers waren massive Granitkonstruktionen, verwittert und schwarz bemoost, und die Brücken – erst eine, dann zwei, dann vier, dann acht – waren neu und leicht und luftig. Etwas skurril. Wie ein Labyrinth, aber doch anders. Die Stadt hatte viel Geld in die Hand genommen.

Aber nicht genug. In mittlerer Entfernung jenseits des Parks konnte man Unkraut, Trümmerhaufen und baufällige Gebäude sehen. Dort hinten waren die Fußgängerbrücken altersgraue Eisenkonstruktionen. Eine trostlose Szenerie, die sich über mehrere Hektar erstreckte.

Viel zu durchsuchen.

Aber logisch.

Reacher sagte: »Er würde nicht auf der anderen Seite der

Stadt parken wollen. Ihn lieber in seiner Nähe haben. Dabei sind diese Fußgängerbrücken nützlich. So hat er hundert verfallende Lagerhäuser in fußläufiger Entfernung. Vielleicht ein paar hundert. Ich wette, dass viele keinen hiesigen Eigentümer haben. Er könnte sie einfach benutzen. Hat er die Schlösser gewechselt, gehört der alte Speicher ihm.«

Sinclair fragte: »Glauben Sie, dass wir ihn dort finden?«

»Dafür spricht vieles. Das Gebiet liegt in der Nähe. Und wenn's so weit ist, ist auch der Hafen nahe.«

Sie gingen zurück. Das Überwachungsfahrzeug war schon da. Ein origineller Wagen, der aber nicht auffallen würde. Sie stiegen in den Mercedes und fuhren aus der Wohnsiedlung hinaus, um den Verkehrskreisel herum und zu der Kreuzung zwischen hohen Klinkergebäuden zurück. Dort bogen sie nach rechts auf die Straße ab, die Reacher kannte, fuhren ein Fleet entlang und bogen erneut rechts ab – auf die schmale gepflasterte Straße zu der klobigen Stahlbrücke, die Reacher im Mondschein gesehen hatte.

Jenseits der Brücke lagen die Ruinen einer untergegangenen Zivilisation. Lagerspeicher im Stil des 19. Jahrhunderts. Die gepflasterten Straßen waren eben breit genug für Pferdegespanne. Hier gab es Schuppen und Lagerhäuser in allen möglichen Formen und Größen, von denen viele baufällig oder schon eingestürzt waren. Mauern wölbten sich nach außen, und in Dachrinnen wuchsen kleine Bäume. Überall zweigten Seitenstraßen ab. Das Gebiet glich einer Stadt innerhalb der Stadt. Viel zu durchkämmen.

Griesmann sagte: »Ich könnte die Mietverträge nach dem Namen Kempner durchsuchen lassen.«

»Er hat bestimmt bar bezahlt«, sagte Reacher. »Ohne Vertrag. Oder sich irgendwo ohne Erlaubnis eingenistet.«

»Ich lasse sie trotzdem prüfen. Vielleicht hat jemand ungewöhnliche Aktivitäten bemerkt. Wir können nicht aufs Geratewohl suchen. Dazu ist das Gebiet zu groß.«

Griesmann wendete in einer Lücke zwischen einem Seiler und einem Segelmacher und fuhr über die klobige Stahlbrücke zurück.

»Wir brauchen einen Wagen an der Brücke«, sagte Reacher. »Unter allen Umständen. Diese Brücke ist seine einzige Ein- und Ausfahrt. Er muss sie benutzen, wenn er zum Hafen will.«

Griesmann sagte: »Meine Leute befinden sich alle noch im Einsatz.«

»Sie haben einen losgeeist.«

»Ein zweites Mal geht das nicht.«

Reacher äußerte sich nicht dazu.

Dann sagte Griesmann: »Ich könnte die Verkehrsabteilung fragen. »Die hat nichts mit den Ermittlungen in der Hotelgarage zu tun. Kommissar Müller tut uns diesen Gefallen bestimmt.«

»Aber fragen Sie ihn auf Deutsch«, sagte Reacher. »Sein Englisch ist miserabel.«

Unterdessen war Wiley schon über drei Kilometer entfernt. Ein flotter Fußmarsch in Gegenrichtung, danach eine kurze Busfahrt. Ihn hatte ein sehr merkwürdiges Gefühl erfasst. Nicht eigentlich Angst, aber eine starke Vorahnung von irgendetwas. Er hatte beobachtet, wie die vier winzigen Punkte aus seinem Haus kamen und bei ihrem Wagen stehen blieben. Aber dann waren sie auf ihn zugekommen. Langsam und bedrohlich. An dem nächsten Gebäude vorbei und weiter auf ihn zu. Er hatte angefangen, Einzelheiten zu erkennen. Zwei Männer, zwei Frauen. Die ihn anzustarren schienen. Als wüssten sie Bescheid. Die Frauen waren winzig – oder die Männer riesig. Einer trug Grau, der andere Khaki. Darüber ein körniger Farbklecks, nicht größer als ein Daumennagel, der eine Jeansjacke sein konnte. Wie seine eigene. Wie das Levi's Jackett, das er vor Kurzem vom Bus aus in einem kleinen Park gesehen hatte. Mit den Schwachköpfen aus der Bar.

Unmöglich.

Er war unsichtbar.

Oder?

Er stand auf und schlenderte davon. Langsam wie jemand, der völlig sorgenfrei zu sein schien. Bis er außer Sicht war. Dann beeilte er sich.

Jetzt überquerte er die Straße in Richtung eines großen türkischen Cafés und ging zum Telefon an der Rückwand des verwinkelten Raums. Kleingeld hatte er genug in der Tasche. Fast sicher vergeudetes Geld, weil es noch zu früh war, aber er war plötzlich nervös. Der Kerl in der Jeansjacke hatte ihn durcheinandergebracht. Er hatte ihn angestarrt, als wüsste er Bescheid.

Er wählte die Nummer seiner Bank in Zürich und nannte sein Kennwort.

Er fragte: »Ist heute eine Überweisung auf meinem Konto eingegangen?«

Eine Tastatur klapperte.

Eine kurze Pause.

»Leider noch nicht, Sir«, lautete die Antwort.

38

Müller rief Dremmler aus seinem Dienstzimmer an. Er berichtete: »Griesmann hat meine Abteilung um einen Gefallen gebeten. Seine Leute sind alle im Hotel. Ich soll einen Mann abstellen, der die Brücke gleich neben dem Lagerhaus überwacht. Sie wissen also schon Bescheid.«

»Nein«, sagte Dremmler. »Nur dass der Wagen irgendwo dort steht. Wüssten sie's genau, hätten sie ihn längst herausgeholt. So müssen sie sich darauf beschränken, den Engpass zu überwachen.«

»Wie viel Vorbereitungszeit brauchen Sie?«

»Schwer zu beurteilen. Eine halbe Stunde wäre gut, glaube ich.«

»Ich kann keine halbe Stunde länger warten. Das ist eine Ewigkeit. Vielleicht sieht Griesmann selbst nach. Ich habe schon die Straßensperre südlich von Hannover nicht eingerichtet.«

»Wie viel Zeit können Sie mir lassen?«

»Gar keine«, sagte Müller. »Ich soll sofort jemanden in Marsch setzen.«

»Haben Sie einen zuverlässigen Mann?«, fragte Dremmler.

»In welcher Beziehung zuverlässig?«

»Einen von uns, meine ich. Jemand, der vielleicht nicht alles meldet, was er beobachtet. Zum Besten unserer Sache.«

Müller sagte: »Das wäre möglich, denke ich.«

»Versprechen Sie ihm eine Beförderung«, sagte Dremmler.

Reacher lernte Griesmanns Sekretärin vor seinem Dienstzimmer kennen. Sie war wirklich nett und freundlich. Nachdem Griesmann ihr rasch einige Anweisungen erteilt hatte, hastete sie davon und kam mit zwei Anzugträgern vom Stadtbauamt zurück, die zahlreiche gefalzte und gerollte Pläne mitbrachten. Griesmann breitete die detailliertesten auf seinem Konferenztisch aus. Auf einem Plan war das neue Netz aus Fußgängerbrücken dargestellt. Eine alte Blaupause zeigte, wie das Gebiet vor Jahrzehnten ausgesehen hatte. Ein neuerer Entwurf ließ erkennen, wie die Modernisierung auf diesem Tortenstück fortschreiten sollte. Sie würde zweifellos irgendwann kommen. Aber nicht so bald. Die Spitze und das erste Drittel waren erneuert, aber auf dem restlichen Tortenstück hatte sich nicht viel verändert, seit es vor fünfzig Jahren von Trümmerfrauen geräumt und dann halbwegs wieder aufgebaut worden war.

Am äußeren Rand des Stadtparks gab es acht neue Fußgängerbrücken, die anscheinend nur dem Zweck dienten, kurze Abstecher in das alte Viertel zu ermöglichen, bevor man wieder umkehrte. Es gab jedoch auch mögliche Rundwege, wenn man alte Stahlbrücken, Stege, Durchgänge und Umleitungen benutzte. Keine Bestandteile des Parks. Aber auch auf diesen Wegen war die Geisterstadt erreichbar.

Letztlich waren es acht Fußgängerbrücken. Acht mögliche Zugänge, danach mehrere Abzweigungen, die sich wiederum gabelten. Ein additiver Effekt. Das Ergebnis waren fast zwanzig mögliche Zugänge. Mit fast zwanzig möglichen Endpunkten. Nur fünf Gehminuten von der Wohnsiedlung entfernt lag ein Gebiet von der Größe einer halben Kleinstadt mit alten Schuppen, Garagen und Lagerhäusern.

Wiley nahm denselben Bus in Gegenrichtung und stieg dort aus, wo er eingestiegen war. Er benutzte die Fußgängerbrücke, schlug dann aber einen anderen Weg hinter einem benachbarten Gebäude vorbei bis zur Ecke ein, von der aus er den Gehsteig vor seinem Haus im Blick behalten konnte, ohne selbst gesehen zu werden.

Der verdächtige Mercedes war verschwunden.

Fast an derselben Stelle stand jedoch ein weiterer Mercedes. Brandneu. Das Spitzenmodell. Eine viertürige Limousine. Tiefschwarz, auf Hochglanz poliert. Am Steuer saß ein Fahrer mit Lederhandschuhen und Schirmmütze. Ein teurer Mietwagen mit Chauffeur. Wiley verstand etwas von Autos. Vielleicht war es von einer Bank, die eine junge Führungskraft mit Luxus ködern wollte. Damit sie erfolgshungrig blieb. Damit sie nicht zur Konkurrenz wechselte. Oder ein Paar, das einen Jahrestag feierte. Mit einer Parisreise. Hier und dort mit Chauffeur. Vielleicht hatte der Kerl etwas angestellt. Vielleicht war dies eine versuchte Wiedergutmachung.

Wiley kam hinter dem Apartmenthaus hervor und ging zur Eingangshalle seines Gebäudes. Beide Aufzüge standen mit offenen Türen im Erdgeschoss. Um diese Tageszeit war nie viel los. Er fuhr in den achten Stock hinauf und holte seinen Schlüssel aus der Tasche.

Draußen am Randstein drückte der livrierte Chauffeur die Sprechtaste seines Mikrofons und sagte: »Wiley ist heimgekommen. Ich wiederhole: Wiley ist wieder zu Hause.«

Sein Dispatcher sagte: »Bleib hörbereit. Ich gebe die Meldung an Griesmann weiter.«

Nach einer Minute meldete der Dispatcher sich wieder und erklärte: »Griesmann sagt, dass du die Stellung halten sollst. Er ist zu dir unterwegs. Mit den Amerikanern. Zu viert in seinem Wagen.«

»Verstanden«, sagte der Chauffeur. Er hängte das Mikrofon ein und nahm seine vorige Haltung wieder ein: Mütze tief in die Stirn gezogen, Kopf hoch, Hände bei zehn und zwei Uhr am Lenkrad, obwohl der Wagen stand.

Wiley schloss seine gelbe Wohnungstür auf und trat ein. Er ging geradewegs ins Schlafzimmer und schnappte sich seine Reisetasche. Dann geradewegs in die Küche. Er legte die Landkarte entlang der ursprünglichen Falten zusammen, strich sie glatt und steckte sie in die Außentasche seines Gepäckstücks. Mit dem Umschlag des Reisebüros, der sein Flugticket enthielt. Dann nahm er den Telefonhörer ab und rief in Zürich an. Er nannte sein Kennwort.

Er fragte: »Ist heute eine Überweisung auf meinem Konto eingegangen?«

Eine Tastatur klapperte.

Eine kurze Pause.

»Leider noch nicht, Sir«, lautete die Antwort.

Wiley legte auf.

Dann blieb er eine Sekunde unschlüssig stehen. Sah sich um. Hatte ein unheimliches Gefühl. Die Luft war aufgewirbelt. Irgendetwas war passiert.

Was?

»Wen kümmert's?«, fragte er sich laut. Er würde nie mehr zurückkommen. Er schloss die Tür hinter sich und ging zum Aufzug, der sofort aufging. Offenbar hatte er hier gewartet. Um Energie zu sparen, vermutete er. Darin waren die Deutschen groß.

Er drückte auf den Knopf E. Die Tür schloss sich, und er fuhr in die Eingangshalle hinunter. Draußen auf dem Gehsteig schlenderte er in Richtung Wasser davon. Auf den alten Hafenkran und die Fußgängerbrücken dahinter zu.

Der Chauffeur drückte die Sprechtaste und meldete: »Wiley ist wieder draußen. Ich wiederhole: Wiley hat das Haus verlassen. Er war keine fünf Minuten drinnen. Jetzt geht er mit einer Reisetasche von mir weg.«

Sein Dispatcher sagte: »Griesmann und die Amerikaner sind unterwegs. Kannst du ihn verfolgen?«

»Nein. Wiley ist auf einem Fußweg, und mein Wagen ist fast zwei Meter breit.«

»Kannst du ihn zu Fuß verfolgen?«

»Ich darf nur fahren. Ich bin schwerbehindert. Wegen einer Rückenverletzung.«

»Siehst du wenigstens, wohin er geht?«

»Auf einen alten Hafenkran zu.«

»Wie weit ist er schon weg?«

»Ungefähr zweihundert Meter.«

»Von Griesmann ist noch nichts zu sehen?«

»Nein.«

In Zürich trat die Kurierin durch eine elegante, aber anonyme Tür aus der Bank auf die Straße, ging zur nächsten Ecke und hielt dort ein Taxi an. Sie sank auf den Rücksitz und sagte in sorgfältig eingeübtem Deutsch: »Bitte zum Flughafen. Internationale Abflüge. Lufthansa nach Hamburg.«

Der Fahrer schaltete seine Uhr ein und ordnete sich in den Verkehrsfluss ein.

Griesmann steckte im Stau fest. Ein Auffahrunfall auf der von hohen Klinkergebäuden umgebenen Kreuzung. Er wich auf den Gehsteig aus und quetschte sich durch alle Lücken, die er finden konnte. Sinclair saß wieder vorn neben ihm. Reacher und Neagley gehörte der Rücksitz. Zu diesem Zeitpunkt waren sie eher ungeduldig als besorgt. Bis sie endlich abbiegen konnten, um den Verkehrskreisel fuhren, hinter dem Überwachungsfahrzeug hielten und hörten, was der angebliche Chauffeur zu berichten hatte.

Griesmann fragte: »Wann war das?«

»Vor zehn Minuten.«

»Er ist weg.«

»Mit seiner Reisetasche«, sagte Sinclair. »Also kommt er nicht wieder zurück.«

Reacher starrte den alten Hafenkran und die Speicherstadt dahinter an. Zwanzig Zugänge. Zwanzig Endpunkte. Ein Meer aus Schuppen, Garagen und Lagerhäusern. Gefühlt halb so groß wie eine Kleinstadt.

»Dafür kann niemand etwas«, sagte er. »Wir haben alle vermutet, er sei zum Mittagessen heimgekommen. Wir konnten mit Fug und Recht von einer halben Stunde ausgehen.«

»Das klingt sehr optimistisch«, meinte Sinclair.

»Er befindet sich auf einer künstlichen Insel mit lediglich einer Zufahrt. Die Lage ist unter Kontrolle. Wir brauchen ihn nur noch aufzuspüren. Wahrscheinlich finden wir dabei auch sein Fahrzeug. So schlagen wir zwei Fliegen mit einer Klappe. Unsere Glückssträhne geht weiter.«

»Gewinnen sieht so aus?«

»Das hängt wirklich davon ab, was sich als Nächstes ereignet.«

»Das Gebiet ist riesig.«

»Zwanzig Ausgänge«, sagte Reacher, »aber nur eine Zufahrt. Weil das Gebiet so groß ist, muss er's mit dem Auto erkundet haben. Bestimmt hat er jedes Mal, wenn er sich freiwillig für die Arbeit im Depot gemeldet hat, vier Tage Sonderurlaub bekommen, sodass er reichlich Zeit für Erkundungen hatte. Trotzdem musste er aus dem Raum Frankfurt herkommen – und dazu brauchte er ein Auto. Geliehen oder gemietet, vielleicht gestohlen. Wir müssen die Dinge aus seiner Sicht betrachten. Eines Tages wird er ein Versteck für einen Kleinlaster brauchen. Er kommt über die Stahlbrücke herein. Wonach hält er Ausschau?«

»Keine Ahnung.«

»Nicht nach der erstbesten Gelegenheit. Dafür ist dieser Deal zu wichtig. Inzwischen überlegt er angestrengt, aber er hört auch auf sein Unterbewusstsein. Er will Geheimhaltung und Abgelegenheit. Er will eine dunkle Ecke, in die er sich verkriechen kann. Aber er will unter keinen Umständen auffallen. Er will nicht das nächste oder entfernteste Versteck, nicht das größte oder kleinste.«

»Er will in der Mitte sein.«

»Jetzt ist das Gebiet schon kleiner. Wir haben es gerade eingegrenzt.«

Neagley sagte: »Er würde ein gut erhaltenes, massives Gebäude wollen. Möglichst mit Telefonanschluss. Er würde keines besetzen. Für einen großen Deal zu unsicher, weil alles Mögliche geschehen könnte. Er würde den Mietvertrag selbst aushandeln wollen. Mit einem Packen Geldscheine in der Tasche. Wie ein Junge vom Land würde er eine leicht überhöhte Miete akzeptieren. Weil er dann die Gans ist, die goldene Eier legt. Man würde ihn in Ruhe lassen, weil man hofft, bei Beendigung des Mietverhältnisses noch mal abkassieren zu können. Also suchen wir ein massives Tor, an dem ein Zettel mit der Telefonnummer des Vermieters hängt.«

Reacher sagte: »Jetzt haben wir das Suchgebiet weiter eingegrenzt.«

Sinclair sagte: »Noch keine Entscheidung aus dem Weißen Haus.«

»Warum nicht?«

»Vielleicht übersteigt die Kompliziertheit das menschliche Begriffsvermögen. Oder sie wollen der Welt noch nicht eingestehen, was damals passiert ist. Zu peinlich. In der Hoffnung, dass das Problem sich vielleicht unseretwegen verflüchtigt.«

»Welche Möglichkeit trifft zu?«

»Das müsste ich eigentlich wissen, stimmt's? Aber ich weiß es nicht.«

»Ich tippe auf die zweite. Ich vermute, dass wir weitermachen sollen.«

»Sollen wir sofort aktiv werden?«

»Fahren wir erst mal zur Brücke zurück«, sagte Reacher. »Zumindest das sollten wir tun. Dann können wir abwarten, was als Nächstes geschieht.«

39

In der alten Speicherstadt gab es noch Telefonzellen, und weil sie in Deutschland standen, funktionierten sie auch. Wiley warf reichlich Münzen ein, rief in Zürich an, nannte sein Kennwort und fragte, ob an diesem Tag eine Überweisung auf seinem Konto eingegangen sei.

Eine Tastatur klapperte.

Dann entstand eine Pause.

»Ja, Sir«, lautete die Antwort. »Heute ist eine eingegangen.«

Wiley sagte nichts.

»Möchten Sie den Betrag wissen?«

Wiley bejahte.

»Exakt hundert Millionen US-Dollar.«

Wiley sagte: »Für diesen Fall gibt's einen Plan.«

»Das sehe ich, Sir. Das Projekt in Argentinien. Wünschen Sie sofortige Ausführung?

»Ja«, sagte Wiley.

Er schloss die Augen.

Seine Ranch.

Aus dem Weltraum sichtbar.

Der kleine Horace Wiley.

Er öffnete die Augen, hängte den Telefonhörer ein und ging den Weg zurück, den er gekommen war.

Dremmler hatte das Kennzeichen des Leihwagens von Müller erfahren, sodass ein Freund bei einem Mercedeshändler anhand der Seriennummer des Fahrzeugs seinen Sicherheitscode ermitteln konnte, was einem weiteren Freund bei einem

Schlüsseldienst ermöglichte, den Zündschlüssel zu kopieren – den Dremmler einem dritten Freund übergab, der das für diesen Zweck gebildete Zweierteam anführte. Die beiden waren große Männer, beide kompetent und clever. Beide hatten in der Bundeswehr gedient. Einer von ihnen arbeitete jetzt als Motorradmechaniker, der andere als Personenschützer für reiche russische Touristen.

»Den Verkehrspolizisten an der Brücke habe ich in der Tasche«, erklärte Dremmler. »Für ihn seid ihr unsichtbar. Er nimmt euch gar nicht wahr. Trotzdem dürft ihr euer Glück nicht strapazieren. Seht zu, dass ihr schnell rein und raus kommt. Ihr wisst, wo der Wagen steht und wohin ihr ihn fahren sollt. Noch Fragen?«

Der Kerl mit dem Zündschlüssel fragte: »Was hat er geladen?«

»Etwas, das uns ungeheure Macht verleihen wird«, sagte Dremmler, was etwas vage, aber vermutlich zutreffend war.

Der Streifenwagen der Verkehrspolizei parkte vor der klobigen Stahlbrücke. Der Mann am Steuer ließ sein Fenster herunter und berichtete, in beiden Richtungen habe nichts die Brücke passiert. Kein Lastwagen, kein Lieferwagen, kein Personenwagen, kein Fahrrad – auch kein Mensch. Reacher bat Griesmann, ihn anzuweisen, mit seinem Wagen die Straße zu blockieren, falls er einen Kastenwagen kommen sah. Vermutlich weiß, vermutlich mit dem Originalkennzeichen, aber beides war nicht sicher. Das Fahrzeug konnte umgespritzt oder sonst wie verändert worden sein. Da war Vorsicht angebracht. Der Kerl sollte vor jedem Kastenwagen erst die Straße blockieren und seine Fragen anschließend stellen.

Griesmann wollte wissen, warum.

Reacher sagte, sie müssten fertig sein, bevor die NATO sich

einmischte. Er vermutete, dass Griesmann das als Chance begreifen würde, sich persönlich Ruhm und Anerkennung zu sichern. Vielleicht wollte er eines Tages für das Amt des Oberbürgermeisters kandidieren.

Griesmann erklärte dem Verkehrspolizisten, was er zu tun habe.

Reacher sagte: »Sehen wir uns ein bisschen um.«

Griesmann fuhr die Straße entlang, auf deren Pflaster die Reifen rumpelten, dann über die Brücke, deren Fahrbahn hallend summte, und auf Kopfsteinpflaster weiter bis zu einer Stelle, wo sie die Wahl zwischen zwei breiten Durchgangsstraßen hatten. Eine verlief auf dem Kai selbst, die andere führte parallel zum Wasser durch das Gebiet mit den alten Lagerhäusern.

»Wohin?«, fragte Griesmann.

»Die rückwärtige Straße«, antwortete Reacher.

Hier und da gab es Lebenszeichen. In einer Garage mit offenen Torflügeln schweißte ein Kerl an einem Sportwagen herum. In einer anderen hatte sich ein Elektronik-Fachmarkt etabliert. Aber im Großen und Ganzen herrschte hier Ebbe. Das war offensichtlich. Sie fuhren die ganze Straße ab, aber die florierenden Geschäfte ließen sich an den Fingern beider Hände abzählen.

Griesmann fragte: »Sollen wir zurückfahren und uns das mittlere Drittel ansehen?«

Reacher nickte.

»Das hat Wiley bestimmt auch getan«, sagte er.

Griesmann wendete auf einem Ladehof und fuhr in Richtung Kai zurück. Das mittlere Drittel war ungefähr fünfhundert Meter lang und ebenso tief. Wie der Geschäftsbezirk einer Kleinstadt.

Wiley befand sich irgendwo in diesem Geviert.

Griesmann fragte: »Wo wollen Sie anfangen«?«

»Stellen Sie sich die Sache aus seiner Sicht vor? Er muss einen Lieferwagen verstecken. Was sieht er? Wohin fährt er?«

Griesmann zögerte, dann bog er zwischen zwei Lagerhäusern auf eine kurze Straße ab, die zu einem Platz führte, der von kleineren Lagerhäusern mit schmalen Türen gesäumt wurde.

»Nicht hier«, sagte Reacher. »Aus irgendeinem Grund hat er ein zweites Fahrzeug gemietet. Folglich muss er auch dafür eine Unterstellmöglichkeit haben. Durch Zufall oder mit Absicht hat er eine Doppelgarage gemietet. Also suchen wir kein schmales Tor mit der Telefonnummer des Vermieters, sondern ein zweiflügliges Tor mit der Telefonnummer an einem der beiden Flügel.«

Davon gab es einige. Manche Zettel sahen alt und verwittert aus, wirkten wenig vertrauenerweckend. Andere schienen frisch und neu zu sein. Ob die Telefonnummern aktuell waren, hätte sich nur feststellen lassen, indem man vom Büro aus eine nach der anderen anrief. Während Griesmann weiterfuhr, schaute Reacher sich um und stellte sich den reich verzierten detaillierten Stadtplan aus dem Archiv vor, der in Griesmanns Büro gelegen hatte.

Er sagte: »Wiley ist in Texas aufgewachsen. Wie gefällt ihm das Autofahren in Europa?«

»Nicht besonders«, erwiderte Sinclair. »Schmale Straßen, viel Verkehr, enge Kurven …«

»Auch dieses Gefühl sollten wir auf die Liste setzen. Er musste einen großen Lieferwagen fahren. Er wollte nicht beengt rangieren müssen. Ich glaube, dass er etwas an einer der breiteren Straßen gemietet hat.«

Von denen gab es mehrere, die parallel zueinander verliefen. Auch einige der Seitenstraßen waren ziemlich breit. Für größere Wagen und schwerere Lasten. Griesmann hielt auf einer davon und sagte: »Dies kann ewig dauern.«

Reacher sagte: »Wir haben ewig Zeit. Solange Ihr Verkehrspolizist wach bleibt.«

»Das tut er.«

»Wir sollten einen weiteren Faktor hinzufügen. Ich glaube, dass er die Schlösser getauscht oder zusätzlich neue angebracht hat.«

Also fuhr Griesmann langsam kreuz und quer weiter, während alle vier im Wagen sich die Hälse verrenkten und Ausschau nach massiven zweiflügligen Toren mit plausiblen Telefonnummern, reichlich Rangierraum und neuen Schlössern hielten.

Die Kurierin stand wieder vor der Passkontrolle auf dem Hamburger Flughafen an. Dieselben vier Glaskästen waren in Betrieb: zwei wie zuvor für EU-Bürger, die anderen für sonstige Ausländer. Sie reiste mit ihrem pakistanischen Pass. Diesmal war sie jedoch schwarz gekleidet und trug ihr Haar offen. Sie konnte ihr Spiegelbild im Glas erkennen. Ihre Betreuer hatten ihr versichert, sie könne unbesorgt sein, wenn sie wieder an denselben Kerl gerate. Er würde sich nicht an sie erinnern. Er sah jeden Tag eine Million Gesichter.

Sie rückte auf, vom dritten auf den zweiten Platz.

Vom Rücksitz aus entdeckte Reacher eine Telefonzelle an einer Straßenecke. Er sagte: »Augenblick, ich muss mal telefonieren.«

Griesmann hielt, und Reacher stieg aus. Er wählte die Nummer ihres Büros im Konsulat. Vanderbilt meldete sich. Reacher fragte, ob Orozco schon eingetroffen sei. Vanderbilt bejahte und rief ihn an den Apparat. Orozco sagte: »Ich stehe bereit, Boss.«

Reacher sagte: »Du solltest ihn jetzt rausholen. Wir haben hier eine Straßensperre errichtet. So oder so ist der Deal geplatzt. Früher oder später merken sie's.«

»Habt ihr ihn schon?«

»Wir sind kurz davor.«

»Bisher ziemlich gut. Wie Fliegen.«

»Klar doch«, sagte Reacher.

Er hängte den Hörer ein und blieb einen Augenblick schweigend stehen. Hinter ihm wartete Griesmanns Mercedes mit laufendem Motor am Randstein. Er konnte die Geräuschkulisse der benachbarten Großstadt, aber auch eine Schiffssirene hören. Irgendwo in der Nähe lief ein Kompressor. Vielleicht lackierte jemand etwas. In mittlerer Entfernung waren Motorengeräusche zu hören, als würden dort Waren hin und her transportiert.

Nicht völlig unbelebt.

Wiley musste irgendwo hier sein.

Reacher ging zum Auto zurück und sagte: »Sergeant Neagley und ich gehen zu Fuß weiter.«

Die Kurierin ging an den Gepäckbändern vorbei und in den Empfangsbereich hinaus. Sie schlängelte sich zwischen Umarmungen und Blumensträußen hindurch und trat auf die etwas tiefer liegende Straße hinaus. Die Abflugebene lag darüber. Sie wusste, dass die Männer, die sie suchte, sich am linken Rand des überdachten Bereichs aufhalten würden. Neben der langen Schlange Kofferkulis.

Die beiden entsprachen genau ihrer Beschreibung. Kleine Männer, drahtig, bärtig, schwarzhaarig und dunkelhäutig. Sie trugen weiße T-Shirts unter weit aufgeknöpften blauen Overalls, Ohrenschützer um den Hals und Flughafen-Dienstausweise in Klarsichthüllen am linken Oberarm. Die Männer arbeiteten bei einer Spedition, die dafür bekannt war, ausgezeichnete Beziehungen zu den Frachtabteilungen vieler nahöstlicher Fluggesellschaften zu haben.

Die Kurierin sagte: »Mercedes-Benz verdankt seinen Namen der Tochter eines Kunden.«

Der linke Kerl sagte: »Du bist eine Frau.«

»Dies ist ein wichtiges Unternehmen. Welche Tarnung könnte besser sein?«

»Du weißt, was du zu tun hast?«

»Wisst ihr's?«

»Wir sollen es von dir erfahren.«

»Dann müsst ihr mir vertrauen. Wir nehmen ein Taxi zum alten Hafen. Dort übergibt uns ein Mann einen Kastenwagen mit langem Radstand. Ihr fahrt damit zum Flughafen und ladet ihn ins Flugzeug. Habt ihr verstanden?«

Die beiden Kerle nickten. Mit irgendwas in dieser Art hatten sie gerechnet. Sie waren Frachtabfertiger mit Dienstausweisen, mit denen sie durch alle Flughafentore kamen. Das war ihre Spezialität. Sie erwarteten nicht, ins Krankenhaus gerufen zu werden, um eine Gehirnoperation vorzunehmen.

Reacher und Neagley benutzten beide Gehsteige, kontrollierten Eingänge und spähten um Ecken. Sie versuchten, Wiley in Zeitlupe zu imitieren, wie er das Gebiet vom Auto aus erkundete, an jeder Kreuzung hielt und sich für links, rechts oder geradeaus entschied, je nachdem, was ihm am besten und sichersten vorkam.

Inzwischen befanden sie sich tief im Herzen des mittleren Drittels. Und durch einen glücklichen Umstand hing an allen potenziell geeigneten Lagerhäusern die gleiche Telefonnummer. Sauber laminierte Ausdrucke. Relativ neu. Sie würden Wiley gefallen haben. Sie wirkten vertrauenerweckend, weil sie auf eine kleine Hausverwaltung schließen ließen. Verlässlich. Professionell. Und er würde ein Mieter von vielen sein. Er würde nicht auffallen.

»Überall die gleiche Nummer«, bemerkte Neagley. »Dieser Kerl hat ein ordentliches Stück Land gekauft.«

»Vielleicht will er eine Wohnsiedlung bauen.«

Sie gingen weiter, machten an der nächsten Kreuzung halt, um sich für links, rechts oder geradeaus zu entscheiden. Bei einem Blick nach links sah Reacher ein zweiflügliges Tor. Massiv. Dunkelgrün. Verwittert, aber nicht vermodert. Eine Telefonnummer. Der linke Torflügel hing etwas, saß auf dem Asphalt auf. Offene Vorhängeschlösser an aufgezogenen Riegeln. Der rechte Torflügel stand mit einem Hohlblockstein gesichert weit offen. Ein kleines Lagerhaus mit im Gegensatz zur sonnenhellen Straße dunklem Inneren.

Reacher bewegte sich darauf zu.

Aus der Garage drangen Geräusche. Rasche, keuchende Atemzüge, blubbernd und gurgelnd, jeder mit einem kleinen Stöhnen oder Winseln endend. Die Laute eines Kerls, der mit gebrochenen Rippen und Blut in der Kehle angestrengt atmete. Reacher zog seine Colt-Pistole, entsicherte sie, ließ den Finger am Abzug. Er blieb dicht an der Wand und versuchte, durch den Spalt zwischen Tor und Rahmen zu schauen. Aber im Dunkel war nichts zu erkennen.

Er schob sich den Torflügel entlang weiter, bis er mit dem Rücken am vorderen Ende lehnte. Neagley wartete einen Meter hinter ihm. Sie würde seine Stelle einnehmen, sobald er sich bewegte.

Er horchte auf die Atemzüge,

Keuchend, blubbernd, winselnd.

Er stieß sich von dem Torflügel ab und lugte um die Vorderkante.

Vor ihm lag eine Garage mit zwei Stellplätzen. Einer war belegt, der andere war leer. Auf dem rechten Platz stand ein alter Kastenwagen, staubig und auf fast platten Reifen. Unter der dicken Staubschicht konnte Reacher das Wort *Möbel* entziffern. Seine Hecktür, ein Rolltor, war offen. Auf der Ladefläche stand eine leere Holzkiste. Ungefähr dreieinhalb mal zwei mal zwei Meter, aus hartem altem Holz, das einen Bronzeton angenommen hatte.

Auf dem fleckigen Betonboden des leeren Stellplatzes lag ein Mann.

Er lag in einer sich ausbreitenden Blutlache.

Das Haar, die Augenbrauen, die Wangenknochen, die tief in ihren Höhlen liegenden Augen.

Vor ihm lag Horace Wiley.

40

Wileys schmale Nase war gebrochen – und auch sein linker Arm, vermutete Reacher, weil er ihn sichtbar schonte. Die andere Hand war auf seine Bauchdecke gepresst. Zwischen den Fingern pulsierte hellrotes Blut hervor. Mit stummer Tragik in den Augen starrte er blicklos in weite Fernen. Stärker von Schock und Elend gezeichnet, als Reacher jemals gesehen hatte. Niederschmetternde Enttäuschung, unsäglicher Schmerz und verblüffte Ungläubigkeit darüber, auf welch unwahrscheinliche Weise einen die Welt vernichten konnte.

Reacher trat näher heran.

Er fragte: »Was ist passiert?«

Wiley stöhnte und blubberte, dann sprach er leise und stockend.

Er sagte: »Sie haben meinen Van gestohlen. Mich niedergestochen. Mir den Arm gebrochen.«

»Wer?«

»Deutsche.«

»Wie?«

»Ich hab hier gewartet. Zwei Männer sind reingekommen. Haben mich überfallen und meinen Van gestohlen.«

»Worauf gewartet?«

»Kerle, die den Wagen abholen sollten. Bestandteil des Deals.«

»Wann?«

»Ich brauch einen Arzt, Mann. Ich sterbe!«

»Das ist so sicher wie das Amen in der Kirche«, sagte Reacher. »Auf Landesverrat steht die Todesstrafe.«

»Ich hab schlimme Schmerzen.«

»Gut«, sagte Reacher.

Dann hörte er ein Auto vorfahren. Er sah nach draußen. Das waren Griesmann und Sinclair in dem Dienst-Mercedes.

Sinclair kniete neben Wiley nieder, redete, hörte zu, versprach ihm einen Arzt, wenn er kooperierte, verhörte ihn trotz seines jämmerlichen Zustands. Neagley begutachtete die leere Holzkiste auf dem kleinen Möbelwagen. Als Reacher zu ihr hinüberblickte, deutete sie auf das Fach für das streng geheime Handbuch. Dünnes Sperrholz mit einem halbmondförmigen Ausschnitt für die Finger. Das Teil, das der Lehrling elfmal angefertigt hatte. Dann fuhr Reacher mit Griesmann zu der Stahlbrücke zurück, um zu sehen, was dem Verkehrspolizisten in die Falle gegangen war. Vermutlich ein Kastenwagen. Aber sie wurden enttäuscht. Als sie eintrafen, beteuerte der Uniformierte, nichts sei vorbeigekommen. Keine Vans, keine Personenwagen, keine Leute, überhaupt nichts.

Reacher und Griesmann fuhren zu dem Lagerhaus zurück. Als sie ausstiegen, war nichts zu hören. Sinclair und Neagley standen still und stumm im Halbdunkel. Die Blutlache auf dem Betonboden war größer als zuvor. Aber sie vergrößerte sich nicht mehr weiter.

Wiley war verblutet.

Er war tot.

Griesmann sagte: »Über die Brücke ist nichts gefahren.«

Schweigen.

Dann hörte Reacher ein weiteres Auto.

Er machte einen Schritt ins Freie. Ein Taxi. Drei Fahrgäste. Eine Frau, die mit gesenktem Kopf die Geldbörse aus ihrer Schultertasche angelte. Und zwei Männer, die schon ausstiegen: klein und drahtig, dunkel und bärtig, in Arbeitskleidung, mit Ohrenschützern. Sie sahen Reacher, erwiderten seinen Blick und nickten vorsichtig grüßend. Als erwarteten sie, ihn dort stehen zu sehen. Was vermutlich stimmte. Allgemein gesprochen. Sie wussten, dass ein Mann ihnen einen Kastenwagen übergeben würde. Sie waren gekommen, um ihn wegzufahren. Bestandteil des Deals.

Reacher umfasste den Griff der Pistole in seiner Tasche und trat ins Sonnenlicht hinaus. Die Frau stieg ebenfalls aus, steckte die Geldbörse in ihre Schultertasche. Das Taxi fuhr weg. Die Frau hob den Kopf. Sie erblickte Reacher und wirkte für einen kurzen Moment leicht verwirrt. Reacher war offensichtlich nicht der Mann, den sie zu sehen erwartete. Sie war Anfang zwanzig, mit pechschwarzem Haar und dunklem Teint. Sie sah sehr gut aus, hätte eine Türkin oder Italienerin sein können.

Sie war die Kurierin.

Ihre beiden Begleiter warteten geduldig, stoisch und unaufgeregt wie Arbeiter, vor denen Routineaufgaben liegen. Reacher vermutete, dass sie auf dem Flughafen arbeiteten. Er erinnerte sich daran, Sinclair gesagt zu haben, Wiley habe sich für Hamburg entschieden, weil es eine Hafenstadt sei. Der zweitgrößte

Hafen Europas. Das Tor zur Welt. Aber der Plan hatte sich geändert. Jetzt war anscheinend geplant, den Wagen in den Rumpf einer Frachtmaschine zu lenken. Vielleicht zum Flug nach Aden im Jemen, das eine andere Art Hafen war. Dort würden zehn Trampfrachter warten, um die Lieferung nach Wochen auf See abzuschließen. Geradewegs nach New York oder D.C., nach London oder L.A. oder San Francisco. Viele Metropolen lagen in der Nähe von Häfen. Er erinnerte sich daran, dass Neagley gesagt hatte, die tödliche Druckwelle habe einen Radius von eineinhalb, der Feuerball einen von drei Kilometern. Doppelt so groß. Zehn Millionen Tote, dann ein vollständiger Zusammenbruch. Danach Jahrhunderte wie im Mittelalter.

Die Kurierin sagte: »Hallo?«

Keine Türkin oder Italienerin. Vermutlich eine Paschtunin aus dem Nordwesten Afghanistans. Ein uralter Stamm. Beflissene Kartenzeichner zogen Linien und bezeichneten Gebiete als Indien, Pakistan oder Afghanistan, und die Paschtunen lächelten höflich und lebten wie schon immer weiter.

Die Kurierin fragte: »Wer sind Sie?«

Reacher nickte zu dem halb offenen Garagentor hinüber und sagte: »Mr. Wiley ist dort drinnen.«

Die Männer warteten noch, ließen die Kurierin vorangehen. Reacher beobachtete ihre Gesichter. Sie ahnten allmählich die Wahrheit. Ein leerer Stellplatz, ein Toter auf dem Betonboden. Eine riesige Blutlache. Drei Unbekannte, die an ihrem Rand standen.

Irgendwas stimmte hier nicht.

Reacher zog seine Pistole.

Die beiden Männer und die Frau sahen sich um.

Reacher sagte: »Sie sind verhaftet!«

Die drei reagierten je nach Geschlecht verschieden. In den Augen der beiden Männer sah Reacher die Resignation. Sie waren Gastarbeiter in einem fremden Land. Sie hatten keinen Status, keine Macht, keinen Einfluss, keine Rechte, keine Erwartungen. Sie waren der Bodensatz der Gesellschaft. Kanonenfutter.

Sie hatten nichts zu verlieren.

Sie griffen in ihre Taschen. Beeilten sich, schwergängige Reißverschlüsse aufzuziehen, rammten ihre Hände hinein, rissen sie wieder heraus. Reacher brüllte *no!* auf Englisch und *nein!* auf Deutsch, aber sie machten weiter. Sie hatten seltsame kleine Revolver mit abgesägten Läufen. Hellgrauer Stahl, helle Griffschalen aus Buchenholz. Die Revolverläufe waren kaum drei Zentimeter lang. Reacher vermutete, dass Washington, D.C., New York und London ganz oben auf der Liste stehen würden. Danach vielleicht Tel Aviv, Amsterdam und Barcelona. Und Los Angeles und San Francisco. Vielleicht sogar die Golden Gate Bridge. Wie Helmsworth gesagt hatte: *Sie hatten Befehl, die Sprengladung anzubringen, den Zeitzünder einzustellen und wie der Teufel wegzurennen.*

Er traf sie in der Körpermitte, ein schneller Doppelschuss von links nach rechts, und als sie zusammenbrachen, schoss er sie aus gleicher Entfernung in den Kopf, um ganz sicherzugehen. Von den ohrenbetäubend lauten Schussknallen summten ihm die Ohren. Das Wort *Möbel* auf der Flanke des alten Kleinlasters war mit Blut bespritzt.

Reacher zielte auf das Gesicht der Frau.

Die Kurierin hob die Hände.

Sie sagte: »Ich ergebe mich.«

Keiner antwortete.

Sie sagte: »Ich besitze gute Informationen. Ich weiß ihre Bankkonten. Ich kann Ihnen ihr Geld geben.«

Sinclair übernahm das Kommando. Schließlich hatte sie aus der NATO-Perspektive den höchsten Dienstgrad. Aus städtischer Sicht akzeptierte Griesmann diese Entwicklung erstaunlich gelassen, aber Realpolitik zeichnete sich eben dadurch aus, dass man wusste, wann man verloren hatte. Sie erklärte ihm, wenn er glaube, der Lieferwagen habe die Brücke noch nicht passiert, solle er seine Leute zusammenziehen, um sie wirkungsvoll sperren zu lassen. Sie schickte Neagley zur Telefonzelle, um Bishop, White und Vanderbilt herkommen zu lassen. Waterman und Landry sollten als Stallwache im Konsulat bleiben.

Binnen Minuten hatte Griesmann zwei Wagen an der Brücke. Der Verkehrspolizist wurde abgelöst und mit Dank heimgeschickt. Dann trafen zwei weitere Wagen ein. Sie passierten die Straßensperre und parkten bei den ersten Gebäuden jenseits der Brücke. Hier ging es nur um Zahlen. Ein Kastenwagen war ein größeres Fahrzeug. Acht Männer, die das Gebiet Schulter an Schulter vorgehend durchkämmten, konnten ihn kaum übersehen.

Reacher betrachtete Wiley, dann fragte er Sinclair: »Hat er gesagt, wie er die Kiste gefunden hat?«

Sie sagte: »Den Tipp hat er von seinem Onkel Arnold bekommen.«

»Welchen Tipp?«

»Onkel Arnold hat ihm von den Atombomben erzählt – und von der verschwundenen Kiste. Seiner Überzeugung nach musste sie in einem bestimmten Depot auftauchen. Das war jedoch nicht der Fall. Anscheinend hat er das für eine Lektion in Demut gehalten.«

»Wofür hat Wiley das gehalten?«

»Für eine Lektion in irrtümlicher Beschriftung. Und er hat recht behalten! Die Kiste war nie verschwunden – sie hatte nur eine falsche Inventarnummer erhalten. Er hat sie beim dritten Anlauf gefunden.«

Reacher sagte nichts, nickte nur und ging davon. Die Kurierin suchte Blickkontakt mit ihm. Sie sagte: »Ich kann helfen.«

Er sagte: »Ich will Ihr Geld nicht.«

Sie sagte: »Ich meine etwas anderes. Der Dicke irrt sich. Ein Van ist über die Brücke gefahren. Er ist uns entgegengekommen, als wir darauf zugefahren sind.«

41

Neagley trug Wileys Reisetasche zu Griesmanns Mercedes, stellte sie auf den Kofferraumdeckel und zog den Reißverschluss auf. Reacher bat den Kriminalbeamten dazu und forderte ihn auf, die Tasche zu durchsuchen. Griesmann fragte: »Warum ich?«

Reacher antwortete: »Mich interessiert Ihre Meinung.«

Griesmann erledigte seinen Auftrag, wie Reacher erwartet hatte. Wie ein Veteran, der sich einem Test unterzieht. Routiniert, aber plötzlich vorsichtig. Als wüsste er, dass irgendwas nicht stimmte. Sollte er beweisen, wie schnell er es finden konnte? Was stand auf dem Spiel? Das wusste er nicht.

Letzten Endes fanden sich nur drei Gegenstände, die einen Kommentar wert waren. Der erste war Wileys auf den Namen Isaak Herbert Kempner ausgestellter neuer Reisepass. Ein Prachtstück, weil er durch und durch echt und original war. Der zweite war die Landkarte, jetzt ordentlich gefaltet, die sie auf Wileys Küchentisch gesehen hatten. Sie schien weniger kartografischen als sentimentalen Wert zu haben und konnte vielleicht Hinweise auf Wileys Gemütszustand geben.

Der dritte Gegenstand war ein Mercedes-Schlüssel.

Vermutlich nicht für eine Limousine. Ein bisschen zu groß. Zu viel Kunststoff. Zu alltäglich. Ein Schlüssel, der eines Tages ölfleckig sein würde. Ein Schlüssel, der zu einem Sprinter passte.

Das fand auch Griesmann.

Reacher fragte: »Lässt ein ganz neuer Mercedes sich ohne Schlüssel wegfahren?«

Griesmann sagte: »Nein.«

»Folglich ist der Lieferwagen mit einem Zweitschlüssel gestohlen worden.«

Griesmann sagte: »Ja.«

»Schwierig zu beschaffen.«

»Ja.«

»Ihre Abteilung war beeindruckend. Vom ersten Augenblick an. Sie haben ausgezeichnete Arbeit geleistet. Würden Sie mir zustimmen?«

»Das wäre unbescheiden.«

»Nein, das ist mein Ernst.«

»Ich kann trotzdem nichts dazu sagen.«

»Es hat nur einen Schwachpunkt gegeben. Die Überwachung südlich von Hannover hat nie stattgefunden.«

»Das war die Verkehrsabteilung.«

»Die auf unsere Bitte einen Wagen an der Brücke postiert hat.«

»Was wollen Sie damit sagen?«

»Ich sage, dass eine Abfolge von Ereignissen sich auf sehr verschiedene Weise erklären lässt.«

»Nennen Sie mir ein Beispiel.«

»Alles war wirklich ein seltsamer Zufall.«

»Noch eins?«

»In der Verkehrsabteilung des Polizeipräsidiums gibt es ein Leck.«

»Von dem wer profitiert?«

»Irgendeine mafiöse Organisation. Aber keine Italiener, sondern nostalgische Deutsche. Mit Mitgliedern und Ortsgruppen, einer Satzung und straffer Führung. Und Ehrgeiz und Zielen. Das haben wir gehört.«

Griesmann äußerte sich nicht dazu.

»Entschuldigung«, sagte Reacher. »Wir haben Geheimnisse vor Ihnen und spähen gleichzeitig Ihre aus.«

»Haben Sie eine Generaltheorie?«

»Es gibt nur zwei Möglichkeiten. Die erste wäre, dass sie den Lieferwagen aus einer Garage gestohlen und ganz in der Nähe in einer weiteren abgestellt haben. Wozu? Zu welchem Zweck? Wollen sie nachts zurückkommen und sich den Wagen holen? Ist dies ein doppelter Bluff? Oder ein dreifacher. Alles wird so eigenartig kompliziert, dass ich die zweite Möglichkeit vorziehe.«

»Und die wäre?«

»Der Cop an der Brücke hat gelogen.«

»Ein böser Verdacht, wenn man ihn laut ausspricht.«

»Sie haben den Wagen gestohlen und sind damit weggefahren. Der Cop an der Brücke hat bewusst weggesehen. Solche Dinge passieren. Damit müssen Sie sich abfinden. Organisierte Kriminalität gibt es in jeder großen Hafenstadt. In diesem Punkt müssen Sie umdenken.«

Griesmann gab keine Antwort.

Reacher sagte: »Das würde bestätigen, was die Kurierin mir gerade erzählt hat.«

»Keine sehr zuverlässige Zeugin.«

»Ganz recht.«

Griesmann fragte: »Was hat der Kleinlaster geladen?«

»Welche Ladung wäre aus Ihrer Sicht am schlimmsten?«

»Da fallen mir mehrere Möglichkeiten ein.«

»Glauben Sie mir, die Wirklichkeit ist noch schlimmer. Daher müssen wir alles hinterfragen. Um rauszukriegen, wo wir suchen müssen.«

Griesmann sagte: »Einen korrupten Verkehrspolizisten kann es theoretisch geben, denke ich.«

»Sie kennen diese Leute. Sie haben mir erzählt, dass Sie noch abwarten müssen. Sie haben gesagt, Sie könnten sie nicht wegen Gedankenverbrechen verhaften. Dazu bräuchten Sie tatsächliche Verbrechen.«

Griesmann schwieg nachdenklich.

Dann sagte er: »Ich habe heute Morgen mit ihrem Boss gesprochen. Tatsächlich war er der Letzte, der den Fälscher lebend gesehen hat. Er wollte Wileys neuen Namen. Er hatte eine Kopie unseres Phantombilds. Er heißt Dremmler und importiert Schuhe aus Brasilien. Ich musste ihn in seinem Büro aufsuchen, konnte ihn nicht bitten, zu mir zu kommen. Er hat gesagt, dass er Leute in Positionen hat, über die ich staunen würde. Und er hat mir damit gedroht, seine Organisation würde bald noch mächtiger werden.«

»Wir müssen Herrn Dremmler einen Besuch abstatten.«

Griesmann fuhr zu einer Straße in einem gemischten Wohn- und Gewerbegebiet in der Nähe der Bar mit der gefirnissten Holzfassade. In diesem Viertel waren Leuchtreklamen offenbar erlaubt. Dremmler residierte in einem schmalen dreistöckigen Gebäude, das beim Wiederaufbau in den Fünfzigerjahren errichtet worden war. Auf der Fläche zwischen den oberen Fenstern und der Regenrinne verkündete eine knallrot blinkende Leuchtreklame in verschnörkelter Schrift wie eine alte Coca-Cola-Reklame den Firmennamen *Schuhe Dremmler*, als wäre das eine Weltmarke.

Der Aufzug fuhr langsam, und der Kerl war nicht da. Seine

Sekretärin sagte, er habe einen Anruf bekommen und dann das Haus verlassen. Sie hatte keine Ahnung, wohin. Sie hatte keine Ahnung, für wie lange.

Sie fuhren ins Generalkonsulat zurück. Griesmann wurde mit hereingebeten. Die anderen waren vor ihnen eingetroffen. Der tote Wiley war in einem Leichenwagen, den Orozco organisiert hatte, ins amerikanische Militärkrankenhaus Landstuhl unterwegs. Die Kurierin wartete in einem sicheren Kellerraum auf einen U.S. Marshal, auf Handschellen und ein Flugzeug nach Washington.

Der Iraner saß auf einem Stuhl am Fenster. Orozco und sein Sergeant hatten ihn rausgeholt. Sauber und effizient. Ohne Kollateralschäden. Zum Glück hatte ihnen der Iraner selbst die Tür geöffnet. Danach war alles auf eine glatte Entführung hinausgelaufen. Der Mann wirkte unsicher. Sein altes Leben war vorbei. Sein neues Leben würde bald beginnen – an einem unbekannten Ort. Orozco sagte, niemand habe sich darüber aufgeregt, und Bishop habe sogar behauptet, er habe den Kerl ohnehin rausholen wollen. So würde es auch in seiner Meldung an die Zentrale stehen. Und er hatte sich bei Orozco dafür bedankt, dass dieser ihm Zeit gespart hatte. White war zufrieden. Ihm war es nicht egal, was aus Agenten im Einsatz wurde. Vanderbilt dagegen wirkte bedrückt. Er sagte, jetzt sei die CIA in Hamburg blind.

Dann ergriff Sinclair das Wort. Sie hatte mit Ratcliffe und dem Präsidenten telefoniert. Alle möglichen Kanäle standen offen. NATO und EU hielten sich bereit. Für eine vorläufig noch nicht definierte Aufgabe. Der nächste Schritt musste daraus bestehen, die leeren Felder auszufüllen. Die Vereinigten Staaten würden tief Luft holen und eingestehen müssen, dass sie vor vierzig Jahren eine Kiste mit Atomsprengladungen aus den Augen verloren hatten. Deutschland würde tief Luft holen und eingestehen müssen, dass deutsche Neonazis gut genug organisiert waren, um die Kiste stehlen zu können. Das waren peinliche Eingeständnisse, vor denen beide Staaten zurückschreckten, weil sie ihrem Ansehen schadeten. Trotzdem würde die Entscheidung darüber bald fallen.

»Wir sollen die Sache in Ordnung bringen«, erklärte Sinclair. »Bevor ›bald‹ zu ›jetzt‹ wird.«

»Haben sie das ausdrücklich gesagt?«, fragte Reacher.

»Die Andeutungen waren ziemlich klar.«

»Ich wüsste es gern bestimmt.«

»Manche Fragen werden vermutlich besser nachträglich beantwortet.«

»Wie viel Zeit haben wir?«

»Sie können nicht endlos lange warten.«

Draußen wurde es allmählich dunkel. Nördliche Breite, später Nachmittag.

Reacher fragte: »Wie groß ist die Firma Schuhe Dremmler?«

Griesmann antwortete: »Er behauptet, jede Woche eine Million Paare zu importieren. Fünfzig Millionen im Jahr. Vermutlich weit übertrieben, aber ich glaube, dass das Unternehmen trotzdem bedeutend ist.«

»Also kann in dem Haus, das wir gesehen haben, nur die Verwaltung untergebracht sein. Bestellungen, Rechnungen und so weiter. Wareneingang und Versand müssen anderswo stattfinden.«

»Im Hafen«, sagte Griesmann. »Er besitzt ein eigenes Terminal.«

»Und er hat Leute in Positionen, über die Sie staunen würden.«

Sinclair fragte: »Ist das wieder ein Pass auf gut Glück?«

»Nein, Ma'am«, sagte Reacher. »Das ist eine wilde Spekulation.«

»In Bezug auf den Schuhhändler?«

»Zunächst nur als theoretisches Beispiel. Sagen wir, er ist der Großmeister von irgendwas. Er hat überall Mitglieder – auch in Polizeikreisen. Deshalb war er über unsere Ermittlungen ständig auf dem Laufenden. Er hat frühzeitig von dem vereinbarten Deal erfahren und dann beschlossen, sich das Zeug zu holen. Zur größeren Ehre der Organisation, deren Großmeister er ist. Er hat sich an unsere Ermittlungen angehängt. Und das ist ihm geglückt: Er hat den Lieferwagen. Aber das ist alles in größter Eile passiert. Er musste immer nur aufholen, konnte nie vorausplanen. Nun ist er im Besitz des Wagens, weiß aber nicht, was er damit anfangen soll. Er weiß nicht mal, was er erbeutet hat. Diese Information ist nie nach draußen gelangt. Ich denke, dass er den Wagen irgendwo in der Nähe versteckt hat. Vorübergehend. Er muss tief durchatmen. Er muss überlegen, wie's weitergehen soll.«

»Plausibel«, meinte Sinclair. »Aber das sind hundert andere Möglichkeiten auch.«

»Nicht hundert«, sagte Reacher. »Vielleicht zehn. Und diese passt zu dem, was wir wissen. Dremmler hat den Fälscher nach Wileys neuem Namen gefragt. Das kann kein Zufall gewesen sein. Und ihm gehört ein Terminal am Hafen. Eine Million Paar Schuhe pro Woche. Das sind eine Menge Lastwagen. Da würde ein weiteres Fahrzeug nicht auffallen.«

»Wir haben nur einen Versuch.«

Er dachte daran, wie er seine andere Hand in ihrem Haar vergraben hatte, wie er mit den Fingern hindurchgefahren war. Danach hatte seine Hand sanft ihren Nacken umfasst, den er als schlank und warm erinnerte.

Damals hatte er alles auf eine Karte gesetzt.

Er sagte: »Die Entscheidung liegt bei Ihnen.«

»Sie haben keine Meinung dazu?«, fragte Sinclair.

»Ich knöpfe mir Dremmler ohnehin vor. Nur für alle Fälle. Ist er unser Mann, ist er auch der Kerl, der persönlich beleidigt war, als sein Juniorteam sich blutige Nasen holte. Seitdem setzt er Leute auf mich an. Ich habe ihm ausrichten lassen, er solle zu mir kommen. Ich habe ihm einen Spaziergang um den Block vorgeschlagen, bei dem wir alles besprechen könnten. Vielleicht wird's Zeit, den zu arrangieren.«

42

Sie warteten, bis es Nacht und der abendliche Berufsverkehr abgeflaut war. Und bis sie alle möglichen diplomatischen Diskussionen beendet hatten. Bishop sagte, er müsse dabei sein. Er würde fahren und White und Vanderbilt mitnehmen. Sinclair wollte sich ihnen anschließen. Griesmann fand, er müsse als Vertreter der Stadt Flagge zeigen. Er lud Waterman und Landry gern als Begleitung ein. Schließlich waren sie FBI-Agenten. Es wäre ihm eine Ehre.

Reacher und Neagley würden mit Orozco in seinem Dienstwagen fahren, der von seinem Sergeant, einem Mann namens Hooper, gefahren wurde. Er war größer als Neagley, ohne ein Hüne zu sein. Orozco und er hatten ihre Dienstwaffen, Berettas der U.S. Army. Reacher hatte ein neues Magazin in seiner Colt-Pistole. In dem vorigen hatten vier Schuss gefehlt.

Griesmann, der Ortskenntnis besaß, führte den Konvoi an. Er blieb auf den großen Straßen. Die Stadt veränderte ihr Gesicht, als sie den Hafen erreichten. Sie wurde quirlig, effizient und fleißig, war strahlend hell beleuchtet und voller hektischer Aktivität. Es gab weite Flächen mit gestapelten Containern, lange Reihen von Kränen und Schlangen von wartenden

Sattelschleppern. Auf den Kais standen riesige mit Stahlblech beplankte Lagerhallen, einige mit Namen, die Reacher kannte, andere unbekannten Firmen gehörend. Sie fuhren weiter und sahen über Kilometer hinweg immer wieder die gleichen Bilder.

Dann entdeckten sie eine riesige Lagerhalle, auf moderne Weise glatt und kompakt, an deren Fassade eine altmodische rote Neonreklame wie eine frühe Coca-Cola-Reklame in verschnörkelter Schrift leuchtete: *Schuhe Dremmler.*

Griesmann ging mit der Geschwindigkeit herunter, und sie fuhren langsam an der Lagerhalle vorbei, die gleißend hell wie ein Stadion beleuchtet war. Auf der anderen Seite der Halle lag der Kai. Vermutlich gelangten die Schuhe von Frachtern in die Halle, wurden versandfertig gemacht und verließen sie auf der anderen Seite, wo Lastwagen bereitstanden, um den Weitertransport zu übernehmen. Eine Million Paar pro Woche erforderte offenbar Nachtschichten. Aber wohl nicht das volle Kontingent. Der Verladebetrieb schien mit halber Kapazität zu laufen. Vielleicht mit etwas mehr.

Orozco fragte: »Weißt du bestimmt, dass der Wagen dort drinnen steht?«

Reacher entgegnete: »Welchen Teil von ›wilder Vermutung‹ hast du nicht verstanden?«

»Warten wir bis später?«

»Vielleicht arbeiten sie die Nacht durch.«

»Dort drinnen können fünfzig Leute sein.«

»Die alle ihrer Arbeit nachgehen. Vielleicht sind wir hundert Meter von ihnen entfernt. Sie werden uns nicht beachten. Der Wagen wird wahrscheinlich bewacht, aber wir sind zu viert. Die Sache ist geritzt.«

»Wenn er da ist.«

Sie hielten zwei Lagerhäuser weiter und stiegen in der feuchten Nachtluft aus.

Sinclair fragte: »Sind die gestohlenen Gegenstände als das erkennbar, was sie sind?«

»Hab noch keinen gesehen«, sagte Reacher. »Aber Helmsworth hat sie als fünfundzwanzig Kilo schwere Metallzylinder in gepolsterten Rucksäcken beschrieben. Sie könnten alles Mögliche sein.«

»Sind sie beschriftet?«

»Bestimmt mit Seriennummern und dem Herstellungsdatum. Aber nicht besonders auffällig. Und garantiert ohne Inhaltsangabe.«

»Deshalb sind sie noch nicht in Panik geraten.«

»Außer sie haben das Handbuch gefunden. Vielleicht liefert das einen Hinweis.«

»Es ist verschlüsselt.«

»Wie Helmsworth gesagt hat: Denken Sie an den D-Day. Ich wette, dass die Anweisungen leicht zu befolgen sind.«

»Das Lagerhaus ist voller Schuhe. Ich glaube, dass Sie sich irren. Dies ist surreal!«

»Nicht mehr, als eine Atomsprengladung an einer Brücke anzubringen und wie der Teufel wegzurennen.«

»Das war damals.«

»Die Kerle wissen nicht, was sie da besitzen. Sie haben auf Maschinenpistolen gehofft. Vielleicht auf Handgranaten. Jetzt kratzen sie sich dort drinnen am Kopf.«

»Das ist *eine* Möglichkeit. Aber wir haben nur eine einzige Chance.«

»Dann wollen wir hoffen, dass es die richtige Möglichkeit ist.«

»Aber ist sie's?«

»Fragen wir Griesmann«, schlug Reacher vor.

Griesmann zuckte mit den Schultern. Seiner Meinung nach war Dremmler ein cleverer und ehrgeiziger Demagoge und

Unruhestifter. Ein Geschichtskenner mit einer Vorliebe für Massenbewegungen mit hehren Zielen und für große Männer, die an die Macht gelangt waren, weil sie zur rechten Zeit die Initiative ergriffen hatten. Griesmann traute ihm zu, eines Tages höchst gefährlich zu werden, aber vorerst redete er nur, statt zu handeln. Also war er unerfahren und lief Gefahr, von seinem ersten großen Projekt überwältigt zu werden. Daher würde er an einem sicheren Ort eine Pause einlegen wollen, um wieder zu Atem zu kommen. Wahrscheinlich auf dem eigenen Betriebsgelände. Höchstwahrscheinlich. Hier hatte er alles unter Kontrolle. Das war nur menschlich.

»Wenn er es ist«, meinte Sinclair.

Reacher sagte: »Es gibt nur eine Methode, das festzustellen.«

Eine heimliche Annäherung zu versuchen, wäre zwecklos gewesen. Die Hafenstraße war hell beleuchtet, die Ladebuchten für Lastwagen ebenso und auch der Kai jenseits der Lagerhalle. Dunkel schimmerte nur das Wasser. Sie wendeten auf der Straße und fuhren zu *Schuhe Dremmler* zurück. Zuerst wurde Griesmann, dann auch Bishop langsamer. Beide hielten am Randstein. Orozcos Sergeant Hooper rollte an ihnen vorbei weiter bis zum Haupttor unter der knallroten Neonreklame.

Er fuhr hindurch.

Aus der Nähe wirkte die Lagerhalle gigantisch. Sie war mit glitzernd lackierten Blechpaneelen verkleidet, hatte weder Sehschlitze noch Fenster noch Bullaugen. Das seltsam geformte Dach ragte über die Wände hinaus. Es wirkte unförmig aufgequollen und knollig wie ein Laib Bauernbrot. Oder eine toupierte Frisur. Es war gerippt, radial beansprucht und physisch komplex. Seine Masse ließ die Außenwände niedriger erscheinen. In die Wand zur Straße hin waren ungefähr fünfzig Ladebuchten eingelassen. Zu jeder gehörte ein in Primärfarben gehaltenes Sektionaltor im Lkw-Format. Aus den Toren fiel Licht ins Freie. Etwa dreißig Tore standen offen und bildeten eine über die Mitte hinausreichende geschlossene Reihe. Ungefähr die ersten zwanzig waren in Betrieb. Dort fuhren Lastwagen ein und aus, während die restlichen zehn geöffnet waren, aber nicht benutzt wurden. Rechts davon waren die übrigen zwanzig Tore fest geschlossen. Hier arbeitete die Nachtschicht. Vielleicht versandte sie nur Eilbestellungen.

Sie fuhren näher heran.

Innen sah die Lagerhalle groß wie ein Fußballstadion aus. Es gab Förderbänder, die Kartonstapel auf Paletten in riesige Höhen hoben, und umherflitzende Gabelstapler. Und offensichtlich Lärm, denn alle hier arbeitenden Männer trugen große gelbe Ohrenschützer.

Was nützlich sein konnte.

Reacher sagte: »Die Sprengsätze waren für Luftlandetruppen gedacht, die gleich ins Gefecht kommen würden. Deshalb muss mit Zufallstreffern gerechnet worden sein. Also detonieren sie davon vermutlich nicht gleich. Ziemlich sicher nicht. Aber ich möchte diese Theorie lieber nicht auf die Probe stellen.«

»Wenn sie sich dort drinnen befinden«, sagte Orozco.

»Sehen wir mal nach.«

Hooper fuhr durch das letzte der offenen, aber nicht benutzten Tore und bog rechts ab, um von dem hektischen Betrieb weg in den ruhigeren Teil des Lagerhauses zu gelangen. Die benutzbare Fahrspur war auf beiden Seiten mit Flatterband markiert. Er rollte an geschlossenen Türen vorbei, bremste, hielt an und ließ Neagley aussteigen. Dieser Vorgang wiederholte sich noch zweimal, damit auch Orozco und Reacher aussteigen konnten.

Reacher stand da und verfolgte, wie Hooper wegfuhr. Als Erstes überfiel ihn der Lärm. Die Förderbänder quietschten, heulten und ratterten. Die Gabelstapler tuckerten und piepsten. Dazu kam der Ledergeruch. Eine Million Paar neuer Schuhe. Wie eine Kindheitserinnerung. Wie das Schuhgeschäft in der Main Street, aber tausendmal stärker.

Keiner der Lastwagen hinter ihm war ein Mercedes Sprinter. Vor ihm bewegte sich nichts, parkte nichts. Nirgends ein Fahrzeug in Sicht. Reacher konnte bis auf den Kai hinaussehen. Sein Blick war unverstellt, die Beleuchtung ausgezeichnet. Dort stand nichts.

Aber es gab Berge von gestapelten Schuhkartons. Der kleinste war größer als Kansas. Der größte war gigantisch. Gezackt wie die Rocky Mountains aus der Ferne. Ein Panorama, das sich von links nach rechts erstreckte. Vor der Rückwand der Halle, aber nicht an sie angelehnt. Zwischen Stapel und Wand gab es etwas Platz. Auf den ersten Blick nicht viel, aber aus der Nähe betrachtet konnte der Zwischenraum unerwartet breit sein. Vielleicht sogar breit genug für ein Fahrzeug.

Reacher schaute sich nochmals um. Hinter ihm arbeiteten ungefähr fünfzig Männer. In ihren bunten Overalls mit Knie- und Ellbogenpolstern, mit Schutzhelmen und Gehörschutz waren sie wie Footballspieler ausstaffiert. Die meisten ließen sich in ihrer Arbeit nicht beirren, aber ein paar standen da und beobachteten die Neuankömmlinge unsicher. Reacher winkte ihnen zu. Sie winkten ebenfalls, dann wandten sie sich ab. Ein uralter Trick. *Tu so, als gehörtest du dazu. Als hättest du den Laden gerade gekauft. Sagt Hallo zu dem neuen Boss.*

Reacher blickte wieder nach vorn. Fünfzig Meter weiter wartete Hooper mit laufendem Motor. Orozco erschien neben Reacher. Dann Neagley. Orozco sagte laut, um bei dem Lärm gehört zu werden: »Der Wagen ist hinter dem Kartonstapel versteckt oder überhaupt nicht hier.

»Ohne Scheiß, Sherlock.«

»Dagegen könnte sprechen, dass dieser Berg sich nicht in ein paar Stunden aufstapeln lässt.«

»Ich glaube, dass er permanent da ist«, merkte Neagley an. »Vermutlich liegt dahinter das Büro. Ich sehe es sonst nirgends. Sie haben sich abgeschirmt. Ruhe und Frieden und Parkplätze.«

Sie gingen darauf zu. Der Ledergeruch war intensiv. Als ginge man durch ein Kaufhaus. Die Bergkette aus Schuhkartons schloss mit dem vorletzten Rolltor ab, das sie völlig verdeckte. Was bedeutete, dass das letzte Tor die private Einfahrt des Büropersonals war. Genau wie in der Army.

Sie machten einen kleinen Umweg zu Tor 47, um zu sehen, wie es funktionierte. Die gute Nachricht war, dass es sich manuell steuern ließ. Mit je einem Knopf für beide Richtungen. Zwei farbige Kunststoffknöpfe, beide von der Größe einer Untertasse. Wie jemandes erste Magic Mushrooms. Die schlechte Nachricht war, dass man sie auf einem Bedienfeld links neben dem Tor angebracht hatte. Auf der anderen Seite der Einfahrt hinter dem Schuhberg.

Orozco sagte: »Er könnte abfahrbereit geparkt sein, wie ein Feuerwehrwagen. Sofort startklar. Zerschießt die Reifen, sobald er sich bewegt.«

Reacher sagte: »Erschießt den Fahrer, sobald er sich bewegt. Die Davy Crocketts sind gut einen halben Meter hoch. Kopfschüsse müssten ungefährlich sein.«

»Wenn er da ist.«

Reacher erinnerte sich an Sinclairs Hand auf seiner Brust. Ein Stoppzeichen? Aber nein. Eine Einschätzung, dann eine Schlussfolgerung. Kein Vertrauen, auch kein sonderliches Interesse, sondern eine zuversichtliche Wette darauf, dass er's wert war, etwas zu riskieren.

»Ja«, sagte er. »Wenn er da ist.«

43

Er war da. Reacher, der nur ein Auge riskierte, schaute um die Ecke des Schuhbergs und entdeckte den Kastenwagen: nicht länger reinweiß, sondern mit schlecht gemachten Graffiti und den aufgeblähten Buchstaben W und H, S und L besprüht. Er stand abfahrbereit da. Das Rolltor im Heck war offen. Auf der Ladefläche lagerten niedrige Zylinder in starken Segeltuchhüllen mit Flecktarnaufdruck, der noch dunkel und kräftig wirkte. Er hatte nie Tageslicht gesehen.

Links neben dem Fahrzeug ließ eine Fensterwand einen großen, aber leeren Büroraum erkennen. Rechts ragte die Rückseite des gigantischen Schuhbergs in die Höhe. Auf beiden Seiten des Fahrzeugs war ungefähr ein Meter Platz. Durchaus nicht beengt. Aus der Nähe betrachtet sah die Einfahrt ziemlich breit aus.

Hier war niemand zu sehen. Keine Wachposten.

Reacher trat zurück und blickte sich erneut um. Zwei weitere Arbeiter standen da und starrten sie an. Er ging zu Orozco und Neagley zurück. Jetzt war auch Hooper zu ihnen gestoßen. Er beschrieb ihnen, was er entdeckt hatte. Einer nach dem anderen riskierte selbst einen kurzen Blick um die Ecke. Orozco kehrte zurück und sagte: »Der Bürotrakt muss zwei Zimmer tief sein. Sie sind anscheinend im anderen Teil.«

Reacher sagte: »Oder sie sind weggefahren, um irgendwo eine Pizza zu essen. Wozu ein paar schwere Metallzylinder bewachen? Sie wissen nicht, was sie da haben.«

»Am wichtigsten ist der Wagen. Nicht irgendwelche Leute.«

»Stimmt«, pflichtete Reacher ihm bei.

»Dann klauen wir ihn unsererseits. Gleich jetzt. Wir haben einen Schlüssel. Direkt vom Randstein weg, während der Besitzer auf ein Bier in einer Bar hockt.«

Reacher nickte. In der Army hatte er eine Nahkampfausbildung absolviert, bei der ihr taffster Ausbilder ihnen erklärte, die besten Kämpfe seien Kämpfe, die ausfielen. Kein Risiko, zu unterliegen, kein Risiko, verletzt zu werden. Dazu kam in diesem Fall eine politische Dimension. Wer konnte behaupten, das Fahrzeug habe es gegeben, wenn es spurlos verschwand? Bestreitbarkeit war immer gut. Welche Kiste?

Den meisten Lärm würde natürlich das Sektionaltor machen, wenn es geöffnet wurde. Dazu musste eine Kette von einem Elektromotor angetrieben werden. Lange und langsam. Der Wagen hatte ein Hochdach, also sollte das Tor ganz offen sein. Das würde mindestens dreißig Sekunden dauern. Ratternd, rasselnd und klappernd nach oben. Noch dazu ein sehr charakteristisches Geräusch. Als setzte man eine Anzeige in die Zeitung. Alle würden angerannt kommen.

Da war's besser, in Gegenrichtung zurückzusetzen. Vorsichtig rückwärts fahren, in der Hallenmitte wenden und durchs nächste offene Tor ins Freie davonrasen. Genau wie Hooper reingekommen war.

Sechzig, siebzig Meter von ihnen entfernt standen jetzt vier Arbeiter und starrten sie an.

Reacher sagte: »Okay, wir machen's. Wer will fahren?«

Neagley sagte: »Ich.«

»Sobald sie den Motor hören, kommen sie auf deiner Seite angerannt. Also brauchst du Feuerschutz. Aber nicht vom Beifahrersitz aus. Da würdest du einen Kopfschuss riskieren. Ich gehe auf der anderen Seite neben dir her. Sowie du nach dem Zurückstoßen wendest, springe ich rein, und du gibst Vollgas. Hooper und Orozco können sich anhängen.«

»Aber ich stoße schneller zurück, als du gehen kannst. Die Ladung ist nicht empfindlich. Die kann ein paar Stöße vertragen. Setz dich einfach neben mich. Pass nur auf, dass du mich nicht in den Kopf schießt. Das kann nicht schwierig sein.«

Reacher ließ seinen Blick schweifen. Die vier Arbeiter standen noch immer da.

»Flott fahren«, erklärte er. »Nicht wie verrückt. Alles muss ganz normal wirken. Der Wagen ist reingefahren; nun fährt er wieder raus.«

Er schaute ein letztes Mal um die Ecke. Die Fenster, leer. Das Fahrzeug, wartend. Nirgends ein Mensch zu sehen.

Jetzt beobachteten sie sechs Arbeiter. Sie waren einen Schritt vorgetreten, bildeten einen lockeren Keil. Der nächste Kerl war ungefähr sechzig Meter entfernt. Durch Lärm und Entfernung isoliert, aber sichtbar neugierig.

Reacher gab Neagley den Schlüssel.

Er sagte: »Mach's gut!«

Orozco und Hooper gingen zu ihrem blauen Opel zurück. Sie stiegen ein und fuhren zu einer Stelle, von der aus sie den Sprinter im Auge behalten konnten und freies Schussfeld hatten, ohne Neagley zu behindern, wenn sie zurückstieß. Sobald sie vor ihnen gewendet hatte und durchs Tor davonraste, würden sie ihr mit geringem Abstand folgen.

Neagley sah sich um, atmete tief durch und betrat die Ladebucht mit dem Fahrzeug. Reacher folgte ihr. Sie ging auf der rechten Seite des Lieferwagens nach vorn zur Beifahrertür. Er blieb am Heck stehen und beobachtete die Fenster. Die rechte Tür war nicht abgesperrt. Neagley öffnete sie weit, stieg ein und rutschte nach links auf den Fahrersitz. Reacher reckte sich hoch, bekam den Gurt zu fassen und ließ langsam das Rolltor herab. *Die Ladung ist nicht empfindlich. Die kann ein paar Stöße vertragen.* Aber er wollte nicht, dass das Zeug bei heftigen Lenkausschlägen über Bord ging. Er wollte nicht, dass die Zylinder über eine Hamburger Kreuzung hüpften und rollten.

Er zog an dem Gurt, und das Rolltor kam in Nylonschienen laufend leicht und langsam herunter. Einen Viertelmeter. Einen halben Meter. Einen Dreiviertelmeter.

Er hörte zu ziehen auf.

Scheiße.

Er suchte Neagleys Blick im Rückspiegel und fuhr sich mit der Handkante quer über die Kehle.

Abbrechen.

Sofort.

Sie rutschte wieder nach rechts. Stieg durch die Beifahrertür aus. Kam entlang des Wagens nach hinten. Folgte Reacher in Sicherheit.

Orozco und Hooper kamen von ihrem Opel zurück.

Aus der anderen Richtung wurden sie inzwischen von einem Dutzend Arbeiter beobachtet. Von einem regelrechten kleinen Menschenauflauf. Weiter in vager Keilform. Jetzt nur noch fünfzig Meter entfernt. Langsam näher heranrückend.

Neagley fragte: »Was ist passiert?«

»In dem Wagen sollten zehn Bomben stehen«, antwortete Reacher. »Aber ich habe nur neun gezählt.«

Hooper und er kannten sich nicht, deshalb wusste Reacher, dass Hooper das nicht fragen würde. Auch Orozco nicht. In ihm steckte noch zu viel altmodische Höflichkeit. Aber Neagley würde die Frage stellen. Sie würde ein Dutzend alternativer Theorien prüfen – von Frachtern, die nach Brasilien ausliefen, bis zu Lastwagen auf der Fahrt nach Berlin. Sie würde an Druckwellen und Feuerbälle und eine Million Tote denken. Und daran, was von einer entscheidend wichtigen Frage abhing.

Die sie stellen würde.

Sie fragte: »Weißt du bestimmt, dass du richtig gezählt hast?«

Er grinste.

»Bleiben wir beim Vier-Augen-Prinzip«, erwiderte er. »Beim Umgang mit Kernwaffen immer ratsam. Hooper sollte nachzählen. Er kennt mich kaum. Er ist weiter ein neutraler Beobachter.«

Also zog Hooper los. Er spähte mit einem Auge vorsichtig um die Ecke, dann verschwand er in der Ladebucht. Reacher ersetzte ihn auf dem Beobachtungsposten an der Ecke, sah ihn am Heck des Kastenwagens. Der Sergeant war zu klein. Die Gesamthöhe der Laderaumkante und der Zylinder bewirkten, dass er nur die vorderste Reihe sehen konnte.

Dann entdeckte Reacher einen Mann in einer Ecke des Büros. Auf der rechten Seite. Im hintersten Winkel. Ihm genau gegenüber. Was bedeutete, dass der Kerl Hooper nicht sehen konnte. Noch nicht. Der Blickwinkel war falsch. Eine Ecke des Fahrzeugs verdeckte Hooper.

Der Mann im Büro bewegte sich. Er suchte etwas. Er ging von Schreibtisch zu Schreibtisch, zog Schubladen auf und rührte mit einem Finger darin herum. Ein großer Kerl, der einen kompetenten Eindruck machte.

Hooper trat einen Schritt zurück, stellte sich auf die Zehenspitzen.

Der Kerl ging zum nächsten Schreibtisch weiter.

Jetzt stimmte der Blickwinkel.

Der Lärm war ohrenbetäubend laut. Heulend, quietschend, rasselnd. Tuckernd und piepsend.

Reacher rief: »Hooper, rein in den Wagen!«

Laut genug, um hoffentlich von dem einen, aber nicht von dem anderen gehört zu werden. Hooper erstarrte für Bruchteile einer Sekunde. Dann war er auf die Handflächen gestützt mit einem Sprung auf der Ladefläche und kletterte über die Zylinder in den dunklen Teil.

Der Kerl im Büro blickte aus dem Fenster.

Er machte einen Schritt darauf zu. Er kontrollierte den Wagen, kontrollierte den Bereich hinter dem Heck.

Er achtete auf eine Bewegung.

Dann wandte er sich ab, ging quer durch den Raum und verschwand im rückwärtigen Teil des Bürotrakts.

Reacher wartete.

Der Kerl kam nicht zurück. Nicht nach einer, nicht nach zwei Minuten. Was er getan hätte, wenn er etwas gehört hätte. Das wäre die normale Reaktion gewesen. Er hätte sich seine Waffen und seine Kumpane geschnappt und wäre zurückgekommen.

Er hatte nichts gehört.

Reacher rief: »Alles klar, Hooper!«

Keine Antwort.

Heulen, Quietschen, Rattern.

Diesmal rief Reacher lauter: »Hooper, alles klar!«

Der Sergeant streckte den Kopf aus dem Wagen. Er sprang von der Ladefläche, federte hoch und kam in Sicherheit zurückgetrabt.

»Neun Bomben«, meldete er. »Und das Codebuch fehlt auch.«

44

Auf der anderen Seite war die Gruppe auf ungefähr zwanzig Mann angewachsen, die jetzt vierzig Meter entfernt standen. In der riesigen Halle noch immer winzig. Nicht bedrohlich. Reacher hielt jedoch das Gegenteil für richtig. Sie erhoben sich in ratloser Solidarität gegen etwas, das sie als Gefahr für ihre Vorgesetzten in den Büros einschätzten. Sie waren dabei, sich gegen die Eindringlinge zusammenzuschließen. Sie waren loyale Mitarbeiter. Oder vielleicht mehr. Einige von ihnen vielleicht Mitglieder der Bewegung. Möglicherweise wurde man nur so Vorarbeiter bei *Schuhe Dremmler*.

Reacher fragte Hooper: »Wie gut sprechen Sie Deutsch?«

»Ziemlich gut«, entgegnete der Sergeant. »Deshalb arbeite ich hier.«

»Sagen Sie den Leuten, sie sollen sich beruhigen und an ihre Arbeit zurückgehen.«

»Mit welcher Begründung? «

»Erklären Sie ihnen, dass wir amerikanische MPs sind, die im Auftrag der brasilianischen Militärpolizei routinemäßig Schuhexporte überprüfen. Und dass ihnen eine schärfere Überprüfung droht, wenn wir melden müssen, dass wir hier behindert worden sind.«

»Glauben sie mir das?«

»Kommt darauf an, wie überzeugend Sie sind.«

Sie beobachteten, wie Hooper vierzig Meter entfernt mit dem Mann an der Spitze der keilförmigen Formation sprach. Er gab sich alle Mühe, aber die Menge blieb sichtbar skeptisch, wirkte sogar noch feindseliger.

Orozco sagte: »Haltet euch bereit, ihn rauszuhauen.«

Reacher sagte: »Tretet sie nicht gegen die Knie.«

»Warum nicht?«

»Sie tragen Knieschoner.«

Hooper redete weiter. Und weiter. Die Vorwärtsbewegung hörte auf. Trotzdem schienen die Arbeiter nicht überzeugt zu sein. Der Sergeant kam zurück. Er sagte: »Ich habe mein Bestes getan.«

»Rufen sie die Cops?«, fragte Reacher.

»Nicht ihre Zuständigkeit. Sie sind verwirrt, das ist alles. Und besorgt. Dies ist ein Familienbetrieb.«

»Dann müssen wir uns beeilen.«

»Wo fangen wir an?«

»Mit Informationen. Also mit dem Büro. Und dem Kerl, den wir vorhin gesehen haben.«

»Einsatzregeln?«

»Die definieren wir nachträglich.«

Sie verzichteten darauf, vorerst auch nur ein Auge zu riskieren. Allzu große Vorsicht musste unglaubwürdig wirken. Stattdessen marschierten sie flott um den Kistenberg herum, als bräuchten sie nur noch eine Unterschrift auf dem Prüfbericht, die Antwort auf eine Zusatzfrage oder eine Fotokopie eines Schriftstücks. Sobald sie außer Sicht waren, zogen sie ihre Pistolen. Der Eingang des Bürotrakts lag in der Ecke jenseits des Lieferwagens gleich neben dem Bedienfeld für das Rolltor. Diese Tür führte in den leeren ersten Raum mit einer weiteren Tür, durch die der Mann verschwunden war. Vermutlich in den rückwärtigen Teil der Bürosuite. Unbekanntes Terrain.

Die geöffnete Tür ließ Maschinenlärm ein, deshalb beeilten sie sich hindurchzukommen, und schwärmten mit schussbereiten Waffen aus. Hooper ging rückwärts. Er hatte den Auftrag, den Bereich hinter ihnen nicht aus den Augen zu lassen, damit ihnen niemand in den Rücken fallen konnte. Nichts war schlimmer, als nicht zu wissen, was hinter einem passierte. Die Arbeiter konnten wieder unruhig werden. Verstärkungen konnten eintreffen. Vielleicht weil die Nachtschicht zur Arbeit kam. Oder weil angeforderte Experten eintrafen. Vermutlich ehemalige Soldaten, die eine einfache Frage beantworten sollten: Was, zum Teufel, steckt in diesen Metallzylindern?

Sie wussten nicht, was sie hatten.

Die vier bewegten sich weiter, erreichten die nächste Tür, die ziemlich schmal war. Ein Engpass. Dafür gab es Blendgranaten. Aber sie besaßen keine. Die Tür stand einen Spalt weit offen. Reacher spähte hindurch, erkannte aber nur einen Teil eines leeren Büros. Durch den Spalt drangen Stimmen. Männerstimmen, die Deutsch sprachen. Fragen und Antworten. Frustriert, aber nicht ärgerlich. Verwirrt, aber geduldig. Sie versuchten, irgendwas rauszufinden. Reacher glaubte, drei Männer reden zu hören. Aber waren weitere anwesend, die gerade nicht sprachen? Die Stimmen kamen von links und klangen leicht hallend. Als säßen sie in einem durch Glaswände abgetrennten Chefbüro in der linken Ecke des Raums. Die er jedoch nicht einsehen konnte.

Er trat einen Schritt zurück. Schaute aus dem Fenster. Noch war niemand hinter ihnen her. Er hob drei Finger, um die Zahl der Personen zu signalisieren, und deutete auf die linke hintere Ecke. Sie stellten sich links und rechts neben der Tür auf. Der schmale Durchgang, den sie nacheinander benutzen mussten, verhinderte eine echte Überraschung. Hooper würde ihn bewachen, um ihnen den Rücken freizuhalten, während erst Neagley, dann Reacher und zuletzt Orozco in das Büro stürmten und sich sofort verteilen, um kein geschlossenes Ziel zu bieten. Trafen sie auf Widerstand, würden sie schießen, um den oder die Angreifer kampfunfähig zu machen.

Sie stellten sich zur Erstürmung des Büros auf: erst Neagley, dann Reacher, dann Orozco, dann Hooper, der nach hinten beobachtete. Neagley stürmte durch die Tür und übernahm die Rechtsaußenposition. Reacher folgte ihr und blieb in der Mitte. Orozco war ihr Linksaußen. Genau vor sich hatten sie den Glaskasten eines kleinen Büros innerhalb eines Büros. Links und rechts neben dem Schreibtisch standen zwei Männer. Einer war der, den Reacher vorhin ausgemacht hatte. Ein großer Kerl, der kompetent wirkte. Der andere sah ähnlich aus.

Auf einem Stuhl vor dem Schreibtisch stand die zehnte Davy Crockett. Wie ein menschlicher Besucher. Wie ein Verdächtiger auf einem Polizeirevier. Die Segeltuchhülle war geöffnet und herabgestreift. Der Metallzylinder war mattgrün lackiert und trug eine Beschriftung in weißer Schablonenschrift. Das oben aufgesetzte Bedienfeld wies sechs kleine Drehschalter und drei kleine Kippschalter auf.

In dem Sessel hinter dem Schreibtisch saß ein Kerl, der Dremmler sein musste. Er sah aus wie der Boss von irgendwas. Er sah aus wie eine Führungspersönlichkeit. Reacher schätzte ihn auf Mitte vierzig. Eine imposante Erscheinung. Er hatte blondes Haar, das grau zu werden begann, und ein gerötetes Gesicht, das ebenfalls grau zu werden begann. Er trug einen Anzug mit spitzem Revers. Altmodische Eleganz. Seine Finger waren aneinandergelegt. Er studierte das geheime Handbuch. Oder hatte es studiert. Jetzt starrte er Reacher beziehungsweise seine Pistole Colt Government Model an, die auf sein Gesicht zielte.

Reacher befahl: »Hände hoch!«

Wie in einem alten Schwarz-Weiß-Film.

Dremmler reagierte nicht. Die Männer links und rechts neben ihm entschieden sich für die zögerliche Taffer-Kerl-Version, indem sie die Hände mit gestreckten Fingern nur bis in Brusthöhe hoben, angespannt und zögernd. Eine Feuerpause, aber keine Kapitulation.

Reacher trat näher heran.

Er fragte: »Sprechen Sie Englisch?«

Dremmler sagte: »Ja.«

»Sie sind verhaftet.«

»Mit welcher Berechtigung?«

»Im Auftrag der U.S. Army.«

Dremmlers Blick streifte die geöffnete Segeltuchhülle mit Flecktarnaufdruck.

Reacher fragte: »Haben Sie dran rumgefummelt?«

»Noch nicht«, antwortete Dremmler. »Wir wissen nicht, was das Ding ist.«

»Nichts, das Sie etwas angeht.«

»Wir haben ein bisschen an den Knöpfen herumgedreht. Um zu sehen, ob sie sich bewegen lassen.«

»Und die Schalter?«

»Ein paarmal ein und aus.«

»Und jetzt studieren Sie das Handbuch. Versuchen rauszukriegen, was Sie vor sich haben.«

»Was ist das Ding eigentlich?«

Reacher sagte: »Kommt nacheinander raus.«

Der erste Kerl verließ den Glaskasten. Der Mann, den Reacher vorhin gesehen hatte. Er ging federnd, angespannt und auf seine Chance wartend. Dann kam der zweite Kerl, der sich genauso bewegte.

Zu Dremmler sagte Reacher: »Sie bleiben da.«

Dremmler blieb an seinem Schreibtisch, hatte die Finger noch immer aneinandergelegt.

Reacher sagte zu den beiden Kerlen: »Sie befinden sich im Gewahrsam der U.S. Army. Ich muss Sie warnen, dass Sie es bereuen werden, wenn Sie sich mit uns anlegen.«

Die beiden Männer bewegten sich nicht.

Reacher wandte sich an Orozco. »Du bringst mit Hooper diese Kerle zu Griesmann.« Er nickte Neagley zu. »Du bewachst inzwischen den Wagen. Neue Abfahrtszeit in fünfzehn Minuten.«

»Warum?«

»Er hat an den Schaltern rumgespielt.«

»Das kann nicht weiter schlimm sein.«

»Das will ich hoffen! Aber ich möchte es überprüfen. Herr Dremmler kann mir dabei helfen. Schließlich hat er das Handbuch.«

45

Dremmler blieb an seinem Schreibtisch, und Reacher setzte sich auf den freien Stuhl neben Davy Crockett. Wie ein Gastgeber und zwei Gäste. Ein Gespräch zu dritt. Drei verschiedene Ansichten. Allerdings wurde nichts gesprochen. Zumindest in den ersten zehn Minuten. Reacher nahm das Handbuch vom Schreibtisch und versuchte, den Zündmechanismus zu verstehen. Mit den Drehschaltern wurde ein sechsstelliger Code eingestellt. Offiziell gab ein Kerl drei Ziffern ein und betätigte den linken Kippschalter, bevor ein weiterer Kerl den Vorgang wiederholte und den rechten Kippschalter betätigte. Der mittlere Schalter blieb in Ruhestellung. Wozu war er überhaupt da? Darüber gab das Handbuch keine Auskunft.

Zehn sechsstellige Codes waren aufgeführt. Auch die entsprechenden Seriennummern waren angegeben. Der Waffenmeister hätte den Metallzylinder nur noch mit Fettkreide beschriften müssen.

Dremmler fragte: »Was ist dieses Ding?«

Reacher sagte: »Worauf haben Sie gehofft?«

»Ich weiß nicht, was Sie meinen.«

»Damit Ihre Bewegung kraftvoll argumentieren kann.«

»Sie sollten gehen«, sagte Dremmler. »Dieses Gespräch ist beendet.«

Reacher fragte: »Tatsächlich?«

»Sie besitzen hier keinerlei Autorität. Dies ist ein Missverständnis. Ich weiß nicht mal, was dieses Ding sein soll.«

»Es ist eine Bombe. Sie haben sie gestohlen. Nachdem Sie Horace Wileys neuen Namen erfahren hatten.«

»Griesmann wird's schwerfallen, ein Verfahren gegen mich einzuleiten.«

»Weil Sie Leute in Positionen haben, die ihn überraschen würden?«

»Hunderte und Aberhunderte von Leuten.«

»Und Sie sind ihr Führer?«

»Diese Ehre habe ich.«

»Wohin führen Sie sie?«

»Sie wollen ihr Land wiederhaben. Ich sorge dafür, dass sie es bekommen. Und noch mehr. Ich werde dafür sorgen, das sie das Land bekommen, das sie verdienen. Wieder mächtig. Mit klaren Zielen. Ein Land, in dem alle an einem Strang ziehen. Keine Schmarotzer mehr. Keine Einmischung von außen mehr. In Zukunft wird nichts dergleichen toleriert. Deutschland den Deutschen!«

Reacher schwieg nachdenklich.

Dann fragte er: »Wie viel wissen Sie über die Geschichte Ihres Landes?«

»Die Wahrheit oder die Lügen?«

»Den Terror und das Elend und die achtzig Millionen Toten. Wir haben dieses Zeug in der Vorlesung gehört. Abends haben wir dann gequatscht, und jemand hat von einer Zeitmaschine gesprochen, die es ermöglicht hätte zurückzugehen und den Kerl umzulegen. Bevor er auch nur angefangen hätte. Hätte man's getan?«

»Was haben Sie davon gehalten?«

»Ich war unbedingt dafür. Aber das war eine dumme Frage. Es gibt keine Zeitmaschinen. Im Nachhinein sieht man immer hundertprozentig scharf. Ich habe mir überlegt, dass die wahre Herausforderung daraus bestünde, die Frage rückwärts zu stellen. Im Hier und Jetzt sitzend. Nach vorn blickend. Sich die Zukunft vorstellen, was genau das Gegenteil ist. Gibt es einen

Kerl, den man heute liquidieren könnte, damit morgen niemand von Zeitmaschinen träumen muss? Würde man's tun, wenn das möglich wäre? Und wenn man unrecht hätte? Aber nehmen wir mal an, man hätte recht. Achtzig Millionen Leben gegen eines.«

Die Uhr in seinem Kopf sagte ihm, dass fünfzehn Minuten verstrichen waren. Die Bombe war in Ordnung. Willkürliches Herumschalten schadete ihr nicht. Was nur vernünftig war. Eine harte Landung am Fallschirm hätte schlimmer sein können.

Er fuhr fort: »Das war eine schwierige moralische Frage. Manche haben Nein gesagt, weil der Kerl gegen kein Gesetz verstoßen hatte. Noch nicht. Aber das war irgendwann bei allen so gewesen. Wieso sollte man's nicht gleich tun, wenn man bereit wäre, mit einer Zeitmaschine zurückzukehren, um ihn zu liquidieren? Manche haben sich Sorgen wegen der erforderlichen Gewissheit gemacht. Was wäre, wenn man sich nur zu neunzig Prozent sicher ist? Andere wollten auf Nummer sicher gehen, was logischerweise alles über fünfzig Prozent bedeutete. Aber das stimmt eigentlich nicht. Alles über ein Prozent könnte sich lohnen. Eine Chance von eins zu hundert, um achtzig Millionen vor Terror und Elend zu retten? Welche Meinung haben Sie dazu, Herr Dremmler?«

Dremmler schwieg.

Reacher sagte: »Wir waren Studenten. West Point ist ein College. Über solche Dinge haben wir damals diskutiert. War das unser Ernst? Unwichtig. Wir hatten keine Möglichkeit zu beweisen, ob wir tun würden, was wir sagten. Oder eben nicht. Aber das Leben ist voller Überraschungen. Nun habe ich Gelegenheit, diese Frage wirklich zu beantworten. Hab ich damals nur Scheiß erzählt?«

Er schoss Dremmler ins Herz, und als er zusammensackte, schoss er ihn sicherheitshalber aus derselben Entfernung noch mal in den Kopf. Dann steckte er seine Pistole weg, stopfte das Handbuch in die Segeltuchhülle mit Tarnaufdruck, nahm die Davy Crockett auf die Schulter und ging damit zu dem Kastenwagen hinaus. Er machte einen kleinen Umweg, um den grünen Knopf zu drücken, der das Tor öffnete, und stellte dann den Rucksack wieder zu seinen neun Brüdern zurück. Dann zog er das Rolltor herunter und verriegelte es sicher.

Er stieg vorne rechts ein.

Neagley fragte: »Alles okay?«

»Alles bestens.«

»Bestimmt?«

»Wer bist du, meine Mutter?«

Das Tor öffnete sich ganz.

Reacher sagte: »Fahr los!«

Der NSC setzte einen Notfallplan in Gang, der die Beteiligten sofort in alle Winde zerstreute, um das Risiko zu vermindern, dass sie von Zeugen identifiziert wurden und vielleicht sogar in Untersuchungshaft kamen. Binnen sechzehn Stunden befand sich Reacher in Japan. Er hörte, dass eine Spezialfirma zur Waffenbergung den Auftrag erhalten hatte, den Wagen zu entladen. Sie verfügten noch über ein altes Fahrzeug aus der Zeit, in der manchmal Lenkwaffen mit Atomsprengköpfen von Flugzeugen abgefallen und auf Feldern gelandet waren. Später hörte er, White und Vanderbilt seien mit der Kurierin direkt nach Zürich geflogen. Sie hatten ein Konto abgeräumt und das Guthaben auf ein anderes überwiesen. Die CIA war jetzt knapp sechshundert Millionen reicher. Der Iraner bekam eine Eigentumswohnung in Century City. Innerhalb einer Woche hatte er einen Job beim Film. Die Saudis wurden in den Jemen zurückgerufen. Danach verlor sich ihre Spur. Wiley wurde anonym in einem Armengrab beigesetzt, bekam weder Kreuz noch Grabstein.

Fast zwei Monate später sah Reacher Sinclair ein letztes Mal, als er nach Washington beordert wurde. Um einen Orden entgegenzunehmen. Sie schickte ihm eine Einladung zum Essen. Am Abend vor der Ordensverleihung. In ihrem Haus in einem Vorort von Alexandria. Er trug seine Marine-Corps-Hose und sein schwarzes T-Shirt aus Hamburg, beide von einer japanischen Wäscherei gewaschen und gebügelt. Keine Jacke, weil es warm war. Er hatte sein Haar frisch gewaschen, sich geduscht und rasiert. Sie trug ein schwarzes Kleid. Mit Brillanten statt Perlen. Sie speisten an einem endlos langen Tisch. Kerzen flackerten. Der Schmuck glitzerte. Sie konnte mit einigen guten Nachrichten für ihn aufwarten. Die bösen Kerle litten wirklich. Ihr finanzieller Verlust war immens. Sechshundert Millionen Dollar bedeuteten eine Menge Geld. Weil die beiden Frachtabfertiger Schlüsselfiguren gewesen waren, kam Hamburg für Luftfracht nicht mehr infrage. Die Kurierin war kooperativ gewesen. Sie hatte ihnen einige Strukturen erklärt. Damit hatten sich Lücken schließen lassen. Andere Nachrichten waren weniger gut. Wiley hatte kein Testament gemacht, deshalb gehörte die Ranch in Argentinien weiterhin ihm. Sie konnten den Kauf nicht rückgängig machen. Es gab noch vieles, was sie nicht wussten. Ratcliffe und sie rannten weiter mit Feuer unterm Hintern umher.

Nach dem Essen machten sie einen halbherzigen Versuch, das Geschirr abzutragen, der damit endete, dass sie sich in der Küchentür gegenüberstanden. Er konnte ihr Parfüm riechen und war wieder nervös.

Sie sagte: »Mach's noch mal wie neulich.«

Er hob eine Hand, berührte mit den Fingerspitzen die Stirn und vergrub seine Finger in ihrem Haar. Er strich es nach hinten, sodass ein Teil hinter dem Ohr blieb und der andere frei herabhing.

Das sah gut aus.

Sie zog seine Hand weg.

Sie sagte: »Jetzt auch die andere Seite.«

Er benutzte die andere Hand, streifte ihre Stirn wieder nur und vergrub seine Finger tief in ihrem Haar. Diesmal ließ er seine Hand in ihrem Nacken. Der schlank war. Und warm. Sie legte eine Hand auf seine Brust. Ließ sie nach oben zum Nacken gleiten, zog ihn nach unten. Sie küssten sich, fühlten sich plötzlich wieder vertraut. Er fand das tropfenförmige Metallteil ihres Rückenreißverschlusses, zog es nach unten, zwischen den Schulterblättern das Rückgrat entlang bis unter die Taille.

Sie sagte: »Komm, wir gehen nach oben.«

Sie gingen in ihr Schlafzimmer, in dem sie auf ihn stieg. Sie ritt ihn wie ein Cowgirl, diesmal wieder ihm zugewandt, Hüften vorgereckt, Schultern zurück, Kopf hoch, Augen geschlossen. Die Brillanten hüpften und schwangen. Ihre Arme waren wie beim ersten Mal nach hinten ausgestreckt, die Handgelenke abgewinkelt, ihre Hände offen, die Handflächen wie auf ein unsichtbares Luftkissen gestützt dicht über dem Bettlaken schwebend, als balancierte sie. Was sie wie zuvor tat. Sie balancierte auf einem einzigen Punkt, verlagerte ihr ganzes Gewicht darauf. Schaukelte vor und zurück, bewegte sich leicht seitlich, als suchte sie das perfekte Gefühl – und fand es und verlor es und fand es wieder und bewahrte es bis zum atemlosen Finale.

Am folgenden Morgen traf er frühzeitig in Belvoir ein. Derselbe angemessen feierliche Raum. Dieselben vergoldeten Möbel, dieselben Fahnenbündel. Diesmal erschien der Chef des Generalstabs, was er nett fand. Es gab fünf Orden zu verleihen. Die ersten vier waren Army Commendation Medals, die an Hooper und Neagley, Orozco und Reacher gingen. Nicht so attraktiv wie die Legion of Merit. Aber nicht der hässlichste

Orden, den er je gesehen hatte. Ein Sechseck aus Bronze mit einem Adlerrelief. Das Band war in frischem Minzgrün gehalten und hatte weiße Nadelstreifen und weiße Kanten. Das Gegenstück zu einem Bronze Star, nur eben nicht in Kriegszeiten.

Nimm den Klunker und red nicht darüber, was du dafür tun musstest.

Die fünfte Auszeichnung war ein Silver Star für Generalmajor Wilson T. Helmsworth.

Danach machte die kleine Gruppe Konversation, bevor alle sich nochmals die Hände schüttelten. Reacher strebte unauffällig zur Tür, um zu verschwinden. Niemand hielt ihn auf. Er trat auf den Korridor hinaus. Diesmal fing ihn kein Sergeant ab. Der Rest des Tages gehörte ihm.

»Tolles Krimi-Debüt, das in ein fernes Land entführt, zerrissen zwischen uralten Traditionen und kapitalistischer Moderne.«

Freundin

640 Seiten. ISBN 978-3-7341-0870-9

Kommissar Yeruldelgger hat selten gute Tage, aber heute ist ein besonders schlechter: Erst wird in der mongolischen Steppe die Leiche eines kleinen Mädchens gefunden, tief in der Erde vergraben auf seinem Dreirad. Kurz danach entdeckt man in der Hauptstadt die entstellten Leichen chinesischer Geschäftsleute. Zwei Fälle, die Kommissar Yeruldelgger vor ein Rätsel stellen. Er ahnt noch nicht, dass die Verbrechen zusammenhängen. Und dass sie Teil eines perfiden Plans sind, der Jahre zuvor sein Leben fast zerstört hat – und ihm jetzt das wenige zu nehmen droht, das ihm noch geblieben ist …

Lesen Sie mehr unter: **www.blanvalet.de**

Wenn die Natur zurückschlägt …

608 Seiten. ISBN 978-3-7341-1094-8

Im Kongo wird ein humanitäres Hilfscamp von Tieren angegriffen. Doch nicht nur von einer einzigen Spezies, sondern von allen auf einmal. Alle Tiere der Wildnis haben sich gegen die Menschen verbündet. Commander Grayson Pierce und sein Team vom wissenschatlichen Geheimdienst Sigma Force werden zur Hilfe gerufen. Doch auch korrupte Militärangehörige sowie der skrupellose Multimilliardär Nolan De Coster sind bereits vor Ort. Was kann diesen Amoklauf der Natur ausgelöst haben? Und wie kann man es aufhalten? Die Antwort findet sich im Königreich der Knochen …

Lesen Sie mehr unter: **www.blanvalet.de**